Rebekka Wedekind

Saving Grace – Flammen der Liebe

Roman

feelings
* emotional eBooks

FSC
www.fsc.org
MIX
Papier aus verantwortungsvollen Quellen
FSC® C083411

Besuchen Sie uns im Internet:
www.facebook.de/feelings.books

Aus Verantwortung für die Umwelt hat sich die Verlagsgruppe Droemer Knaur zu einer nachhaltigen Buchproduktion verpflichtet. Der bewusste Umgang mit unseren Ressourcen, der Schutz unseres Klimas und der Natur gehören zu unseren obersten Unternehmenszielen. Gemeinsam mit unseren Partnern und Lieferanten setzen wir uns für eine klimaneutrale Buchproduktion ein, die den Erwerb von Klimazertifikaten zur Kompensation des CO_2-Ausstoßes einschließt.
Weitere Informationen finden Sie unter: www.klimaneutralerverlag.de

Juli 2020

Covergestaltung: ZERO Werbeagentur, München
Coverabbildung: FinePic®, München
Satz: Adobe InDesign im Verlag
Druck und Bindung: CPI books GmbH, Leck
ISBN 978-3-426-21729-0

feelings
* emotional eBooks

Für GG-Dad

<3

Damit du nicht aufhörst, an Happy Ends zu glauben!

»The greatest challenge in life is discovering who you are.
The second greatest is being happy with what you find.«

[Auliq Ice]

Playlist

Grace – Lewis Capaldi
Too Emotional – Walking On Cars
Midnight – Tyler Glenn
Angel On The Moon – Thriving Ivory
Falling Like The Stars – James Arthur
Best Part Of Me – Ed Sheeran feat. Yebba
An Guten Tagen – Johannes Oerding
Running Away – Midnight Hour
Stay In The Dark – The Band Perry
Heavy – Delta Goodrem
State Of Grace – Taylor Swift
Wherever You Are – Kodaline
We Don't Have To Dance – Andy Black
Rome – Dermot Kennedy
Someone To You – BANNERS
Excuses – Olly Murs
Falling – Harry Styles
Love Is Fire – Freya Ridings
Gracie's Theme – Paul Cardall
Sink – Noah Kahan
Better Half Of Me – Tom Walker
Puzzle Pieces – Framing Hanley
Shape Of My Heart – Backstreet Boys
Dear Patience – Niall Horan
Get Up – Shinedown
Mercy Mirrow – Within Temptation
Maybe – James Arthur
Hold On – Chord Overstreet
How Do You Feel? – The Maine

1

Stripper?« Vorwurfsvoll drehte ich mich zu Abby um. Das war nicht Teil des Plans gewesen, als sie mich vor knapp zwanzig Minuten aus dem Haus gelockt hatte.

»Stell dich nicht so an.« Sie wackelte anzüglich mit den Augenbrauen. »Das wird lustig.«

Ich hatte keine Chance. Mit erstaunlich viel Kraft für eine derart kleine Person zog sie mich in die älteste Bar Tiptons. Es war dunkel, stickig und überraschend voll für einen Sonntagabend. Was einzig und allein an den Strippern auf der provisorisch errichteten Bühne liegen konnte.

»Ernsthaft, Abby. Was ist das?« Die Musik war so laut, dass ich beinahe schreien musste.

Mein Blick war nach vorne auf die halb nackten Männer gerichtet. Fünf insgesamt, und mit Ausnahme des Kerls ganz links konnte keiner davon sich rhythmisch bewegen. Es wirkte ziemlich holprig und ungelenk, was sie dort fabrizierten, obwohl jeder von ihnen verdammt gut aussah. Die Muskeln ihrer Arme und Oberkörper waren definiert und trainiert und … glänzten. Ich kniff die Augen zusammen. War ihre Haut etwa mit Öl eingerieben?

»Das, meine liebe Gracie …«, Abby breitete theatralisch ihre Hände nach beiden Seiten aus, »… das ist die alljährliche Spendenaktion unserer Feuerwehrmänner.« Sie grinste über das ganze Gesicht, was einen leisen Verdacht in mir erweckte.

»Du wusstest, dass sie heute hier auftreten würden.« Meine Worte waren keine Frage.

»Natürlich.« Sie grinste noch mehr, sofern das überhaupt möglich war. »Gern geschehen«, sagte sie, zwinkerte mir zu und drehte sich von mir weg, sodass sie wieder zu der Truppe auf der Bühne blicken konnte.

»Ist er nicht toll?«, seufzte sie und legte ihren Kopf verträumt an meine Schulter.

»Wer?«

»Ach, Grace.« Ich spürte, wie sie ihren Kopf hin- und herbewegte. »Aidan natürlich. Nur weil das mit Ben schiefging, musst du jetzt nicht jeden Mann ignorieren oder so tun, als ...« Abby richtete sich wieder auf und sah mich von der Seite an.

Ich ließ sie nicht zu Ende sprechen. »Ben war … Er war eine Lektion.«

»Eine Lektion?« Sie runzelte ihre Stirn.

»Keine Affären mehr!«, antwortete ich bestimmt. »Und auch keine One-Night-Stands.«

»Das ist doch ...«, setzte Abby an. Der Blick auf ihrem Gesicht war eindeutig. Sie hielt meine Reaktion für vollkommen übertrieben.

»Nein«, unterbrach ich sie erneut und schüttelte den Kopf. »Davon bin ich für alle Zeiten geheilt.«

Mich auf Ben einzulassen, war keine gute Idee gewesen. Ehrlich gesagt war es vielmehr verflucht beschissen gewesen. Ich hatte auf die harte Tour gelernt, dass es sinnlos war zu versuchen, einen Mann mit Sex an mich binden zu wollen. Ben war kein schlechter Kerl, hatte immer mit offenen Karten gespielt und mir nie falsche Hoffnungen gemacht. Und trotzdem hatte ich mich in ihn verliebt und wochenlang darauf gewartet, dass er seine Gefühle für mich ebenfalls entdecken würde. Was nie passiert war. Stattdessen hatte er sich in seine Nachbarin verliebt, und ich hatte …

Nein. Ich wollte nicht über das nachdenken, was ich in Chicago angerichtet hatte. Nicht heute Abend. Wir waren hier, um Spaß zu haben. Oder um darauf anzustoßen, dass ich ab morgen einen neuen Job hatte. Keinen, auf den ich sonderlich stolz war und der so auch nie in meinen Plänen vorgekommen war. Aber ich hatte die Bitten meiner Mom nicht länger ignorieren können.

Das Vorstellungsgespräch hatte genau zehn Minuten gedauert. Dann war der alte Doctor Webber davon überzeugt gewesen, dass ich zwar überqualifiziert, aber definitiv perfekt für den Job war. Morgen früh um acht Uhr erwartete er mich in seiner Praxis.

»Okay.« Abby stieß mich in die Seite und riss mich damit aus meinen Gedanken. »Keine One-Night-Stands und Affären mehr. Aber deshalb kannst du es doch trotzdem genießen, wenn ein attraktiver Mann halb nackt vor dir steht. Oder in unserem Fall ... sogar fünf.« Während sie mit mir sprach, klebte ihr Blick weiterhin fest an den in der Tat nur spärlich bekleideten Männern auf der kleinen Bühne.

Alle fünf waren gut gebaut, hatten gebräunte Haut, und kein Haar zierte ihre makellosen Oberkörper. Als Feuerwehrmann musste man sicher fit sein, aber die Männer auf der Bühne sahen alle so aus, als kämen sie gerade von einem Kalendershooting.

Mittlerweile hatte das Lied gewechselt, und *Pony* von *Ginuwine* ertönte aus den Boxen.

Als ein großer blonder Typ, dessen linker Arm komplett mit bunten Tattoos verziert war, sich eine Flasche Wasser reichen ließ, um sich den Inhalt aufreizend über die Brust zu schütten, gab es für die Zuschauerinnen kein Halten mehr. Sie pfiffen und kreischten. Fast hätte ich laut gelacht, doch der Typ mit der Wasserflasche schien die Aufmerksamkeit sichtlich zu genießen. Sein Grinsen war breit und ansteckend.

Es kostete mich einiges an Mühe, mich wieder Abby zuzuwenden. »Auf wen stehst du?«

»Was?«

»Welcher der fünf ist das Objekt deiner Begierde?« Ich konnte nicht anders, nun lachte ich tatsächlich.

Es war so einfach mit Abby. Als hätte ich nicht die letzten neun Jahre im knapp zweihundert Meilen entfernten Chicago verbracht, während es sie nur ans Community College in Davenport verschlagen hatte. Wann immer wir uns sahen, war es wie früher: vertraut und entspannt und unkompliziert. Und ich wusste, dass es einen Grund gab, warum wir heute ausgerechnet in *Sheridan's Bar* gelandet waren. Ich war mir nur nicht ganz sicher, welcher der fünf es war.

»Ganz links«, entgegnete sie. »Aidan Donovan.«

Derjenige mit Rhythmusgefühl und der Wasserflasche also. Ich nickte und betrachtete ihn näher. Er war genau Abbys Typ.

»Heiß«, kommentierte ich. Sie war so leicht zu durchschauen.

»Ich weiß.« Ein leiser Seufzer entwich ihr, der mir eindeutig verriet, dass es einen Haken an der Sache gab.

»Was ist das Problem?« Mit dieser Frage erkämpfte ich mir Abbys volle Aufmerksamkeit.

»Dafür brauche ich einen Drink«, murmelte sie und deutete mit dem Daumen in Richtung der Theke, hinter der Sheridan persönlich stand. Es sah immer noch alles genauso aus wie vor zehn Jahren, als wir uns damals in die Bar geschlichen hatten. Wohl wissend, dass Sheridan uns in wenigen Minuten wieder hinauswerfen würde. Seine Haare waren lang, seine Arme von oben bis unten tätowiert, und eigentlich hätte man meinen können, dass er die Gesetze nicht sonderlich ernst nahm. Doch das Gegenteil war der Fall. Wer unter einundzwanzig war, hatte keine Chance, in *Sheridan's Bar* an Alkohol zu kommen. Wir hatten es oft genug versucht.

»Ladys.« Er nickte uns zu, während er ein Glas polierte. »Was kann ich euch bringen?«

»Gin Tonic?«, fragte Abby.

Ich nickte zustimmend.

»Zwei Gin Tonic. Kommt sofort.« Sheridan machte sich an die Arbeit, und während wir auf unsere Getränke warteten, erzählte sie.

»Aidan hat eine Freundin. Da ist sie.« Abby zeigte nach vorne auf eine Blondine mit langem, perfekt gestyltem Haar. Sie stand direkt vor der Bühne, trug einen furchtbar kurzen Rock und klatschte am heftigsten in die Hände.

»Scheiße.«

»Jup.« Ihr Blick huschte zurück zu Aiden auf der Bühne. »Also bleibt mir nur, aus der Ferne zu schmachten. Wie ein Teenie.« Sie verdrehte die Augen und zuckte mit einer Schulter. »Na ja. Pech in der Liebe, Glück im Spiel. Vielleicht sollte ich mir einen Lottoschein kaufen.«

»Oder einfach einen der anderen ansprechen?« Mein Blick folgte ihrem. »Sie sind alle nicht übel.«

Vor allem den neben Abbys Aidan fand ich interessant. Er war dunkelhaarig und überragte seinen Kollegen in der Größe noch um ein paar Zentimeter. Der Kerl hatte absolut kein Taktgefühl, was ihm durchaus bewusst zu sein schien. Er blieb immer ein wenig hinter den anderen, wodurch sein Gesicht nicht zu sehen war. Es wirkte fast so, als würde er sich verstecken. Dabei hatte er das definitiv nicht nötig. Nicht mit diesen Oberarmen, der durchtrainierten Brust und seinem Sixpack, das in ein V an seinen Lenden überging. Er war die perfekte Kombination aus attraktiv und sexy – und damit verdammt gefährlich.

»Nein.« Abbys Antwort kam prompt und ließ keinerlei Raum für Diskussionen. Aus dem Nichts tauchten zwei Gläser neben uns auf. Gierig griff sie danach und nahm einen ersten Schluck. »Ich werde warten«, sagte sie entschieden. »Demnächst wird er mit ihr Schluss machen. Das tut er immer. Spätestens nach vier Wochen. Und dann werde ich …« Sie hielt inne und stocherte in ihrem Glas herum.

»Da sein?«, half ich ihr auf die Sprünge.

»Ihn ansprechen.« Sie nickte einmal fest. »Genau das werde ich tun. Ich werde ihn ansprechen und verzaubern, und dann werden wir ganz viele Mini-Aidans und Mini-Abbys machen und …«

»Okay, ganz langsam.« Ich legte meine Hand auf ihren Unterarm. »Wo kommt das auf einmal her?«

»Frust.« Sie trank einen großen Schluck. »Es war eine blöde Idee, hierherzukommen. Gehen wir woandershin?«

»Wir haben gerade erst Drinks bestellt.« Die wir noch nicht bezahlt hatten. Suchend drehte ich mich nach Sheridan um. Er war mit einem neuen Gast in ein Gespräch vertieft, und es sah nicht so aus, als würde sich das so bald ändern.

Als ich mich wieder Abby zuwandte, hatte sie das halbe Glas geleert. Wenn sie in diesem Tempo weitermachte, würde ich sie in einer Stunde nach Hause tragen müssen.

Ihre Augen waren nach wie vor auf Aidan gerichtet. Ich konnte es ihr nicht verübeln. Er war ein wunderschöner Mann, groß, blond, trainiert, markante Gesichtszüge. Und trotzdem war da nichts an ihm, was ihn für mich irgendwie besonders gemacht hätte. Ganz im Gegensatz zu dem Mann neben ihm. Der war zwar immer noch ein furchtbar schlechter Tänzer, aber es sah niedlich aus, wie er versuchte, es seinen Kollegen gleichzutun, den Blick fest auf den Boden gerichtet. Als hätten sie eine Choreografie einstudiert, die er nie vollständig gelernt hatte. Und trotzdem schien er Spaß zu haben. Immer wieder spielte er mit dem Publikum, das hauptsächlich aus Frauen bestand. Abby war offenbar nicht die Einzige, die aus der Ferne schmachtete. Es ärgerte mich, dass ich sein Gesicht nicht sehen konnte. Wann immer er den Blick hob, fiel ein Schatten auf seine Stirn und Wangen und machte es mir unmöglich, mehr zu erkennen.

Abbys Glas war leer, als Sheridan wieder zu uns kam.

»Noch einen, bitte.«

Okay. Anscheinend hatte sie nicht mehr vor, zu gehen.

Sheridan nahm ihr Glas entgegen und reichte ihr im Gegenzug zwei kleine Papierfetzen.

»Was ist das?«, fragte sie irritiert und sah zwischen dem Barbesitzer und den gefalteten Papierstückchen hin und her.

»Eure Lose.«

»Wofür?«

»Keine Ahnung. Die Jungs haben mich gebeten, jedem Gast eins davon in die Hand zu drücken.«

»Okay.« Ich sah, wie Abby die Augen misstrauisch zusammenkniff. »Das ist neu. Hier.« Sie reichte mir eins davon. Es war ein schwieriges Unterfangen, das Stück Papier nur mit einer Hand zu öffnen. Aber nach ein paar Augenblicken gelang es mir. Es stand eine einzige Zahl darauf.

»25«, hörte ich Abby neben mir sagen. »Du?«

»72.«

»Wann wird ausgelost?«

Sheridan kam nicht mehr dazu, Abbys Frage zu beantworten. Mit einem Mal erstarb die Musik, und tosender Applaus erklang. Offenbar war die Show zu Ende.

Automatisch blickte ich von meinem Zettel auf und wieder zur Bühne. Vier der fünf räumten die Stühle beiseite, die sie für ihren soeben beendeten Tanz benötigt hatten. Der fünfte Stuhl blieb, wo er war. Ich sah, wie Aidan sich ein Mikrofon reichen ließ und mit dem Finger zweimal darauf klopfte.

»Okay, funktioniert das?«, klang seine Stimme im nächsten Moment durch die Bar. Sie war tief und kräftig und warm. Abby hing gespannt an seinen Lippen.

»Prima.« Er grinste charmant in die Menge, und ich war mir sicher, dass er an diesem Abend nicht nur Abby das Herz stahl. »Kommen wir zu unserem heutigen Highlight.«

»Ziehst du dich ganz aus?«, hörte ich einen Zwischenruf, gefolgt von lautem Kichern. Abby war definitiv nicht die Einzige, die auf ihn stand.

»Leider nicht.« Aidan schüttelte bedauernd den Kopf. »Ich habe es den Jungs vorgeschlagen, aber sie wollten es mir nicht erlauben. Sie hatten Angst, den Kürzeren zu ziehen.«

Das Gejohle und Gelächter, das Aidan daraufhin erhielt, glich einem donnernden Gewitter.

»Ich weiß, ich weiß.« Er machte eine einladende Handbewegung an seinem Körper nach unten. »Aber seien wir ehrlich … Ihre Befürchtungen sind berechtigt.«

»Ist er immer so arrogant?« Ich beugte mich zu Abby.

»Das ist nur Show«, erwiderte sie. »Er will Kohle machen. Je mehr, desto besser.«

»Es ist trotzdem etwas befremdlich.« Er reduzierte seinen Wert einzig und allein auf seinen Körper. Ich konnte nur hoffen, dass Abby recht hatte und er das tatsächlich nur der wohltätigen Sache zuliebe tat. »Wofür sammeln sie überhaupt?«

»Für die Kinderstation des Krankenhauses in Davenport.«

»… die Nummer 25.«

»Oh.« Das war wirklich großartig von ihnen. Krankenhäuser konnten Spenden immer gut gebrauchen. Besonders welche für Kinder. Beeindruckt sah ich zurück zur Bühne. Aidan blickte sich suchend in *Sheridan's Bar* um.

»Wo bist du?«, fragte er und forderte die Besucher auf, noch einmal ihre Zettel anzusehen. »Oder hast du noch gar nicht alle verteilt, Sheridan?«

Mein Blick folgte Aidans zu dem Mann hinter der Theke.

»Doch«, rief Sheridan ihm zu und hielt eine leere Plastikbox in die Höhe. »Alle weg.«

»Okay. Dann sollte sich die glückliche Gewinnerin ja noch unter uns befinden. Oder der glückliche Gewinner. Aber ich hoffe wirklich, dass eine von euch Ladys gewonnen hat.« Er zwinkerte irgendeiner Frau in der Menge zu. »Das würde die Sache um einiges angenehmer machen. Nichts für ungut, Jungs.«

Wieder ging ein Lachen durch die Barbesucher. Es schien völlig egal, was Aidan von sich gab. Die Frauen flogen auf ihn.

»Welches Los hat denn gewonnen?«, fragte ich Abby.

Doch es war nicht meine Freundin, die mir die Antwort gab, sondern Aidan höchstpersönlich.

»Wir brauchen die Nummer 25.«

Meine Augen wurden groß. »Hast nicht du die 25 bekommen?«

Abby starrte auf den Zettel in ihrer Hand, als sie mir antwortete. »Hab ich.« Sie rührte sich nicht von der Stelle.

»Super. Dann los. Meld dich.« Ich legte meine Hand an ihre Schulter und hätte sie grinsend angesehen, wenn ihr Blick nicht nach wie vor auf ihrem Zettel gehaftet hätte.

»Abby?«

»Ich hab gewonnen«, hörte ich sie ungläubig raunen. »Ich gewinne *nie* etwas.«

Im nächsten Moment kam Leben in sie. Sie riss ihre Hand nach oben, winkte und rief laut »Hier!«.

»Ah. Da ist sie ja. Wir haben eine Gewinnerin. Komm nach vorn zu uns. Applaus, bitte.«

»Gib mir deinen Drink.« Ich nahm ihr das Glas ab, ehe ich sie in Aidans Richtung scheuchte. »Und jetzt los. Hol dir deinen Gewinn ab.« Worum auch immer es sich dabei handeln würde. Aidan hatte kein Wort darüber verloren, *was genau* Abby denn nun gewonnen hatte.

»Okay.« Sie fuhr sich mit den Händen durch die langen Haare, ein eindeutiges Zeichen dafür, dass sie nervös war. An ihrer Stelle wäre es mir wohl genauso ergangen, immerhin würde sie in wenigen Sekunden dem Mann gegenüberstehen, auf den sie abfuhr und bei dem sie sich zumindest im Moment keinerlei Chancen ausrechnete.

Ich sah ihr nach, wie sie sich einen Weg zur Bühne erkämpfte. Aidan war immer noch alleine dort. Die anderen vier hatten sich an den Rand verzogen und mittlerweile wieder ihre Klamotten übergestreift. Einzig Aidan stand nach wie vor nur mit seiner Uniformhose bekleidet da.

»Hey.« Obwohl ich einige Meter von ihnen entfernt war, erkannte ich, wie er sie angrinste, während er ihr seine Hand entgegenhielt und ihr auf die Bühne half. »Wie heißt du?«

»Abby.«

»Herzlichen Glückwunsch noch einmal, Abby.« Er nickte auf den freien Stuhl vor sich. »Nimm doch bitte Platz.«

Ich hörte ihr »Okay« nicht, sah lediglich ihre Lippenbewegungen und wie sie Aidans Aufforderung nachkam. Abby saß kaum, als das Licht auf der Bühne ausging und die gesamte Bar für einen kurzen Augenblick in Dunkelheit gehüllt wurde.

Nachdem das Licht wieder angeschaltet worden war, trug Aidan einen Hut und eine Krawatte, und neue Musik ertönte. Ich kannte das Lied nicht, doch das war auch nicht wichtig. Als ich realisierte, was genau Abby gewonnen hatte, schnappte ich kurz nach Luft.

Aidan gab ihr einen verdammten Lapdance.

»Wahnsinn«, platzte es aus mir heraus, und ich konnte mich zwischen einem Kopfschütteln und einem belustigten Lachen nicht entscheiden. Also tat ich beides, ehe ich mich nach einem freien Hocker vor der Bar umsah. Ich hatte keine Ahnung, wie lange ein Lapdance dauern würde, aber ich wollte keine Sekunde davon verpassen. Abbys Anblick war Gold wert. Sie strahlte, als wären Weihnachten, ihr Geburtstag und Thanksgiving gleichzeitig auf einen Tag gefallen.

Aidan hatte dem Publikum den Rücken zugedreht, platzierte Abbys Hände auf seinen Hüften und bewegte sich lasziv im Takt der Musik. Selbst aus zehn Metern Entfernung konnte ich sehen, wie Abby rot wurde, was sie ihre Hände jedoch nicht zurückziehen ließ. Geschickt nahm Aidan sich die Krawatte ab, legte sie um Abbys Hals und zog ihren Kopf zu sich heran. Fast sah es wie ein echter Kuss aus. Ich war kein eifersüchtiger Typ, aber anstelle seiner Freundin wäre das der Moment gewesen, ihn von der Bühne zu zerren. Er hatte zu viel Spaß bei dem, was er da tat. Genauso wie Abby, die ihn mit riesengroßen Augen anhimmelte, als hätte sie noch nie einen schöneren Kerl gesehen.

Am linken Ende des Tresens entdeckte ich einen einsamen Hocker und steuerte zielstrebig darauf zu. Im Gehen warf ich immer wieder einen Blick in Abbys Richtung, sah, wie sie lachte und von Aidan nach allen Regeln der Kunst bezirzt wurde. Im nächsten Augenblick stieß ich gegen ein Hindernis und verschüttete die Drinks in meiner Hand.

»Scheiße«, entwich es mir, und mein Blick schnellte nach oben. »Das war keine …« Der Rest meines Satzes blieb mir im Hals stecken, als mir bewusst wurde, wen ich soeben angerempelt hatte.

Ich kannte den Mann neben mir. Ich hatte ihn seit fast neun Jahren nicht mehr gesehen, aber ich wusste, wer er war.

Lex Wilson.

Feuerwehrmann, ein Freund meiner Schwester und die Liebe meines Lebens. Zumindest hatte ich das als Zehnjährige geglaubt, nachdem Claire sich mit ihm angefreundet und ihn das erste Mal mit zu uns nach Hause gebracht hatte. Ich hatte ihn immer aus der Ferne beobachtet, aber mehr als Claires kleine Schwester war ich nie für ihn gewesen. Und seit es mich nach Chicago verschlagen hatte, war ich ihm überhaupt nicht mehr begegnet.

Bis jetzt.

Unfähig, etwas zu sagen, starrte ich auf den nassen Fleck auf seinem T-Shirt und das Glas in seiner Hand, nach dem er gegriffen hatte. Es war nur noch halbvoll. Offenbar hatte ich nicht nur Abbys und mein Getränk verschüttet.

Ehe ich zu einer Entschuldigung ansetzen konnte, schüttelte Lex den Kopf und rieb mit seiner nassen Hand über die Seite seines Shirts.

»Schon gut, kein Ding. Kann passieren.«

Ich hatte Mühe, zu ihm aufzusehen. Lex war so viel größer, als ich ihn in Erinnerung hatte. Er überragte mich mindestens um einen Kopf, und seine Muskeln zeichneten sich deutlich unter dem Stoff des ruinierten Shirts ab. Aus dem schlaksigen Jungen, in den ich damals hoffnungslos verknallt gewesen war, war ganz offensichtlich ein Mann geworden. Ein Mann, der unwiderstehlich nach einer Mischung aus Aftershave und … Babyöl roch?

Ich stand ihm immer noch sprachlos gegenüber und versuchte zu verstehen, dass ich vor ein paar Minuten nicht irgendeinem Fremden beim Strippen zugesehen hatte.

Sondern *Lex*.

Als mir klar wurde, wie dämlich ich aussehen musste, blickte ich mich Hilfe suchend nach Sheridan um. Wir brauchten ein Tuch. Ich war mir zwar sicher, dass das auch nicht mehr viel retten konnte, aber es war besser, als untätig herumzustehen.

»Entschuldigung?« Ich versuchte, Sheridan auf uns aufmerksam zu machen.

Ohne Erfolg.

Verdammt.

»Uhm … Hallo?« Dieses Mal schnippte ich sogar, doch das Geräusch ging in der Musik und den lärmenden Leuten unter.

Ich war kurz davor, schnell selbst hinter die Theke zu huschen und nach einer Küchenrolle oder Ähnlichem zu suchen, als ich eine Hand auf meinem Arm spürte.

»Hey.« Lex lächelte mich aus warmen, blauen Augen an. Seine Finger ruhten auf meinem Arm.

Mit einem Mal war meine Kehle staubtrocken. Mein Puls raste, meine Wangen glühten, und jedes einzelne Härchen auf meinen Armen gab mir zu verstehen, dass es wirklich, ehrlich und tatsächlich Lex Wilson war, der neben mir stand. Der Mann, in den ich jahrelang heimlich verliebt gewesen war.

»Es ist nichts passiert.«

Als *nichts* hätte ich sein durchnässtes Shirt nicht bezeichnet, doch seine Worte schafften es immerhin, mich in meinem Tun innehalten zu lassen. Die und seine Hand auf meiner Haut.

»Aber du … bist jetzt nass.« Ich hatte eindeutig meine Fähigkeit verloren, vernünftig zu sprechen. Und das war etwas, das nur Lex jemals geschafft hatte. In seiner Anwesenheit war es mir schon immer schwergefallen, vollständige Sätze zu formulieren, die gleichzeitig auch noch Sinn ergaben.

Als Reaktion auf meine Aussage erhielt ich ein belustigtes Lachen.

»Stimmt. Soll ich mich noch mal ausziehen?« Er zwinkerte mir zu und setzte dazu an, mit der Hand nach hinten zu greifen. Sofort schnellte meine eigene nach vorne, um ihn davon abzuhalten.

»Nein, das … « Gott, war das peinlich. Ich hatte keine Ahnung, wie ich mich verhalten sollte.

»Na gut.«

Er ließ den Stoff wieder los und die Hand sinken. Wie von selbst lösten sich meine Finger von seinem Handgelenk. Was blieb, war das Kribbeln in meiner Handinnenfläche, mit der ich ihn eben noch berührt hatte.

»Dann schuldest du mir einen Drink.« Er lehnte sich mit den Unterarmen auf den Tresen und ließ seinen Blick ungeniert an mir auf und ab wandern, ehe er auf meinem Gesicht zur Ruhe kam.

»Einen neuen Drink«, murmelte ich und straffte die Schultern. Richtig. Das war das Mindeste, was ich tun konnte. »Was hast du denn getrunken?«

Ich hatte bereits wieder die Hand erhoben, um nach Sheridan zu winken, als Lex den Kopf schüttelte.

»Nein«, sagte er.

»Nein?« Hatte er nicht eben behauptet, dass ich für sein neues Getränk zuständig war?

»Du kannst mir keinen Drink ausgeben, wenn ich nicht weiß, wie du heißt.«

»Was?« Seine Worte ließen mich die Stirn runzeln.

»Ich bin Lex.« Er hielt mir seine Hand entgegen. Mein Blick fiel auf seine ausgestreckten Finger und verweilten viel zu lange dort. War das sein Ernst?

Als ich wieder in sein Gesicht sah, musterte er mich auffordernd. »Und du bist?«

»Grace.«

Irritiert ergriff ich seine Hand und schüttelte sie. Als Teenager hatte ich mir Hunderte Male ausgemalt, wie sich seine Haut wohl anfühlen würde. Nun wusste ich es. Sie war angenehm warm und rau und immer noch ein bisschen ölig.

»Grace«, wiederholte er und setzte erneut dieses Lächeln auf, das mich schon vor fünfzehn Jahren wahnsinnig gemacht hatte. Und dann zog er mir mit seinen nächsten Worten nicht den Boden, aber doch immerhin den Teppich unter den Füßen weg. »Schön, dich kennenzulernen.«

Was ich eben nur vermutet hatte, war nun Gewissheit: Lex Wilson hatte absolut keinen Schimmer, wer ich war. Ich schien keinerlei Eindruck bei ihm hinterlassen zu haben, wenn es so leicht war, mich zu vergessen. Und eigentlich sollte mich das nicht einmal überraschen. Streng genommen hatte er mir genau das schon vor neun Jahren klargemacht und mir damit das Herz gebrochen.

Ruckartig entzog ich ihm meine Hand, was ihn nicht einmal zu verwundern schien.

»Also, Grace, was verschlägt dich nach Tipton?« Lex musterte mich ein weiteres Mal mit einem intensiven Blick, den ich an meinem ganzen Körper spürte. »Nicht, dass ich mich nicht freue, dass du hier gelandet bist, aber …« Er ließ seinen Blick einmal durch die gesamte Bar schweifen. »Hier gibt es nichts, wofür es sich lohnen würde, herzukommen.«

Wow. Das waren harte Worte, die er benutzte, um unsere Heimatstadt zu beschreiben. Sicher war Tipton nicht mit Chicago oder irgendeiner anderen größeren Stadt Amerikas zu vergleichen. Aber es war auch nicht so ein Loch, wie er implizierte. Tipton war einfach eine typische, bunte, amerikanische Kleinstadt, wie es sie wie Sand am Meer gab.

Ich beschloss, seine Frage zu ignorieren und stattdessen auf den zweiten Teil seiner Aussage einzugehen.

»Du klingst nicht so, als würdest du gern hier wohnen.«

Seine Antwort war ein Schulterzucken. »Es ist okay. Aber Touristen kommen trotzdem eher weniger vorbei.«

»Wer sagt, dass ich Touristin bin?«

»Ich bin hier geboren und aufgewachsen.« Als beantwortete das meine Frage.

»Also kennst du die ganze Stadt?«

»Kann man so sagen.«

Er war völlig ahnungslos, wie falsch seine Aussage war. Ich war der Beweis dafür, dass er eben nicht mehr jeden Einwohner der Stadt kannte, auch wenn ich nur vorübergehend wieder in Tipton war. Solange, bis ich herausgefunden hatte, wie und wo mein Leben weitergehen sollte.

»Aber dich kenne ich nicht.« Er fuhr sich lässig durch die Haare. »Ich finde, wir sollten das ändern.«

Fragend hob ich eine Augenbraue.

»Was hältst du davon, wenn ich mir jetzt selbst ein Bier kaufe und wir unsere Drinks demnächst in Ruhe nachholen?«

Bevor ich ihm antworten konnte, wurde es laut in *Sheridan's Bar*. Die letzten Töne des Liedes, zu dem Aidan für Abby getanzt hatte, waren verstummt, der Applaus begann zu tosen. Als ich zurück zur Bühne blickte, sah ich meine Freundin von ihrem Stuhl aufstehen. Aidan begleitete sie an den Bühnenrand, und unter lautem Klatschen half er ihr nach unten. Abby strahlte über das ganze Gesicht, während sie auf Lex und mich zukam. Was auch immer die restlichen Stunden des Tages für sie bringen würden, ihr Abend hatte sich definitiv gelohnt.

Auf der Bühne ergriff Aidan noch einmal das Mikrofon und erklärte die Aktion offiziell für beendet.

»Was aber nicht heißt, dass ihr schon nach Hause gehen sollt. Trinkt, meine Freunde. Trinkt und habt Spaß. Wir sind nie mehr so jung wie heute Abend. Slainté.«

Mit diesen Worten verabschiedete er sich von der Bühne und wurde von einer ganzen Traube an Menschen in Empfang genommen. Auch Abby war von einigen Bekannten abgefangen worden. Ihren entschuldigenden Blick winkte ich mit einem Lächeln ab.

»Slainté?«, wandte ich mich wieder Lex zu. Das Wort hatte ich noch nie gehört.

»Das irische Wort für Prost. Aidan ist in Dublin geboren und lässt keine Gelegenheit aus, das zu betonen.«

»Er sieht gar nicht aus wie ein Ire.«

»Wie sehen Iren denn aus?« Es war nicht zu übersehen, dass meine Frage ihn amüsierte.

»Rothaarig und … blass?«

Ich kam mir ziemlich dumm vor, als ich die Worte laut aussprach. Sie waren durchtränkt von klischeehaften Vorstellungen und ziemlich naiv. Natürlich wusste ich, dass nicht alle Iren wie Kobolde aussahen. Das war spätestens seit Colin Farrell und Michael Fassbender klar.

»Vergiss, was ich gesagt habe.«

»Okay.« Er schmunzelte und drehte sich zurück in meine Richtung. »Du hast meine Frage nicht beantwortet.«

»Welche Frage?«

»Geh mit mir aus.«

Da war nichts in Lex' Blick, was mir einen Grund gegeben hätte, seine Bitte abzuschlagen. Er war ehrlich, charmant, mit seiner forschen Art anziehend, und ich wusste von Claire, dass er ein guter Kerl war. Herrgott, er war Feuerwehrmann und rettete auch kleine Katzen von Bäumen, wenn es sein musste. Lex war meiner Schwester ein treuer Freund, war früher oft bei uns gewesen, als sowohl Claire als auch ich noch zu Hause gewohnt hatten. Und ... trotzdem erinnerte er sich nicht an mich. Er hatte mich einfach aus seinem Gedächtnis gestrichen. Genau wie das Versprechen, das er mir damals gegeben und nicht gehalten hatte.

Es hätte mir nichts ausmachen sollen. Er hatte noch nie Interesse an mir und immer nur Augen für Claire gehabt. Ich war mir zu hundert Prozent sicher, dass er nicht mehr mit mir würde ausgehen wollen, wenn er wüsste, dass ich nicht einfach nur Grace war. Sondern Grace Hamilton, die kleine Schwester von Claire, die nie auch nur den Hauch eines Eindrucks bei ihm hinterlassen hatte.

Also tat ich etwas, von dem ich als verliebter Teenager nie gedacht hätte, dass ich es je tun könnte.

Ich ließ Lex Wilson abblitzen.

»Kein Interesse.«

»Was?«

»Kein Interesse«, sagte ich noch einmal. Mit neuem Elan winkte ich Sheridan zu uns, um Abbys und meine Getränke zu bezahlen.

»Und das von ihm übernehme ich auch.« An seinem verschütteten Getränk war ich schuld, also würde ich auch dafür bezahlen. Mit meinem Daumen deutete ich auf Lex, ehe ich Sheridan ein paar Geldscheine reichte. »Stimmt so.«

Dann drehte ich mich um und ließ einen sprachlosen Lex zurück. Auf dem Weg aus der Bar zwang ich mich, mich nicht noch einmal zu ihm umzudrehen. Stattdessen zog ich mein Handy aus der Hosentasche und schrieb Abby eine kurze Nachricht, dass ich gegangen war und sie sich melden sollte, falls sie abgeholt werden musste. In Chicago hätte ich eine Freundin niemals ohne Begleitung in einer Bar zurückgelassen. In Tipton war das kein Problem, vor allem, da ich wusste, dass Abby nicht alleine war. Sie war nach wie vor angeregt in ihr Gespräch vertieft.

Die Tür der Bar fiel hinter mir ins Schloss, und ich atmete tief durch. Das Herz schlug mir immer noch bis zum Hals, als ich den Weg nach rechts einschlug. Auf der ganzen Strecke nach Hause gab es nur einen einzigen Gedanken, der mir durch den Kopf geisterte.

Was zur Hölle war das gewesen?

2

Mein Wecker war auf sieben Uhr gestellt, doch ich lag bereits um sechs hellwach und gleichzeitig hundemüde in meinem Bett. Der Plan, vor meinem ersten Arbeitstag genügend Schlaf zu bekommen, war gründlich nach hinten losgegangen. Ich war ständig aufgewacht, hatte mich unruhig hin und her gewälzt, und seit Beginn der Dämmerung war ich gar nicht mehr eingeschlafen.

Der Grund dafür war einfach nur lächerlich: Ich war nervös. Der Klumpen in meinem Magen war riesig und wog so schwer, dass mir schlecht wurde. Nicht einmal vor meinem ersten Tag in der Klinik war ich derart aufgeregt gewesen. Dabei gab es überhaupt keinen Grund für so viel Anspannung. Tipton war mir nicht fremd. Ich kannte Doctor Webber von klein auf, die Patienten waren allesamt Bewohner der Stadt, die mich – anders als Lex – hoffentlich nicht vergessen hatten. Selbst das Gebäude, in dem sich die Praxis befand, war immer noch dasselbe wie damals, als ich gestürzt war und am Kinn hatte genäht werden müssen. Dieser Sturz war über zwanzig Jahre her, und doch erinnerte ich mich bestens daran, wie Doctor Webber mir nach der Behandlung ein buntes Pflaster mit Dinosauriern auf die Haut geklebt hatte. Ich war so stolz gewesen, die drei Nadelstiche ohne eine einzige Träne überstanden zu haben. Es hätte mich nicht gewundert, wenn dieselben Kinderpflaster noch heute in der Schublade des alten Schreibtischs in Doctor Webbers Behandlungsraum liegen würden.

Als ich die Küche betrat, sah mein Dad von der Zeitung auf. Ein liebevolles Lächeln zierte seine Lippen.

»Morgen«, murmelte ich wortkarg und steuerte den freien Stuhl neben ihm an.

»Guten Morgen, Cici.« Er faltete seine Lektüre sorgfältig zusammen und legte sie beiseite.

Meine Mom war mit der Kaffeemaschine beschäftigt, während sie mir einen Blick über die Schulter zuwarf.

»Setz dich«, forderte sie mich auf. »Der Kaffee ist gleich so weit. Willst du ein Glas Orangensaft?«

Ohne meine Antwort abzuwarten, öffnete sie den Kühlschrank und nahm einen großen Kanister Saft heraus. Mit einem Glas in der anderen Hand kam sie zu mir.

»Gern, danke.« Ich hatte noch nicht richtig Platz genommen, als der Saft auch schon vor mir stand.

»Hunger?« Ein Teller voller frisch gebackener Pancakes, die sie in Ahornsirup getränkt hatte, wurde in mein Blickfeld geschoben. Den obersten hatte sie sogar mit einem grinsenden Smiley aus frischen Beeren verziert.

Es war süß und trotzdem ... Wann zum Teufel war ich in diesem kitschigen Fünfzigerjahre-Film über amerikanisches Kleinstadtleben gelandet? Sie trug sogar eine rot-weiß karierte Schürze, um das Bild perfekt zu machen.

»Pancakes, Mom?«

Sie wusste genau, wie sehr ich ihre Koch- und Backkünste in Chicago vermisst hatte. Dieses Frühstück war ihre Art, mir zu zeigen, dass sie stolz auf mich war, obwohl es überhaupt keinen Grund dafür gab.

»Zur Feier des Tages.« Sie sah äußerst zufrieden aus, als sie mit der Kaffeekanne in der Hand zurück an den Tisch trat.

»Es ist nur ein Job ...«, wandte ich ein, ein lausiger noch dazu, doch davon wollte sie nichts hören.

»Für den Doctor Webber schon eine ganze Weile jemanden gesucht hat. Es würde mich nicht wundern, wenn sie dich nachher mit Kuchen und Konfetti begrüßen.« Sie lachte laut auf, und mir rutschte das Herz in die Hose.

Bitte nicht! Ich wollte alles, nur kein Begrüßungskomitee. Das hatte ich nicht verdient, und es war auch definitiv nicht nötig. Aber dieser Stadt war alles zuzutrauen, im Guten wie im Schlechten.

»Jetzt iss erst mal.« Sie warf mir einen auffordernden Blick zu, ehe sie sich noch einmal umdrehte, nur um eine Sekunde später mit einer Schüssel Erdbeeren neben mir Platz zu nehmen.

Erschlagen betrachtete ich das Festmahl vor mir auf dem Tisch. Unter normalen Umständen hätte ich zugegriffen, hätte vermutlich nicht nur einen, sondern gleich drei Pancakes verschlungen. Aber heute … Mir war übel. Ich hatte keine Ahnung, wie ich Doctor Webber bei der Behandlung seiner Patienten helfen sollte. Was, wenn ich einer alten Dame beim Blutabnehmen versehentlich die Vene durchstieß? Oder wenn ich eine falsche Blutdruckzahl in die Krankenakte schrieb? Wenn ich nicht die richtigen Medikamente bereitlegte?

Was, wenn.

Die Gedanken in meinem Kopf schaukelten sich immer höher und höher, wurden so laut, dass ich am liebsten ins Badezimmer gerannt wäre und mich für den Rest meines Lebens dort eingeschlossen hätte.

Ich hatte Angst.

Angst davor, wieder einen Fehler zu machen, der ein Menschenleben kostete. Es war nie meine Absicht gewesen, der Patientin zu schaden. Und doch war mir dieser verhängnisvolle Fehler unterlaufen, weil ich nicht bei der Sache gewesen war.

»Cici?«

Wer sagte mir, dass so etwas nicht wieder geschah? Dass ich, egal, wie oft ich kontrollierte, etwas Falsches aufschrieb oder das falsche Medikament verabreichte? Ein Buchstabe zu viel, und am Ende war eine Frau gestorben.

Meinetwegen.

Wäre ich nicht gewesen, würde sie heute noch leben und weiterhin ihre Witze reißen, für die sie auf der Station so bekannt und beliebt gewesen war.

Auch wenn ich ihr nie hatte schaden wollen, blieb die Tatsache doch dieselbe: Ich hatte den Tod eines Menschen verschuldet.

»Grace!«

Die Stimme meines Dads wurde lauter und ließ mich nachdenklich von meinem Pancake aufblicken. Ohne es zu merken, hatte ich das Teil mit meiner Gabel in unzählige kleine Stücke zerpflückt.

Gegessen hatte ich nichts.

»Hm?« Ich sah ihn fragend an.

»Es gibt keinen Grund, nervös zu sein.«

Wie immer war ich ein offenes Buch für ihn. Er wusste genau, was mich beschäftigte. Mom, er und Claire waren die Einzigen in ganz Tipton, die die Wahrheit kannten. Für alle anderen war ich deshalb zurückgekehrt, weil mir das Großstadtleben zu viel geworden war und ich unser Städtchen vermisst hatte. Da es immer wieder vorkam, dass Leute in meinem Alter doch zurück in die Heimat zogen, winkten die meisten ohne weitere Nachfragen ab und nahmen meine Rückkehr kommentarlos hin. Und Abby glaubte, dass es an meiner gescheiterten Affäre mit Ben lag.

»Es wird alles gut gehen.«

Mom sprach leise, als sie ihre Hand auf meine legte und aufmunternd drückte. Ihre Worte waren ein Versprechen ohne Inhalt. Leere Hoffnungen, getragen von guten Wünschen.

Ich war mir nicht sicher, ob ihnen tatsächlich bewusst war, was ich angestellt hatte. Meine Zulassung, als Krankenschwester zu arbeiten, hatte ich nur deshalb nicht verloren, weil die Klinik Angst vor einem Skandal gehabt hatte. Ich mochte die Erste gewesen sein, die die Infusionen vertauscht hatte. Aber es war im Anschluss tagelang die falsche Lösung verabreicht worden. Und so etwas durfte in einem Krankenhaus wie dem Saint Joseph's nicht passieren. Also war mein Fehler unter den Tisch gekehrt worden. Ich war mit einem blauen Auge davongekommen, doch das änderte nichts daran, dass eine Frau gestorben war. Nach ihrem Tod weiterhin im Krankenhaus zu arbeiten, war schlichtweg keine Option gewesen, auch wenn ausgerechnet Bens neue Freundin versucht hatte, mir klarzumachen, dass ich meinen Job nicht aufgeben musste.

Du kannst jeden neuen Tag als Chance sehen, es ein Stückchen besser zu machen.

Ich war Faith dankbar gewesen, dass sie mich nicht für meinen Fehler verurteilt hatte.

Gegangen war ich trotzdem.

Und nun sollte ich wieder mit Patienten in Kontakt treten. Ich würde sie nicht auf dieselbe Art und Weise behandeln müssen, wie ich das in der Klinik Tag und Nacht getan hatte. Aber auch in einer Kleinstadtpraxis konnten mir Fehler mit verheerenden Folgen unterlaufen.

Vermutlich war es nicht sonderlich klug, den Job bei Doctor Webber anzunehmen. Doch meine Mom hatte recht gehabt, als sie mir den Flyer gezeigt hatte: Ich war die einzige ausgebildete Krankenschwester in unserem Dreitausend-Seelen-Städtchen, die momentan verfügbar war.

»Grace Hamilton.« Eine ältere Frau mit grauem Haar und dem sympathischsten Lachen von ganz Tipton kam mit weit geöffneten Armen auf mich zu. »Sieh dich an, mein Kind. Wie groß du geworden bist. Und so hübsch.«

Auf der ganzen Welt gab es vermutlich nur einen einzigen Menschen, der so mit mir sprechen durfte. Und das war Martha Scott, das Urgestein in Doctor Webbers Praxis. Martha war schon da gewesen, als ich geboren wurde, und vermutlich würde sie erst dann damit aufhören, hier zu arbeiten, wenn Doctor Webber seine Praxis an einen Nachfolger übergab.

Sanft rieb sie mir mit ihren Händen über beide Oberarme, während ihr Blick an mir auf und ab wanderte. Irgendwie schaffte sie es, dabei kritisch und zufrieden zugleich auszusehen.

»Schön, dass du wieder da bist.« Sie gab mir erst auf die linke, dann auf die rechte Wange einen dicken Kuss. »Aber kleine Grace, du musst mehr essen.« Noch einmal musterte sie mich von oben bis unten. »Dringend.«

Natürlich fiel ihr auf, dass ich dünner geworden war, weil ich seit Wochen kaum Appetit verspürte. Zum Glück ersparte sie es mir, dazu etwas sagen zu müssen. Martha ließ mich los und schickte sich an, mir meinen neuen Arbeitsplatz zu zeigen.

»Hier findest du jeden Patienten, den Doctor Webber je behandelt hat, Liebes«, sagte sie, während sie eine Schublade aufzog. Unzählige Akten kamen darin zum Vorschein. »In alphabetischer Reihenfolge.«

Ich nickte. Verstanden.

»Und hier vorne …« Sie machte einen Schritt auf den Tisch zu, der gleichzeitig als Raumtrenner fungierte. »Hier ist der Kalender mit allen Terminen für jeden Tag. Deine erste Aufgabe ist es, alle benötigten Akten aus dem Schrank zu holen und bereitzulegen. Zunächst für den Vormittag, nach der Mittagspause auch für den Nachmittag.«

»Okay.«

Während Martha einen Blick auf die heutige Liste warf, sah ich mich schnell im gesamten Raum um. Doch egal, wohin meine Augen blickten … Es gab keinen Computer. Nur eine große Dose mit einer Vielzahl an Kugelschreibern und Bleistiften.

Ich steckte wohl immer noch in den Fünfzigern fest.

Bis Doctor Webber auftauchte, ging Martha die wichtigsten Aufgaben mit mir durch. Alles, was sie mir erzählte, klang machbar.

»Herzlich willkommen bei uns, Grace.« Er schüttelte kräftig meine Hand. »Es freut mich, dass du uns ab heute verstärken wirst.«

»Danke, Doctor Webber.« Ich bemühte mich um ein Lächeln, auch wenn mir immer noch mulmig zumute war.

»Nenn mich Bob. Ab sofort sind wir schließlich Kollegen.«

»Alles klar. Bob.«

Ich ließ seinen Namen über meine Lippen poppen und merkte sofort, dass es einige Zeit dauern würde, bis ich mich daran gewöhnt hätte. In meinem Kopf war *Bob* einfach immer Doctor Webber gewesen. Der alte, brummige Arzt mit Glatze und ein paar Kilos zu viel auf den Rippen.

»Wenn du Fragen hast, einfach raus damit. Martha lernt dich diese Woche ein. Einverstanden?«

Wortlos nickte ich. Eine Woche Einarbeitung erschien mir wenig, aber in Tipton tickten die Uhren offenbar anders.

Doctor Webber … Nein, *Bob* verschwand in seinem Behandlungszimmer, Martha erklärte mir ein paar Kleinigkeiten, und ehe ich mich's versah, war ich mittendrin in meinem ersten Arbeitstag. Zum ersten Mal seit vier Wochen trat ich wieder in den direkten Kontakt mit Patienten.

Und es lief erstaunlich gut. Die meisten Fälle waren harmlos. Ein paar erkältete Kinder, die mit schniefenden Nasen und im Beisein ihrer Mütter von Martha zu Doctor Webber gebracht wurden. Einer Schülerin entfernte er den Gips von ihrem Arm, mein ehemaliger Highschool-Lehrer kam für seine Allergiespritze vorbei, und ein Herr mittleren Alters, den ich nicht kannte, klagte über Rückenschmerzen. Verdacht auf Bandscheibenvorfall.

Erst nachdem der komplette Morgen ereignislos verlaufen war, begann ich, mich langsam zu entspannen und die Arbeit sogar zu genießen. Es machte mir Spaß, als Arzthelferin tätig zu sein. Ich hatte diesen Beruf damals nicht deshalb gewählt, weil mir nichts

Besseres eingefallen war. Nein, ich war Krankenschwester geworden, weil ich Menschen hatte helfen wollen. Nicht als Ärztin, die Menschen aufschnitt. Sondern hinterher. Ich wollte da sein, wenn die Patienten wieder aufwachten. Wenn sie auf den Stationen lagen und versorgt werden mussten. Das war mein Wunsch gewesen, und ich hatte ihn mir erfüllt. Bis vor ein paar Wochen.

Kurz nach halb eins kündigte Martha die Mittagspause an.

»Du hast dich gut geschlagen, Grace.« Sie lächelte mich an und wollte noch etwas sagen, als Doctor Webber – Nein, Bob, verdammt! – aus dem Behandlungszimmer kam.

»Können wir los, Martha?«, fragte er. Eine große Ledertasche befand sich in seiner Hand.

»Natürlich, Chef.« Martha umrundete den Tisch, ehe sie sich noch einmal zu mir umdrehte.

»Hausbesuch«, fügte sie erklärend hinzu und deutete auf die Tasche.

»In eurer Pause?«

»Ja. Wir müssen zur Farm des alten Callaway raus.«

»Oh.«

Ich bewegte meinen Kopf ganz langsam auf und ab, auch wenn Marthas Worte gleichzeitig einen kleinen Anflug von Panik in mir auslösten. Ließen sie mich wirklich allein?

»Wir sollten eigentlich wieder da sein, bis die nächsten Patienten kommen. Falls nicht, vertröstest du sie einfach und bietest ihnen Kekse und Wasser an.«

Martha öffnete eine Tür, hinter der sich im wahrsten Sinne des Wortes eine kleine Vorratskammer befand.

»Kekse und Wasser?«

Sie nickte. »Beugt Unterzucker und Dehydrierung vor. Alles andere kann warten, bis wir wieder da sind. Bis später, Grace.«

Auch Bob nickte mir einmal kurz zu, ehe er mit Martha das Gebäude verließ. Ich blieb zurück – mit feuchten Händen und einem klopfenden Herzen.

Der Zeiger auf der Uhr raste. Mir war durchaus klar, dass diese Beobachtung Quatsch war. Zeit war Zeit und somit nicht relativ. Eine Sekunde jetzt verging nicht schneller als heute früh nach dem Aufstehen oder während meines Spaziergangs zur Praxis. Aber jedes Mal, wenn ich auf die Uhr blickte, rückte der Zeitpunkt näher, an dem ich die Tür wieder aufschließen und Patienten in Empfang nehmen musste. *Ohne* dass Bob und Martha da waren.

Was, wenn ein Notfall passierte? Oder jemand kollabierte und keine Luft mehr bekam oder einen allergischen Schock hatte? Ich wusste, wie man in solchen Fällen handeln musste. Ich war im Krankenhaus oft genug dabei gewesen und in meiner Ausbildung bestens auf derartige Notfälle vorbereitet worden. Wenn kein Arzt in der Nähe war, lag es an mir, die lebensrettenden Maßnahmen einzuleiten.

Aber … Ich war doch nur Grace. Grace, die Fehler machte, weil sie nicht richtig aufpasste. Man konnte sich nicht auf mich verlassen, sobald ich unter Druck stand. Und das tat ich, seit Bob und Martha durch diese Tür getreten waren. Ich befand mich unter höchster Anspannung und hatte keinen Bissen meines mitgebrachten Essens angerührt.

Ein lautes Klopfen ließ mich so heftig zusammenzucken, dass mir dabei ein paar Aktenblätter, die ich geordnet hatte, auf den Boden fielen. Ich bückte mich hastig danach und hob sie auf, ehe ich meinen Blick zur Tür gleiten ließ. In der milchigen Glasscheibe stand eine dunkle Gestalt, die dagegentrommelte.

Das Herz rutschte mir in die Hose, als mir klar wurde, dass es so weit war. Die Mittagspause war vorüber, von Bob und Martha fehlte nach wie vor jede Spur, und der erste Patient stand vor der Tür.

Scheiße.

Ganz langsam, wie um Bob und Martha noch eine Chance zu geben aufzutauchen, erhob ich mich von meinem Stuhl und trat auf die Tür zu. Der Schlüssel steckte, ich brauchte ihn nur umzudrehen.

Meine Finger waren schwer wie Blei, als ich sie auf den Schlüsselbund legte. Und drehte. Lautlos sprang die Tür auf, und ich fand mich von Angesicht zu Angesicht mit meiner Begegnung von letzter Nacht wieder.

»Grace?«

»Lex?« Meine Augen wurden groß. »Was machst du denn hier?«

»Das sollte ich eher dich fragen.« Er zog die Stirn kraus. »Wo ist Martha?«

»Hier!«

Wir drehten uns beide im selben Moment um. Mit großen Schritten kam sie über den kleinen Weg auf uns zugelaufen. Pure Erleichterung durchflutete mich bei ihrem Anblick.

»Alexander Wilson.«

Sie schob sich ihre Brille mit dem Finger weiter auf die Nase und kniff die Augen zusammen, als sie bei uns ankam. Mit dem knielangen, schwarzen Rock und der weißen Bluse unter dem dunklen Blazer sah sie nicht aus wie eine Arzthelferin, sondern wie eine Gouvernante aus einem der alten Filme.

»Lex, Martha. Mein Name ist Lex«, verbesserte er sie.

»Ach, papperlapapp. Deine Eltern haben dich Alexander getauft. Lex ist kein ordentlicher Name, junger Mann.« Sie schüttelte entschieden den Kopf.

Martha strahlte eine Art von Autorität aus, die es einem leicht machte, Respekt für sie zu empfinden und sich ihr gegenüber auch dementsprechend zu verhalten. Geschickt drückte sie sich an uns vorbei in die Praxis. Nach einem schnellen Blick in Lex'

Richtung folgte ich ihr zurück zu den Dokumenten, die ich eben noch sortiert hatte.

»Wie können wir dir weiterhelfen, Alexander?« Sie streifte sich den Blazer von den Schultern und hängte ihn sorgfältig auf einen Bügel.

Ich beobachtete zwar meine Kollegin, doch mein gesamter Körper war sich Lex' Anwesenheit mehr als deutlich bewusst. Ich spürte seinen Blick auf mir, und ein Schauer kroch über meinen Rücken. Es war furchtbar. Ich hasste es, dass er nach wie vor diese Wirkung auf mich hatte. Neun Jahre und ein gebrochenes Teenagerherz, verflucht noch mal. Und trotzdem schaffte er es immer noch.

»Ich habe einen Termin«, sagte er, und seine Stimme klang um einiges näher, als ich angenommen hatte. Als ich aufblickte, wurde mir auch klar, wieso. Er stand unmittelbar vor mir. »Zum Impfen.«

Ihn so nah vor mir zu wissen, machte mich nervös. Meine Abfuhr war noch keine vierundzwanzig Stunden her, und obwohl wir hier in einer Kleinstadt lebten … Ich hatte nicht erwartet, ihn so schnell wiederzusehen.

Mit dem Finger fuhr Martha über den Kalender. »Ah, hier. Vierzehn Uhr.« Sie nickte. »In Ordnung. Dann nimm doch bitte noch kurz im Wartezimmer Platz. Wir holen dich, sobald Doctor Webber da ist.«

»Kann ich auch hier warten und dich von der Arbeit abhalten?« Er zwinkerte ihr verschmitzt zu.

»Hierbleiben, ja. Von der Arbeit abhalten, nein.« Streng hob sie eine Augenbraue und unterband damit jegliche weitere Diskussion. Es war bewundernswert.

»Jawohl, Ma'am.« Lex salutierte und grinste breit.

Ich sah Martha deutlich an, dass sie mit aller Kraft versuchte, ernst zu bleiben, doch das halbe Schmunzeln, das sich auf ihr

Gesicht schlich, verriet sie gnadenlos. Lex hatte sie mit Leichtigkeit um den Finger gewickelt.

»Erzähl … Wie geht es dir?«

Zwei Minuten lang hatte sie es geschafft, ihn zu ignorieren, und war damit genau 120 Sekunden erfolgreicher als ich. Ich versuchte, mich von seiner Anwesenheit abzulenken, indem ich die Dokumente weiter so sortierte und einordnete, wie Martha es mir gezeigt hatte. Dennoch lauschte ich ihrer Unterhaltung mit gespitzten Ohren.

»Alles okay.«

Alles okay. Diese beiden kleinen Wörter würden für immer meine Lieblingslüge bleiben. Jeder Mensch glaubte sie und fragte nicht weiter nach, obwohl in den allermeisten Fällen eine Nachfrage die Wahrheit ans Licht gebracht hätte. Doch Martha gehörte ebenfalls zu der Sorte Mensch, die sich mit einer solchen Aussage zufriedengab. Gut gelaunt steckte sie einen Bleistift zurück in die dafür vorgesehene Dose und ersparte sich ein Nachhaken. Stattdessen wechselte sie das Thema.

»Immer noch keine Freundin?«

Fast hätte ich mich an meinem Wasser verschluckt, das ich gerade getrunken hatte. Martha war schon immer direkt gewesen, aber ich hatte ganz offensichtlich vergessen, welche Ausmaße das annehmen konnte.

»Nope.« Lex ließ sich nicht anmerken, ob ihn diese Frage störte oder nicht. »Aber ich verspreche dir, dass du die Erste bist, die ich darüber informiere, wenn sich dieser Zustand ändert, Martha.« Ich musste ihn nicht ansehen, um zu wissen, dass er seinen Worten wieder ein keckes Zwinkern hinterherschickte.

»Es ist eine Schande.« Meine Kollegin seufzte tief und schüttelte gleichzeitig den Kopf. »Ich könnte dich immer noch meiner Enkelin vorstellen.«

Lex' Antwort war ein belustigtes Lachen. »Ach, Martha. Du willst mich nicht als Schwiegerenkel. Glaub mir.«

»Warum? So ein Feuerwehrmann in der Familie … Das wäre praktisch. Wir haben viele Katzen.«

»Die rette ich gerne auch einfach so jederzeit für dich. Ohne Verwandtschaftsbonus.«

Schwere Schritte kündigten uns im nächsten Augenblick einen weiteren Ankömmling an.

Bob.

Nach einer kurzen Begrüßung blieb sein Blick an Lex hängen.

»Nanu. Warst du nicht letzte Woche erst hier, Alexander?«

»Lex«, hörte ich den Angesprochenen resigniert seufzen. Ein leichtes Grinsen schlich sich auf mein Gesicht.

»Was hast du dieses Mal angestellt?« Bob nahm den weißen Kittel vom Haken und schlüpfte hinein. »Oder sollte ich eher fragen, wen du wieder gerettet und dich dabei selbst in Gefahr gebracht hast?«

»Ich erinnere da nur an deine Rauchvergiftung, mein Lieber«, warf Martha ein. »Das war kein Spaß.«

»Weder noch, Doc.« Lex wandte sich Bob zu. »Der Captain hat mich dran erinnert, dass ich dringend meinen Impfschutz auffrischen muss, wenn ich weiterhin Teil seines Teams sein will. Et voilà. Hier bin ich.«

»Ah, Captain O'Hara. Guter Mann. Na, dann komm mal mit.«

Die beiden verschwanden gemeinsam in dem größeren der beiden Behandlungszimmer. Die Tür war längst ins Schloss gefallen, als ich sie immer noch lachen hörte. Doch ich kam nicht dazu, länger über Lex nachzudenken. Die nächsten Patienten trudelten ein, und schon waren Martha und ich wieder im Alltagsgeschäft der Praxis gefangen. Ich merkte nicht, wie die Zeit verflog, und war überzeugt davon, dass keine einzige Minute vergangen sein konnte, als Lex, gefolgt von Bob, aus dem Zimmer kam.

»Pass auf dich auf, Bursche.« Bob klopfte ihm kräftig auf die Schulter. »Wenn dich dein Job schon nicht umbringt, wäre es wirklich schade, wenn eine vergessene Impfung es schaffen würde.«

»Ich werde mir Mühe geben, Doc.«

Lex reichte ihm seine Hand. Nach einem festen Händeschütteln ließ sich Bob die Karteikarte des nächsten Patienten reichen. Damit ging er zurück in sein Behandlungszimmer, und Martha steckte ihren Kopf ins Wartezimmer. Lex blieb direkt vor mir stehen.

»Brauchst du noch was?«, fragte ich und wagte es kaum, ihn anzusehen.

»Nein«, antwortete er. Wieder bildete sich dieses verschmitzte Lächeln auf seinem Gesicht, doch dieses Mal erreichte es seine Augen nicht. Er rief meiner Kollegin ein »Tschüss, Martha« zu, ohne den Blick von mir abzuwenden.

»Mach's gut, Alexander.« Sie winkte ihm vom Wartezimmer aus zu, wo sie Bobs nächsten Patienten in Empfang nahm und in das Behandlungszimmer führte.

Ein paar Sekunden standen wir einander wortlos gegenüber. Keiner von uns durchbrach die eingekehrte Stille. Und zum ersten Mal fiel mir auf, wie dicht seine Wimpern waren. Sie brachten seine strahlend blauen Augen perfekt zur Geltung.

Lex war schließlich derjenige, der unseren Blickkontakt beendete. »Bis dann, Grace«, sagte er und machte zwei Schritte rückwärts. Im nächsten Moment war er aus der Praxis verschwunden.

»Ich mag den Jungen«, lachte Martha, als sie zurückkam und sich neben mich setzte.

»Wen?« Das kleine Kind, das sie gerade zu Bob geführt hatte?

»Na, Alexander.« Ich spürte ihren Blick auf mir, als sie ihre nächsten Worte aussprach. »Der Junge ist ein Goldstück.«

Lex war zwar mittlerweile alles andere als ein Junge, aber Martha war unverbesserlich und hätte einen Protest meinerseits mit Sicherheit nicht gelten lassen. Also reagierte ich nicht auf sie, auch wenn mir klar war, dass hinter ihren Worten mehr steckte als nur die bloße Aussage, dass Lex ein netter Kerl war.

Der Junge ist ein Goldstück, Grace. Und er ist Single. Genau wie du. Schnapp ihn dir.

Meine Kollegin hatte keine Ahnung, dass ich das bereits vor neun Jahren versucht hatte und kläglich gescheitert war. Noch einmal würde ich mir die Finger nicht an ihm verbrennen.

3

Die erste Woche in Bobs Praxis hatte ich ohne Zwischenfälle hinter mich gebracht. Ich hatte aufgepasst wie ein Luchs, jede Anweisung meines Chefs an mich doppelt und dreifach gecheckt. Manches hatte ich auch von Martha unter dem Vorwand, dass ich neu war, gegenkontrollieren lassen. Ich hatte alles richtig gemacht. Aber auch wenn fünf Tage lang alles gut gegangen und mir kein Fehler unterlaufen war, blieb da immer noch dieses Gefühl von Unruhe und Unsicherheit in mir. Ich wusste schließlich, wie das lief. Sobald man routinierter war, sich eingewöhnt hatte, wurde man nachlässig. Und vor genau diesem Moment hatte ich Angst. Denn nur, weil bisher alles gut gegangen war, bedeutete das nicht, dass es weiterhin so bleiben würde.

Es war kurz nach vier Uhr nachmittags, als ich den Hof der Foresters erreichte. Er lag etwas außerhalb von Tipton, am westlichen Rand der Stadt, und meine Eltern waren seit Jahren mit den Hofbesitzern befreundet. William mistete gerade eine der Pferdeboxen aus, während von Jackie weit und breit nichts zu sehen war.

»Hallo, Cici«, sagte er, unterbrach seine Arbeit und lehnte sich an die Boxentür. »Dorina war heute schon draußen.«

»Okay. Dann nehme ich Giana«, meinte ich lächelnd und legte meinen Helm neben der Box auf einem großen Strohballen ab. »Ist das okay?«

»Natürlich. Die alte Dame freut sich immer über ein bisschen Bewegung.« William nickte. In seiner Jeans, dem alten karierten Hemd und vor allem mit seinem großen Strohhut erinnerte er an einen Farmer, wie er im Buche stand.

»Ist sie hier oder auf der Koppel?«

»Draußen. Es könnte also sein, dass du erst einmal eine Weile putzen musst.«

»Alles klar. Danke für die Vorwarnung.«

Ich machte mich an der großen Schrankwand zu schaffen, in der die Putzutensilien aller Pferde aufbewahrt wurden. Für jedes gab es einen eigenen Spind. Von den zwanzig Pferden auf dem Hof ritt ich meistens Dorina. Sie war sanft und einfach zu handhaben, während Giana manchmal an eine Diva erinnerte, die unbedingt ihren Willen durchsetzen wollte. Wir hatten beide Zeit benötigt, um uns aneinander zu gewöhnen, doch mittlerweile kamen wir gut miteinander klar.

Nachdem ich alles vorbereitet hatte, machte ich mich mit einem Halfter in der Hand auf den Weg zur Pferdekoppel und pfiff nach Giana. Ich sah sie am anderen Ende der eingezäunten Weide stehen, doch heute hatte sie scheinbar keine Lust, meinem Pfiff nachzukommen. Während drei andere Pferde ihren Kopf in meine Richtung drehten, blieb Giana, wo sie war, und graste in aller Seelenruhe weiter.

»Also gut.« Seufzend öffnete ich das Gatter und machte mich auf den Weg zu ihr. Es dauerte ein paar Minuten, bis ich sie erreicht hatte. Als ich bei ihr ankam, wurde mir klar, dass William nicht übertrieben hatte.

»Ach, Süße.« Ich strich über das Fell an ihrem Hals. Die einzige dreckfreie Stelle. »Was hast du denn wieder angestellt?«

Der restliche Körper der Lady war übersät mit getrocknetem Matsch. Mit geübtem Griff legte ich ihr das Halfter um und schnalzte mit der Zunge, um sie zum Gehen anzutreiben. Giana zögerte einen Moment, ehe sie sich doch in Bewegung setzte. Gemeinsam begaben wir uns auf den Weg zurück in den Stall, wo ich sie abbürsten und sauber machen würde, bevor wir es wagen konnten, eine Runde auszureiten. Ich liebte es, die Welt und meine Probleme auf dem Rücken eines Pferdes zu vergessen. Es gab kein schöneres Gefühl für mich, als wenn mir der Wind um die Nase wehte und ich mit Dorina, Giana oder Joey über die weiten Felder ritt. Ich war immer alleine unterwegs, genoss es, von nichts und niemandem gestört zu werden. In solchen Augenblicken gehörte die Welt nur mir, und trotzdem war ich nicht einsam. Genau diese Momente hatten mir in Chicago am meisten gefehlt.

Es dauerte eine halbe Stunde, bis ich Giana von allem Dreck und Staub befreit hatte. Die betagte Dame ließ sich ausgiebig verwöhnen und futterte genüsslich die beiden Äpfel, die ich ihr mitgebracht hatte. Dann konnte ich mich endlich auf ihren Rücken schwingen. Nachdem ich einige Runden mit ihr gedreht hatte, um sie aufzuwärmen, zogen wir los ins Gelände. Zum Glück war Giana kein ängstliches Pferd. Sie erschrak nicht bei jedem Rascheln in einem Gebüsch oder beim Blätterrauschen der Bäume. Giana mochte zwar alt sein, aber wahrscheinlich war genau das der Grund dafür, dass sie sich nicht von irgendwelchen Geräuschen aus der Fassung bringen ließ.

Gemütlich trottete sie den Weg entlang, den ich alle paar Tage mit ihr einschlug. Doch heute wählte ich am Ende des Feldweges nicht den Pfad nach rechts, wir nahmen den linken. Den in Richtung See. Ich war lange nicht mehr dort draußen gewesen, doch ich wusste, dass es am östlichen Ufer eine schöne Stelle gab, wo ich Giana und mir eine Pause gönnen konnte. Es war ein gutes Stück bis dorthin, doch weder mein Pferd noch ich scheuten die Strecke. Ich liebte die Weite der Felder genauso sehr wie meine Stute, trieb Giana immer wieder zum Galopp an, ehe ich unser Tempo weiter verringerte und sie ein bisschen im Schritt laufen ließ. Heute benahm sie sich vorbildlich, weshalb ich mich zu ihr beugte, meine Wange an ihre Mähne schmiegte und ihr über das Fell strich.

Nach einer guten Stunde erreichten wir den See an der Ecke, wo ich die alten Badefelsen wusste. Als Kinder hatten wir hier das Schwimmen gelernt. Heute war es zu kalt dafür, doch im nächsten

Sommer würde ich es mir nicht nehmen lassen, mal wieder das Wasser zu testen. Falls ich dann überhaupt noch hier war.

Ich hatte keine Ahnung. Keinen Plan, was ich tun wollte. Ich wusste nur, dass die erste Woche im neuen Job nicht so schlimm gewesen war, wie ich befürchtet hatte. Aber die Stelle war begrenzt. Caroline würde nicht ewig bei ihren Kindern zu Hause sein, und ich wusste, dass Bob es niemals übers Herz bringen würde, ihr ihren alten Arbeitsplatz vorzuenthalten, sobald sie darum bat. Was bedeutete, dass ich irgendwann gehen musste.

Mit den Füßen gab ich Giana ein Zeichen, stehen zu bleiben. Ich stieg von ihrem Rücken, nahm ihr die Trense ab und legte ihr stattdessen das Halfter aus der Satteltasche an.

Nachdem ich sie an einem Baum angebunden hatte, begann sie, zufrieden zu grasen, und ich machte es mir auf den Felsen bequem. So gut das eben ging, wenn man keine Decke dabeihatte und Reitkleidung trug.

Ich hatte den Helm kaum neben mir abgelegt und die Beine ausgestreckt, als ich ihn erblickte. Einen Mann, der den See mit schnellen Schwimmzügen durchquerte. Kopfschüttelnd sah ich ihm dabei zu. War er verrückt geworden? Ich musste meine Hand nicht in das Wasser halten, um zu wissen, dass es eiskalt war. Wir hatten Ende Oktober. Selbst wenn er unaufhörlich in Bewegung blieb – was er tat –, war es purer Leichtsinn, sich länger als ein paar Sekunden im Wasser aufzuhalten.

Giana störte sich nicht daran, dass wir offensichtlich nicht länger alleine waren. Sie graste seelenruhig weiter, während ich den Kerl beobachtete. Er schien uns noch nicht bemerkt zu haben. Was gut war. Ich hatte fünf Tage lang nur Menschen um mich gehabt. Und auch zu Hause war ich quasi nie allein. Entweder war Mom da oder Dad, und auch wenn ich beide mehr als alles andere auf dieser Welt liebte, war es wirklich nicht leicht, mit siebenundzwanzig Jahren wieder bei den eigenen Eltern einzuziehen.

Ich wollte nicht schon wieder mit jemandem reden müssen, und trotzdem lag mein Blick unentwegt auf dem Mann im See. Es war auf eine seltsame Art und Weise faszinierend, ihn durch das Wasser gleiten zu sehen. Es sah so leicht aus. Seine Züge waren gleichmäßig und wirkten fast schon elegant. Als hätte er Routine darin. Aber ehrlich gesagt konnte ich mir das beim besten Willen nicht vorstellen. So bescheuert war doch niemand, bei diesen Temperaturen regelmäßig baden zu gehen. Während es tagsüber immer noch meist angenehm warm war, kühlte es nachts empfindlich ab. Das Wasser konnte also keine zehn Grad mehr haben. Und wieso machte ich mir überhaupt Gedanken darüber, was diesen Irren geritten hatte, in den See zu springen? Wenn er krank werden wollte, nur zu. Das sicherte immerhin, dass Bob die Arbeit nicht ausging.

Als Giana ein lautes Wiehern ausstieß, wandte ich meinen Blick hektisch vom See ab und sah zu ihr. Rastlos machte sie ein paar Schritte hin und her.

»Hey, ganz ruhig.« Ich rutschte vom Felsen, trat zu ihr und tätschelte beruhigend ihren Hals. »Was ist denn los?« Es war nichts und niemand zu sehen. Wir waren immer noch allein hier draußen.

Natürlich blieb sie mir eine Antwort schuldig, doch ihr Wiehern hatte den Schwimmer auf uns aufmerksam gemacht. Er hielt in seinen Bewegungen inne und sah zu uns.

Mist.

Ein Ziehen in meiner Magengegend ließ mich Gianas Halfter vom Baum losbinden. Ich war bereits kurz davor, mein Pferd zu schnappen und den Rückweg anzutreten, als der Typ das Ufer erreichte. Und dann erkannte ich, wen ich da die ganze Zeit beobachtet hatte. Es hätte mich nicht einmal wundern sollen. Seine Familie hatte ganz in der Nähe, versteckt zwischen ein paar Bäumen, eine kleine Holzhütte gebaut.

»Ernsthaft?«, murmelte ich so leise, dass er mich nicht hören konnte. Automatisch verstärkte ich den Griff um Gianas Halfter.

»Grace.« Lex grinste, als er triefend nass und in verdammt engen Badeshorts, die rein gar nichts der Fantasie überließen, aus dem Wasser trat. »Aller guten Dinge sind dann wohl drei.«

Er griff nach etwas auf dem Boden, das ich als ein dunkelgrünes Handtuch identifizierte. Es war mir bisher nicht aufgefallen. Daneben lagen schwarze Badeschlappen. Während er auf mich zulief, fuhr er sich mit dem Handtuch über das Gesicht. Und ich? Ich stand einfach nur wie angewurzelt da und beobachtete ihn dabei. Sah, wie seine Muskeln sich bei jedem Schritt anspannten. Wie das Wasser über seine Haut perlte. Wie er näher kam.

Als er das Handtuch wieder sinken ließ, grinste er noch immer bestens gelaunt.

»Wer ist das?« Mit einer Kopfbewegung nickte er in die Richtung meiner Begleitung.

»Giana«, entwich es mir wie von selbst. »Sie gehört den Foresters.«

»Ah.« Lex nickte wissend. »Der gute, alte William.«

»So alt ist er auch nicht«, widersprach ich träge und starrte immer noch auf Lex' nackten Oberkörper. Das Spiel seiner Muskeln verwirrte mich. Egal, wie genau ich hinsah, er schien nicht einmal eine Gänsehaut zu haben. Stattdessen war seine Haut glatt und jeder einzelne Muskel verdammt definiert. Er hatte früher schon umwerfend ausgesehen, aber das jetzt war eine ganz andere Nummer.

Räuspernd wandte ich mich von ihm ab. »Wie auch immer …« Meine Stimme war selbst für mich kaum zu verstehen. »Ich muss los.«

»Musst du?« Lex' direkte Frage ließ mich wieder aufsehen. Sein Blick war undurchdringlich.

»Was?«

»Musst du wirklich los? Oder denkst du nur, dass du es musst?«

Stirnrunzelnd musterte ich ihn. »Was ist der Unterschied?«

»Na ja.« Er hängte sich das Handtuch lässig über die Schulter. »Dein Pferd scheint keine Eile zu haben. Und wenn du eigentlich gar nicht losmusst, dann …« Er deutete mit dem Finger in die entgegengesetzte Richtung, aus der ich gekommen war. »Dort vorne steht die Hütte meiner Eltern. Wir könnten unsere Drinks nachholen.«

»*Jetzt?*«

»Warum nicht?« Er lachte. »Vorausgesetzt, du magst Wein. Oder Wasser. Aber das gilt eigentlich nicht als Drink, wenn wir mal ehrlich sind.«

Anstatt ihm seine versteckte Frage zu beantworten, schüttelte ich ungläubig den Kopf. »Du willst *jetzt* … In einer Hütte … So.« Mit meiner Hand machte ich eine Auf- und Abwärtsbewegung. »Ist dir nicht schweinekalt?«

»Geht schon. In der Hütte habe ich Klamotten.« Er trat einen Schritt von mir weg und musterte mich gespannt. »Also? Kommst du mit?«

Eigentlich schrie alles in mir danach, auch dieses Mal seine Einladung abzulehnen. Mein Pferd zu schnappen, zurückzureiten und mich nach einer ausgiebigen Dusche ins Bett zu verziehen. Doch da war etwas in Lex' Blick, das mich an Ort und Stelle hielt. Das mich nach ein paar Sekunden sogar vielmehr zustimmend nicken ließ.

»Okay. Aber Giana und mich gibt es nur im Doppelpack.«

»Kein Problem.«

»Und eventuell stinke ich nach Pferd.«

»Auch damit kann ich leben. Kommst du jetzt?«

Mir blieb wohl keine andere Wahl. Natürlich hätte ich einfach gehen können, wenn ich wirklich gewollt hätte. Aber die Wahrheit war … Ich wollte nicht. Dieser neue Lex, einer, der bei diesen

Temperaturen im See schwamm, der durchtrainiert und Feuerwehrmann war und diesen Job scheinbar ernst nahm … Diesen Lex kannte ich nicht, und ich konnte nicht leugnen, dass er mich faszinierte. Vor allem, weil er in den hässlichsten Badeschlappen der Welt steckte.

»Die Dinger hast du bestimmt deinem Gramps geklaut, oder?«, sagte ich, nachdem wir uns in Bewegung gesetzt hatten. Gianas Halfter hielt ich in meiner linken Hand, die Stute trottete artig neben mir her.

»Welche Dinger?«

»Deine Latschen. Mein Grandpa hatte früher auch solche. Vor zwanzig Jahren.«

»Sie sind bequem.« Ich sah aus den Augenwinkeln, wie er mit den Schultern zuckte. »Dein Grandpa scheint ein Mann mit Geschmack zu sein.«

»Richte ich ihm gerne aus, wenn ich ihn das nächste Mal sehe.« Zwischen den Bäumen tauchte die Hütte der Wilsons auf. Und was ich erkennen konnte, sah genauso aus wie damals. Lex, sein Bruder Devon und ihr Vater hatten die rostrote Holzhütte vor vielen Jahren selbst gebaut. Sie war nicht sonderlich groß, ich wusste, dass sich nur ein Bett, ein Schrank und zwei Hocker darin befanden. Doch das hatte die beiden nie davon abgehalten, ihre Geburtstage hier draußen zu feiern. Einmal war ich eingeladen gewesen. Und die kleine Grace hatte sich am Ziel ihrer Träume geglaubt, als Lex an jenem Abend ganze fünf Minuten mit ihr gesprochen hatte. Gott. Ich war so naiv gewesen.

Kopfschüttelnd durchbrach ich das Gedankenmeer voller Erinnerungen und konzentrierte mich wieder auf die Version von Lex, die nun vor mir stand.

»Gibst du mir eine Sekunde?«, fragte er, als wir die Hütte erreichten. Im Gehen drehte er sich zu mir um und machte rückwärts zwei weitere Schritte auf das kleine Gebäude zu. »Ich zieh mir schnell was Trockenes an und hole den Wein.«

»Okay.« Ich sah ihm hinterher, wie er im Innern des Holzbaus verschwand. Erst als er nicht mehr zu sehen war, wandte ich mich Giana zu und strich ihr sanft über die Nüstern. »Wir bleiben nicht lange, versprochen.«

Ihre Antwort war ein wenig überzeugtes Schnauben. Ich konnte es ihr nicht verübeln. Wahrscheinlich hatte sie recht, und es war dumm, mich auf diesen Drink einzulassen. Lex wusste nicht, wer ich war. Hätte ich ihm gesagt, dass Claire und ich Schwestern waren, würde er niemals auf dieses Glas Wein bestehen. Dessen war ich mir sicher. Also war es eigentlich sinnlos, hier zu sein.

Trotzdem blieb ich. Ich band Gianas Halfter erneut an einem dicken Ast fest, und die Stute fing sofort zu grasen an. Sie war genauso ein verfressenes Mädchen wie die anderen Pferde auf Williams Hof.

Es dauerte tatsächlich nur ein paar Sekunden, bis Lex zurückkam. Er hatte sich eine Jeans und ein Shirt angezogen, wodurch ich seine Muskeln nicht weiter betrachten konnte. Was schade war. Ich mochte zwar beschlossen haben, mich auf keinen Mann mehr einzulassen, solange ich nicht sicher war, dass seine Gefühle dieselben waren wie meine. Doch Abby hatte recht gehabt. Dieser Entschluss bedeutete nicht, dass ich den Körper eines schönen Menschen nicht trotzdem bewundern konnte. Selbst wenn er immer noch diese alten Schlappen trug. An Attraktivität büßte er dennoch rein gar nichts ein. Lange Hosen und gleichzeitig barfuß … Das war irgendwie sexy. Oder ein Fetisch meinerseits, ich war mir noch nicht ganz sicher.

»Hier.« Lächelnd hielt er mir einen roten Plastikbecher entgegen, in den er eine dunkle Flüssigkeit gekippt hatte. »Stilecht. Aus Partybechern.«

Als ich meine Hand danach ausstreckte und ihm den Becher abnehmen wollte und dabei seine Finger streifte, passierte es. Ein kleiner Stromstoß durchzuckte mich bei unserer Berührung. Und weil ich einfach nur Grace war, reagierte ich nicht cool oder besonnen darauf, sondern so erschrocken, dass ich den Becher losließ und er auf den Boden fiel.

»Scheiße«, entfuhr es mir, und ich sprang hastig einen Schritt zur Seite, um nicht von dem Wein getroffen zu werden. Lex jedoch war zu langsam. Er blieb einfach stehen und starrte auf seine Füße, die nun nicht nur in urigen Badelatschen steckten, sondern auch noch rot gesprenkelt waren. Einen Moment lang sah ich überrascht zwischen seinem Gesicht und seinen Füßen hin und her. Und dann konnte ich es nicht länger verhindern. Ein Kichern entwich mir. Ich schlug mir die Hand vor den Mund, doch es nützte nichts. Ich konnte mein Lachen einfach nicht unterdrücken.

»Tut mir leid«, presste ich hervor, immer noch mit der Hand vor dem Mund.

»Du hättest mir auch einfach sagen können, dass du keinen Wein magst.« Seine Mundwinkel zuckten verräterisch.

»Das wäre dann aber gelogen gewesen.« Ich grinste noch immer. »Ich mag Wein. Sehr sogar.« Nur war ich schlichtweg nicht darauf vorbereitet gewesen, dass zwischen uns im wahrsten Sinne des Wortes die Funken fliegen würden.

»Dann hast du Glück, dass da drin noch ein paar Becher rumfahren. Neuer Versuch?«

»Gerne.«

Lachend folgte ich ihm dieses Mal bis in die Hütte. Und auch dort drin sah alles immer noch genauso aus wie vor zehn Jahren, als ich zum letzten Mal hier gewesen war. Die karierten Vorhänge vor dem Fenster waren von Lex' Mom selbst genäht worden. Den kleinen Schrank hatten er und Devon gemeinsam restauriert. Und ich wusste, dass sich dort drin mit Sicherheit noch immer der

Vorrat an Kerzen befand, der niemals weniger zu werden schien, egal, wie viel Zeit Familie Wilson hier draußen verbrachte. Das einzig Neue, das ich entdecken konnte, war die schwer aussehende Holztruhe, an der sich Lex soeben zu schaffen machte. Zum Vorschein kam nicht nur ein neuer Becher, sondern unzählige davon. Alle waren ineinandergesteckt. Offenbar war die letzte Party hier draußen noch gar nicht allzu lange her.

Mit dem Becher in der Hand erhob Lex sich wieder und trat zu dem kleinen Schränkchen, auf dem er seinen eigenen, nach wie vor gefüllten Becher neben der geöffneten Flasche abgestellt hatte. Er schenkte mir neu ein und reichte mir anschließend meinen Wein ein zweites Mal. Doch jetzt war ich auf die Funken vorbereitet. Ich zuckte nur leicht, war mir nicht einmal sicher, ob Lex meine Reaktion auf ihn überhaupt bemerkte.

»Danke«, murmelte ich und blickte auf die rote Flüssigkeit.

Ein fruchtiger Duft ging von meinem Getränk aus. Vorsichtig nippte ich daran, ehe ich anerkennend schluckte. Was auch immer er für eine Flasche geöffnet hatte, das Zeug war gut.

»Also, Grace.« Lex führte mich wieder hinaus und ein kleines Stückchen nach links von der Hütte weg.

Als wir an einem großen Busch vorbeitraten, wusste ich auch, wieso. Vor uns lag der alte Holzsteg, der so morsch gewesen war, dass immer wieder ein Brett in der Mitte gebrochen war, wenn man zu hektisch draufgetreten war.

Morsch war nichts mehr. Der komplette Steg war ausgetauscht worden, und es war kein Problem mehr, sich zu zweit an sein Ende zu setzen und die Beine baumeln zu lassen. Und dann saßen wir genau so da, wie ich schon einmal hier gesessen hatte. Nur war damals nicht Lex neben mir gewesen, sondern sein Bruder Devon. Er hatte damals von meinem Dad den Auftrag bekommen, auf mich aufzupassen, während Lex dasselbe für Claire getan hatte. Ich hatte sie so sehr beneidet. Und nun saß ich selbst hier und hielt sogar das alkoholische Getränk in der Hand, das Devon mir damals energisch verwehrt hatte. Er war schon immer ein Spießer gewesen. Ganz im Gegensatz zu Lex.

»Erzähl mir von dir.« Auffordernd sah er mich an. Mit einer Hand stützte er sich nach hinten ab, sodass er mich besser im Blick hatte.

»Was willst du denn wissen?«

Wie zum Teufel war es möglich, dass er mich immer noch nicht erkannt hatte? Auf der einen Seite ärgerte es mich, und auf der anderen war ich zeitgleich sogar so etwas wie erleichtert. Zum ersten Mal in meinem Leben sah er mich nicht als Claires kleine Schwester, und das war genau das, was ich immer gewollt hatte.

Nein, halt! Das war, was die sechzehnjährige Grace immer gewollt hatte. Die siebenundzwanzigjährige Version hatte keinen Schimmer mehr, was sie wollte oder wovon sie träumte.

»Na ja.« Er blinzelte gegen die Abendsonne. Sie stand tief am Himmel und blendete ihn. »Ich weiß, dass du neu hier bist, für Caroline einspringst und Bob ziemlich zufrieden mit deiner Arbeit ist.«

»Woher weißt du das?«

»Was soll ich sagen, der Buschfunk funktioniert bestens.«

»Du denkst also, auf dem Land gibt es keine Geheimnisse?« Da irrte er sich. Ich war das beste Beispiel dafür, dass das nicht stimmte.

»Das habe ich nicht gesagt.« Mit einem Mal wurde er wieder ernst. »Ein funktionierender Buschfunk heißt nicht, dass Tipton nicht gleichzeitig auch voller Geheimnisse ist. Ich glaube sogar, dass sich nirgendwo sonst ein Geheimnis so gut behüten lässt wie auf dem Land.«

»Wie meinst du das?« Wie von selbst drehte ich mich weiter in seine Richtung. »Hast du Leichen im Keller?«

Dem war nicht so, aber Lex hatte keine Ahnung, dass ich das wusste. Gott, ich sollte ihm einfach sagen, wer ich war, auch wenn dieses Geständnis das sofortige Ende unseres Gesprächs zur Folge hätte. Aber war das nicht besser, als ihm etwas vorzuspielen? Andererseits … Ich spielte nicht. Ich war einfach nur ich, und für den Moment genoss ich es viel zu sehr, dass seine uneingeschränkte Aufmerksamkeit mir galt.

Mein Blick fiel auf seine vollen Lippen, als er mir antwortete. »Nope, sorry. Keine Leichen. Nur ein paar …« Er unterbrach sich selber. »Nein, vergiss es. Leichen sind kein Thema für ein erstes Date.«

Wie recht er damit hatte … Und trotzdem … Date? »Wir haben kein Date.« Ich runzelte die Stirn. Meinte er das ernst?

»Doch, haben wir.«

»Lex …« Seufzend sah ich zwischen uns hin und her. »Glaub mir, zu einem ersten Date tauche ich sicher nicht in Reitklamotten auf. Und du hoffentlich nicht in Badelatschen.«

»Ich habe nie behauptet, dass das Date perfekt ist.« Grinsend hob er beide Arme. »Und was hast du eigentlich gegen meine Schuhe? Die Dinger sind unglaublich praktisch.«

»Und damit für ein Date untauglich«, hielt ich dagegen.

»Dann erzähl doch mal.« Er konterte sofort. »Wie müsste dein perfektes erstes Date aussehen?«

»Keine Ahnung.«

»Komm schon.« Er ließ nicht locker. »Ich lehne mich jetzt vielleicht etwas weit aus dem Fenster, aber ich bin mir verdammt sicher, dass du dir nicht erst einmal dein absolutes Traumdate in allen Farben, die die Welt zu bieten hat, ausgemalt hast.«

»Hab ich«, gestand ich, warum auch immer. Irgendetwas an ihm brachte mich dazu.

»Erzähl.«

Um Zeit zu schinden, nahm ich einen weiteren Schluck des Weins. Er schmeckte süß und herb zugleich und war wirklich nicht schlecht. Ich würde ihn nach dem Namen fragen müssen, bevor ich zurückritt.

Sein Blick lag abwartend auf mir und sagte mir damit unmissverständlich, dass er so lange warten würde, bis ich ihm eine Antwort gab.

»Kann ich kurz darüber nachdenken?«

»Sicher.« Seine Augen fixierten mich weiterhin und ließen ein Kribbeln auf meiner Haut entstehen, das genau so angenehm wie ungewohnt war.

Die ehrliche Antwort wäre ein simples *Du* gewesen. *Du bist mein perfektes Date. Egal, wo es stattfindet, und egal, wie es abläuft. Solange du dabei bist, selbst in gruseligen Badelatschen, spielt alles andere keine Rolle.*

Doch ich wusste genau, wie mich eine solche Antwort klingen lassen würde: Verrückt und verzweifelt und wie jemand, der ich nicht mehr war. Ich lief keinen Männern mehr hinterher, die mich nicht wollten. Also ließ ich den Fakt, dass immer er meine Traumbegleitung gewesen war, beiseite und beschrieb ihm stattdessen das erste Szenario, das mir in den Sinn kam.

»Okay, aber du darfst nicht lachen.« Ich stellte den Becher vor mir auf dem Steg ab. Lex balancierte seinen auf dem Knie.

»Kann ich dir nicht versprechen.« Er hob abwehrend eine Hand, als ich dazu ansetzte zu protestieren. »Aber ich werde mir Mühe geben, es nicht zu tun, okay?«

Er sah fast schon gespannt aus, als er auf meine Antwort wartete. Sein Blick lag so intensiv auf mir, dass aus dem Kribbeln ein Brennen wurde. Wie Flammen, die auf meiner Haut tanzten. In Gedanken versunken rieb ich mir mit der rechten Hand über den linken Oberarm, ehe ich zu sprechen begann.

»Mein perfektes Date bestünde darin, einen Ausritt zu machen.«

Nachdenklich musterte er mich. »Einen Ausritt?«

Ich nickte.

»Okay? Das ist alles?« Die Skepsis in seiner Stimme war nicht zu überhören. Er war eindeutig nicht überzeugt. »Nimm es mir nicht übel, aber das klingt nicht sonderlich ausgefallen.«

»Ich habe ja auch noch nicht zu Ende erzählt.«

»Oh.« Das schiefe Grinsen auf seinem Gesicht war zurück. »Sorry. Ich bin ganz Ohr, mach weiter.«

»Ich will nicht über Wiesen reiten, sondern in die Stadt.«

»In die … Stadt?« Ich sah ihm deutlich an, dass ich mit dieser Aussage sein Interesse geweckt hatte. »Wozu?«

»Weil ich nach dem Ausritt Pizza essen gehen möchte.«

»Pizza?«

»Ja.«

»Und die Pferde?«

»Würde ich irgendwo anbinden.« Über diesen Part meiner Fantasie hatte ich mir nie Gedanken gemacht.

»Wie im Wilden Westen?«

Sein Vergleich ließ mich lachen. »So in etwa.«

»Wäre es nicht einfacher, die Pizza … was weiß ich … liefern zu lassen? Oder selbst zu machen?«

»Bestimmt.« Ich nickte wieder. »Aber dann wäre es ja nicht mehr mein Traumdate.« Nun war ich diejenige, die grinste, und Lex tippte sich an den nicht vorhandenen Hut.

»Touché.«

»Was ist mit dir?«

»Mein perfektes Date?«

»Ja. Oder haben Männer so etwas nicht? Ist vermutlich zu unmännlich, hm?«

»Unterschätz mich nicht.« Lex richtete sich auf und … nein, an ihm war rein gar nichts auch nur ansatzweise unmännlich. Nicht sein Dreitagebart, nicht die Muskeln, über denen sein Shirt spannte, und leider Gottes auch nicht die furchtbaren Latschen an seinen Füßen. Als ich wieder in sein Gesicht sah, blickte ich erneut in warme, blaue Augen, die mich regelrecht zu fixieren schienen. Waren sie schon immer so intensiv gewesen? Ich konnte mich nicht daran erinnern. Und das war echt erstaunlich, wenn man bedachte, dass ich quasi nichts vergessen hatte, was Lex Wilson jemals getan oder zu mir gesagt hatte.

»Nacktbaden.«

»Was?«

»Nacktbaden. Das wäre mein perfektes Date.«

Mein Mund klappte auf, doch mir entwich kein einziger Ton. Er hatte es geschafft, ich war sprachlos. Die fehlenden Worte auf meinen Lippen ließen ihn belustigt lachen.

»Gut, als erstes Date vielleicht etwas … viel verlangt, aber grundsätzlich? Doch, das wäre cool.«

Nacktbaden.

Okay.

»Und danach würden wir in eine Decke gekuschelt am Lagerfeuer sitzen und in den Nachthimmel blicken. Vielleicht würden wir sogar eine Sternschnuppe sehen, dann könnten wir uns ganz romantisch etwas wünschen und …«

»Du verarschst mich.« Ehe er wusste, wie ihm geschah, stieß ich ihm mit zwei Fingern gegen die Schulter. Vergnügt ließ er sich nach hinten auf den Steg fallen.

»Sorry«, sagte er, noch immer lachend, als ich ihn grummelnd in die Seite boxte.

Dieses Mal reagierte er blitzschnell und schnappte meine Hand. Ich wollte sie ihm entziehen, doch er ließ mir keine Chance. Stattdessen landete ich neben ihm auf dem Steg – und verschüttete damit mein Getränk zum zweiten Mal an diesem Tag. Fantastisch.

»Scheiße.« Ich wollte mich direkt wieder aufsetzen, aber Lex lockerte seinen Griff um mein Handgelenk nicht. Sein Blick ruhte erstaunlich fest auf mir.

»Lass gut sein, Grace«, sagte er. »Es ist nur Wein, und ehrlich gesagt finde ich ihn nicht einmal sonderlich gut. Zu süß.«

»Aber …«

»Grace«, unterbrach er mich. »Ich habe nur Spaß gemacht.«

»Was du nicht sagst.«

»Außer das mit dem Nacktbaden.« Wieder brach er in ein Lachen aus, das ihm unglaublich gut stand, und löste seine Finger von meiner Hand. »Das war ernst gemeint.« Mit diesen Worten drehte er seinen Kopf von mir weg, sodass er in den Himmel über uns blicken konnte.

Es waren zwar keine Sterne zu sehen, und auch die Glühwürmchen, die es hier zuhauf gab, ließen sich noch nicht blicken. Doch es war trotzdem auf eine seltsame Art und Weise schön und irgendwie auch vertraut, hier mit ihm zu liegen und für einen Moment zusammen zu schweigen.

Bis der Augenblick vorüber war und die eingekehrte Stille von einem lauten Piepen unterbrochen wurde.

»Fuck.« Hektisch richtete Lex sich auf und zog sein Handy aus der Hosentasche. Seine Stirn legte sich in tiefe Falten, als er die eingegangene Nachricht las.

»Ich muss los.«

»Okay.« Ich setzte mich ebenfalls auf und konnte nicht verhindern, dass das Gefühl der Enttäuschung sich in mir breitmachte. Ich hatte es nicht erwartet, doch die vergangenen vierzig Minuten in Lex' Gegenwart hatten mir mehr gefallen, als sie sollten. Und wenn ich ganz tief in mich hineinhörte, musste ich mir eingestehen, dass ich nicht wollte, dass sie schon endeten.

Doch offenbar war es egal, was ich wollte. Lex sprang behände auf die Füße und hielt mir eine Hand entgegen, um mich ebenfalls hochzuziehen. Ich schnappte mir meinen Becher und ließ mir aufhelfen. Dann strich ich eine Strähne hinter mein Ohr, die sich aus meinem Zopf gelöst hatte. Auf einmal war die gelöste

Stimmung, die zwischen uns geherrscht hatte, verschwunden und Befangenheit gewichen.

»Es tut mir leid, Grace.« In seinem Blick lag nichts als ehrliches Bedauern. »Gibst du mir deine Nummer? Oder willst du sie gleich selbst einspeichern?« Er streckte mir sein Handy hin, das ich jedoch nicht annahm. Nun war es an mir, ihn bedauernd anzusehen.

»Würde ich, aber … ich kenne meine Nummer nicht auswendig.« Ich konnte mir diese blöde Zahlenabfolge einfach nicht merken.

»Du kennst sie … Okay. Kein Problem.« Grinsend sah er auf, und obwohl so viel Zeit vergangen war, erkannte ich immer noch, wann sein Lachen echt war und wann nicht. Das jetzt war keins der echten Sorte. »Hast du dein Handy da? Dann kriegst du meine.«

Auch diese Frage musste ich verneinen. »Sorry.«

»Macht nichts. Ich weiß, wo du arbeitest.« Noch im Reden entfernte er sich Schritt für Schritt von mir und lief dem Ende des Stegs entgegen. »Ich komme am Montag in der Praxis vorbei.«

Bevor ich nicken oder eine andere Form der Reaktion von mir geben konnte, drehte er sich um und eilte davon. Es vergingen keine fünf Sekunden, die er in der alten Hütte verbrachte, ehe er wieder daraus hervorstürzte, mir noch einmal zuwinkte und mit seinem Wagen davonfuhr.

4

Lex tauchte nicht auf. Und brach damit zum zweiten Mal ein Versprechen, das er mir gegeben hatte. Gut, er wusste nicht, dass er mir gegenüber sein Wort schon einmal nicht gehalten hatte, doch das war nicht der Punkt. Der Montag kam und ging, genau wie der Dienstag. Auch am Mittwochmorgen erschien er nicht in der Praxis. Und es ärgerte mich, dass mir diese Tatsache mehr ausmachte, als ich mir eingestehen wollte. Ich wusste, was für ein Typ Mann Lex war. Der einzige Mensch, für den er immer hielt, was er versprach, war meine Schwester.

Schlecht gelaunt kam ich nach meiner Mittagspause zurück. Es war so schönes Wetter, dass ich die Stunde genutzt hatte, um ein paar Meter zu laufen und im Stadtpark in der Sonne zu sitzen. Obwohl die Wärme gutgetan hatte, war ich immer noch angefressen, dass Lex einfach nicht aufgetaucht war.

Martha lächelte mich verschmitzt an, während ich aus meiner dünnen Jacke schlüpfte. Ich hatte sie eigentlich nicht benötigt, doch meine Kollegin hatte mir befohlen, sie mitzunehmen.

Es ist Oktober. Das Wetter kann innerhalb von Sekunden umschlagen, Grace.

Mein Argument, dass der Herbst sich dieses Jahr eindeutig verspätete, ließ sie nicht gelten. Und weil ich keine Lust auf eine Diskussion gehabt hatte, hatte ich die Jacke eben mitgenommen.

»Hier.« Schmunzelnd hielt Martha mir einen Zettel entgegen.

»Was ist das?«

»Eine Nummer.«

»Okay? Wen soll ich anrufen? Muss ich einen Termin verschieben? Oder jemanden herbestellen?«

Ich wollte bereits nach dem Hörer greifen und den Zettel mit der anderen Hand entgegennehmen, als sie mich stoppte und ihre Finger auf meinen Unterarm legte.

»Ach, kleine Grace.« Ihr Kopfschütteln war eine Mischung aus Belustigung und … Freude? Irritiert ließ ich den Hörer wieder los.

»Alexander war hier.« Martha verlieh ihrer Stimme einen seltsamen Singsang, während sich das Lächeln nun auf ihrem kompletten Gesicht ausbreitete. »Du sollst *ihn* anrufen.«

»Ich soll … oh.« Hastig nahm ich ihr den Zettel ab und umschloss ihn fest mit meiner Hand.

»Seid ihr verabredet?« Neugierig musterte sie mich.

»Nein.«

»Dann seid ihr aber bald verabredet?« Sie sah aus, als stünde sie kurz davor, vor Entzücken zu platzen. Warum auch immer.

»Keine Ahnung.« Ich schob das kleine Post-it mit Lex' Nummer in meine Hosentasche. »Vielleicht?«

Eigentlich ging sie das nichts an, auch wenn ich wusste, dass ihr Interesse an meinem Liebesleben nicht böse gemeint war. Martha hatte sich schon immer gerne in die Angelegenheiten anderer eingemischt, doch weil sie dabei so charmant vorging, nahm es ihr niemand übel. Auch ich nicht. Und obwohl ich nicht leugnen konnte, dass es mir unter den Nägeln brannte, würde ich ihn nicht in ihrem Beisein anrufen. Scheinbar malte sie sich schon jetzt allerlei Dinge aus, von denen nicht einmal mein jugendliches Ich zu träumen gewagt hätte. Und Teenie-Grace hatte sich dank ihrer rosaroten Brille verdammt viel erhofft.

Aber diese Zeiten waren lange vorbei. Genau wie meine Mittagspause. Lex würde noch ein Weilchen auf meinen Anruf warten müssen. Und Martha musste sich mit dem, was ich zu ihr gesagt hatte, zufriedengeben. Allem Anschein nach hatte sie jedoch Schwierigkeiten damit. Sie grinste immer noch vergnügt, während ich herumliegende Stifte zurück in das Glas steckte, das als Aufbewahrungsbehältnis fungierte.

»Martha …«, sagte ich und schüttelte den Kopf. »Bitte lass das. Selbst wenn … Selbst wenn ich ihn anrufe und wir eventuell miteinander ausgehen sollten … Das bedeutet gar nichts.«

»Oh doch, Liebes, das tut es. Alexander Wilson hat keine Verabredungen.«

»Warum nicht?«

Es fiel mir schwer, das zu glauben. Er war wahnsinnig attraktiv, charmant, lustig und rettete seine Mitmenschen aus brennenden Häusern. Lex war ein Volltreffer. Es ergab keinen Sinn, dass er keine Dates haben sollte.

»Das ist die große Frage.« Martha seufzte. »So genau kennt niemand den Grund dafür.«

»Okay?« Ich runzelte die Stirn.

»Also ist es durchaus eine große Sache, wenn Alexander sich verabredet.« Sie lächelte sanft. »Der Junge hat eine tolle Frau an seiner Seite verdient.«

Ich wusste nicht, was ich dazu sagen sollte, weshalb ich schwieg und lediglich mit einer Schulter zuckte. Der hoffnungsvolle Ausdruck auf Marthas Gesicht verhieß nichts Gutes. Ich würde aufpassen müssen, was ich ihr erzählte. Anscheinend hatte Lex recht gehabt, und der Buschfunk in Tipton funktionierte wegen Menschen wie Martha immer noch so gut wie eh und je.

Fast glaubte ich, dass die Buschtrommeln sogar bis zu meiner Schwester reichten, als mein Handy mir einen Anruf von ihr signalisierte. Ich sprang die Stufen vor Bobs Praxis nach unten, schlüpfte in meine Jacke und nahm im Gehen Claires Anruf entgegen. Obwohl die Sonne immer noch schien, war ich jetzt am frühen Abend doch froh, dass ich sie dabeihatte.

»Hi, Claire«, begrüßte ich sie, während ich mit der anderen Hand versuchte, die Knöpfe meiner Jeansjacke in ihre Löcher zu friemeln.

»Hey, Grace. Wo bist du gerade?«

»Auf dem Nachhauseweg. Warum?« Entnervt gab ich meine Versuche, die Knöpfe zu schließen, auf. Ich blieb stehen, klemmte mir das Handy zwischen Ohr und Schulter und nahm auch meine zweite Hand zur Hilfe. »Ist alles in Ordnung?«

»Klar. Ich wollte dich bloß in der Praxis nicht stören.«

»Tust du nicht. Also, was ist los?«

Ich sprach alle paar Tage mit meiner Schwester. Als ich noch in Chicago gewesen war, hatten wir regelmäßig telefoniert. Nun, da ich zurück war, besuchte ich sie oft, doch seit ich bei Bob angefangen hatte, hatte ich sie nicht mehr gesehen. Es war also nicht verwunderlich, dass Claire anrief. Und trotzdem verriet mir der Unterton ihrer Stimme, dass es durchaus einen bestimmten Grund für ihren Anruf gab.

Doch Claire überraschte mich. Ein »Nichts« war ihre wenig aussagekräftige Antwort. »Ich wollte dich nur am Freitagabend zu uns einladen.«

»Einfach so?« Weder sie noch ihr Mann John hatten Geburtstag, und ein Feiertag stand auch nicht an.

»Einfach so.« Claire lachte. »Das Wetter soll noch einmal richtig schön werden, wir wollen ein letztes Mal grillen.«

»Ein Barbecue also?«

»Genau. Du kannst Abby mitbringen, wenn du magst.«

»Okay.« Ich sah nach links und rechts und überquerte die Straße. »Ich frag sie.«

»Das heißt, du kommst?«

»Klar.« Es gab keinen Grund, weshalb ich hätte absagen sollen. Ich hatte meine Schwester fast zehn Jahre lang kaum gesehen. Natürlich würde ich jede Gelegenheit nutzen. »Kann ich was mitbringen?«

»Einen Pumpkin Pie?«

»Mach ich.« Mom würde sich freuen, wenn ich ihre Küche in ein Schlachtfeld verwandelte.

»Sehr schön. Und jetzt erzähl. Wie ist es, mit Doctor Webber zusammenzuarbeiten?«

Die nächsten Minuten berichtete ich ihr also von meiner ersten Woche in der Praxis. Das Einzige, was ich ausließ, waren die Besuche von Lex. Er war nach wie vor Claires bester Freund, und ich wollte nicht, dass er von ihr erfuhr, wer ich war. Ich würde es ihm selbst sagen, wenn wir uns das nächste Mal sahen. Denn das war etwas, das ich nicht am Telefon erklären wollte.

»Klingt doch gar nicht so schlecht«, fasste Claire zusammen, und ich konnte nicht anders, als zustimmend zu nicken.

»Es tut tatsächlich gut, diesen neuen Alltag zu haben.«

Dass ich nach wie vor Angst vor dem Moment hatte, wenn ich zum ersten Mal wieder mit einem Patienten allein sein würde, gestand ich ihr nicht. Sie hatte sich in den vergangenen Wochen so viele Sorgen um mich gemacht, genau wie Mom und Dad. Ich konnte ihnen einfach nicht sagen, dass ich es immer noch nicht schaffte, während der Arbeitszeit entspannt zu sein. Jedes Mal, wenn Martha einem Patienten Blut abnahm, atmete ich erleichtert auf, weil ich es nicht tun musste. Mir war klar, dass ich mich nicht ewig davor drücken konnte. Doch im Moment … im Moment schickte ich noch jedes Mal ein Stoßgebet gen Himmel, wenn sie diesen Job übernahm.

»Ich weiß, dass es nicht leicht für dich ist, Cici.« Ihre Stimme war leiser geworden. Leiser und sanfter und mitfühlend. »Aber falls es dir irgendwie hilft … Ich bin stolz auf dich, kleine Schwester.«

Ich hätte protestieren können. Vielleicht sogar müssen. Es gab nichts, weswegen sie stolz auf mich hätte sein sollen. Doch Claire ließ keines meiner Argumente gelten. Sie akzeptierte nicht, dass ich die Sache nach wie vor anders sah. Niemand war vor Fehlern gefeit, das wusste ich, und das sagte ich mir selbst immer wieder. Doch etwas zu wissen bedeutete nicht, es auch zu fühlen. Es war egal, wie oft mein Kopf mir logisch erklärte, dass Mrs Roberts' Tod ein Versehen, ein tragischer Unfall gewesen war. Mein Herz glaubte es mir dennoch nicht.

»Können wir … Wollen wir über etwas anderes reden?« Am liebsten hätte ich laut geseufzt, doch ich begnügte mich damit, tief Luft zu holen und eine weitere Straße zu überqueren. »Es ist, wie es ist, und ich kann es nicht mehr ändern.«

»Nein, was passiert ist, kannst du nicht mehr ändern«, stimmte sie mir zu. »Aber du entscheidest, wie du damit umgehst.«

»Claire … « Nun seufzte ich doch. »Das hatten wir alles schon. Ich arbeite wieder. Für den Moment muss das reichen.«

»Ja, tut mir leid.« Sie schwieg einen Moment lang, ehe sie weitersprach. »Ich möchte einfach nur, dass du wieder glücklich bist, Cici.«

Und damit hatte sie es geschafft. Ein Kloß bildete sich in meinem Hals. »Ich weiß.« Behutsam räusperte ich mich. »Ich bin auf dem Weg dahin, okay? Gib mir einfach noch ein bisschen Zeit.« *Um damit klarzukommen, dass ich einen Menschen auf dem Gewissen habe.* Doch diese zweite Hälfte meines Satzes behielt ich für mich.

Ja, vielleicht machte ich meiner Schwester damit etwas vor, aber ich hatte ihr genug Kummer bereitet. Es war nicht immer leicht für sie gewesen, mich als Schwester zu haben. Wir hatten als Kinder viel gestritten, dann war ihr Unfall passiert, und plötzlich war nichts mehr so gewesen wie vorher. Erst, als ich nach Chicago gegangen war und uns auf einmal mehrere Hundert Kilometer voneinander getrennt hatten, änderte sich meine Einstellung ihr gegenüber wieder. Sie konnte nichts dafür, dass sie mehr auf die Unterstützung unserer Eltern angewiesen gewesen war als ich. Denn im Gegensatz zu ihr hatte ich als Zwölfjährige nicht mein Augenlicht verloren.

»Du hast alle Zeit der Welt.« Claire hatte kaum zu Ende gesprochen, als ich im Hintergrund das Klingeln ihrer Haustür vernahm. »Mist, das ist bestimmt die Lieferung der ersten Weihnachtsgeschenke.«

»Wir haben Oktober, Claire.«

»Und damit sind es keine zwei Monate mehr bis Weihnachten. Man kann nie früh genug anfangen.«

»Okay, okay.« Ein leises Lachen entwich mir. »Dann geh mal und nimm deine Bestellung entgegen. Bis Freitag.«

»Spätestens. Bis dann, Cici.«

Kopfschüttelnd ließ ich meine Hand mit dem Handy sinken und konnte nicht anders, als meine Schwester ein weiteres Mal für den Umgang mit ihrer Blindheit zu bewundern. Sie war der stärkste Mensch der Welt und hatte sich, obwohl sie besonders in den ersten Monaten nach dem Unfall viel geweint hatte, nie unterkriegen lassen. Mit unglaublichem Ehrgeiz hatte sie die Brailleschrift gelernt, ihren Abschluss gemacht und dafür gekämpft, einen Bürojob zu bekommen. Claire hatte sich ihr Leben zurückerobert, während ich zu feige war, mich meinen Schuldgefühlen zu stellen.

Ich war immer noch tief in Gedanken versunken, als ich aus dem Augenwinkel eine Bewegung wahrnahm. Wie von selbst wandte sich mein Blick zur Seite, und ich sah in eine Hofeinfahrt, in der ein Motorrad geputzt wurde. Obwohl er mir den Rücken zugedreht hatte, wusste ich sofort, dass es Lex war, der dort mit seiner Maschine beschäftigt war.

Ohne darüber nachzudenken, blieb ich stehen und sah ihm zu. Er trug ein schwarzes T-Shirt, dunkle Jeans und war schon wieder barfuß. Es dauerte nicht lange, bis er mich bemerkte. Für einen winzigen Augenblick schien er verwirrt zu sein, blinzelte zweimal, als könnte er nicht glauben, dass ich tatsächlich vor ihm stand. Dann drehte er den Schlauch ab, ließ ihn fallen und kam grinsend auf mich zu.

»Ist das schon wieder eine Charity-Aktion der Feuerwehr?«, fragte ich.

»Haha, witzig. Ob du es glaubst oder nicht, die Kiste da hinten gehört tatsächlich mir. Hat Martha dir verraten, wo ich wohne?«

Ich schüttelte belustigt den Kopf. »Sie hat mir nur das hier gegeben«, sagte ich und zog den kleinen Zettel hervor. »Ich wollte dich nachher anrufen.«

»Also kann ich mich später auf einen Anruf von dir freuen? Sehr schön.«

Sein breites Grinsen hatte sich seit damals nicht verändert. Es legte sich über sein gesamtes Gesicht und war mit einer der Gründe gewesen, warum sich die junge Grace unsterblich in den Kumpel ihrer großen Schwester verliebt hatte. Es war erstaunlich, dass Lex auch nach all den Jahren nichts von seiner Wirkung auf mich eingebüßt hatte.

Vielleicht wäre das der Moment gewesen, ihm zu sagen, wer ich war, und dieses kleine Missverständnis aus der Welt zu schaffen. Aber bevor ich den Mut dazu aufbringen konnte, war der Augenblick verstrichen. Lex sprach gut gelaunt weiter. »Samstag fände ich super.«

»Wofür?«

»Unsere Drinks. Dann ohne Pferd, ohne schlechten Wein, und ich verspreche dir zudem, dass uns niemand unterbrechen wird. Ich mache mein Handy aus. Einverstanden?«

Unschlüssig sah ich ihn an. Im Prinzip war ich mehr als nur einverstanden, aber ich hatte Marthas Worte nicht vergessen, nachdem sie mir seine Nummer überreicht hatte. »Ich dachte, du hast keine Dates.«

»Wer sagt das?«

»Martha.«

»Martha? Hör nicht auf sie.« Lex winkte locker ab. »Es stimmt, dass mein letztes Date schon eine Weile her ist, aber dass ich grundsätzlich gar nicht date … Nein, das ist nicht wahr.«

»Okay.« Ich fuhr mir durch die Haare. Komplett überzeugt war ich nicht von seinen Worten, denn auch der Fakt, dass sein letztes Date bereits eine gewisse Zeit zurücklag, erschien mir seltsam und ließ mich weiter nachhaken. »Was heißt denn eine Weile?«

Insgeheim rechnete ich mit ein paar Monaten. Maximal mit einem halben Jahr.

»Ein paar Jahre, aber das ist nicht …«

»Ein paar *Jahre*?«, fiel ich ihm überrascht ins Wort. Denn das hätte ich niemals erwartet. »Das kann doch nicht sein.«

»Wieso ist das so schwer zu glauben?« Belustigt hielt er meinem Blick stand. Verschränkte sogar die Arme vor der Brust, als wäre er äußerst gespannt auf meine Antwort.

»Hast du dich mal angeschaut?«

Lex wusste, dass er gut aussah. Er war nur immer schon jemand gewesen, der sich nie etwas auf seine guten Gene eingebildet hatte. Was ihn in meinen Augen noch attraktiver gemacht hatte: Lex Wilson war für Teenie-Grace der schönste Mann der Welt gewesen. Doch nun, fast zehn Jahre später … Teenie-Grace hatte keinen Schimmer gehabt, was auf sie, nein, auf *mich* zukommen würde.

Himmel. Ich musste damit aufhören. Lex hatte sich damals nicht für mich interessiert, und er würde es auch heute nicht tun, wenn er wüsste, wer ich war. Dessen war ich mir absolut sicher. Entschlossen machte ich einen Schritt von ihm weg. Es war lächerlich, dass ich nach all den Jahren noch immer so sehr auf ihn reagierte.

Anstatt auf meine, zugegebenermaßen rhetorische, Frage zu antworten, löste er seine Arme wieder voneinander. Seine Mundwinkel zuckten und verzogen sich zu einem erneuten Grinsen.

Ganz eindeutig amüsierte ihn mein Verhalten mehr, als mir lieb war.

»Also, Grace, was sagst du?«, fragte er. »Haben wir ein Date?«

Ein Schauer durchfuhr mich. Keiner der unangenehmen Sorte, eher ein wärmendes Gefühl, das mir zu verstehen gab, dass Lex gefiel, was er sah. Sein Blick glich einem Versprechen mit der Aussicht auf mehr.

»Da ich dir ja anscheinend sowieso nicht aus dem Weg gehen kann …« Tipton war klein, ja, aber so klein, dass ich ihm ständig begegnete? In Chicago hatte ich manchmal meine eigenen Nachbarn wochenlang nicht gesehen.

»Nennen wir es eine glückliche Fügung des Schicksals.«

»Oder einfach nur Zufall«, hielt ich dagegen.

»Ob Zufall oder Schicksal, deine Antwort entscheidest du selbst.« Er zwinkerte mir zu, was mich unweigerlich lächeln ließ. Der Kerl war unglaublich.

»Also gut. Samstag. *Sheridan's Bar*?«

»Da ansonsten nur ein heimliches Treffen im Park übrig bleibt und ich eigentlich keine Lust habe, mich unter pubertäre Teenager zu mischen …« Er grinste. »*Sheridan's Bar*. Um acht. Rufst du mich nachher trotzdem an?«

Lachend entfernte ich mich ein Stückchen von ihm. »Vielleicht.«

»Vielleicht?«

»Lass dich überraschen.«

5

Claire hatte recht gehabt. Als ich am Freitag kurz nach vier Uhr bei ihr und John auftauchte, brannte die Sonne derart warm vom Himmel, dass ich es fast bereute, eine lange Hose angezogen zu haben. Abby war schon da und half meiner Schwester in der Küche. Ich brauchte mich nicht einmal stimmlich zu erkennen zu geben. Im Laufe der Jahre hatte Claire es irgendwie gelernt, uns an unseren Schritten auseinanderzuhalten.

»Cici.« Ihr Kopf drehte sich in meine Richtung, und nur wenn ich ganz genau hinsah, fiel auf, dass sie mir nicht direkt in das Gesicht schaute, sondern leicht links vorbei.

»Hey, Schwesterherz.« Ich trat auf sie zu und gab ihr zur Begrüßung einen Kuss auf die Wange. »Wo soll ich den Pie hinstellen?«

»Am besten in den Kühlschrank.« Sie fuchtelte mit ihrer Hand durch die Luft. »Und dann nimmst du bitte diese junge Dame hier mit raus in den Garten, bevor ihr mir beide im Weg steht.«

Abby warf mir einen grinsenden Blick zu und zuckte mit den Achseln. »Du hast die Hausherrin gehört.« Sie setzte dazu an, Claires Aufforderung nachzukommen, während ich den Pie verstaute und meine Schwester anschließend eingehend musterte.

»Bist du sicher, dass wir dir nicht …«

»Grace.« Claire seufzte. »Haut schon ab. Ihr seid meine Gäste, also geht raus und macht es euch gemütlich.«

»Aye, aye.« Abby salutierte geräuschvoll. Dann hakte sie sich bei mir unter und zog mich fast schon hüpfend mit sich. Die offene Küche führte direkt ins Wohnzimmer, auf dessen anderer Seite die Terrassentür weit offen stand. Wir traten hinaus auf die Veranda, liefen die fünf Stufen hinunter auf den Rasen und steuerten die Sitzgruppe an, auf der Claire bereits den Tisch gedeckt hatte. Sie und John wohnten noch nicht lange hier, ein paar Monate, doch offenbar hatte die Zeit gereicht, um sich bereits vollkommen häuslich einzurichten. Claire bewegte sich so sicher, als hätte sie nie woanders gewohnt.

Ich winkte John zu, der vor dem großen Grill stand und mit der Kohle hantierte. »Können wir wenigstens dir helfen?«, rief ich.

»Hat Claire euch verjagt?« Er grinste breit.

»Was denkst du denn?« Abby ließ sich theatralisch in einen der Stühle fallen. »Und ich wäre dir sehr verbunden, wenn du Grace' Frage verneinen würdest. Ich muss nämlich dringend mit meiner Freundin sprechen.«

»Ich komm schon klar. Der Grill ist noch nicht alt genug, als dass ich schon das Interesse an ihm verloren hätte und jemand anderen hier herumhantieren lassen würde.«

»Wunderbar, das wollte ich hören.« Abby griff nach meiner Hand und zog mich schwungvoll neben sich, sodass ich ebenfalls auf einem der Stühle landete.

»Was ist denn los?« Belustigt sah ich sie an. »Warum verhältst du dich wie ein Flummi auf Speed?«

»Aidan.«

»Aidan?« Ich runzelte die Stirn.

»Aidan.« Sie nickte, presste die Lippen aufeinander und sah beinahe so aus, als würde sie jeden Moment platzen.

»Was ist mit ihm? Ist er auch eingeladen?« Gewundert hätte es mich nicht. John kannte gefühlt jeden in der Stadt, und da sich mehr als nur vier Stühle um den Tisch befanden, ging ich nicht davon aus, dass Abby und ich die einzigen Gäste sein würden. Für uns allein lohnte sich der ganze Aufwand nicht.

Abby ignorierte meine Frage. Stattdessen platzte es aus ihr heraus. »Wir hatten Sex.« Ihre Wangen glühten regelrecht.

»Ihr hattet was?«, entfuhr es mir heftiger als gewollt. »Du hast mit Aidan geschlafen?«

»Schhhhh«, zischte sie sofort und warf einen hektischen Blick in Johns Richtung. »Nicht so laut.«

»Entschuldige.« Ich lehnte mich in meinem Stuhl zurück. »Ich bin nur … überrascht. Hatte er nicht letzte Woche noch eine Freundin?«

»Nein. Er hat mit ihr Schluss gemacht. Zwei Tage vor dem Auftritt in der Bar. Sie war wohl nur da, weil sie ihn zurückwollte.« Abby zuckte mit den Schultern und strahlte. Der Plan seiner Ex hatte offenbar nicht funktioniert. »Nachdem du weg warst, hat er mich irgendwann angesprochen, und dann … Tja.«

»Wow.« Ich konnte nicht anders, ich grinste. »War's gut?«

»Oh mein Gott, ja! Du willst nicht wissen, was dieser Kerl mit seiner Zunge alles anstellen kann, Grace.«

»So talentiert also?«

»Oh ja.« Energisch nickte sie. »Ich werde es genießen, solange es anhält.«

»Was meinst du damit?«

»Hast du mir neulich nicht zugehört?« Abby schüttelte missbilligend den Kopf. »Aidan ist … nennen wir es beziehungsunfähig. Er ist nie länger als vier Wochen mit einer Frau zusammen.« Für das letzte Wort malte sie Gänsefüßchen in die Luft. »Und ›zusammen‹ sein heißt in seinem Fall, vier Wochen lang dasselbe Betthäschen zu haben.« Bei ihren Worten legte sich ein Schatten über ihr Gesicht, und ich wusste intuitiv, dass sie es nicht so problemlos wegstecken würde, wenn ihre vier Wochen in seinem Bett vorbei wären. Was schnellen Sex anging, war sie ebenso gepolt wie ich. Ich hatte auch geglaubt, locker damit klarzukommen, wenn eine Affäre beendet wurde, und mich damit mehr als nur getäuscht. Anstatt Ben zu vergessen, hatte ich Gefühle für meinen Kollegen entwickelt und einen folgenschweren Fehler begangen. Ich wollte nicht, dass es ihr genauso erging.

»Abby.« Behutsam legte ich meine Hand auf ihren Unterarm. »Bist du dir sicher, dass du das wirklich willst?«

»Es ist lieb, dass du dir Gedanken um mich machst, aber das musst du nicht. Ich weiß, was ich tue. Die Regeln sind klar. Und ja, das Ende ist zwar absehbar, aber nur, weil es irgendwann vorbei sein wird, heißt das nicht, dass ich es bis dahin nicht auskosten kann. Sex mit Aidan ist nicht von dieser Welt, Grace.«

Es war unglaublich, wie sehr sie mich in diesem Augenblick an mich selbst und meine ehemalige Affäre mit Ben erinnerte. Und wahrscheinlich war genau das der Grund, dass ich nichts weiter dazu sagte. Abby war stur und wollte nicht hören, dass sie geradewegs auf ein gebrochenes Herz zusteuerte. Also blieb mir nichts anderes übrig, als zu hoffen, dass sie die Stärkere von uns beiden war und ihre Gefühle besser im Griff hatte.

Ich wollte Abby gerade versichern, dass ich mich für ihr augenscheinlich grandioses Liebesleben freute, als ich Stimmen hinter mir vernahm. Ich richtete mich auf, blickte über meine Schulter und entdeckte Devon Wilson samt weiblicher Begleitung. Sie hielten Händchen, was darauf schließen ließ, dass sie seine Freundin war. Und sie war unglaublich hübsch.

»Wer ist das?«, fragte ich Abby neugierig.

»Die beiden? Willst du gerade echt behaupten, dass du Dev nicht mehr erkennst? Lex' Bruder?«

»Natürlich weiß ich, wer Devon ist.«

Als ob ich den zielstrebigsten Menschen aus unserer Stufe vergessen könnte. Er war im Sommer siebenundzwanzig Jahre alt geworden und seit einigen Wochen Bürgermeister der Stadt. Und zwar der beste, den Tipton je gesehen hatte, wenn ich meinem Dad Glauben schenken durfte.

»Wer ist *sie*?« Ich war mir zu einhundert Prozent sicher, sie noch nie zuvor gesehen zu haben.

»Das ist Sophie. Sie ist vor ein paar Jahren zu ihm gezogen.«

»Also sind die beiden zusammen?«

»Jap. Und ein absolutes Traumpaar, wenn du mich fragst.« Abby gab gespielte Würgegeräusche von sich. »Es ist echt ekelhaft, wie glücklich die beiden sind.«

Und beneidenswert.

Das sprach sie zwar nicht aus, aber ich wusste, dass nichts anderes hinter ihrer Aussage steckte.

»Sagen wir Hallo? Ich habe Dev ewig nicht gesehen.« Ich wollte mich bereits erheben, als ich eine weitere Stimme vernahm, die mir nur allzu bekannt vorkam.

»Du hast es geschafft!« Meine Schwester jauchzte derart erfreut auf, dass ich unweigerlich zur Veranda blickte, wo sie gerade den Mann stürmisch umarmte, mit dem ich morgen Abend verabredet war.

Lex war hier. Schlagartig beschleunigte sich mein Puls. Warum verdammt noch mal hatte ich nicht damit gerechnet, ihn hier zu sehen? Er war Claires bester Freund, natürlich hatte sie ihn ebenfalls eingeladen. Wenn sogar sein Bruder und dessen Freundin da waren und ich Abby hatte mitbringen dürfen … Wieso hatte ich nicht daran gedacht, dass er auch hier sein würde?

Mein Herz raste, mein Blick lag auf Lex und meiner Schwester. Claire ließ ihre Hände über seine Arme nach oben zu seinem Gesicht gleiten, strich ihm über die Wange und die Stirn, wie sie es oft machte, wenn sie jemanden länger nicht gesehen hatte. Ich konnte nicht verstehen, was er zu ihr sagte, doch das Strahlen auf Claires Gesicht war bis hier unten erkennbar. Sie war glücklich, dass er da war. Ganz im Gegensatz zu ihm. Der Ausdruck auf seinem Gesicht wirkte … traurig? Das ergab keinen Sinn. Wieso sollte er traurig sein, wenn er seine beste Freundin sah?

Ich beobachtete die Begrüßung von Lex und Claire immer noch nachdenklich, als ein Schatten auf mich fiel. Und im Gegensatz zu seinem Bruder erkannte Devon mich sofort.

»Sieh an, sieh an. Die kleine Grace Hamilton ist zurück.« Er grinste, ich riss meinen Blick von der Veranda los und stand auf, um mich von ihm in die Arme nehmen zu lassen.

»Pass auf, was du sagst, Little Wilson.« Ich lachte an seiner Schulter, und er kniff mich ob seines verhassten Spitznamens aus unserer Schulzeit in die Seite. »Die kleine Grace hat dich schon damals im Armdrücken besiegt. Ich schaffe es auch heute noch.«

»Ist das eine Herausforderung?« Er hob auf eine Art und Weise die Augenbraue, wie das nur die Wilson-Brüder konnten.

»Warum stellst du mir nicht erst einmal deine Freundin vor?« Ich warf Sophie einen freundlichen Blick zu. Sie hatte Abby bereits begrüßt und reichte nun auch mir ihre Hand.

»Sophie«, sagte sie und lächelte, als Devon »Meine bessere Hälfte!« hinzufügte. Liebevoll gab sie ihm einen Kuss auf die bärtige Wange und kuschelte sich an ihn, während er den Arm um sie legte.

Abby hatte eindeutig recht gehabt. Die beiden waren wirklich widerlich süß zusammen.

Als sie sich zu uns setzten, hörte ich Claire und Lex immer näher kommen. Meine Schwester erzählte ihm etwas, er gab zustimmendes Gemurmel von sich. Claire hatte sich bei ihm untergehakt, und Lex führte sie über den Rasen auf uns zu. Es war unvermeidlich: In wenigen Sekunden würde er genau wissen, wer ich war.

Ich erkannte den Moment sofort, in dem er realisierte, dass hier nicht nur sein Bruder, Sophie und Abby saßen. Sondern auch ich. Und dass wir einander bereits kannten.

»Grace.« Verdutzt blieb er knappe zwei Meter von mir entfernt stehen. »Was machst du denn hier?«

Bevor ich antworten konnte, rügte Claire ihn. »Sei nicht so unhöflich, Alexander.« Sie drückte auf seinen Unterarm, an dem sie immer noch eingehakt war. An seinem anderen Arm befand sich eine große Schürfwunde. Hatte er sich bei einem Einsatz verletzt? »Warum sollte ich ausgerechnet meine Schwester nicht zu unserem Barbecue einladen, jetzt, da sie endlich wieder da ist?«

»Das ist ... « Er wurde blass, verharrte an Ort und Stelle, starrte mich mit großen Augen an. »Das ist ... *Cici*?«

Was Claire nicht sah, übernahmen ihre anderen Sinne. Sie hörte den ungläubigen Tonfall in seiner Stimme vermutlich besser als wir anderen zusammen. Energisch machte sie sich von ihm los und stemmte eine Faust in ihre Seite. »Was ist denn los mit dir? Ich hatte dir doch erzählt, wie froh ich bin, dass sie wieder hier ist.«

»Ja, aber ... « Hilflos sah er zwischen Claire, seinem Bruder und mir hin und her. »Cici hatte dunkle Haare. Und eine Zahnspange. Und diese riesige Brille und ... « Er schüttelte völlig überfordert den Kopf. Offensichtlich war ihm gerade so viel mehr klar geworden als nur die Tatsache, dass es sich bei der Blondine, die er in einer Bar getroffen und mit der er unbedingt hatte ausgehen wollen, um die Schwester seiner besten Freundin handelte.

Wahrscheinlich begriff er in diesem Augenblick dasselbe wie ich: Ich hatte ihm tagelang bewusst verschwiegen, wer ich war. Und das war, wenn man es genau nahm, eigentlich genauso schlimm wie der Fakt, dass er mich einfach nicht erkannt hatte.

»Ach, Lex.« Claire streckte ihre Hand nach ihm aus. Wie früher kam er ihr sofort entgegen und machte es ihr einfach, seinen Arm zu finden. »Es gibt da eine ganz tolle Berufsgruppe, die darauf aus ist, dass Frauen eben manchmal eine Typveränderung wollen. Sieht sie wirklich so anders aus?« Mit gerunzelter Stirn wartete sie auf seine Antwort.

Er gab sie ihr ziemlich leise. »Ja. Ich habe sie nicht erkannt. Sorry.« Seine Entschuldigung war eindeutig an mich gerichtet. Seine Augen bohrten sich regelrecht in meine, und irgendwie glaubte ich nicht, dass das schon alles war, was er dazu sagen wollte. Doch kein weiteres Wort verließ seine Lippen.

»Das nimmt sie dir bestimmt nicht übel, oder, Gracie?« Claire lächelte und drehte ihren Kopf leicht von links nach rechts. Sie wusste nicht, wo genau ich saß.

»Nein«, sagte ich daher schnell und schluckte. »Natürlich nicht.« Er hatte mich schließlich nur durch die Blume als hässlichen Teenager bezeichnet. Keine große Sache, das konnte schon mal passieren. Unweigerlich ballten sich meine Finger zu Fäusten zusammen.

»Okay, was geht hier gerade ab?«, raunte Abby mir zu.

»Keine Ahnung«, gab ich zurück und erhob mich. Ich musste hier weg. »Entschuldigt mich kurz, ich habe vergessen, den Pie aufzuschneiden.« Meine Ausrede war furchtbar schlecht, und ich ging nicht davon aus, dass irgendjemand sie mir abkaufte. Doch es hielt mich auch niemand auf, als ich um die Sitzecke lief und mit großen Schritten auf das Haus zumarschierte. Er hatte mich also nur deshalb nicht erkannt, weil er mich als Vogelscheuche abgespeichert gehabt hatte.

Wow.

Das war … Einfach nur wow.

Ich habe sie nicht erkannt. Sorry.

War das eben wirklich passiert?

Sonderlich weit kam ich nicht, schaffte es gerade einmal ins Wohnzimmer, bis ich von Lex eingeholt wurde.

»Grace, warte.« In der nächsten Sekunde spürte ich seine Finger an meinem Handgelenk. Und wieder stand meine Haut augenblicklich in Flammen. Ruckartig wirbelte ich herum und entzog ihm dabei meine Hand.

»Warum hast du nichts gesagt?« Es war kein Vorwurf in seiner Stimme zu hören, lediglich Verwunderung. Trotzdem fühlte ich mich auf irrationale Art und Weise von seiner Frage angegriffen.

»Ich habe dir gesagt, wer ich bin«, gab ich zischend zurück. Dass er mich nicht erkannt hatte, war nicht meine Schuld.

»Ja, aber …«

Ich unterbrach ihn. »Was willst du, Lex?« Ich konnte darauf verzichten, dass er mir noch einmal erzählte, wie ich früher auf ihn gewirkt hatte.

»Mich entschuldigen.«

»Du willst was?«

»Es tut mir leid, Grace.« Er fuhr sich durch die Haare und gab mir damit den besten Blick auf die Schürfwunde an seinem Arm frei. »Wenn ich gewusst hätte, dass du …«

»Dass ich was? Dass ich Cici bin?«

Ich hasste diesen Spitznamen wirklich. Meine Familie hatte mich schon immer so genannt, doch inzwischen … Ich war nicht mehr das kleine Mädchen, das eine Prinzessin hatte sein wollen. Und die an ihrer großen Schwester und deren bestem Freund wie ein dunkler Schatten gehangen hatte.

»Was dann, Lex?« Herausfordernd musterte ich ihn. »Hättest du dann nicht gefragt, ob ich mit dir ausgehe?«

Es war dumm, diese Frage zu stellen. Ich kannte die Antwort darauf. Ich *wusste*, dass er niemals gefragt hätte. Schon gar nicht mehrfach. Vielleicht war es fies, ihn dazu zu zwingen, es auszusprechen. Aber wenn er wirklich bereute, mich gefragt zu haben, dann musste ich es aus seinem Mund hören und den Gedanken, dass jemals mehr zwischen uns sein könnte, damit endlich begraben. Und zwar mindestens zehn Meter tief.

»Grace, ich …« Er ließ seine Arme wieder sinken und vergrub seine Hände tief in seinen Hosentaschen. Sein Blick war überall, nur nicht auf mir. Er war ein anständiger Kerl, vermutlich traute er sich einfach nur nicht, mir den Korb zu überreichen, der über unseren Köpfen schwebte.

»Vergiss es einfach.« Entschlossen machte ich einen Schritt von ihm weg. »Betrachte unser Date hiermit offiziell als gecancelt.« Ich drehte mich um und lief weiter in die Küche. Am liebsten hätte ich mit einer Tür geknallt, aber in diesem Haus war einfach alles offen gebaut.

Ich hatte kaum den Kühlschrank aufgezogen, als Lex ihn mit der geöffneten Handfläche wieder zuschob.

»Was zum Teufel?«

»Ich habe nicht gesagt, dass ich das Date canceln will.«

»Du siehst aber auch nicht so aus, als würdest du dich noch drauf freuen.« Kritisch musterte ich ihn – und stellte wieder einmal fest, wie groß er war. Ich musste meinen Kopf fast schon in den Nacken legen, um ihn richtig ansehen zu können.

»Das ist es nicht …« Er holte tief Luft, und für einen Moment glaubte ich, dass er weitersprechen und mir eine Erklärung geben wollte. Eine Erklärung, warum es ihn so sehr traf, dass ich keine fremde Grace war. Sondern die, die er schon sein halbes Leben lang kannte. War es das schlechte Gewissen, weil er mich damals hatte sitzen lassen?

Als er nach ein paar Sekunden immer noch nichts sagte, legte ich irritiert die Stirn in Falten. »Was ist dein Problem, Lex? Es ist wirklich okay, wenn du nicht mehr willst.«

Es war besser, wenn er mir jetzt absagte, bevor er mit mir ausging und ich die alten Gefühle, die ich für ihn gehegt hatte, nicht länger in Schach halten konnte. Denn zu ignorieren, dass ein Teil meines Herzens auch nach all den Jahren immer noch für ihn schlug, wäre einfach nur jämmerlich und kindisch gewesen.

»Grace …« Er sah furchtbar gequält aus, während ich weiter auf seine Erklärung wartete. Und wartete. Und wartete.

Ich bekam sie nicht.

»Okay, weißt du was?« Schwungvoll riss ich die Tür des Kühlschranks erneut auf und griff nach meinem Pie. Noch einmal würde ich mir das Herz nicht von ihm brechen lassen. »Vergiss es. Ich habe keine Lust mehr, mit dir auszugehen.«

Ich wollte Claire wirklich nicht ihr kleines Grillfest verderben, indem ich noch länger mit Lex über etwas diskutierte, das sowieso nicht den Hauch einer Chance hatte. Je eher ich das begriff, desto besser.

Mit dem Pie in der Hand schob ich mich an ihm vorbei zur Kochinsel in der Mitte der Küche. Dort stellte ich den Kuchen neben den Schüsseln ab, in denen sich Claires Salate und Dips für das Barbecue befanden, und zog ein Messer aus dem großen Holzblock in der Mitte.

»Ich will dich nicht enttäuschen, Grace. Aber das würde ich tun, wenn ich …«

»Mach dir keinen Kopf. Enttäuscht zu sein bedeutet nur, dass man nicht länger getäuscht wird.«

Das wusste ich mit ziemlicher Sicherheit besser als jeder andere. Schwungvoll halbierte ich den Pie, drehte die Form und viertelte unseren Nachtisch.

»Und für alles andere gibt es Alkohol.«

Ich hatte nicht vor, mich zu betrinken. Seit den Tagen nach meinem Fehler in der Klinik hatte ich nicht oft Alkohol getrunken. Aber ein Glas Wein, vielleicht auch zwei konnten heute Abend garantiert nicht schaden.

Nachdem ich den Pie in zwölf gleichmäßige Stücke geschnitten hatte, stellte ich ihn zurück in den Kühlschrank. Lex lehnte immer noch neben mir an einem Küchenschrank. Er wirkte nachdenklich, als ich mir die Hände wusch. Wortlos reichte er mir ein Handtuch. Ich nahm es ihm genauso schweigend ab und trocknete mir die Hände. Dann hängte ich es fein säuberlich über den Griff von Claires Backofen.

»Wir sollten wieder rausgehen. Hier.« Ich drückte ihm zwei von Claires Schüsseln in die Hand, ehe ich selbst nach zwei weiteren langte.

Schweigend folgte er mir hinaus, und ich spürte den ganzen Weg nach draußen seinen Blick in meinem Rücken.

6

Mich für den Weißwein zu entscheiden, war klug gewesen. Nach dem zweiten Glas war es mir fast schon egal, dass mein Date mit Lex nicht mehr stattfinden würde. Er saß mir genau gegenüber, und jedes Mal, wenn ich zu ihm blickte, schien er mich eingehend zu beobachten. Doch auch das war mir mittlerweile egal. Ich unterhielt mich angeregt mit Sophie, Abby und Claire und blendete völlig aus, dass sich jedes Mal kleine Nadelstiche in meine Brust bohrten, wenn sich unsere Blicke trafen.

Die Sonne verschwand allmählich hinter den Baumkronen der Nachbarn, und es würde nicht mehr lange dauern, bis es zu kalt war, um im T-Shirt hier draußen zu sitzen. Als hätte John meine Gedanken erraten, stand er in diesem Moment auf und blickte fragend in die Runde. »Was haltet ihr davon, wenn ich die Feuerschale anmache?«

»Gute Idee, Schatz. Brauchst du Hilfe?«, fragte Claire und streckte eine Hand nach ihm aus.

»Nicht von dir, Liebling.« John strich über ihren Arm und warf auffordernde Blicke in unsere Runde. »Lex? Devon?«

Die beiden Angesprochenen erhoben sich sofort und folgten John zu der kleinen Gartenhütte am Grundstücksrand, in der er Brennholz lagerte. Kopfschüttelnd sah ich ihnen hinterher.

»Als ob wir das nicht auch könnten«, grummelte ich.

»Was meinst du? Feuer machen?« Abby grinste.

»Ja. So schwer ist das nicht.«

»Lass ihnen den Spaß.« Claire zuckte lächelnd mit den Schultern. »Ich glaube eher, dass sie ganz froh sind, eine Weile Ruhe vor uns zu haben.«

»Und lasst uns ehrlich sein.« Abby legte eine bedeutungsvolle Pause ein. »Es sieht einfach sexy aus, wenn Männer sich körperlich betätigen.«

»Da vertraue ich dir einfach mal blind«, erwiderte Claire und nippte an ihrem Glas. Im Gegensatz zu Abby, Sophie und mir hatte sie beschlossen, ihren Heimvorteil nicht auszunutzen, und war bei Wasser geblieben. Einen Moment lang sagte keine von uns ein Wort. Dann prustete Claire los. »Ach, kommt schon, Mädels. Das war lustig.«

»Du hast einen seltsamen Sinn für Humor.« Abby schien nicht so recht zu wissen, was sie von Claires Spruch zu halten hatte, doch ich sah ihre Mundwinkel zucken.

»Hat sie«, bestätigte ich und versuchte, mein eigenes Grinsen zu unterdrücken. Claire konnte es trotzdem hören, aber das war in Ordnung.

Ich hatte im Laufe der Zeit gelernt, wann ich mit ihr über ihre Sehbeeinträchtigung lachen durfte und wann nicht. Das gerade war definitiv ein Moment, der ein Grinsen erlaubte. In den vergangenen Jahren hatte ich es kaum mehr erlebt, dass sie wegen ihrer Erblindung einen schlechten Tag gehabt hatte.

»Auf sexy Männer«, meinte Claire, und wir streckten unsere Getränke in die Mitte. Ein leises Klirren erklang, als die Gläser aneinanderstießen.

»Darf ich deinen Spruch in meinen neuen Roman einbauen?«, fragte Sophie, nachdem wir alle einen großen Schluck getrunken hatten. »Ich könnte mir vorstellen, dass eine meiner Figuren genau so etwas sagen würde.«

»Natürlich.« Claire beugte sich näher zu ihr. »Erzähl mir mehr. Worum soll es gehen? Und spielt eine Claire mit?«

Während sich Sophie und meine Schwester in ihr Gespräch über dieses neue Buch vertieften, wurde ich von Abby auf Lex angesprochen. Sie besaß wirklich eine unglaublich gute Beobachtungsgabe. Musste sie als Erzieherin vielleicht auch haben, wenn sie nicht wollte, dass die kleinen Monster ihr auf der Nase herumtanzten.

»Was war das vorhin mit Lex?«

»Hast du jetzt echt stundenlang gewartet, um mich das zu fragen?« Es war ein kleiner Versuch abzulenken, der kläglich scheiterte.

»Jetzt sag schon.« Sie verdrehte die Augen und nippte gespannt an ihrem Glas. Es war schon wieder fast leer.

»Wir kamen letztens nach der Show im *Sheridan's* ins Gespräch.«

»Okay. Und?«

»Und er hat mich nicht erkannt.« Ich zuckte nonchalant mit den Schultern.

»Was soll das heißen?«

»Das soll heißen, dass er bis vorhin keine Ahnung hatte, wer ich bin. Ich habe mich ihm in der Bar als Grace vorgestellt, aber er dachte, ich sei eine Touristin oder nur wegen der Stelle bei Bob hierher gezogen.«

»Und du hast das nicht aufgeklärt?«

»Nein.«

»Warum nicht?«

Das war die große Frage. »Ich wollte es ihm sagen, aber …« Es gab keinen Grund, außer dem, dass ich ein verdammter Hasenfuß war und es zu sehr genossen hatte, dass Lex mich zum ersten Mal in meinem Leben nicht als Claires kleine Schwester betrachtet hatte. Sondern als Frau, die es wert war, begehrt zu werden.

»Wegen damals?« Ich hatte Abby erzählt, dass er versprochen hatte, mich auf den Abschlussball zu begleiten, aber nicht aufgetaucht war. Warum er nicht gekommen war, wusste ich bis heute nicht. »Das ist ewig her, Grace.«

»Ich weiß. Und bevor du fragst, nein, das spielt keine Rolle mehr.« Es mochte noch ein bisschen an mir nagen, doch ich machte es ihm nicht länger zum Vorwurf. Diese Zeiten waren vorbei. »Er hat mich gefragt, ob ich mit ihm ausgehe und …«

»Du gehst mit Lex aus?« Die Überraschung in ihrem Blick ließ mich dann doch stutzig werden. Was war so abwegig daran, dass ein Mann mich um ein Date bat? Aber anstatt ihr zu sagen, dass dem nicht mehr so war, antwortete ich mit einer Gegenfrage.

»Wieso fällt es jedem so schwer, das zu glauben?«

»Weil der Kerl keine Dates hat.«

Diesen Satz hatte ich schon einmal gehört. Und er ergab immer noch keinen Sinn. War nicht ich der Gegenbeweis dafür? Gut, das Date war inzwischen hinfällig, aber dass er mich gefragt hatte, war nicht von der Hand zu weisen.

»Anscheinend doch.« Ich rollte mit den Augen und zog die Beine auf den Stuhl und an mich. Langsam wurde mir kalt. »Aber da er nun weiß, wer ich bin, hat sich die Sache erledigt.«

»Ich glaube nicht, dass ihn das abhalten wird, mit dir auszugehen.« Sie grinste und stieß mich sanft mit der Schulter an. »Du und Lex. Wer hätte das gedacht?«

»Gott, Abby, hör auf. Zwischen uns läuft nichts. Das Date ist abgesagt.«

»Wie kann das Date abgesagt sein, wenn es von Anfang an gar kein richtiges war?« Sie kicherte ungehalten. »Wenn er genauso trainiert ist wie Aidan, kann ich dir Sex mit einem Feuerwehrmann nur empfehlen.«

»Abby!«, zischte ich leise. »Sei jetzt ruhig. Ich habe kein Bedürfnis nach einer neuen Affäre.«

»Dann heirate ihn eben.« Sie grinste noch immer und schwenkte den Wein in ihrem Glas bedrohlich hin und her. »Ihr würdet echt hübsche Babys machen, glaub mir.«

Und damit hatten wir den Punkt erreicht, an dem jegliche weitere Diskussion mit ihr sinnlos wurde. Ich war mir nicht einmal mehr sicher, ob es noch immer um Lex und mich und um das ging, was definitiv nicht zwischen uns war. Oder ob sie ihre eigenen Gefühle für Aidan gerade projizierte.

»Stell ihn dir als Dad vor.« Seufzend schürzte sie die Lippen und blickte verträumt ins Leere. Jetzt war mir eindeutig klar, dass es nicht mehr um Lex ging.

»Wen stellen wir uns als Daddy vor?« Claire und ihr verdammt gutes Gehör hatten natürlich genau jetzt beschlossen zu lauschen.

»Niemanden. Wir sollten Abby einfach nur den Wein wegnehmen.«

»Warum? Nein!« Aus ihren geschürzten Lippen wurden schmollende, und sie funkelte mich böse an. Sie war unübersehbar gegen meinen Vorschlag.

»Weil es immer ein ziemlich schmaler Grat zwischen *Yay, alles voll super* und *Scheiße, ich bin supervoll* ist, wenn man Alkohol trinkt. Und du, meine Liebe, bist auf dem besten Weg zu Zweiterem.«

»Bin ich gar nicht«, protestierte sie, und die geschürzten Lippen waren augenblicklich zurück.

»Sie kann unsere Couch haben«, bot Claire an.

»Am besten mit einem Eimer daneben, wenn sie so weitermacht«, schlug Sophie grinsend vor.

»Oder ich bringe die Ladys später heim.« Lex war aus dem Nichts bei uns aufgetaucht und schien den Rest unseres Gesprächs mitbekommen zu haben. Zumindest hoffte ich inständig, dass es nur das Ende gewesen war. »Kommt ihr mit rüber ans Feuer?«

»Ja, ja, ja.«

Abby schnappte sich die Weinflasche vom Tisch und lief erstaunlich sicher in Richtung Lagerfeuer, wo sich Devon und John bereits die besten Plätze gesichert hatten. Kopfschüttelnd sah ich ihr hinterher. Manchmal war sie wirklich ein Fall für sich.

»Ich bin trotzdem dafür, dass wir ihr den Alkohol wegnehmen«, murmelte ich, als ich Claire meinen Arm anbot.

»Oder du hörst auf, so ein Spießer zu sein, und lässt ihr ihren Spaß, Schwesterherz.« Vergnügt zog sie mich mit sich ans Feuer.

Ich half ihr, sich neben John zu setzen, ehe ich mich auf Claires anderer Seite niederließ. Sophie nahm neben Devon Platz, womit für Lex nur noch die freie Stelle auf dem Baumstamm zwischen Abby und mir übrig blieb.

Als er saß, fiel mein Blick unweigerlich auf seinen Arm. »Was ist da eigentlich passiert? Bist du gestürzt?«

Lex blickte ebenfalls auf die Schürfwunde auf seiner Haut, doch es war Claire, die mir an seiner statt antwortete. »Nein. Der Idiot hat mal wieder den Helden gespielt.«

»Das ist mein Job, Claire.«

»Aber dich dabei ständig leichtsinnig in Lebensgefahr zu bringen, ist nicht Sinn der Sache. Sieh ihn dir an, Grace. Ist er sonst noch irgendwo verletzt?«

»Ich bin nicht verletzt, Claire.« Lex sprach so bedächtig und ruhig, dass ich am Wahrheitsgehalt seiner Worte sofort zweifelte. »Es ist nur ein kleiner Kratzer.«

»Der kleine Kratzer ist größer als meine gesamte Handfläche«, protestierte Claire.

»Deine Hände sind ja auch winzig.«

»Darf ich mal sehen?«, ging ich dazwischen, ehe das kleine Wortgefecht zwischen ihnen ausarten konnte. Der Alkohol in meinen eigenen Blutbahnen gab mir den Mut, meine Hand nach Lex' Arm auszustrecken.

»Das ist wirklich nicht nötig.«

»Lass sie nachsehen, Lex. Sie ist Krankenschwester und weiß, was sie tut.«

Ich verkniff es mir, meine Schwester darauf hinzuweisen, dass Lex als Feuerwehrmann sicherlich genauso gut beurteilen konnte wie ich, wie schlimm seine Wunde war. Aber ich war schlichtweg neugierig und vielleicht auch ein bisschen masochistisch veranlagt. Abgesehen davon lag mir das Helfen im Blut.

»Du bist eine furchtbare Glucke, Claire, weißt du das?« Falls seine Frage genervt klingen sollte, gelang ihm das nicht einmal ansatzweise. Claire würde ihm kein Wort davon glauben.

»Das muss ich ja auch sein, schließlich werde ich bald Mutter. Fuck!« Augenblicklich schlug sie sich die Hände vor den Mund.

Wir anderen erstarrten gleichzeitig in unseren Bewegungen ob der Bombe, die Claire hatte platzen lassen. Meine Finger glitten von Lex' Arm, der völlig gebannt zu meiner Schwester sah. Keiner rührte sich. Außer John. Mein Schwager trug ein überglückliches Grinsen auf dem Gesicht. Und das bestätigte mir, dass ich mich nicht verhört hatte. Meine Schwester war schwanger!

»Sorry, Schatz«, hörte ich sie sagen. »Ich wollte das nicht so plump raushauen …«

»Alles gut, Liebling.« Er legte einen Arm auf ihren Rücken. »In ein paar Tagen hätten wir es ihnen doch sowieso erzählt.«

Sprachlos starrte ich zwischen den beiden hin und her. Lex war derjenige, der sich zuerst sammelte. »Ihr bekommt … ein Baby?«, hakte er vorsichtig nach.

»Ja.« Claire nickte. »Ich bin schwanger.«

»Das ist toll! Herzlichen Glückwunsch.« Ich verließ meinen Platz auf dem liegenden Baumstamm, kletterte über Claires ausgestreckte Beine, griff nach ihren Händen und zog sie auf ihre Füße. Dann nahm ich sie in eine feste Umarmung. »Ein Baby, Claire.« Eventuell quietschte ich ein bisschen. »Du bekommst ein Baby.«

»Ich weiß.« Sie lachte, und gleichzeitig spürte ich etwas Nasses an meiner Wange, als sich ein paar Tränen aus ihren Augen stahlen. »Himmel, es tut mir leid. Das sind nur die Hormone. Ich bin einfach so emotional, sobald es um das Baby geht.«

»Fang jetzt bloß nicht an, dich dafür zu entschuldigen, dass du glücklich bist.« Ich drückte sie noch ein bisschen enger an mich. »Meine große Schwester wird Mommy.«

»Und du wirst Tante.« Claire gab ein glucksendes Geräusch von sich. »Tante Gracie.«

»Wissen Mom und Dad es schon?« Aus den Augenwinkeln nahm ich wahr, wie Devon und Sophie John beglückwünschten, während Abby und Lex warteten, dass ich Claire wieder freigab.

»Nein.« Ein tiefer Seufzer entwich meiner Schwester. »Du weißt, wie sie sind. Ich möchte mich wenigstens noch ein paar Tage auf mein Baby freuen können, ohne von Mom in Watte gepackt zu werden.«

Diesen Wunsch konnte ich ihr nicht verübeln. Unsere Mom war in der Tat sehr speziell, wann immer sie sich um ihre Mädchen Sorgen machte. Und ganz besonders ausgeprägt war dieser Beschützerinstinkt, was Claire betraf.

»Willst du Patentante von Krümelchen werden?«

»Ob ich … Oh mein Gott, Claire. Ja! Natürlich!« Ich fiel ihr erneut um den Hals. Und dieses Mal war ich diejenige, in deren Augen sich Tränen sammelten. Ich schob es auf den Wein, den ich getrunken hatte, war das Zeug einfach nicht mehr gewohnt. »Ich werde die beste Patentante aller Zeiten sein.«

»Na, davon gehe ich aus.« Claire schmunzelte amüsiert und machte sich wieder von mir los. »Außerdem musst du dich darum kümmern, dass mein Kind modisch angezogen ist. Ich glaube nämlich nicht, dass John in diesem Bereich sonderlich begabt ist.«

Lachend versprach ich ihr, mein Bestes zu geben. Dann ließ sie sich auch von Lex, Abby, Devon und Sophie beglückwünschen, während ich meinem Schwager gratulierte. Ein Blick in seine Augen verriet, dass er sich zwar unbändig auf sein Kind freute, sich aber keine Illusionen machte. Es würde eine Herausforderung werden, ein Baby mit einer blinden Frau zu haben. Doch wenn das jemand stemmen konnte, dann meine Schwester und ihr Mann. Ich hatte vollstes Vertrauen in die beiden.

»Freunde, darauf müssen wir anstoßen.« Ehe ich mich's versah, machte Abby sich auf den Weg zum Tisch und sammelte Gläser und Flaschen für uns ein. Sophie eilte hinterher und half ihr beim Tragen. Als sie zurück waren, drückten sie uns die Gläser in die Hand und gossen ein. Sophie gelang das problemlos, Abby hingegen verfehlte immer wieder das Ziel, was sie mit einem kichernden »Oopsie« quittierte.

Als jeder ein Getränk in der Hand hatte, Wein für uns Frauen, Bier für die Männer und Wasser für Claire, erhoben wir die Gläser.

»Auf euch.« Natürlich war es Abby, die die Anstoßrede hielt. »Ihr werdet die beste Mom und der beste Dad sein, die diese Welt je gesehen hat. Euer … wie hast du das Baby genannt?«

»Krümelchen«, half Claire ihr lächelnd aus. Ihr Kopf lehnte an Johns Schulter.

»Richtig. Euer Krümelchen wird das glücklichste Kind aller Zeiten werden. Wenn ihr einen Babysitter braucht … Sobald es sprechen kann, bin ich eure Frau. Davor habe ich Angst vor Kindern, sorry. Cheers!«

Lachend stießen wir unsere Gläser aneinander und feierten das Leben im Schein des Feuers. Die Dämmerung hüllte uns ein, wurde lediglich durchbrochen von orangefarbenen Funken, die immer wieder über den brennenden Holzscheiten wie Glühwürmchen tanzten.

Und dann fiel mein Blick auf Lex, der mich im Schein der Flammen ansah, als wäre es das erste Mal.

Kurz vor Mitternacht gähnte Claire immer häufiger. Devon und Sophie hatten sich bereits vor einer guten Stunde auf den Weg gemacht. Als Bürgermeister musste er auch an Samstagen oft früh raus, weshalb es mich ehrlicherweise sogar überrascht hatte, dass sie überhaupt so lange geblieben waren. Abby hatte sich irgendwann in der letzten halben Stunde an Lex gelehnt und die

Augen geschlossen. Ich schien mittlerweile so ziemlich die Einzige zu sein, die noch nicht müde war. Selbst John wirkte nicht mehr sonderlich fit.

»Ich denke, ich packe es dann auch mal.« Lex' Stimme durchbrach die eingekehrte Stille. »Soll ich euch mitnehmen?«

Eigentlich hatte ich vorgehabt, nach Hause zu laufen, doch da war ich noch von Abby als meiner Begleitung ausgegangen. Ein Blick zu ihr verriet mir jedoch unmissverständlich, dass dieser Plan so nicht funktionieren würde. Sie konnte keine zwei Meter mehr ohne Hilfe laufen.

»Wenn es dir keine Umstände macht?«, fragte ich daher und begann, die herumstehenden Gläser einzusammeln. Auch wenn wir demnächst aufbrechen würden, wollte ich Claire und John nicht in dem Chaos, das wir veranstaltet hatten, alleine lassen.

»Tut es nicht.« Behutsam hob er Abbys Kopf von seiner Schulter, sodass er ebenfalls aufstehen konnte.

Sie ließ sich davon nicht stören und legte sich mit dem Oberkörper seitlich auf den alten Baumstamm. Wirklich bequem sah das nicht aus.

»Lass uns kurz aufräumen, dann packen wir Abby in meinen Wagen, okay?«

Ich nickte und entfernte mich ein Stück weit vom Feuer, um auch das restliche Geschirr auf dem Tisch der Sitzecke zusammenzustellen. Die Vorstellung, ausgerechnet mit Lex nach Hause fahren zu müssen, ließ mich nicht gerade in Freudentaumel ausbrechen. Dafür schuldete Abby mir definitiv was.

Es dauerte keine fünf Minuten, dann waren auch die Sitzpolster verstaut, die Stühle zusammengeräumt, und John hatte das Feuer regelrecht ertränkt.

»Gute Nacht, ihr zwei.« Ich winkte John und drückte Claire einen Kuss auf beide Wangen, während ich mit meiner linken

Hand Abby stützte, die im Stehen zu schlafen schien. Der viele Wein hatte sie vollkommen ausgeknockt.

Es war gar nicht so leicht, sie auf die Rückbank von Lex' Wagen zu schieben und anzuschnallen. Ich gab es nur ungern zu, aber ohne seine Hilfe hätte ich es nicht geschafft.

Schweigend setzte ich mich auf den Beifahrersitz und wartete, dass Lex einstieg und den Motor startete. Mit einem Mal überkam mich die Müdigkeit, und ich lehnte meinen Kopf an das Fenster zu meiner Rechten.

»Du weißt, wo Abby wohnt?«, fragte ich mit geschlossenen Augen.

»Ja.«

Das war alles, was wir miteinander sprachen, bis er vor einem dreistöckigen Haus im Herzen von Tipton anhielt, wo meine Freundin ein kleines Zwei-Zimmer-Apartment bewohnte.

»Denkst du, sie schafft es alleine nach oben?« Er hatte sich auf seinem Sitz mir zugewandt.

»Vermutlich nicht.« Ich seufzte und schnallte mich ab. »Ich bringe sie rein. Du musst nicht auf mich warten.« Von Abbys Wohnung aus waren es maximal zehn Minuten zu Fuß bis zum Haus meiner Eltern. Ein Klacks.

Doch ich hatte nicht mit Lex gerechnet. Er löste kommentarlos seinen Gurt und stieg vor mir aus. Bis ich aus seinem alten Jeep geklettert war, hatte er Abby schon mit sicherem Griff aus dem Auto gezogen und reichte mir ihre Tasche.

»Schließt du auf?«

Das bedeutete dann wohl, dass er mich nicht mit ihr allein ließ. Nickend nahm ich ihm die Tasche ab und wühlte im Gehen nach dem Schlüssel. Er folgte mir mit Abby in seinen Armen. Kurz vor der Wohnungstür linste ich in seine Richtung. Obwohl er einen ziemlich betrunkenen Menschen trug, sah es nicht so aus, als würde ihn das auch nur annähernd Kraft oder gar Mühe kosten. Er lief hinter mir her wie bei einem gemütlichen Sonntagsspaziergang. All die Muskeln, die ich bei seinem Striptease im *Sheridan's* gesehen hatte, waren nicht einfach nur nett anzusehen, sondern auch noch verdammt nützlich. Nicht, dass ich hingesehen hätte. Ich war vielmehr so sehr mit Nicht-Hinsehen beschäftigt, dass ich fast über meine eigenen Füße und in die Tür gestolpert wäre.

Hastig schob ich den Schlüssel ins Schloss, stieß die Tür auf und trat beiseite, um ihm Platz zu machen.

»Zweiter Stock links.«

Wortlos kam er meiner Anweisung nach. Oben wartete er, bis ich auch diese Tür aufgeschlossen hatte. Dann folgte er meinem Fingerzeig in ihr Schlafzimmer und legte Abby auf ihrem Bett ab. Ich setzte mich auf den Rand der Matratze, strich ihr ein paar Haare aus dem Gesicht und versuchte, sie aufzuwecken.

»Abby?«

Ein unverständliches Gemurmel war ihre Antwort, ehe sie sich auf die Seite drehte und den Kopf in ihrem Kissen vergrub. In derselben Sekunde hörte ich, wie ein Wasserhahn aufgedreht wurde. Als ich aufsah, erschien Lex im Türrahmen, ein Glas Wasser in der Hand. Er stellte es auf Abbys Nachttisch ab.

»Hat sie irgendwo Schmerztabletten? Ich glaube, die wird sie morgen früh brauchen.«

»Wenn, dann bestimmt im Bad.« Ich zuckte mit den Schultern. »Siehst du nach? Dann ziehe ich ihr solange ein T-Shirt zum Schlafen an.«

»Okay.« Er machte kehrt, und ich war wieder allein mit Abby.

Einen kurzen Moment lang betrachtete ich ihr Gesicht. Ihre Haare waren ziemlich zerzaust, ihr Make-up dezent verschmiert, und ihr Gesicht erinnerte an das eines Pandas. Um dieses Problem würde sie sich morgen selbst kümmern müssen. Ich stand auf und nahm ein frisches Shirt aus ihrem Schrank, bevor ich mit ihren Schuhen und ihrer Jeans kämpfte. Zum Glück trug sie eine

Bluse mit Knöpfen, die ich flink öffnen und ihr abstreifen konnte. Schwieriger war es, sie dazu zu bringen, den Kopf anzuheben, damit ich ihr das T-Shirt überziehen konnte. Ich hatte keine Ahnung, wie es mir gelang, doch als Lex mit zwei Tabletten in der Hand zurückkam, lag Abby in ihrem Shirt unter der Decke und schlief tief und fest. Er platzierte das Ibuprofen direkt neben dem Wasserglas.

»Ich bin gespannt, wie schlecht es ihr morgen geht.« Ein Lächeln zuckte an seinen Mundwinkeln, als er mir dabei zusah, wie ich nach Stift und Papier suchte.

»Ich auch«, murmelte ich und entdeckte ein altes Notizbuch auf ihrem Schreibtisch, an dessen Seite ein Bleistift steckte. Das würde es tun müssen.

Ich blätterte das Buch auf, riss eine Seite heraus und schrieb Abby eine kurze Nachricht, die ich anschließend unter das Wasserglas schob.

»Was machst du da?«

»Ihr erklären, wie sie nach Hause kam. Damit sie morgen früh keinen Schock kriegt.«

»Gute Idee. Meinst du, wir können sie allein lassen?«

Wenn ich mich richtig erinnerte, hatte Abby zwar gut getrunken, aber es war nicht so viel gewesen, dass ich mir ernsthafte Gedanken um sie gemacht hätte. Trotzdem ließen Lex' Worte ein ungutes Gefühl in meiner Magengrube entstehen. Ich hatte schon einmal geglaubt, alles richtig gemacht zu haben, und am Ende war eine Frau tot gewesen.

Ich musste wohl zu lange auf Abby gestarrt haben. Auf einmal berührten mich zwei Finger an meiner Schulter und strichen sanft auf und ab. Auch durch die dünne Barriere meines Shirts könnte ich die Wärme spüren, die von Lex' Haut ausging. Seine Berührung war unschuldig. Beiläufig. Und doch lehnte ich mich ganz automatisch ein wenig nach hinten.

»Hey.« Lex sprach leise. »Alles in Ordnung?«

»Ja.«

Ich bemühte mich um ein halbherziges Lächeln und wandte den Blick von Abby ab. Ich durfte nicht zulassen, dass die Gedanken an Mrs Roberts wieder so übermächtig wurden, dass ich jede Entscheidung, die ich traf, infrage stellte. Wenn ich zusammenrechnete, was Abby getrunken hatte, handelte es sich maximal um eine Flasche Wein. Das war nicht wenig, aber es war auch nicht genug, um als erwachsener Mensch eine Alkoholvergiftung zu bekommen. Abgesehen davon hatte Abby genug gegessen und davor noch einiges an Wasser getrunken.

»Ich denke schon, dass wir sie allein lassen können«, entgegnete ich und warf einen weiteren prüfenden Blick auf ihren Nachttisch. Ibus, Wasser, Notiz. Abby war versorgt.

»Lass uns gehen.« *Bevor ich es mir anders überlege und doch noch Bob anrufe.*

Lex nickte. Und ehrlich gesagt beruhigte es mich tatsächlich ein wenig, dass er keine Einwände hatte. Wenn nicht nur ich befand, dass es okay war, sie einfach ihren Rausch ausschlafen zu lassen, sondern auch er, ein Feuerwehrmann mit Sanitäterausbildung, dann konnte meine Einschätzung nicht allzu falsch sein.

Die Straßenlaternen waren bereits ausgeschaltet, als ich zum zweiten Mal in dieser Nacht in Lex' Jeep stieg. Meine Finger waren eiskalt, während ich mit dem Gurt hantierte und mich erneut anschnallen wollte. Doch aus irgendeinem Grund gelang es mir nicht. Der Gurt blockierte, und es war egal, wie sehr ich daran zerrte, er wollte sich einfach nicht lösen.

»Kommst du klar?« Lex' Blick war eine Mischung aus Belustigung und Sorge, und vielleicht spielte auch noch etwas Verwunderung mit rein. Ich wollte gar nicht so genau darüber nachdenken.

»Nein.« Ein frustrierter Laut entfuhr mir, und ich ließ genervt den Gurt los. »Offenbar bin ich zu blöd dafür.«

»Bist du nicht.« Lächelnd griff er über mich hinweg nach dem blöden Ding und kam mir dabei so nah, dass ich unweigerlich nach Luft schnappte. Heute roch er nicht nach Babyöl und Aftershave wie in *Sheridan's Bar*, sondern nach Rauch und Rasierwasser und Abenteuer. Er roch gefährlich.

Sachte zog er den Gurt über mich. Das leise Klicken verriet mir, dass er es mühelos geschafft hatte, mich anzuschnallen.

»Danke.« Die fünf Buchstaben waren ein kaum zu hörendes Flüstern. Lex war mir immer noch unglaublich nah. Nur wenige Zentimeter trennten unsere Gesichter voneinander. Das Blau seiner Augen strahlte auch in der Dunkelheit wie das ewige Eis. Dieses Mal war eindeutig er der Grund für mein Frösteln. Er suchte meinen Blick, sah mir direkt in die Augen, und obwohl alles an ihm stoisch und unbeweglich wirkte, spürte ich instinktiv, dass er genauso aufgewühlt war wie ich.

»Ich habe meine Meinung nicht geändert, Grace.« Seine Worte waren so leise wie mein *Danke*.

Reglos starrte ich ihn an, dabei hätte ich nichts lieber getan, als den Blick von ihm abzuwenden. Doch da war etwas in seinen Augen, das mich regelrecht gefangen hielt. Egal, wie sehr ich es wollte, ich schaffte es nicht, meinen Kopf von ihm wegzudrehen.

Die Lippen fest aufeinandergepresst, wartete ich, dass er weitersprach. Das Herz in meiner Brust rannte und schlug so heftig, dass ich Angst hatte, es könnte zerspringen. Aber das tat es nicht. Es lief einfach nur einen verdammten Marathon.

»Ich möchte morgen … *heute* mit dir ausgehen.«

Die Stille in seinem Wagen wurde beinahe unerträglich, als ich zu begreifen versuchte, was er mir da gerade gesagt hatte.

»Du willst ernsthaft immer noch mit mir ausgehen?«

Er nickte genau einmal, doch dieses eine Nicken ließ keinen Zweifel an der Ernsthaftigkeit seiner Worte. »Will ich«, betonte er dennoch ein weiteres Mal.

»Obwohl ich dir nicht verraten habe, dass ich Claires hässliche kleine Schwester bin?« Die Vogelscheuche, der er nicht einmal abgesagt hatte, als sie mit achtzehn in einem wunderschönen Kleid auf ihn gewartet hatte.

»Die Zahnspange und die Brille vorhin nimmst du mir echt übel, oder?« Er seufzte.

Meine Antwort war ein Schulterzucken. Was bitte schön erwartete er nun von mir? Dass ich es toll fand, wie er mich damals allem Anschein nach gesehen hatte?

»Erklärt zumindest, warum ich doch allein auf den Prom musste.«

»Das war eine Scheißaktion von mir. Es tut mir leid, Grace.« Mit beiden Händen fuhr er sich durch die Haare. »Darf ich es wiedergutmachen?«

»Wie meinst du das?«

Wollte er den nächsten Ball an der hiesigen Highschool mit mir stürmen? Ich war mir ziemlich sicher, dass Schulleiter Mitchell uns hochkant rauswerfen würde, sollten wir es wagen, seine heiligen Hallen zu betreten.

»Ein Date.« Bekräftigend hob er einen Finger. »Und wenn du mich danach nicht mehr sehen willst, lasse ich dich in Ruhe.«

Sein Blick lag mit einer Intensität auf mir, die mich nicht nur überraschte, sondern gleichzeitig zutiefst erstaunte. Er sah so ernst aus, dass ich wirklich daran zweifelte, ob er sich tatsächlich bewusst war, wen er hier um eine Verabredung bat. Teenie-Grace in mir jubelte und tanzte, allmählich ging mir dieses Gör gehörig auf die Nerven. Hatte sie überhaupt keinen Funken Selbstachtung oder Würde in sich? Lex rief, sie sprang?

Zum Glück war ich keine achtzehn mehr. Wenn ich eine Sache in den vergangenen Jahren gelernt hatte, dann war es die, dass ich definitiv nicht mehr *sprang*, sobald ein Mann das wollte.

»Du hast doch keine Dates«, wiederholte ich daher, was ich bereits am Dienstag zu ihm gesagt hatte.

»Ich muss echt ein ernstes Wörtchen mit Martha reden, oder?«

»Und mit Abby. Sie hat mir dasselbe erzählt.«

»Himmel.« Lex schüttelte halb amüsiert, halb verärgert den Kopf. »Was ist los mit dieser Stadt?«

Ich sagte nichts dazu. Ein bisschen deshalb, weil er mir nicht widersprochen hatte, und zum größten Teil, weil dem nichts hinzuzufügen war. Tipton war fraglos das größte Klischee unter den amerikanischen Kleinstädten.

»Okay.« Kaum merklich richtete er sich ein Stückchen auf, seine blauen Augen lagen eindringlich auf mir. »Wenn alle Welt glaubt, dass ich keine Dates habe, dann gehen wir eben auf ein Nicht-Date.«

Vielleicht hätte ich ihn in diesem Moment nach dem Warum fragen müssen, mir einen Grund nennen lassen, wieso es plötzlich keine Rolle mehr zu spielen schien, dass ich Claires kleine Schwester war. Aber ich fragte nicht, weil die Gefahr bestand, dass mir die Antwort nicht gefallen würde. Stattdessen kniff ich die Augen zusammen. »Ein Nicht-Date?«

»Ein Nicht-Date«, bestätigte er. »Ich werde geradebiegen, was ich damals angestellt habe. Ich verspreche es dir.«

»Auf einem Nicht-Date?« Das klang so bescheuert, dass ich gar nicht anders konnte als zu grinsen.

»Oh ja.« Und in der Tat war da verdammt viel Entschlossenheit in seinem Gesicht. »Es war mehr als nur mies, dich damals nicht wenigstens anzurufen und abzusagen, aber … Hältst du es mir zugute, dass ich jung und ein Idiot war?« Wieder entwich ihm ein leises Seufzen. »Es tut mir wirklich leid.«

Ich ließ mir Zeit mit meiner Antwort. Das fahle Licht des Mondes fiel durch die Scheibe ins Wageninnere und zeichnete seltsame Schattenformen auf dem Armaturenbrett. Was hatte ich zu verlieren? Es schien ihm ernst zu sein, einen Ausgleich für das verpasste Date zu schaffen.

Ein paar Atemzüge nahm ich mir, um darüber nachzudenken. Schließlich nickte ich.

»Okay.«

»Okay?«

»Ein Wiedergutmachungsdate.« Was hatte ich schon zu verlieren?

7

Ich hatte keinen Schimmer, wie lange wir vor Abbys Wohnung in seinem Wagen saßen, bis er seine linke Hand an das Lenkrad legte und mit der rechten nach dem Schlüssel griff.

»Also gut, dann bringe ich dich mal nach Hause.«

Bei seiner Bewegung rutschte der Ärmel seiner Jacke etwas nach hinten und entblößte ein Stück seines Unterarms. Noch ehe er den Motor anlassen konnte, fasste ich nach seinem Handgelenk und drehte seinen Arm, um den großen Kratzer besser zu sehen.

»Wie ist das passiert?«

»Ist nicht wichtig.« Er wollte mir seine Hand entziehen, doch ich ließ nicht los, verstärkte meinen Griff stattdessen sogar. Mit der anderen Hand tastete ich an der Decke nach dem kleinen Schalter für das Licht.

»Grace …«

Er klang nicht so, als wollte er darüber reden oder eine große Sache daraus machen, doch ich erinnerte mich an Claires Worte. »Warst du wirklich leichtsinnig?«

Mein Blick raste über seinen Unterarm, betrachtete den Kratzer von allen Seiten. Er sah nicht mehr allzu neu aus, ich vermutete, dass es gestern oder bereits vorgestern passiert war. Dennoch nässte die Wunde an einer kleinen Stelle, was kein gutes Zeichen war. Sie sollte längst komplett verschlossen sein.

»Nein. Aber in Notsituationen kannst du nicht lange überlegen. Du funktionierst wie auf Autopilot und siehst nur noch das, was du tun musst, um zu helfen. Ich bin deshalb schon ein paarmal mit dem Captain aneinandergeraten.« Er zuckte mit den Schultern, was mich beide Brauen heben ließ.

»Das ist genau das, was ich als leichtsinnig bezeichnen würde«, widersprach ich.

»Aber es ist doch nichts passiert.«

Mit dem Finger strich ich über den Rand seiner Wunde. Er zuckte zusammen und strafte seine Worte damit Lügen. Vielsagend musterte ich ihn.

»Das tut weh, oder?«

»Hältst du mich für eine Memme, wenn ich *Ja* sage?« Es sah aus, als bereite es ihm körperliche Qualen, zuzugeben, dass ich recht hatte. »Es ist wirklich nicht der Rede wert, Grace.«

»Hast du die Wunde gereinigt?« Wahrscheinlich klang ich wie seine Mutter, die ihrem Sohn nicht zutraute, dass er mit fast dreißig Jahren in der Lage dazu war, sich selbst zu verarzten. Aber Fehler geschahen so leicht und so schnell. Er musste einfach nur kein Desinfektionszeug mehr zu Hause haben, und schon geriet die richtige Behandlung einer Wunde in Vergessenheit.

»Ja, natürlich.«

»Okay.« Ich nickte. »Sprüh dir nachher trotzdem noch einmal Desinfektionsspray drauf.«

»Grace …«

»Hast du ein Antiseptikum zu Hause? Sonst gebe ich dir eins mit.«

»Hey …« Seine eindringliche Stimme ließ mich den Blick von seiner Wunde abwenden und zu ihm aufblicken. »Ich habe die Sache im Griff«, beteuerte er. »Feuerwehrmann. Schon vergessen?«

»Nein.« Ich schüttelte den Kopf. »Aber auch als Feuerwehrmann bist du nicht automatisch vor Infektionen geschützt. Weißt du, wie oft Blutvergiftungen entstehen, weil jemand nicht richtig aufpasst?«

Weil *ich* nicht richtig aufpasste.

»Und weißt du, wie schwer es ist, eine Sepsis zu erkennen?« Entgegen der landläufigen Meinung zeigte eben nicht jede Form den berühmt-berüchtigten roten Strich, sondern unspezifische Symptome, die eine schnelle Diagnose erschwerten.

Gott. Ich musste aufhören. Ich musste dringend damit aufhören, den Teufel an die Wand zu malen. Nicht jede meiner Handlungen war ein Fehler und löste eine Katastrophe aus.

Du hast unzählige Male davor und danach alles richtig gemacht. Vergiss das nicht.

Ich wusste, dass Faith mit ihren Worten recht hatte. Aber manchmal genügte es einfach nicht, etwas zu wissen. Die Angst in mir, wieder aus Versehen einen verhängnisvollen Fehler zu begehen, war immer da. Sie verschwand nicht, nur weil ich mir wieder und wieder sagte, dass zu jeder guten Statistik auch ein Gegenbeispiel gehörte. Und dass Mrs Roberts eben meins war.

»Grace?« Lex berührte mit den Fingerspitzen meinen Handrücken und riss mich aus meinen Gedanken. Aus großen Augen sah ich ihn an. »Was ist in Chicago passiert?«

»Wie meinst du das?« Mir stockte der Atem. Hatte ich etwa laut ausgesprochen, was mir gerade durch den Kopf geschwirrt war?

»Ich mag falsch liegen, aber Claire hat nie erzählt, dass du in Chicago so unglücklich bist, dass du sogar in Erwägung ziehst, zurückzukommen.«

Seine Finger auf meiner Haut machten mich wahnsinnig und ließen mich schwer schlucken. Ob er mir glauben würde, wenn ich ihm dieselbe Geschichte auftischte wie dem Rest der Stadt? Es gab nur eine Möglichkeit, das herauszufinden.

»Nichts ist passiert.« Bedächtig schüttelte ich den Kopf und ignorierte das Kribbeln auf meiner Haut. »Ich bin nur einfach nicht für die Großstadt gemacht.«

»Und du hast neun Jahre gebraucht, um das herauszufinden?« Er wusste unbestreitbar, dass ich log.

Ich versuchte trotzdem, ihn zu überzeugen. »Offensichtlich.«

Ich entzog ihm meine Hand und tastete erneut die Decke ab, bis ich den Lichtschalter erreichte. In der nächsten Sekunde umhüllte uns wieder Dunkelheit, und ich rückte ein kleines Stück von ihm weg.

»Fährst du mich nach Hause?«

Es war nicht fair, ihn so in der Luft hängen zu lassen. Lex war nicht dumm, ihm war klar, dass meine Reaktion auf seine Schürfwunde vollkommen übertrieben war. Es war mir selbst mehr als bewusst. Aber lieber hielt er mich für eine überfürsorgliche Hysterikerin, als dass ich ihm die Wahrheit gesagt hätte.

»Natürlich.« Bevor er den Motor startete, musterte er mich noch einmal. Obwohl kaum Licht ins Auto fiel, wusste ich, dass er besorgt war. »Bist du wirklich sicher, dass alles okay ist?«

Mein »Ja« klang nicht so überzeugend, wie ich es gerne gehabt hätte, doch es erfüllte seinen Zweck. Lex fragte kein weiteres Mal nach, bog wortlos in die Straße ein und setzte mich keine drei Minuten später vor meinem Elternhaus ab.

»Danke.« Ich schnallte mich ab und wollte bereits nach dem Türgriff fassen, als er mich noch einmal ansprach.

»Grace?«

»Hm?« Ich drehte mich zu ihm um. Ein paar Herzschläge lang sah er mich an, ehe er dazu ansetzte, etwas zu sagen. Doch was auch immer es war, er bekam es nicht über die Lippen. Seine Finger hielten das Lenkrad fest umklammert, als er kaum merklich den Kopf schüttelte und »Bis morgen. Schlaf gut« sagte.

Kurz war ich versucht, die Stirn zu runzeln und ihn aufzufordern, sich nicht meinetwegen zurückzuhalten. Er hatte etwas anderes zu mir sagen wollen, dessen war ich mir sicher. Aber ich war müde und ehrlich gesagt einfach nur froh, dass er nicht weiter nachhakte.

»Gute Nacht« war das Letzte, was ich von mir gab, bevor ich aus seinem Jeep stieg und die Tür hinter mir schloss. Ich zwang mich, nicht zurückzusehen.

Mit fahrigen Fingern steckte ich den Schlüssel ins Schloss, und erst nachdem ich die Tür aufgestoßen und Licht im Flur angemacht hatte, hörte ich, wie Lex weiterfuhr.

Er hatte tatsächlich gewartet, bis ich im Haus war.

Als ich in meinem Bett lag und zu den Sternen sah, die seit meiner Kindheit an der Zimmerdecke klebten, dachte ich darüber nach, wieso es mir an manchen Tagen besser gelang, damit umzugehen, was geschehen war. Und wieso es mich an anderen, an Tagen wie heute, unglaublich belastete, wenn ich eine Wunde sah oder eine Entscheidung treffen musste, bei der es um die Gesundheit eines Menschen ging. Genau das war mein Job, ich tat seit Jahren nichts anderes. Doch seit Mrs Roberts' Tod hatte ich den Glauben an mein eigenes Können verloren, und ich wusste einfach nicht, ob ich ihn jemals wiederfinden würde. Oder ob ich von nun an für immer damit leben musste, dass eine leise Stimme in meinem Kopf fast schon zwanghaft darum bat, mich noch einmal zu vergewissern.

Und noch einmal.

Und noch einmal.

In dieser Nacht schlief ich schlecht. Unruhig wälzte ich mich hin und her, dämmerte weg, schreckte hoch, streckte ein Bein unter der Decke hervor, ehe ich es wieder zurückzog und mich zusammenkauerte. Doch egal, was ich tat, mein Kopf schaffte es nicht, abzuschalten. Immer wieder tauchte Lex in meinen Träumen auf. Zuerst standen wir in der Einfahrt meiner Eltern, dann saßen wir plötzlich in seinem Wagen. Und dieses Mal blutete die Wunde an seinem Arm ohne Unterlass.

Mir war bewusst, dass ich träumte, dass das hier nicht echt war. Doch ich spürte trotzdem, wie sich Panik in mir ausbreitete. Denn Lex lachte. Egal, wie sehr ich ihn anschrie, damit aufzuhören, und egal, wie sehr ich ihn anflehte, zu einem Arzt zu gehen, er lachte. Mit einem überwältigenden Funkeln in den Augen und ausgebreiteten Armen, von denen das Blut tropfte, näherte er sich mir. Ich wollte mich wehren, ihn von mir stoßen, nicht schon wieder sein Mitleid abbekommen. Aber ich hatte keine Chance. Lex zog mich in seine Arme und hielt mich fest. Er war wie eine warme Decke, die mich einhüllte und beschützte. Meine Befreiungsversuche wurden von Sekunde zu Sekunde schwächer, und irgendwann hörte ich ganz damit auf. Ich konnte nicht mehr. Es war, als wäre meine Kraft einfach verschwunden, von einer Sekunde auf die andere.

Lex ließ mich nicht los. Er umarmte mich, hielt mich fest, als hätte er nie etwas anderes getan. Und es fühlte sich so unglaublich gut an. Mit einem Mal umgab mich eine angenehme Wärme, und eine tiefe Ruhe entstand in mir, samt der Gewissheit, dass alles gut werden würde.

Alles wird gut.

Dann spürte ich seine Lippen auf meinem Scheitel. Meine Augen schlossen sich wie von selbst. Da war nur noch Lex, der mich hielt. Arme, die mich umschlangen, Wärme, die mich einhüllte. Für einen kurzen Moment glaubte ich sogar, sein Aftershave riechen zu können, obwohl ich genau wusste, dass das hier nur ein Traum und nicht möglich war. Aber offenbar schien das mein Unterbewusstsein nicht zu stören. Es arbeitete auf Hochtouren.

Immerhin ließ mich dieser Traum ein paar Stunden lang in den Schlaf finden, ehe ich in den frühen Morgenstunden aufstand. Kurz nach sechs verließ ich mein Bett und ging eine Runde joggen. Ich musste diese Nacht aus meinem Körper laufen. Es war kalt und dunkel, und nur das beginnende Rot am Horizont verriet, dass es später wieder ein schöner Herbsttag werden würde.

Die Blätter der Bäume am Waldrand verfärbten sich seit geraumer Zeit gelb und orange und raschelten unter jedem meiner Schritte. Ich sog die frische Morgenluft tief in meine Lungen und konnte regelrecht fühlen, wie sich der Sauerstoff in meinem Körper verteilte und meinen Geist zum Leben erweckte.

Ich hatte sie vermisst, meine Laufrunden in und um Tipton. In Chicago gab es keine Wiesen und Felder, so weit das Auge reichte. Keinen Wald, in dem es so gut nach Moos und Bäumen und Wildblumen roch. Nur völlig überfüllte Parks oder eine Uferpromenade mit hartem Asphalt. Wieder in Tipton zu sein, war also nicht gänzlich schlecht. Es bedeutete nur schlichtweg, dass Chicago eine Nummer zu groß für mich gewesen war. Ein Abenteuer, das vor vierzig Tagen jäh geendet hatte.

Ich hatte mich von niemandem verabschiedet, war einfach verschwunden, nachdem ich die Klinikleitung informiert und mich mit ihnen darauf geeinigt hatte, zu kündigen. Ich würde niemandem erzählen, was passiert war, und sie kehrten im Gegenzug meinen Fehler unter den Tisch. Dass Ben davon wusste, hatte ich verschwiegen, und es war dieses gemeinsame Schweigen, was meine Zulassung zur Krankenschwester sicherte und parallel den Skandal für das Krankenhaus verhinderte. Ein widerliches Spiel, das ich nur deshalb mitspielte, weil ich Angst vor den Konsequenzen hatte. Auf rationaler Ebene war mir klar, dass es ein tragischer Fehler gewesen war und ich nicht absichtlich das falsche Medikament verabreicht hatte. Aber wie konnte ich erwarten, dass das irgendjemand verstand, wenn ich mir selbst nicht verzeihen konnte?

Seit fast sechs Wochen befand ich mich mittlerweile wieder in meiner kleinen Heimatstadt, und zum ersten Mal seit meiner Rückkehr erlaubte ich mir, all die Gefühle zuzulassen, die seither Tag für Tag in mir tobten. Ich unterdrückte die Wut auf mich selbst nicht länger, ließ der Angst freien Lauf, trauerte um das, was ich zurückgelassen und verloren hatte. Die Gedanken an Lex wurden zurückgedrängt, doch die an das, was in Chicago geschehen war, waren allgegenwärtig.

Meine Schritte wurden länger, mein Tempo schneller, mein Herzschlag heftiger, als ich durch den Wald jagte.

Ich rannte davon und gleichzeitig auf etwas zu. Auf eine innere Explosion, einen Vulkanausbruch, ein Erdbeben. Ich war wütend. Und ich war feige. Ich war traurig. Und enttäuscht. Ich spürte Bitterkeit und das Gefühl, auf ganzer Linie versagt zu haben.

Und das war neu für mich.

Ich hatte in meinem Leben noch nie versagt. Meine Noten waren von Anfang an ausgezeichnet gewesen, die Prüfungen ein Klacks. Die Kollegen hatten mich geschätzt und die Patienten gemocht. Mir war immer leichtgefallen, womit so viele Menschen zu kämpfen hatten.

Bis zum 13. September.

Vielleicht hatte ich kein Recht, so zu empfinden. Ich hatte nicht besser aufgepasst, hatte nicht kontrolliert, was ich aufgeschrieben hatte. Es war egal, wie ich es drehte und wendete. Fakt war, dass ich die Schuld trug. Mein Fehler hatte mir den Boden unter den Füßen weggezogen, eine alte Dame war meinetwegen gestorben. Ich hatte den Stein ins Rollen gebracht, der alles zerstört hatte.

Als ich von meiner Tour zurückkehrte, war ich immer noch aufgewühlt. Und so verschwitzt, dass ich mich erst einmal unter die Dusche stellte. Das warme Wasser lief über meine Haut, doch dieses innere Frösteln wollte trotzdem nicht verschwinden. Am liebsten hätte ich mich vor der gesamten Weltbevölkerung versteckt. Aber mich zurückzuziehen hätte nur bedeutet, mich meinem Selbstmitleid hinzugeben und auf der Stelle zu verharren. Und das war das pure Gift. Ich durfte diesem Verlangen nicht nachgeben.

Bevor meine Eltern zurückkamen, machte ich mich daher auf den Weg zu Williams Farm. Denn wenn es eine Sache gab, auf die ich mich stets verlassen konnte, dann war es das Gefühl von Freiheit auf dem Rücken der Pferde.

8

Ich war nervös. Ich wollte nicht nervös sein, doch es war egal, wie oft ich mir sagte, dass es nur Lex und gar kein richtiges Date war. Der Knoten in meinem Magen wollte sich einfach nicht lösen.

Nachdem ich das zweite Mal an diesem Tag geduscht und mir die Haare geföhnt hatte, stand ich unentschlossen vor meinem Kleiderschrank. Über dem Spiegel an der Innenseite der Schranktür hingen noch immer die Ketten und Armbänder in allerlei Farben, die ich in der Highschool so gerne getragen hatte.

Was zog man auf ein Nicht-Date an? Und wieso machte ich mir überhaupt so viele Gedanken darüber? In *Sheridan's Bar* war es dunkel, und Lex wusste, wie ich mit Zahnspange, Brille und pubertätsbedingten Pickeln ausgesehen hatte. Er war sogar Zeuge meiner kurzen Emo-Phase gewesen. Schlimmer als damals konnte es überhaupt nicht werden, egal wofür ich mich entschied.

Mein Blick war kritisch, während ich den Inhalt meines Schranks besah. Ich hatte viel zu viel Kram, die Fächer quollen beinahe über, und doch hatte ich in diesem Moment das Gefühl, nichts zu besitzen, was einem Nicht-Date mit Alexander Wilson auch nur in Ansätzen gerecht wurde.

Letzten Endes entschied ich mich für eine hellblaue Jeans und ein weißes Oberteil mit Spitzenansatz, das ich mit einer goldenen Kette kombinierte, an deren Ende ein kleiner Stern funkelte.

Um zwanzig vor acht machte ich mich auf den Weg. Ich rief meinen Eltern einen Gruß zu und ließ die Tür so schnell hinter mir zufallen, dass Dad keine Chance hatte, mich zu fragen, wo ich hinging.

Während ich die Straße in Richtung Stadtzentrum lief – sofern man bei Tipton überhaupt von einem Zentrum sprechen konnte –, telefonierte ich mit Abby. Allmählich kehrte sie zurück unter die Lebenden, auch wenn sie mich mehrfach bat, leiser zu sprechen.

»In meinem Kopf geht immer noch eine Party ab«, stöhnte sie. »Danke für die Ibus übrigens. Das war meine Rettung heute Morgen.« Sie seufzte tief. »Wie ist es möglich, dass ich immer noch Kopfschmerzen habe? Es war doch nur Wein.«

»Wir sind eben keine zwanzig mehr«, entgegnete ich trocken. »Ab dann beginnt der biologische Verfall des Körpers.«

Vor der französischen Bäckerei, die es früher noch nicht gegeben hatte, überquerte ich die Straße und den kleinen Marktplatz. An dessen Ende befanden sich die Kirche und direkt daneben die Bücherei, vor der wie immer eine große amerikanische Flagge gehisst war. Als Kind hatte ich Stunden dort drin verbracht und meine Nase zwischen die Seiten der buntesten Bücher gesteckt.

»Bringen sie euch Medizinmenschen so was echt am College bei? Oder fällt das in die Kategorie unnützes Wissen?«

»So unnütz ist es gar nicht.« Ich grinste. »Immerhin konnte ich dir so gerade erklären, warum du den Tag heute im Bett verbracht hast.«

»Auf der Couch bitte schön. Und genau da würde ich auch bleiben, wenn ich nicht verabredet wäre.«

»Aidan?«

»Hm. Sex soll ja gegen Kopfschmerzen helfen, also …«

Ein belustigtes Lachen entwich mir. »Alles klar. Dann … viel Spaß?«

»Den werden wir haben«, trällerte sie so fröhlich, dass ich stark daran zweifelte, ob ihre Kopfschmerzen wirklich noch so schlimm waren, wie sie behauptete. Oder sie war einfach schon zu lange Erzieherin und hatte den Kids zu oft vorgesungen.

Am Ende der von kleinen Läden und hübschen Cafés gesäumten Main Street konnte ich das *Sheridan's* bereits sehen. Unter der Straßenlaterne stand eine Dreiergruppe und rauchte. Ich kannte niemanden davon.

Grüßend trat ich an ihnen vorbei und zog die Tür zur Bar auf. Meine Augen benötigten einen Moment, um sich an die Dunkelheit zu gewöhnen. Nachdem ich ein paarmal geblinzelt hatte, blickte ich mich nach Lex um. Falls er überhaupt schon da war. Ich hatte die Strecke schneller zurückgelegt, als ich vermutet hatte, und war dementsprechend zu früh. Hinter der Bar stand dieses Mal nicht Sheridan, sondern eine junge Frau mit feuerrotem Haar.

Nachdem ich Lex nicht entdecken konnte, streifte ich mir die Lederjacke von den Schultern und trat auf die Theke zu.

»Hey«, begrüßte mich die Kellnerin und rieb unaufhörlich das Glas in ihrer Hand trocken. »Was kann ich dir bringen?«

»Nur eine Cola, danke.« Ich nahm auf einem der Barhocker Platz und legte mir die Jacke über den Schoß.

»Alles klar.« Die rothaarige Schönheit nickte mir einmal zu, dann zog sie ein sauberes Glas aus dem Regal hinter sich und füllte es. »Wartest du auf jemanden?«

»Ja.« Die Stimme, die ihr antwortete, war männlich und kam von links. »Und zwar auf mich. Hey, Fiona.«

Als ich meinen Kopf zur Seite drehte, blickte ich direkt in arktisch blaue Augen, die über Nacht noch heller geworden waren. Wie auch immer das möglich war.

Schmunzelnd stellte die Kellnerin das Glas vor mir ab. »Verstehe«, sagte sie, ehe ihr Blick von mir zu Lex wanderte. »Hi, Lex, wie immer?«

»Natürlich.« Er lehnte sich neben mich an die Theke und lächelte.

»Was ist dein *wie immer*?«, fragte ich und nippte an meiner Cola.

»Das beste Craft Beer der Stadt.«

»Okay.« Bei Bier war ich raus. Ich trank es, gern sogar, aber für mich schmeckte jede Sorte gleich.

»Suchen wir uns einen Tisch? – Danke, Fiona.« Er nahm ihr die Flasche ab, die sie ihm reichte, gab ihr für unsere beiden Getränke einen Zehn-Dollar-Schein und wartete, bis ich von meinem Hocker gerutscht war. Mein Blick schweifte durch den Raum. Einige der Tische waren bereits belegt, doch vor dem Flur zu den Toiletten entdeckte ich einen freien.

»Den da?«

Lex nickte, und ich lief voraus. Mit jedem Schritt, den ich meinem Ziel näher kam, spürte ich seinen Blick deutlicher in meinem Rücken. Es waren nur ein paar Sekunden bis zum Tisch, aber ich konnte nicht leugnen, dass ich froh war, als ich mich wieder setzte. Ganz eindeutig war mein Körper es nicht gewohnt, derart intensiv von einem Mann, nein, von *Lex*, gemustert zu werden.

Ich wählte die rechte Seite des kleinen Tisches, Lex nahm auf der linken Platz.

»Ich hab was für dich«, sagte er, nachdem wir auch die Getränke abgestellt hatten. Das hieß, Lex' Flasche stand vor uns, mein Glas hielt ich nach wie vor mit beiden Händen umschlungen.

»Hast du?« Ich legte den Kopf schief, hatte keine Ahnung, wovon er sprach.

»Hier.« Damit schob er eine kleine Box über den Tisch zu mir. Mein Blick senkte sich wie von selbst.

Behutsam griff ich nach der Verpackung, auf deren Deckel eine blaue Schleife thronte. »Ich habe nicht Geburtstag.«

»Das weiß ich.« Er grinste. »Mach es trotzdem auf.«

Es war nicht schwer, den Deckel abzunehmen. Zum Vorschein kam ein zierlicher Armreif mit weißen Blüten. Sie passten perfekt zu meiner Bluse. »Was ist das?« Ratlos sah ich ihn an.

»Etwas, das du schon vor neun Jahren von mir hättest bekommen sollen.«

Mein Blick musste Bände sprechen. Mit zwei Fingern zog er die Box wieder zu sich und nahm den Armreif aus seiner Verpackung. »Gib mir deine Hand.«

Und dann dämmerte mir endlich, was er vorhatte. »Das ist eine Prom-Corsage.«

»Jep.« Grinsend umfasste er mein Handgelenk und zog es über den Tisch näher zu sich. »Hab gehört, ich hätte da etwas wiedergutzumachen.« Behutsam streifte er mir das kleine Schmuckstück über. »Passt es?«

Wortlos drehte ich meine Hand ein paarmal hin und her und betrachtete die Blumen. Als ich nichts sagte, verschwand das Lächeln von seinem Gesicht.

»Das ist zu kitschig, oder?« Verlegen rieb er sich über die Stirn. »Devon hat mich gewarnt, aber ich …«

»Nein«, unterbrach ich ihn und legte beide Hände auf die nun leere Box zwischen uns. »Also, ja.« Ich lächelte. »Es ist kitschig.« Und wie. »Aber es ist auch furchtbar süß. Danke.«

»Süß?« Lex verzog das Gesicht bei meiner Wortwahl so sehr, dass sich mein Grinsen in ein Lachen verwandelte.

»Klingt niedlich besser?«

»Gott, Grace.« Er legte den Kopf in den Nacken und starrte an die Decke der alten Bar.

»Entzückend?«, ärgerte ich ihn.

Als Reaktion auf diesen Vorschlag vergrub er sein Gesicht ächzend in seinen Händen. »Könntest du nicht einfach netterweise sagen, dass du meine Entschuldigung annimmst, und mich erlösen?« Vorsichtig linste er zwischen seinen Fingern hervor. »Oder muss ich so richtig zu Kreuze kriechen?«

Die Sache war, dass ich ihm das sofort glaubte. Lex würde sich zum Affen machen, wenn ich darauf bestünde. Ich hatte keinen Zweifel daran.

»Du weißt, dass ich schon lange nicht mehr sauer auf dich bin, oder?« Ich ließ ihn keine Sekunde aus den Augen.

»Bist du nicht?« Er nahm die Hände wieder nach unten, als könnte er nicht glauben, was ich da gerade von mir gegeben hatte. »Aber ich dachte …« Der Rest seines Satzes blieb unausgesprochen. Stattdessen starrte er mich völlig perplex an.

»Nein.« Ich schüttelte den Kopf. »Ich war zwar erst achtzehn, aber ich war nicht dämlich. Mir war schon klar, dass du nur Claire zuliebe mit mir auf den Ball gegangen wärst.«

Es war ihm nie um mich gegangen. Ich hatte Jahre gebraucht, um diesen Fakt nicht nur zu begreifen, sondern um ihn auch zu akzeptieren. Doch irgendwann zwischen dem Beginn und dem Ende meiner Ausbildung war es mir gelungen.

»Ich weiß nur nicht, warum du mir nicht einfach abgesagt hast.«

Das war das Einzige, was mich aus dieser Zeit nach wie vor brennend interessierte. Während ich vor Jahren nicht mutig genug gewesen war, ihn danach zu fragen, fiel es mir nun nicht mehr schwer. Ein bisschen war ich selbst davon überrascht, wie direkt ich es ansprach. Auffordernd hielt ich seinem Blick stand.

»Jung und …«

»Feige?« Ich schüttelte den Kopf. »Wir wissen beide, dass das nicht stimmt. Sag mir die Wahrheit.«

»Auch, wenn sie nicht schön ist?«

»Auch dann.« Mit Enttäuschung oder Ablehnung umzugehen, war leichter, als mit Unwissenheit. Zumindest redete ich mir das ein.

»Es stimmt, ich habe dich Claire zuliebe gefragt.«

Ihn bestätigen zu hören, was ich immer gewusst hatte, versetzte mir trotzdem einen Stich. Unmerklich bemühte ich mich um Haltung und nickte einmal kurz.

»Sie hat mir keine Zeit gelassen, darüber nachzudenken. Erinnerst du dich an den Moment, als ich dich gefragt habe?« Er wartete meine Antwort gar nicht erst ab. »Ich war bei euch, und Claire hatte seit zwanzig Minuten auf mich eingeredet. Du kennst deine Schwester. Sie kann ganz schön stur sein, wenn sie sich etwas in den Kopf gesetzt hat.« Das beschrieb Claires Penetranz ziemlich zutreffend. »Und dann standest du plötzlich da, und ich wollte sie nicht enttäuschen, obwohl ich …« Er hielt inne, seufzte und lächelte entschuldigend. »Obwohl ich wusste, dass ich dir damit wehtun würde.«

»Weil dir schon in dem Moment klar war, dass du nicht auftauchen würdest?« War er wirklich so berechnend? Ich bemerkte nicht, wie ich die Luft anhielt – und sie erst wieder ausstieß, als er den Kopf schüttelte.

»Nein. Das war nicht der Grund.«

Wieder rieb er sich über die Schläfe und entblößte dabei ein Stück seines Unterarms. Seine Wunde kam zum Vorschein. Erleichtert stellte ich fest, dass sie besser aussah als am Vortag. Ich zwang mich, den Blick wieder davon abzuwenden und zurück in seine Augen zu sehen.

»Woran lag es dann?«

Die Zahnspange hatte ich damals schon nicht mehr getragen, lediglich die Brille. Sie hatte ich erst in Chicago gegen Kontaktlinsen ausgetauscht. Aber auch wenn ich keine Schönheit gewesen war, hätte ich Lex trotzdem nie als oberflächlichen Menschen eingeschätzt. Himmel, er hatte beinahe seine komplette Freizeit mit einem blinden Mädchen verbracht. Ich hatte immer geglaubt, dass er einer der Guten war.

»Ich wusste von deinen Gefühlen für mich.«

»Du … Was?« Was? *Was?* Ich vergaß zu atmen. Nein, ich hatte schlicht keine Ahnung mehr, wie atmen funktionierte. Lex' Worte pressten die Luft aus meinen Lungenflügeln, und mein Magen zog sich unangenehm zusammen. »Wo … Woher?« Meine Stimme war nur noch ein Flüstern, das in meinen eigenen Ohren fast schon kläglich klang. Das durfte einfach nicht wahr sein. Er hatte davon gewusst? *Er*?

Lex nickte. »Claire hat es angedeutet, und ich habe eins und eins zusammengezählt. Also habe ich dich gefragt, weil ich dachte, ich mache dir damit eine Freude.«

»Eine … Freude?« Ich war froh, dass ich saß. Meine Finger umklammerten noch immer die leere Box auf dem Tisch.

»Ja. Du … mochtest mich, also hielt ich das für eine gute Idee. Bis ich drüber nachgedacht habe. Ohne Claire. Und dann wurde mir klar, dass ich dir damit vielleicht sogar wirklich eine Freude machen würde. Aber gleichzeitig auch falsche Hoffnungen. Und das wäre nicht fair gewesen.«

»Falsche Hoffnungen?« Ich klang wie ein dämlicher Papagei oder eine kaputte Schallplatte oder schlichtweg wie jemand, der einen sehr niedrigen IQ hatte. Aber ich konnte es einfach nicht fassen.

Wieder nickte er. Seine blauen Augen lagen auf mir. »Und ab diesem Augenblick war ich feige. Richtig wäre gewesen, dir ehrlich zu sagen, dass ich nicht mit dir ausgehen konnte. Ich hätte es aus den falschen Gründen getan, und das … das hattest du nicht verdient.«

»Also hast du mich lieber komplett hängen lassen.« Mittlerweile waren meine Hände regelrecht verkrampft. »Ich saß in meinem Kleid da und habe geheult.«

»Ich weiß.« Er schaffte es, ernsthaft betroffen auszusehen. »Meine Mailbox ist mit Nachrichten von Claire explodiert. Du bist danach so schnell aus Tipton verschwunden, ich hatte keine Chance mehr, mich zu entschuldigen. Hat sie dir erzählt, wie lange sie nicht mit mir gesprochen hat?«

»Drei Monate. Dann habe ich ihr gesagt, dass sie sich wieder einkriegen soll.«

»Hast du?«

»Ja.«

Er hatte mich sitzen gelassen, nicht sie. Ihr war er immer der beste Freund gewesen, den man sich hatte wünschen können, und da ich nicht mehr in der Stadt gewesen war … Claire hatte jemanden gebraucht, der sie so akzeptierte, wie sie war. Und das war nun einmal Lex gewesen. Der Kerl hatte ihretwegen ebenfalls Braille gelernt. Ja, ich hatte ihn zum Teufel gewünscht, aber für Claire war er wichtig gewesen. Ich wollte nicht, dass sie wegen meiner dummen Gefühle ihren besten Freund verlor.

»Das hatte ich echt nicht verdient.« Lex nahm einen Schluck von seinem Craft Beer. »Ich habe mich unglaublich mies verhalten, das kann ich nicht schönreden.«

Etwas anderes als ein Schulterzucken blieb mir nicht übrig. Die Sache war lange her, und ich hatte weder die Kraft noch die Lust, mich deshalb schlecht zu fühlen. Automatisch fiel mein Blick auf das Armband an meiner Hand. Er hatte sich damals falsch verhalten, doch es war süß, dass er tatsächlich versuchte, den verpassten Ball wenigstens ein bisschen wiedergutzumachen.

»Es tut mir leid, Grace.«

Die Ehrlichkeit in seinem Blick war erstaunlich. Ich kannte niemanden, dem so sehr in den Augen geschrieben stand, wie er etwas meinte. Selbst wenn ich gewollt hätte, ich konnte ihm einfach nicht böse sein. Nachdenklich spielte ich mit meinem Blütenarmband. Es war schlicht, und doch hatte Lex damit genau meinen Geschmack getroffen.

»Eigentlich war der Armreif nur Punkt eins auf meiner Liste.« Seine Stimme riss mich aus meinen Gedanken. Ich wusste nicht, was mich mehr verblüffte. Dass Lex eine Liste angelegt hatte oder dass es tatsächlich mehr als einen Punkt darauf gab.

»Was wäre Punkt zwei?«

»Tanzen.« Sein Blick wanderte zu der alten Jukebox in einer Ecke der Bar. Ich war mir nicht sicher, ob sie überhaupt noch funktionierte, aber ich war nicht gewillt, es herauszufinden.

»Auf gar keinen Fall.« Demonstrativ verschränkte ich die Arme vor der Brust. Ich würde sicher nicht im *Sheridan's* mit ihm tanzen, wenn die halbe Stadt uns dabei zusah. Die Gerüchte würden sich schneller verbreiten als ein Lauffeuer.

»Also gehen wir direkt zu Punkt drei über?«

»Will ich wissen, was das ist?«

Lex grinste. »Das obligatorische Foto. Ich bin mir sicher, deine Eltern freuen sich sehr darüber.«

Das würden sie in der Tat. Sie würden sogar darüber hinwegsehen, dass weder Lex noch ich Ballkleidung trugen. Die Frage war allerdings eher, ob ich jedes Mal an einem Foto von mir und Lex vorbeilaufen wollte, wenn ich die Treppen nach oben ging. Ganz sicher nicht, wenn es nur Teil einer Liste war. Ich wusste wirklich nicht, was ich davon halten sollte.

»Wie blöd, dass es hier drin zu dunkel dafür ist«, entgegnete ich daher und sah mich in der Bar um. Es wurde immer voller. *Sheridan's* war nach wie vor *der* Treffpunkt schlechthin für Jung und Alt am Wochenende.

»Ja, ich gebe zu, dass Punkt drei nicht komplett durchdacht war.« Lex setzte die Flasche an seine Lippen und trank einen Schluck. Dabei bewegte sich sein Adamsapfel auf und ab, und verdammt. Direkt aus der Flasche zu trinken war noch nie so sexy gewesen wie in diesem Moment.

Gott, Grace. Krieg dich ein.

Von mir selbst genervt leerte ich den Rest meiner Cola in einem Zug. Ich würde mir nicht wieder Gefühle für ihn erlauben. Auch dieses Mal würde mich das nur in eine Sackgasse führen. Lex datete nicht, und ich selbst war überhaupt nicht auf der Suche nach einer neuen Beziehung.

Mittlerweile war auch sein Bier leer. Lex griff nach meinem Glas und schob seinen Stuhl zurück.

»Noch eine Cola?«, fragte er, und es war unglaublich erfrischend, dass er mich nicht dazu drängte, Alkohol zu trinken. Lag wahrscheinlich einfach daran, dass die Regeln auf einem Nicht-Date anders waren. Oder er war eben doch ein guter Kerl, der vor Jahren einen Fehler gemacht hatte.

»Einen Gin Tonic?«, erwiderte ich und fuhr mir durch die Haare, die mir in sanften Wellen über die Schulter fielen. Sie waren lang geworden in den letzten Wochen. Während das im Krankenhaus oft unpraktisch gewesen war, war es in Bobs Praxis kein Problem. Meistens trug ich sie sowieso in einem wirren Dutt, den ich mir in mühevoller Kleinarbeit antrainiert hatte, um ihn unangestrengt aussehen zu lassen.

»Kommt sofort.« Lex verschwand an die Bar zu der Kellnerin mit den roten Haaren. Sie hatte inzwischen Verstärkung bekommen, doch er bestellte erneut bei ihr. Ihr Lachen drang bis zu mir, als er etwas zu ihr sagte, und für einen kurzen Augenblick glaubte ich sogar, ihren Blick in meine Richtung wahrnehmen zu können. Ein Blinzeln später richtete sich ihr Fokus wieder auf Lex. Es war offensichtlich, dass sie sich gut kannten. Für einen Moment lag ihre Hand sogar wie selbstverständlich auf seinem Unterarm. Es hätte mich nicht gewundert, wenn sie einander *näher* kannten. Als sie sich zu ihm beugte, und ihm etwas ins Ohr flüsterte, drehte ich den Kopf beiseite. Nope, ich wollte das nicht sehen.

Konzentriert betrachtete ich die Holzverzierungen an der Wand neben mir. Es waren kleine Quadrate, die ineinander übergriffen, was mir noch nie zuvor aufgefallen war. Aber diese Erkenntnis war trotzdem nicht spannend genug, um mich davon abzuhalten, über Lex und Fiona nachzudenken. Ob Abby etwas darüber wusste? Aber hätte sie mir das nicht gesagt? Andererseits war sie so auf Aidan fixiert und ging ja eigentlich davon aus, dass mein Date mit Lex überhaupt nicht mehr stattfand.

Es dauerte nicht lange, bis er zurückkam und mir mein Getränk zuschob. »Hier. Wie gewünscht.«

»Danke.«

Aus den Augenwinkeln sah ich, dass Fiona uns beobachtete. »Du musst aber wirklich nicht jedes meiner Getränke bezahlen.

Ich glaube nicht, dass das auf Nicht-Dates so üblich ist.« Grenzen ziehen. Das war es, was ich tun sollte. Tun *musste.*

»Doch. Das ist Punkt vier auf meiner Liste.«

Ich hob die Augenbrauen. »Wie viele Punkte hat deine ominöse Liste denn?« Insgeheim fragte ich mich, ob er so etwas auch erstellt hätte, wenn das hier ein richtiges Date gewesen wäre. Vermutlich nicht. Aber eigentlich spielte das keine Rolle. Es war offensichtlich, dass er sich nur so viele Gedanken gemacht hatte und hier diese doofe Liste abarbeitete, weil ich ihm ein schlechtes Gewissen gemacht hatte. Und ganz bestimmt nicht deshalb, weil er damit die Träume von Teenie-Grace wahr werden lassen konnte.

Statt zu antworten, schüttelte Lex den Kopf. »O nein. Das wird nicht verraten.«

»Warum nicht?«

»Weil dann der Geiger und die Blumenlieferung keine Überraschung mehr wären.«

»Das hast du nicht ernsthaft getan!« Mein Blick musste so entsetzt ausgesehen haben, dass Lex sofort schallend zu lachen anfing.

»Nein, keine Angst.« Er deutete auf mein Armband. »Mehr Blumen als die da gibt es heute nicht.«

»Gott sei Dank.«

Unabhängig davon, welche Art von Date das hier war, ein verfluchter Geiger wäre immer, überall und zu jeder Zeit meine persönliche Hölle gewesen. Hätte ich eine Serviette oder irgendeinen anderen leichten Gegenstand in der Nähe gehabt, hätte ich nun damit nach ihm geworfen. »Vielleicht sollten wir für dieses Nicht-Date ein paar Regeln aufstellen.«

»Ich bin ganz Ohr.« Er beugte sich in meine Richtung, seine Finger schoben sich über den Tisch und berührten sanft die meinen. Ein kleiner Schock durchfuhr mich, und unweigerlich zog ich meine Hand ein Stück zurück und versuchte, die Wirkung, die er auf mich hatte, zu ignorieren. »Was schlägst du vor?«

»Keine Geiger.« Meine Stimme war kratzig, und ich räusperte mich, ehe ich weitersprach. »Keine Blumensträuße. Keine Tänze. Keine Fotos«, zählte ich mit Hilfe meiner Finger auf. »Einfach kein Kitsch.«

»Okay. Einverstanden.« Er nickte. »Was noch?«

»Die nächste Runde zahle ich.«

»Hältst du mich für einen Chauvi, wenn ich diese Regel ablehne?«

»Hältst du mich für eine Feministin, wenn ich darauf bestehe?«, hielt ich dagegen und lieferte mir ein Blickduell mit ihm, das ich gewinnen würde. Egal, wie strahlend seine Augen waren, und egal, wie sehr ich mich darin verlieren konnte, ich würde mich von diesem Blau nicht einlullen lassen.

»Grace ...« Er seufzte leise, ließ mich aber nicht aus den Augen. »Ich will einfach nur ein Gentleman sein. Tu mir den Gefallen.«

»Das kannst du auch, indem du mir die Tür aufhältst«, konterte ich.

Ich hatte prinzipiell kein Problem damit, mich einladen zu lassen. Doch das hier war nicht irgendein Mann, der mir gegenübersaß. Sondern Lex. Und er tat das gerade nur, weil er glaubte, es mir schuldig zu sein. Er hatte sogar eine Liste dafür erstellt, Herrgott. War das nicht Beweis genug, dass er nur aus Mitleid hier mit mir saß? Ich durfte nicht zu viel in seine Freundlichkeit hineininterpretieren, wenn ich mein Herz nicht ein zweites Mal riskieren wollte. Morgen früh war alles wieder beim Alten. Lex würde seinem Leben nachgehen – und ich meinem. Es war besser, gar nicht erst so zu tun, als bestünde die minimale Chance, dass das hier vielleicht doch etwas anderes sein könnte als ein *trip down memory lane.*

Als er bemerkte, dass ich nicht nachgeben würde, hob er die Hände. »Okay, was hältst du von einem Kompromiss?«

»Jeder zahlt ab sofort für sich selbst? Finde ich super.« Ich wollte wirklich nicht, dass er mir aus irgendeinem seltsamen Pflichtbewusstsein heraus jeden Drink spendierte.

»Nein.« Er schmunzelte. »Heute zahle ich, beim nächsten Mal du.«

»Beim nächsten Mal?« Stirnrunzelnd sah ich ihn an. Wie viele Wiedergutmachungsdates stellte er sich denn vor?

»Ja. Wir müssen da doch noch einen Tanz nachholen.« Seinen Worten folgte ein Zwinkern, und gleichzeitig ließ er keinen Zweifel daran, dass es ihm ernst war. Das war das zweite Mal, dass er davon anfing und somit wissentlich gegen die erste Regel, die wir soeben aufgestellt hatten, verstieß.

»Lex …«, begann ich und stützte meinen Kopf in meiner Hand ab, »das ist wirklich nicht nötig. Ich …«

»Doch, ist es.« Seine Hand wanderte erneut über den Tisch zu meiner und strich über meinen Handrücken. Unter den federleichten Berührungen seiner Fingerspitzen kribbelte meine Haut angenehm. *Zu* angenehm.

Eine Sekunde lang biss ich mir auf die Lippe, ehe ich seinem Blick wieder begegnete. »Was, wenn ich dir sagen würde, dass ich gar nicht tanzen kann?«

»Dann würde ich dir sagen, dass sich das wunderbar trifft. Ich bin nämlich auch kein Held auf der Tanzfläche.«

Wie von selbst erschienen die Bilder der Wohltätigkeitsveranstaltung vor meinen Augen und wie unbeholfen er sich bewegt hatte. Und wie heiß ich ihn trotzdem gefunden hatte.

»Warum bestehst du dann drauf?«, fragte ich leise. Das ergab keinen Sinn. Warum war er nicht froh, dass ich ihn so leicht vom Haken ließ? Ich war nicht mehr sauer auf ihn. Wie groß waren seine Gewissensbisse denn bitte?

Seine nächsten Worte waren die Antwort auf meine unausgesprochene Frage.

»Weil ich ihn dir schulde.«
Riesig. Seine Gewissensbisse waren verdammt riesig.

9

Gegen elf verließen wir das *Sheridan's*. Der Nachthimmel war sternenklar, und obwohl es kühl war, kälter als in der vergangenen Nacht, fröstelte ich in meiner Jacke nicht. Unschlüssig stand ich vor Lex und scharrte mit der Schuhspitze ein paar Kieselsteine hin und her.

Das war er also. Der Moment, in dem unser Nicht-Date offiziell beendet sein würde, sobald wir uns voneinander verabschiedeten. Und es war genau dieser Augenblick im Schein der Straßenlaterne, in dem ich mir eingestand, dass ich eben das nicht wollte. Ich hatte nur diese eine Verabredung mit ihm, denn auch wenn er immer wieder von einem nächsten Mal gesprochen hatte, wusste ich, dass es keins geben würde. Dafür war ich zu stolz. Sobald ich mich auf den Weg nach Hause machte, würde vorbei sein, was nie richtig begonnen hatte. Sein echtes Interesse an mir war schlagartig verpufft, als er kapiert hatte, wer ich war. Das hatte seine Reaktion in Claires Garten eindeutig klargemacht.

Zögerlich hob ich den Blick und erlaubte es mir, ihn noch einmal genau zu mustern. Seine dunklen Haare fielen ihm in die Stirn, sein Bart war dichter, aber noch nicht lang genug, sodass es für meinen Geschmack zu viel gewesen wäre. Es erstaunte mich vielmehr, dass er überhaupt einen Bart trug. Ich hatte mal gehört, dass das als Feuerwehrmann verboten war. Oder wuchsen seine Haare einfach so schnell? Auf jeden Fall stand er ihm ausgezeichnet, und zusammen mit der dunklen Jeans, dem schwarzen Shirt und seiner eigenen Lederjacke hatte er fast schon etwas Verwegenes an sich.

»Wollen wir los?«, fragte ich Lex in der festen Annahme, dass sich unsere Wege an dieser Stelle trennen würden. Doch wieder verblüffte er mich.

»Klar.« Er trat auf mich zu und nickte mit dem Kopf nach rechts. »Da lang? Laufen wir über den Spielplatz?«

»Uhm.« Ich stand immer noch, als er bereits vor mir herging. Es dauerte einen kurzen Moment, bis er bemerkte, dass ich ihm nicht folgte.

»Grace?« Er lief rückwärts weiter. »Kommst du?«

»Das ist nicht deine Richtung.«

»Ich weiß.« Er lachte leise und deutete mit dem Daumen über seine Schulter. »Ich begleite dich. Punkt sechs auf meiner Liste.«

»Ernsthaft?« Gemächlich setzte ich mich in Bewegung und lief langsam auf ihn zu. »Du bringst mich nach Hause?«

»Natürlich. Bis zur Haustür. Alles, wie es sein muss. Wenn du willst, klingle ich auch deinen Dad aus dem Bett und übergebe dich im wahrsten Sinne des Wortes.«

»Untersteh dich.« Ich machte drei, vier größere Schritte, um zu ihm aufschließen zu können. »Meinem Dad ist sein Schlaf heilig. Zu wenig davon, und er ist unausstehlich.« Abgesehen davon hatte ich keine Lust, mich ausfragen zu lassen, was ich mit Lex gemacht hatte. Meine Eltern wussten, dass er Claires Freund war. Nicht meiner.

»Stimmt. Dann darfst du die Tür selbst aufschließen.«

»Wie großzügig.« Trotzdem entwich mir ein leises Lachen.

»Mit George will ich mich nicht anlegen. Weißt du noch, wie er mich einmal durch euren kompletten Garten gescheucht hat, weil er dachte, ich hätte die Delle an seinem Wagen verursacht? Dabei war es Katherine.« Meine Mom.

Bei der Erinnerung mussten wir beide grinsen.

»Hast du etwa Angst vor meinem Dad?«, stichelte ich und schlug den Weg durch den Park ein.

»Angst wäre etwas zu viel gesagt … Nennen wir es gesunden Respekt.« Lex hielt mir das schmiedeeiserne Eingangstor auf und machte eine galante Bewegung mit der Hand. »Nach dir.«

»Sag jetzt bloß nicht ›Lady‹ zu mir.« Ich schlüpfte hindurch und wartete, bis er ebenfalls eingetreten war und das Tor wieder geschlossen hatte. »Das steht auch auf deiner Liste, richtig?«

»Klar.«

Gemeinsam schlenderten wir durch den Park. An der üblichen Stelle standen ein paar Jugendliche. Musik dröhnte aus einer mitgebrachten Box, und auf der kleinen Mauer, die den Weg von einem Blumenfeld trennte, saß ein Pärchen und knutschte. Unweigerlich erinnerte ich mich an die vielen Abende, an denen Abby und ich auch hier gewesen waren. Wochenende für Wochenende hatte sie Timothy Baker die Zunge in den Hals gesteckt, während ich peinlich berührt neben ihnen gesessen und mir vorgestellt hatte, wie es wohl wäre, wenn Lex und ich diejenigen wären, die hier miteinander rummachten.

»Manches ändert sich einfach nie, oder?« Ich hörte die Belustigung in Lex' Worten, als wir die kleine Gruppe hinter uns ließen und das andere Ende des Parks ansteuerten.

Es war keine sonderlich zeitsparende Abkürzung, diesen Weg zu nehmen, aber irgendwie hatte es etwas Magisches an sich, durch diesen dunklen Ort inmitten der Stadt zu laufen. Alles war ruhiger, die Welt war langsamer, und die Sterne waren um einiges deutlicher zu sehen als auf den Straßen des Städtchens.

Plötzlich wurde Lex langsamer, und ich spürte seine Hand an meiner. Verwundert sah ich zu ihm auf, ehe mein Blick auf seine zweite Hand fiel, die er mir auffordernd entgegenhielt.

»Was …?« Er ließ mir keine Chance, meine Frage zu beenden. Lächelnd schnappte er sich meine Finger, zog mich an sich und tanzte ein paar Schritte mit mir durch den dunklen Park. Ich war so überrumpelt davon, dass ich mich wortlos hin und her wiegen ließ. Es waren nur ein paar Sekunden. Zehn, vielleicht zwanzig. Und obwohl ich vorhin noch behauptet hatte, nicht zu tanzen, war es mit Lex einfach nur … Es war kitschig und schön und überhaupt kein Problem, ihm nicht auf die Füße zu treten. Meine Schritte passten sich wie von selbst seinen an. Für einen kurzen Augenblick fühlte ich mich schwerelos und leicht und wieder wie achtzehn. Dieser Moment war der wahr gewordene Traum von Teenie-Grace.

Ich vermisste seine Nähe sofort, als er mich wieder losließ und etwas Distanz zwischen uns brachte.

»Punkt vier erledigt«, grinste er. »Wollen wir weiter?«

Ich konnte nur nicken und setzte mich gemeinsam mit ihm in Bewegung. Erst vor dem nächsten Tor blieben wir erneut stehen.

»Wusstest du, dass jeden Tag 275 Millionen neue Sterne im Universum entstehen?«

Lex hatte bemerkt, dass mein Blick zum Himmel gewandert war. Ich drehte den Kopf wieder in seine Richtung und erkannte, dass er die Hände tief in den Hosentaschen vergraben hatte.

»Woher weißt du das?«, fragte ich nach einer kleinen Weile und sah zurück zu den funkelnden Lichtern.

»Ein Jahr Astronomie am College.« Das Achselzucken, das seinen Worten folgte, nahm ich nur aus den Augenwinkeln wahr. »Dann habe ich abgebrochen.«

»Und bist auf die Feuerwehrakademie.«

»Hm.«

»Warum?« Ich wandte den Blick endgültig von den Sternen ab. Seine hellen Augen lagen bereits auf mir.

»Warum ich es liebe, mich in die Flammen zu stürzen?«

Da war ein Funkeln in seinen Augen, das mir verriet, dass er absolut keine Angst vor Feuer hatte. Ob das daran lag, dass er schon so oft damit in Berührung gekommen und schlichtweg abgehärtet war, oder weil es ihn einfach faszinierte, wusste ich nicht. Doch der Ausdruck auf seinem Gesicht verriet mir, dass ich einfach nur zuhören musste, wenn ich die Antwort auf meine Frage hören wollte.

»Jedes Feuer ist anders. Du weißt nie, was dich erwartet, wenn du zu einem Brand gerufen wirst. Du beobachtest die Flammen und solltest immer zwei Schritte voraus sein. Wenn der Wind dreht, musst du das vorher wissen, oder du hast verloren. Würde ich dich fragen, welche Farbe Feuer hat, würdest du mit gelb oder orange antworten, richtig?«

»Vermutlich, ja.« Ich nickte.

»Dabei gibt es auch blaues und rotes und grünes und violettes Feuer. Und manche Flammen wirken fast weiß.«

»Ehrlich?«

»Ja. Die Farbe des Feuers gibt dir einen Hinweis, wie heiß die Flammen sind. Und womit du löschen musst. Du darfst keinen Fehler machen. Jede Unachtsamkeit kann ein Inferno auslösen.«

Bei seinen Worten lief es mir eiskalt den Rücken hinunter. Alles, was er erzählte, würde mich viel eher davon abhalten, Feuerwehrmann – oder in meinem Fall Feuerwehrfrau – sein zu wollen. Doch Lex' Augen leuchteten, als er von seinem Job sprach.

»Du liebst die Gefahr«, murmelte ich nach ein paar Herzschlägen leise. »Adrenalinjunkie?«

Nichts anderes beschrieb er mir hier. Und das war neu. Oder meine Erinnerung trog mich, aber ich konnte mich nicht daran erinnern, dass Lex schon als Teenager so fasziniert von Flammen und Bränden gewesen war.

»Nein. Das ist es nicht.« Er schüttelte vehement den Kopf. »Ich bin niemand, der die Gefahr unterschätzt, die von einem Feuer ausgeht. Aber wenn du es schaffst, einen Menschen zu retten, oder manchmal sogar mehrere, dann ist das … Es ist das beste Gefühl der Welt, Grace.«

Ich ließ seine Worte sacken. Blieb einfach stehen und starrte in den Nachthimmel zu den Sternen. Waren sie im Prinzip nicht auch nur glühende Feuerbälle?

»Endorphine«, murmelte ich schließlich und nickte langsam, als ich mich wieder auf den Mann an meiner Seite konzentrierte. »Du stehst auf die Endorphine hinterher.« Und das wiederum war etwas, das ich absolut nachvollziehen konnte. Allzu sehr unterschieden sich unsere Jobs, was das anging, nicht voneinander. Wir halfen beide Menschen, und das hatte mich genau wie ihn schon immer glücklich gemacht. Zumindest bis mir eine Unachtsamkeit passiert war, die zwar kein Inferno, aber trotzdem eine Katastrophe ausgelöst hatte.

»Vielleicht.« Lex lächelte. »Oder es ist einfach das Gefühl, etwas Gutes zu tun. Die Welt ein bisschen besser zu machen.«

In diesem Moment begriff ich, was Martha gemeint hatte, als sie mir gesagt hatte, dass Lex ein Goldstück wäre. Kein Wunder, dass sie ihm ihre Enkelin andrehen wollte. Der Kerl war ein verdammter Held.

Ruckartig machte ich einen Schritt von ihm weg. Diese Gedanken halfen nicht dabei, mich von dem Lex zu lösen, den ich mir in meiner Fantasie ausgemalt hatte. Ich hatte ihn bereits damals in meiner naiven Art in die Schublade der Good Guys gesteckt. Aber dass er da wirklich immer noch reingehören sollte, konnte ich kaum glauben. Niemand war fehlerfrei, selbst dann nicht, wenn er sich darum bemühte. Doch Lex … Sein einziger Fehler schien zu sein, dass er noch nicht begriffen hatte, dass seine Schuld längst beglichen war. Die weißen Blüten an meinem Handgelenk waren meine Zeugen.

Nachdem wir den Park verlassen hatten, verfielen wir in ein Schweigen. Keines der unangenehmen Sorte, aus dem man sofort fliehen wollte. Dennoch war ich froh, als mein Elternhaus in Sichtweite kam, und gleichzeitig zog sich etwas bei seinem Anblick schmerzhaft in meiner Brust zusammen.

Es war vorbei.

Ich hatte meine Verlängerung bekommen, indem er mich begleitet hatte, doch das Ende unseres Nicht-Dates nahte trotzdem.

Wir waren nur noch ein paar Meter von dem Grundstück meiner Eltern entfernt, als Lex seine Hand nach mir ausstreckte. Sanft umfasste er mein Handgelenk und bat mich, stehen zu bleiben. Verwundert sah ich zu ihm auf, die unausgesprochene Frage in meinem Blick.

Was ist los?

»Ein letzter Punkt steht noch auf meiner Liste …«, sagte er zögerlich.

Ich war mir nicht sicher, ob ich es mir nur einbildete oder ob da wirklich so etwas wie Unsicherheit in seiner Stimme mitschwang. Aber anstatt ihn zu fragen, was er meinte, schwieg ich. Mein Herz schlug so heftig in meiner Brust, dass es fast wehtat. Ich sah ihn einfach nur an, war mir seiner Berührung überdeutlich bewusst. Ich hatte keine Ahnung, worauf er hinauswollte. Er hatte mir die Corsage mitgebracht, hatte am Ende doch jeden meiner Drinks bezahlt, den obligatorischen Tanz hatten wir im Park nachgeholt, er hatte mich nach Hause gebracht und mir zwar keine Tür, aber immerhin ein Tor aufgehalten.

Was konnte nun noch fehlen?

»Ein Kuss.«

Meine Beine gaben so schnell nach, dass ich Mühe hatte, mich aufrecht zu halten. Zwei simple Worte, leise ausgesprochen, und doch hallten sie so laut durch die dunkle Nacht, dass mir schwindelig zu werden drohte. Hatte ich ihn wirklich richtig verstanden? *Ein Kuss?*

»Was?« Es gelang mir kaum, die drei Buchstaben auszusprechen. Meine Stimme krächzte und klang mit einem Mal vollkommen heiser.

»Ein Kuss«, wiederholte er ruhig. Wirkte sogar fast schon gelassen. Als brächte er hier nicht gerade meine gesamte Welt ins Wanken.

Reglos stand ich da, während er einen kleinen Schritt auf mich zu machte. Wie gebannt starrte ich in sein Gesicht. Da war die kleine Narbe an seinem Kinn, von der ich nicht wusste, woher er sie hatte. Der kleine weiße Strich hob sich von seiner restlichen Haut dezent ab. Und offenbar war genau das die Stelle in seinem Gesicht, auf die ich mich nun konzentrierte. Ich konnte ihm einfach nicht in die Augen sehen.

»Grace …«

Ich spürte kaum, wie er mir einen Finger unter das Kinn legte und sanft meinen Kopf anhob, sodass ich ihn ansehen musste. Wie erstarrt begegnete ich der Intensität seines Blicks und verlor mich in dem tiefen Blau seiner Augen. Seine zweite Hand legte sich an meine Wange. Behutsam strich er mit seinem rauen Daumen über meine Haut, ehe er beide Hände weiter in meinen Nacken schob und noch näher kam.

Als er sich quälend langsam zu mir beugte, stockte mir der Atem. Mein Herz setzte für einen Takt aus, vielleicht auch für zwei, ehe es in doppeltem Tempo zu rasen begann. Alles in mir schrie danach, ihn ebenfalls zu berühren. Ohne es bewusst zu steuern, trat ich auf ihn zu. Es waren nur noch wenige Zentimeter, die uns voneinander trennten, aber jeder einzelne davon war zu viel.

Eine Minute verging. Oder nur ein paar Sekunden. Ich verlor jegliches Gefühl für Raum und Zeit, die Luft zwischen Lex und mir brannte. Das Licht der Straßenlaterne spiegelte sich in seinen Augen, glich kleinen sprühenden Funken. Er beugte sich zu mir, senkte seine Lippen auf meine. Und wenn ich vorhin schon geglaubt hatte, dass die Energie zwischen uns brannte, musste ich mir nun eingestehen, dass ich mich getäuscht hatte. Sie stand lichterloh in Flammen.

Sanft fuhr seine Zunge über meine Lippen. Meine Hände vergruben sich im Saum seines Shirts, klammerten sich daran fest, als könnten sie so verhindern, dass ich verbrannte. Dabei machte es seine Nähe nur schlimmer, entfachte das Feuer noch mehr. Ich glaubte zu verglühen, als ich meine Lippen für ihn öffnete und er meiner Aufforderung sofort nachkam. Es war so leicht zu vergessen, dass er mit diesem Kuss lediglich eine Pflicht erfüllen wollte.

Ein letzter Punkt steht noch auf meiner Liste.

Auf seiner Liste. Auf seiner dämlichen Liste.

Wie konnte etwas, das sich so gut anfühlte, nicht echt sein? Atemlos löste ich meine Finger aus seinem Shirt. Das hier war nicht richtig. Wieso ließ ich mich von ihm küssen, küsste ihn sogar zurück, wenn ich genau wusste, dass es sich für ihn dabei nur um Wiedergutmachung handelte?

Wie kam er überhaupt auf die abstruse Idee, einen verfluchten Kuss auf diese blöde Liste zu setzen?

Plötzlich kam Leben in mich. Voller Entsetzen machte ich einen Schritt von ihm weg und strich mir eine wirre Strähne aus der Stirn.

»Das ist … das …« Ich stammelte, hatte keinen Schimmer, wie ich den Sturm, der in mir tobte, in Worte fassen sollte. Mechanisch trat ich noch weiter von ihm weg. Abstand. Ich brauchte im wahrsten Sinne des Wortes Abstand von ihm und seiner fixen Idee. Das hätte ich schon viel früher tun sollen.

»Grace …« Er setzte dazu an, etwas zu sagen, doch ich ließ ihn nicht.

»Hör auf damit.« Abwehrend hob ich die Hände und brachte noch ein wenig mehr Distanz zwischen uns. »Du hast … Du hast deine Schuldigkeit getan.«

Mehr als das. Er hatte so viel mehr getan als nur das. Vor allen Dingen hatte er mir die Augen geöffnet. Das hier war ein Spiel für ihn. Eine Möglichkeit, sich besser zu fühlen. Doch ein Kuss … Ein

Kuss, den er nicht ernst meinte, das ging zu weit. Es war eine Sache, mir ein Blumenarmband mitzubringen, aber eine völlig andere, mich zu küssen, nur weil er glaubte, es tun zu müssen. Das war nicht fair, weder ihm noch mir selbst gegenüber. Und es machte mich wütend, verdammt noch mal.

Dabei wollte ich überhaupt nicht wütend sein. Wut bedeutete nichts anderes, als dass es mich verletzte, was er hier tat. Und ich hatte mir nach Ben geschworen, dass ich mir nie wieder von einem Mann wehtun lassen würde. Ich würde mich auf keinen Fall erneut in jemanden verlieben, der mich im Gegenzug nicht genauso sehr wollte wie ich ihn. Und ich wusste, Herrgott, ich *wusste*, dass Lex das Potenzial dazu hatte, dass mir ebendies ein weiteres Mal geschah.

»Geh nach Hause, Lex.« Das Herz schlug mir immer noch bis zum Hals, als ich mich um eine feste Stimme bemühte. Vielleicht war meine Wut unverhältnismäßig, war es letzten Endes doch nichts weiter als ein Kuss gewesen.

Aber mir bedeuteten Küsse etwas. Egal, wie sehr ich mich bemühte, es gelang mir einfach nicht, meine Gefühle davon zu trennen. Ohne ein weiteres Wort drehte ich mich um und wollte zum Haus laufen.

Ich kam keine zwei Meter weit. Kräftig umschlangen Lex' Finger mein Handgelenk.

»Grace, warte!« Er wirbelte mich zu sich herum und stellte sich gleichzeitig in meinen Weg. In seinem Blick schwang so viel mehr mit als Verwirrung. »Es tut mir leid.« Seine Hand lag immer noch auf meiner. »Ich wollte dich nicht überrumpeln. Es tut mir leid«, sagte er noch einmal. Ich sah, wie er mit den Worten kämpfte. »Ich dachte, es wäre eine … nette Idee, dich zu … «

»Eine *nette* Idee?« Ich spie ihm die Worte beinahe ins Gesicht. War das sein Ernst? Fassungslos riss ich mich von ihm los. »Gott, du warst schon damals ein gefühlskalter Penner. Welcher Arsch lässt ein Mädchen ausgerechnet am Abschlussball sitzen?« Schritt für Schritt entfernte ich mich von ihm. »Aber diese Show hier … Wow. Damit beweist du mir, dass sich daran in all den Jahren nichts geändert hat.«

»Du weißt, dass das nicht stimmt.« Er stand immer noch an Ort und Stelle und musterte mich aus diesen intensiven Augen, die irgendwann mein Untergang sein würden. Keine Ahnung, woher ich die Gewissheit nahm, aber ich hatte keinen Zweifel daran, dass sie mich zerstören würden, wenn ich nicht höllisch aufpasste.

»Ach ja?« Ich warf die Arme in die Luft. »Weiß ich das? Woher? Du bist Claires Freund, nicht meiner. Ich kenne dich überhaupt nicht.« Das hatte ich nie. *Nie.*

»Das denkst du hoffentlich nicht wirklich.« Im Nu stand er direkt vor mir. »Wir kennen uns seit siebzehn Jahren, Grace.«

»Na und?« Ich schüttelte heftig den Kopf. »Das heißt gar nichts. Die Seiten, die du mir bis jetzt von dir gezeigt hast, mag ich weiß Gott nicht.« Und das war die erste Lüge, die ich Lex jemals an den Kopf warf.

Das Problem war nicht, dass ich nichts an ihm mochte, sondern dass mir viel zu viel an ihm gefiel. Immer noch. Wieder. Doch dieses Mal war ich nicht so blöd, Anziehung mit Liebe zu verwechseln. Jemanden zu lieben beinhaltete so viel mehr.

»Verschwinde einfach.«

Ich war fies, das war mir klar, aber in diesem Augenblick konnte ich nicht anders, als um mich zu schlagen. Dieser Abend hatte Wiedergutmachung zum Ziel gehabt. Doch alles, was er getan hatte, war, alte Wunden aufzureißen und jugendliche Erinnerungen zu zerstören. Denn eines wusste ich mittlerweile mit absoluter Sicherheit: Ich war damals nicht in Alexander Wilson verliebt gewesen, sondern einzig und allein in eine Traumvorstellung.

Finster sah er mich an, eine tiefe Furche befand sich zwischen seinen Augenbrauen. Offenbar hatten ihn meine Worte getroffen, und wahrscheinlich hätte mir das leidtun sollen. Aber in diesem Moment war das Einzige, was ich empfand, Genugtuung. Genugtuung und ein bisschen Scham, weil da immer noch ein Teil in mir an das Gute in ihm glauben wollte. Mit aller Kraft, die ich besaß, unterdrückte ich die Gedanken an all die positiven Dinge, die Lex zwar nicht für mich, aber doch immerhin für meine Schwester getan hatte.

»Weißt du was?« Er hielt sich beide Handflächen vor die Brust und machte zwei Schritte rückwärts. »Wie du willst. Wenn ich so ein furchtbarer Mensch bin, dann tut es mir leid, dass ich heute Abend deine Zeit vergeudet habe. Mach's gut, Grace.« Ohne auf eine Erwiderung meinerseits zu warten, drehte er sich um und ging.

10

Auch vier Tage nach meinem Date, Nicht-Date, Wiedergutmachungstreffen mit Lex wusste ich nicht, was ich von diesem Abend halten sollte. Eigentlich war die Sache klar. Er hatte versprochen, den verpatzten Prom wiedergutzumachen, und das hatte er getan. Wir waren quitt, Ende der Geschichte. Das versuchte ich mir zumindest einzureden. Denn die Wahrheit war, dass ich nach wie vor sauer auf ihn war, weil er mich aus den falschen Gründen geküsst hatte. Ich war kein Charity-Projekt wie seine blöde Stripperei für die Feuerwehr. Wenn er mich küsste, dann weil er es wollte. Und nicht, weil es auf einer doofen Liste stand.

Als ich am Mittwoch nach Feierabend vor Abbys Wohnung ankam, war ich immer noch gefrustet und brauchte dringend jemanden, mit dem ich über das ganze Chaos reden konnte.

Ich setzte gerade dazu an, noch einmal zu klingeln, als Abby die Tür öffnete.

»Hey«, begrüßte sie mich mit erhobenen Händen. Offenbar hatte sie sich gerade die Nägel lackiert. »Komm rein.«

Ich streifte mir die Schuhe ab und schmiss die Jacke auf die alte Holztruhe, die neben der Tür stand und in der Abby, seit ich sie kannte, ihre Taschen und Rucksäcke verstaute.

»Willst du was trinken?« Sie machte eine lockere Handbewegung nach rechts. »Bedien dich.«

Ich war tatsächlich durstig, weshalb ich ihrer Aufforderung nachkam und mir ein Glas aus dem Schrank und eine Flasche Saft aus dem Kühlschrank nahm. Wie immer hingen bunte Zeichnungen ihrer Kindergartenkinder an der magnetischen Tür. Ich kommentierte die Bilder mit einem kurzen »Süß« und ließ mich dann neben Abby aufs Sofa fallen. Die Wahl der Farbe des Tages für ihre Nägel war auf ein knalliges Rot gefallen.

»Lass mich raten«, sagte ich. »Aidan?«

»Nope.« Sie antwortete, ohne mich dabei anzusehen. Und das war nie ein gutes Zeichen. Konzentriert malte sie weiter. »Es sind jetzt fast drei Wochen, Grace.«

»Ja, und?«

»Aidan macht spätestens nach vier Wochen Schluss. Alles, was darüber hinausgeht, ist keine Affäre mehr für ihn, sondern eine Beziehung, und das will er ja nicht.«

»Okay?« Das hatte sie mir doch schon erzählt. Stirnrunzelnd lehnte ich mich in die Kissen zurück. Hatte sie bisher nicht immer behauptet, dass sie genau wusste, was sie tat und worauf sie sich einließ? Allem Anschein nach waren wir nun doch an dem Punkt angekommen, wo auch Abby begriff, dass sie ein Problem mit dieser Übereinkunft hatte.

»Also muss ich mit ihm Schluss machen.«

»Du musst was? Wieso?«

»Das ist doch sonnenklar.« Nun hob sie ihren Kopf und sah mich ernst an. »Ich muss ihm zuvorkommen.«

»Aber … warum?«

»Weil dann ich diejenige bin, die entscheidet, wann es vorbei ist.« Ihr Blick war so kläglich, dass ich zweifellos wusste, was passiert war.

»Scheiße, Abbs.« Ich stellte mein Glas neben das Nagellackfläschchen auf den Tisch und legte meine Arme um sie. »Du hast dich verliebt, hm?« Aus reiner Anziehung war so viel mehr geworden.

»Bist du verrückt?« Aber Abby wäre nicht Abby gewesen, wenn sie das einfach so zugeben würde. Energisch kämpfte sie sich aus meinen Armen. »Ich bin nicht verliebt. Ich wusste genau, was ich von Aidan erwarten kann. Und das war immer nur Sex. Nichts anderes.«

»Das bedeutet aber nicht, dass sich nicht auch mehr entwickeln kann.« Willkommen in meiner Welt. Es war mir mit Ben ganz genauso ergangen.

»Nein.« Abby straffte die Schultern und schüttelte heftig den Kopf. »Nein«, sagte sie noch einmal. »Das ist es nicht. Ich will einfach nur nicht ins offene Messer laufen und auf den Moment warten, in dem *er* entscheidet, dass es das war.«

Ich verstand sie, und doch war ich mir sicher, dass genau dieser Wunsch reiner Selbstschutz war. Sie hatte Gefühle für Aidan entwickelt und wollte sich nicht das Herz brechen lassen, wenn sie noch länger mit ihm schlief.

»Was ist dein Plan? Wann willst du es ihm sagen?«

»Keine Ahnung.« Seufzend zog sie die Beine auf die Couch und setzte sich drauf. »Wir sind nicht verabredet, meistens schreibt er mir eine kurze Nachricht und fragt, ob ich Zeit habe.«

Für Sex, fügte ich in Gedanken hinzu und konnte nicht verhindern, dass ich das Gesicht verzog. Abby hatte so viel mehr verdient als diese Affäre.

»Und weil ich weiß, dass meine Zeit mit ihm bald rum ist, habe ich natürlich jedes Mal Zeit.« Sie rollte mit den Augen und ließ sich nach hinten in ihre Kissen fallen. »Gott, ich bin so unglaublich dämlich. Er meldet sich, ich stehe bereit.« Nachdem sie tief Luft geholt hatte, gab sie einen frustrierten Laut von sich. »Scheiße, Grace, ich bin ein wandelndes Klischee.«

»Bist du nicht.« *Du bist nur verliebt.* Ich tätschelte ihr das Knie und lachte, als sie erneut seufzte und sich wieder aufrappelte, sodass sie mich ansehen konnte.

»Lieb, dass du das sagst, aber wir wissen es beide besser.« Schwungvoll stellte sie die Beine wieder vor die Couch und griff nach der Nagellackfarbe, während sie mit der anderen Hand die Socken von ihren Füßen zog, um sich auch dort die Nägel anzumalen. »Aber genug von meinen Männerproblemen. Wie läuft es bei Bob? Und Martha? Gewöhnst du dich langsam wieder an das Kleinstadtleben?«

»Alles bestens.« Die Wahrheit war, dass es sich anfühlte, als wäre ich nie aus Tipton weg gewesen. Alles sah aus wie immer, die meisten Stadtbewohner waren noch da oder längst wieder hergezogen. Auch zwischen Abby und mir hatte sich nichts verändert. Seit ich zurück war, hatten wir genau da angeknüpft, wo wir aufgehört hatten. Ich war ihr unendlich dankbar dafür, dass sie dieser unkomplizierte Mensch war. Aber leider bedeutete das auch, dass sie mich ziemlich gut kannte.

»Sicher?«, hakte sie nach. Ihre Stimme ließ keinen Zweifel an ihrer Skepsis. »Was ist los, Gracie?«

Seufzend rieb ich mir über die Stirn. Lex war los. Lex, der mich völlig durcheinanderbrachte. Lex, der mich küsste, aber es nicht ernst meinte. Lex, der tatsächlich ein bisschen verletzt ausgesehen hatte, als ich ihn weggeschickt hatte.

Ich wollte ihr gerade von meinem Abend mit ihm erzählen, als es an ihrer Tür klingelte. Verwundert runzelte sie die Stirn. »Sekunde.« Sie rappelte sich auf und lief aus dem Wohn-Ess-Alleszimmer in den kleinen Flur zur Eingangstür.

»Was zum …«, hörte ich sie noch murmeln, ehe sie geräuschvoll die Tür aufzog. »Was machst du denn hier?«, begrüßte sie wen auch immer. Neugierig reckte ich mich zur Seite und versuchte, in den Flur zu spähen.

Abby bekam keine Antwort. Stattdessen vernahm ich lediglich Stille, die nur von einem Geräusch unterbrochen wurde, das verdächtig nach einem Kuss klang.

Alles klar.

Damit war die Frage, um wen es sich handelte, hinfällig.

»Hey, Babe.« Ich hörte Aidans Stimme, noch bevor ich ihn sah. »Ich freu mich auch, dich zu sehen.«

»Wir waren nicht verabredet.«

Sie klang so durcheinander, dass ich wirklich Mühe hatte, nicht zu lachen. Mit zusammengepressten Lippen schnappte ich mein Handy vom Tisch und erhob mich von der Couch, bereit zu gehen. Unser Gespräch würden wir wohl verschieben müssen.

Als ich in den Flur zu den beiden trat, hatte er seine Hände an ihre Wangen gelegt und hauchte ihr einen Kuss auf die Lippen.

»Ich weiß«, sagte er, und obwohl ich ihn nur von der Seite sah, war das Lächeln auf seinem Gesicht nicht zu übersehen. »Ich wollte dich trotzdem sehen.«

»Wieso sind deine Haare nass?« Abbys Finger glitten seinen Nacken entlang, ehe sie sie in seinen Haaren vergrub.

»Weil ich auf der Wache noch geduscht habe. Der letzte Einsatz war ziemlich rauchig.« Nun grinste er richtig. Die beiden waren so vertieft ineinander, dass sie mich nicht bemerkten.

Erst als ich mich leicht räusperte, blickte Aidan auf, und Abby löste sich von ihm. Hastig machte sie einen Schritt weg, sodass er seine Hände von ihren Wangen nehmen musste. Ertappt schob sie sich ein paar Haarsträhnen aus dem Gesicht, während er von mir zu ihr und wieder zu mir sah.

»Hi?«, grüßte er mit einem kurzen Nicken, ehe er Abby einen entschuldigenden Blick zuwarf. »Du hast Besuch, sorry.«

Verlegen fuhr er sich durch die Haare, die vom Wasser dunkler erschienen, als sie eigentlich waren. Egal wie ich die Sache betrachtete, Aidan wirkte ganz und gar nicht wie ein Mann, der plante, sie in wenigen Tagen zu verlassen. Eigentlich wirkte er vielmehr wie jemand, der verdammt glücklich war.

»Ich wollte nicht … Ich hätte vorher anrufen sollen.«

»Nein, hättest du nicht.« Bevor Abby etwas sagen konnte, trat ich auf ihn zu und hielt ihm meine Hand entgegen. »Hi, ich bin Grace, und ich wollte gerade gehen.«

»Wolltest du nicht«, hörte ich Abby neben mir murmeln. Es klang nicht sonderlich überzeugend.

»Doch, wollte ich.« Ich ließ seine Hand wieder los und wedelte mit meinem Handy, um meine Aussage zu unterstreichen. »Mom hat mir eine böse Nachricht geschrieben, wann ich endlich mit den Erdbeeren für den Kuchen komme.«

Ich sah Abby deutlich an, dass sie mir kein Wort glaubte. Was mich ungemein beruhigte, denn diese zugegebenermaßen ziemlich plumpe Geschichte hatte ich mir gerade spontan ausgedacht. Es gab keine Erdbeeren und keinen Kuchen. Und auch keine Nachricht. Trotzdem schien Abby zu erkennen, dass ich ihr damit lediglich helfen wollte, und hakte nicht weiter nach. Ihr von Lex zu erzählen, konnte ich auch zu einem anderen Zeitpunkt tun. Wenn nicht der Mann ihrer Träume in ihrer Wohnung stand und sie offensichtlich sehen wollte.

»Warte.« Aidan blickte mich überrascht an. »Grace, sagtest du? Du bist Claires Schwester, oder?«

Es gab nur zwei Möglichkeiten, woher Aidan das wusste. Entweder hatte Abby ihm von mir erzählt – oder Lex. Und ich wusste in diesem Moment nicht, was mir lieber war.

»Jup, die bin ich«, entgegnete ich daher knapp und machte einen Schritt auf Abby zu. »Und wie gesagt, auf dem Sprung.« Ich umarmte sie kurz, ehe ich Aidan noch einmal ansah. »Schön, dich kennenzulernen.« Dann wandte ich mich wieder Abby zu. »Ich ruf dich morgen oder so an, okay? Nach der Arbeit?«

»Ja, klar.« Sie wirkte immer noch überrumpelt, dass Aidan vollkommen unangemeldet bei ihr aufgetaucht war. Es war eindeutig, dass sie *damit* nicht gerechnet hatte.

»Gut.« Grinsend schnappte ich meine Jacke und schlüpfte hinein. »Bis morgen«, sagte ich an Abby gewandt, bevor ich ein letztes Mal zu Aidan blickte. »Bis dann.«

Dann verließ ich Abbys Wohnung und eilte kopfschüttelnd die Treppen nach unten. Nicht verliebt, meine Güte. Abby hatte es so was von Hals über Kopf erwischt.

»Versprich mir, dass du niemals denkst, dass du mich enttäuschen könntest, okay?«

Scheiß drauf. Wenn er solche Sachen sagte, konnte er nicht erwarten, dass ich einfach nur ruhig vor ihm saß und ihm zuhörte. Bevor Noah sich's versah, war ich auf seinen Schoß geklettert und hatte die Beine hinter seinem Rücken verschränkt.

Mit einem leisen Seufzen ließ ich das Buch in meiner Hand sinken. Ich war bei etwas über der Hälfte von *Catch my Girl* und mittlerweile selbst schwer verliebt in Noah Preston. Dabei war ich bisher nie auf diese Sportlertypen abgefahren. Sondern immer nur auf Männer, die einen Dreitagebart trugen und Menschenleben retteten. Okay. Liebesromane zu lesen, um mich abzulenken, war vielleicht nicht meine beste Idee gewesen. Die Gefahr, dass ich all den romantischen Kram zwischen Noah und seinem Mädchen auf Lex und mich übertrug, war zu groß. Er hatte seine Wiedergutmachung gehabt. Sollte er seinen Seelenfrieden darin finden.

Ein leises Piepsen riss mich aus meinen Gedanken. Das Handy auf meinem Nachttisch leuchtete und zeigte eine eingegangene Nachricht an. Für den Bruchteil einer Sekunde erwartete ich, dass sie von Lex war. Aber das war völliger Blödsinn. Es war alles gesagt zwischen uns. Und trotzdem … Trotzdem hoffte ein irrationaler kleiner Teil in mir, dass die Nachricht von ihm war.

In einer einzigen Bewegung rollte ich mich auf den Bauch und angelte nach meinem Telefon. Mit flinken Fingern öffnete ich das Chatfenster – und setzte mich im nächsten Moment ruckartig auf.

> Hey, Leute. Ich wollte euch nur dran erinnern, dass am Wochenende die Messe für Mrs Roberts gelesen wird. Samstag, 14 Uhr, St. Peter's.

Nachdem ich den Namen des Absenders geprüft hatte, las ich die Nachricht von vorne. Doch auch nach dem dritten Mal konnte ich immer noch nicht glauben, was dort stand. Ausgerechnet *Benton James* schrieb mir, um mich an einen Gottesdienst für unsere tote Patientin zu erinnern? *Ben*?

War das ein Scherz?

Ich scrollte nach oben und realisierte, dass er für die Nachricht eine uralte WhatsApp-Gruppe benutzt hatte. Sie enthielt nur Nummern von Klinikmitarbeitern, die sich vor Monaten einmal nach Dienstschluss in derselben Kneipe verabredet hatten. Ich war eigentlich davon ausgegangen, dass ich diese Gruppe längst verlassen und gelöscht hatte. Offenbar nicht.

Keine zwei Minuten nach Bens Nachricht erschien eine erste Antwort.

Danke. Werde da sein.

Sie war von Jason. Die Vorstellung, wie er, oder auch Ben, im Aufenthaltsraum unserer Station saß, ließ eine Welle der Nostalgie über mir zusammenbrechen. Ich hatte es geliebt, im St. Joseph's zu arbeiten. Mit den Ärzten zu scherzen oder mit den Kolleginnen und Kollegen heimlich Kuchen zu essen, wenn die Stationsleitung nicht hingeschaut hatte. Wir waren mehr als nur eine Zweckgemeinschaft gewesen. Es waren Freundschaften entstanden, die ich allesamt gekappt hatte, als ich zurück nach Tipton geflüchtet war. Nachrichten hatte ich ignoriert, und da mich nie jemand direkt mit dem konfrontiert hatte, was vorgefallen war, nahm ich an, dass Ben sein Wort gehalten und geschwiegen hatte.

Samstag, 14 Uhr, St. Peter's.

In drei Tagen also. Und allem Anschein nach würden meine Ex-Kollegen hingehen.

Immer wieder flogen meine Augen über die Nachricht, und eine weitere Zusage trudelte ein.

Danke für die Info. Ich komme.

Am liebsten hätte ich Bens Nachricht gelöscht, wollte nicht länger daran erinnert werden, dass all diese Menschen nur wegen meines Fehlers zusammenkamen.

Doch je länger ich auf mein Handy starrte, auf die Worte, die dort standen, desto klarer wurde mir, was ich tun musste. Ich war es Mrs Roberts schuldig – und vielleicht auch mir selbst.

11

Der Samstag kam zu schnell. Es dauerte gefühlt nur einen Wimpernschlag, dann brach der eine Tag der Woche an, auf den ich hingefiebert und vor dem ich gleichzeitig Angst hatte.

Ich war gut darin, mir vorzustellen, wie es sein würde, Ben wiederzusehen. Jason. Die anderen aus der Klinik, die zugesagt hatten. Ich war mir nicht sicher, ob sie sich freuen würden. Mir normal begegneten. Oder mich gar ignorieren würden, schließlich war ich ohne ein Wort der Verabschiedung gegangen.

Geflüchtet.

Nichts anderes war meine Rückkehr nach Tipton gewesen. Eine Flucht vor dem, was ich verursacht hatte. Es machte mich nervös zu wissen, dass ich ihnen allen in wenigen Stunden begegnen würde. Und dieses Wissen, gepaart mit der Schuld, die auf meinen Schultern lastete, hatte mich in der vergangenen Nacht nicht schlafen lassen. Dementsprechend müde war ich, als ich mit einer Flasche Wasser und einer Thermoskanne Kaffee in den Händen aus dem Haus in die Hofeinfahrt trat. Mein Auto stand bereit, Dad hatte am Vorabend noch die Luft in den Reifen kontrolliert, den Ölstand gecheckt und das Spritzwasser aufgefüllt. Wie er das immer schon gemacht hatte, wenn einem von uns eine längere Fahrt bevorstand.

Ich hatte meinen ganzen Kram gerade auf dem Beifahrersitz verstaut und wollte noch einmal ins Haus laufen, um den Rest zu holen, als ich aus dem Augenwinkel eine Bewegung wahrnahm.

Ich sah auf und hielt überrascht inne. »Was machst du denn hier?«

Schweigend kam er näher. Der Kies knirschte unter jedem seiner Schritte, schien beinahe nachzuhallen. Lex antwortete nicht, lief einfach nur auf mich zu, die Hände in den Hosentaschen vergraben, wie er das so oft tat. Er wirkte unsicher, als wollte er gar nicht hier sein. Nach unserer letzten Begegnung konnte ich ihm das nicht verübeln. Dennoch machte mich genau dieser Fakt, dass er trotzdem in der Einfahrt meiner Eltern stand, neugierig. Argwöhnisch musterte ich ihn von oben bis unten. Er trug eine dunkle Jeans, ein schwarzes Oberteil und darüber wieder die schwarze Lederjacke von neulich. Das Einzige, was hell an ihm war, waren seine Augen.

Lex schwieg noch immer, als er knapp zwei Meter von mir entfernt zum Stehen kam. Die Intensität seines Blicks ließ mich unruhig werden. Als könnte ich meinen Körper so vor ihm schützen, verschränkte ich die Arme vor meiner Brust. Was wollte er hier?

»Du fährst heute nach Chicago, oder?«, fragte er nach ein paar Sekunden.

Ich runzelte die Stirn. »Woher weißt du das?«

»Claire hat mir davon erzählt.«

War ja klar. Nun war ich diejenige, die schwieg.

»Sie hat mich gebeten, dich zu begleiten.«

»Sie hat *was*?« Wie von selbst bewegte sich mein Kopf hin und her. Von links nach rechts und wieder zurück. Das konnte nicht Claires beschissener Ernst sein. Was zur Hölle fiel ihr ein?

»Die Fahrt ist lang und …«

»Nein!« Ich gab ihm keine Chance, zu Ende zu sprechen, und machte einen Schritt von ihm weg. »Wenn du hier bist, weil du ernsthaft glaubst, dass ich dich mitnehmen würde nach … nach …« Ich stockte, war vollkommen sprachlos.

Keiner von uns beiden hatte meiner Schwester von unserem Nicht-Date erzählt. Ich ganz sicher nicht, und hätte Lex es getan, hätte Claire mich schon längst angerufen und gelöchert. Was bedeutete, dass sie keinen Schimmer hatte. Doch wer ganz genau wusste, wie dieser Abend geendet hatte, war Lex. Er musste wahnsinnig sein anzunehmen, dass es tatsächlich irgendwie okay für mich sein könnte, wenn er schon wieder Claire zuliebe Zeit mit mir verbrachte.

»Geh nach Hause, Lex. Ich brauche deine Begleitung nicht.«

Es war nicht das erste Mal, dass ich alleine nach Chicago fuhr. Etwas über zweihundert Meilen, irgendwas zwischen dreieinhalb und vier Stunden Fahrzeit. Ich hatte genug Musik dabei, Zeit für Pausen eingeplant, und wenn ich erst spät in der Nacht zurückkäme, würde es auch keine Rolle spielen.

Ich wollte mich umdrehen und zurück ins Haus gehen, als er nach meinem Arm griff und mich zum Stehenbleiben zwang.

»Was soll das?« Die Frage entfuhr mir schärfer als beabsichtigt. Hastig schüttelte ich seine Hand ab und umfasste mit meinen eigenen Fingern die Stelle, an der er mich eben noch gehalten hatte. Doch der Druck, den ich ausübte, genügte nicht. Das Brennen, das jedes Mal auf meiner Haut entstand, wenn er mich berührte, blieb.

»Grace, ich …«

Ich unterbrach ihn erneut. »Hast du Claire versprochen, dass du mich begleiten wirst?«

Er klappte seinen Mund wieder zu und schüttelte den Kopf. »Nein.«

»Gut. Dann brichst du ja kein Versprechen, wenn du einfach wieder gehst.« Mit diesen Worten wirbelte ich herum und verschwand zurück im Haus.

Das Herz in meiner Brust pochte wie wild, als ich nach meiner Tasche griff und noch einmal kontrollierte, dass alles drin war, was ich den Tag über brauchen würde. Mit zitternden Fingern zog ich den Reißverschluss zu und schnappte mir den alten Jutebeutel vom Tisch, in dem sich ein liebevoll zubereitetes Lunchpaket befand. Mom hatte mich heute früh nach dem Frühstück damit überrascht. Es war viel zu viel und konnte eine halbe Armee versorgen, aber sicher war sicher. Ihre Worte, nicht meine.

Fünf Minuten wartete ich, bis ich die Haustür hinter mir ins Schloss zog. In der festen Annahme, dass Lex gegangen sein würde, trat ich hinaus in den Hof. Ich hatte deutlich gemacht, dass ich seine Begleitung weder wollte noch brauchte. Doch als ich den Kopf hob, stand er immer noch genauso neben meinem Wagen wie vor ein paar Minuten.

»Echt jetzt?« Ich lief um ihn herum, riss die hintere Wagentür auf und verstaute den Jutebeutel im Fußraum hinter dem Fahrersitz. Erst dann drehte ich mich wieder zu ihm um. »Was ist das mit dir und diesen komischen Bitten von Claire? Du hast mich damals nicht begleitet, und du wirst mich auch heute nicht begleiten. Ende der Diskussion.«

Der Sturm in mir tobte, während er seelenruhig vor mir stand und meinen ganzen Frust an sich abprallen ließ, als wäre er aus Stein. Ha! Vielleicht war er das ja auch. Würde zumindest erklären, warum es für ihn in Ordnung war, jemanden aus Mitleid oder wusste der Teufel aus welchen Gründen zu küssen.

Toll, Grace! Und jetzt denkst du an seine Lippen und daran, wie sie sich auf deinen angefühlt haben.

Ich war eine Idiotin. Eine riesengroße Idiotin, die langsam losmusste.

»Tschüss.«

Immerhin besaß ich genug Anstand, mich zu verabschieden, ehe ich mich an ihm vorbei zur Fahrertür drückte. Oder es zumindest versuchte. Wieder hielt er mich auf und stellte sich mir in den Weg.

Ein genervter Laut entwich mir. »Ernsthaft, Alexander?«

Es fehlte nicht viel und ich hätte meine Hände auf seine Brust gelegt und versucht, ihn wegzuschieben. Das hier war einfach nur unnötig.

»Hör mir bloß eine Minute zu. Wenn du dann immer noch nicht willst, dass ich mitkomme, gehe ich.«

»Versprochen?«

»Ja.«

»Okay. Die Zeit läuft.«

Ja, ich war zickig. Und ja, wahrscheinlich war ich es mehr, als ich es sein müsste. Aber ich war nervös wegen dem, was mich in Chicago erwarten würde. Und es war immer noch Lex, der hier vor mir stand und allen Ernstes annahm, er könnte mich irgendwie überzeugen. Überzeugen davon, dass ausgerechnet er es wert war, mich auf meiner Reise begleiten zu dürfen.

»Wenn wir mal außen vor lassen, dass es Claire beruhigen würde, wenn du nicht alleine nach Chicago fährst, sind es einfach mindestens dreieinhalb Stunden. Und die musst du ja auch wieder zurück. Du kannst mir nicht erzählen, dass über sieben Stunden Fahrt an einem Tag ein Klacks für dich sind. Das sind sie für niemanden.«

Ich wollte protestieren, doch dieses Mal schnitt er mir das Wort ab. »Eine Minute, schon vergessen? Ich habe noch dreißig Sekunden.«

Achtundzwanzig, aber anstatt ihn darauf hinzuweisen, schwieg ich erneut. Bisher hatte er mich noch nicht umgestimmt.

»Ich weiß, dass du auf meine Gesellschaft ziemlich sicher verzichten kannst, aber … Ich bin großartig im Langeweilevertreiben. Ich könnte dir erzählen, wie ich vor ein paar Jahren die Katze der alten Gladys von einem Baum gerettet habe, nur um es am nächsten Tag gleich wieder zu tun. Und am übernächsten wieder und wieder. Ich kenne die besten Gedankenspiele für lange Autofahrten. Und wenn du mich mitnimmst, verrate ich dir, wo es in Davenport den besten Reiseproviant zu kaufen gibt, der auf keinem Roadtrip fehlen darf.«

»Ich habe Proviant.« Das war definitiv kein Argument, das für ihn sprach.

»Hast du auch das hier?« Mit diesen Worten zog er etwas hinter seinem Rücken hervor, was verdächtig nach meinem liebsten

Schokoriegel aussah. »Oder das hier?« In der zweiten Hand tauchte ein Lolly auf, den Claire und ich als Kinder geliebt hatten, weil er die Zunge knallbunt färbte.

»Ich bin keine fünf mehr.« Spöttisch schürzte ich die Lippen. »Willst du mich gerade echt mit Süßigkeiten bestechen?«

»Es ist einen Versuch wert, findest du nicht?«

»Du darfst trotzdem nicht mit.« Ich ignorierte das Zeug in seiner Hand gekonnt.

»Warum nicht?«

»Weil ich keinen Babysitter brauche.«

»Ich habe nicht vor, auf dich aufzupassen, Grace.« Sein Blick wurde ernst, und das tiefe Blau seiner Augen bohrte sich regelrecht in meine.

»Warum solltest du dann mitfahren wollen?«

Claire hatte mir gesagt, dass sie es nicht gut fand, wenn ich die lange Strecke allein zurücklegte. Sie wusste, wie sehr mich das, was im Krankenhaus geschehen war, nach wie vor beschäftigte. Wäre sie nicht ausgerechnet an diesem Wochenende bei Johns Familie eingeladen gewesen, hätte sie mich begleitet. Und im Gegensatz zu Lex hätte Claire gar nicht erst mit mir diskutiert. Sie wäre einfach in meinen Wagen gestiegen, ob ich das wollte oder nicht. Es wunderte mich nicht einmal, dass sie mir Lex schickte, weil sie verhindert war. Das Einzige, was ich nach wie vor nicht verstand, war, warum er ihr diesen Gefallen tun wollte. Besonders nach unserer verkorksten Verabredung. Nach diesem *Kuss.*

»Weil das, was du letztes Wochenende gesagt hast, stimmt.«

Ich hatte keine Ahnung, wovon er sprach. Wir hatten beide viel gesagt, auch wenn zumindest ich für meinen Teil nicht alles davon so gemeint hatte. Ausgesprochen war es trotzdem.

»Was meinst du?«

»Wir wissen so gut wie nichts voneinander.«

»Richtig.« Ich nickte. »Und genau deshalb gibt es keinen Grund, warum ausgerechnet du mich nach Chicago begleiten solltest.«

»Ich finde, genau deshalb sollte ich mitkommen.«

»Warum?« Damit wir uns besser kennenlernten? War das etwa immer noch sein schlechtes Gewissen? Langsam wurde es lächerlich. »Du schuldest mir gar nichts, Lex.« Wir drehten uns im Kreis, und ich war müde und musste wirklich los. Ich hatte weder Zeit noch Lust für diese unsinnige Diskussion.

»Bitte, Grace.« Er sprach leise. »Du musst nicht mit mir reden, wenn du nicht willst. Aber ich wäre immerhin da, um dich abzulösen, wenn du nicht mehr fahren magst.«

»Ich schaff das schon.« Energisch schob ich mich an ihm vorbei und setzte mich hinter das Lenkrad. Als ich nach dem Griff fasste, um die Tür schließen zu können, sah ich noch einmal zu ihm auf. »Du kannst meiner Schwester ausrichten, dass ich schon lange erwachsen bin und keinen Aufpasser benötige.«

Damit zog ich die Autotür zu und begann, in meiner Handtasche nach meinem Handy zu suchen. Ben hatte den Namen der Kirche geschrieben, deren Adresse ich ins Navi eingeben musste.

Ich entsperrte den Bildschirm und entdeckte, dass ich eine neue Nachricht in der Krankenhausgruppe hatte. Sie war schon wieder von Ben. Mit einem schnellen Fingerwisch öffnete ich den Chatverlauf und las die kurze Nachricht, nur um mein Handy sogleich in meinen Schoß sinken zu lassen.

Faith und ich sind gegen 13:30 Uhr da. Wir halten dir einen Platz frei, Jason.

Ohne es beeinflussen zu können, beschleunigte sich mein Herzschlag erneut. Scheiße. Ich war darauf vorbereitet gewesen, auf Ben zu treffen. Auf Jason. Auf ein paar Krankenschwestern und ein, zwei Pfleger. Doch dass Ben auch seine Freundin mitbringen würde … Die Frau, die zwar nett, aber auch gleichzeitig der Grund war, dass er mich abgeschossen hatte. Ausgerechnet die Frau, die wusste, was ich getan hatte, würde heute auch da sein.

Fuck.

Für einen kurzen Moment presste ich die Augen fest zusammen und massierte mir beide Schläfen. Ben hatte mittlerweile eines dieser dämlichen Pärchenbilder als Profilbild. Er und Faith voller Farbkleckse. Natürlich würden sie beide kommen.

Tief durchatmend richtete ich mich wieder auf und öffnete die Augen. Mit einem Mal wurde mir klar, was ich die ganze Zeit zu verdrängen versucht hatte: Ich wollte nicht allein dorthin. Und die Lösung dafür stand immer noch neben meinem Wagen in der Hofeinfahrt. Die verdammt gut aussehende Lösung, die mich vor Ben und Faith nicht komplett die elende Loserin sein ließ, die ich war.

Wenn ich ihn mitbrachte, würden sie mich nicht länger nur als Bens Verflossene sehen, die nicht damit klargekommen war, dass er sie verlassen hatte. Mit Lex an meiner Seite würden sie denken, dass er und ich genauso ein glückliches Paar wären wie sie selbst.

Kurz entschlossen kurbelte ich das Fenster nach unten. »Wilson? Steig ein.«

Lex rührte sich nicht von der Stelle, sah mich einfach nur unbeweglich an.

»Ich dachte, du wolltest mit. Also, was ist jetzt?« Ungeduldig tippelte ich mit dem Daumen auf das Lenkrad.

»Ehrlich?«, erklang es schließlich von ihm.

»Ja. Mach schon.«

Ich hatte wirklich Mühe, mir das Augenrollen zu verkneifen. Endlich setzte er sich in Bewegung, umrundete den Wagen mit großen Schritten und öffnete die Beifahrertür in dem Moment, als ich nach meiner Flasche und dem Kaffee langte, um Platz für ihn zu machen.

»Zwei Bedingungen.« Ich drehte mich so, dass ich ihn ansehen konnte.

»Okay?«

»Kein Gemecker über meinen Fahrstil. Und die Musik bestimme ich.«

»Verstanden.« Er grinste schief. »Wie schlimm ist dein Musikgeschmack? Brauche ich Ohrstöpsel?«

»Haha.« Ich ignorierte den Rest seiner Frage und startete stattdessen den Motor. »Und meinen Kaffee teile ich auch nicht.«

»Alles klar.«

Ich sah ihn nicht mehr an, doch das Grinsen in seinen Worten war dennoch nicht zu überhören. Blieb nur zu hoffen, dass er diese Einladung, mich nach Chicago begleiten zu dürfen, nicht falsch verstand. Ich hatte nicht vor, große Unterhaltungen mit ihm zu führen. Ich nahm ihn nur mit, damit er als mein hübsches Anhängsel fungierte. Es mochte eine Schnapsidee und auch nicht gerade fair sein, doch nachdem er letzten Samstag sein Gewissen mit unserem Nicht-Date beruhigt hatte, war nun ich an der Reihe, mir durch seine Anwesenheit einen Vorteil zu verschaffen. Auch wenn das absolut dämlich war.

Ganze zehn Minuten schaffte er es, die Klappe zu halten. Dann bemerkte ich, wie er auf seinem Sitz hin und her rutschte, und spürte plötzlich seinen Blick auf mir. Unweigerlich umgriff ich das Lenkrad fester.

»Was?«, fauchte ich schließlich, als ich es nicht länger aushielt, von ihm angestarrt zu werden.

»So schlimm ist deine Art zu fahren gar nicht.«

Kurz sah ich zu ihm, nicht sicher, was er mit seinen Worten bezwecken wollte. Waren sie ein verstecktes Kompliment? Oder sollten sie einfach nur dem Zweck dienen, ein Gespräch zu beginnen? Ich überlegte immer noch, was ich davon hielt, als ich seine Stimme erneut hörte.

»Und bisher kann ich auch nicht über deinen Musikgeschmack meckern.«

»Das liegt daran, weil jeder die *Imagine Dragons* mag.«

Spätestens wenn ich meine Balladenplaylist auspackte, würde er jammern.

»*Rise up* ist einfach ein ziemlich guter Song, ja.« Lex zuckte mit den Schultern und klopfte im Takt des Liedes leise mit.

Erneut verfielen wir in ein Schweigen, das erst dann unterbrochen wurde, als er mich in Davenport bat, einen kurzen Stopp einzulegen.

»Wozu?«

Seine Antwort war ausweichend. »Bitte. Nur kurz.«

Er griff bereits nach dem Gurt, um sich abzuschnallen, obwohl wir uns noch immer auf einer gut befahrenen Straße befanden. Eigentlich hatte ich keine Lust, jetzt schon eine Pause zu machen, wir waren gerade einmal vierzig Minuten unterwegs.

»Es dauert nicht lange. Und ich verspreche dir, dass du es nicht bereuen wirst.«

»Also gut.« Zähneknirschend setzte ich den Blinker, als er mir bedeutete, in eine Straße einzubiegen, die nach rechts führte. Zwei Minuten später erreichten wir Lex' Ziel. Es war ein kleiner, uralter Laden, an dessen Fenster bunt gemusterte Vorhänge hingen und so den Blick ins Innere erschwerten.

»Ich bin sofort zurück.«

Misstrauisch blieb ich sitzen, während Lex aus dem Wagen sprang und die Glastür des Ladens aufstieß.

Es dauerte tatsächlich nicht lange, bis er wieder da war, zwei Flaschen Wasser in der einen und eine braune Tüte sowie einen Becher Kaffee in der anderen Hand.

»Haben wir jetzt ernsthaft angehalten, damit du dich mit Proviant eindecken konntest?«

Wäre ich in der Lage dazu gewesen, hätte ich meine Augenbraue nun wohl bis zum Haaransatz nach oben gezogen. Aber leider beherrschte ich diese Kunst nicht, weshalb ich mich damit begnügen musste, ihn finster anzublicken.

»Ich habe dir doch gesagt, dass ich Verpflegung habe.«

»Du hast mir aber auch gesagt, dass du deinen Kaffee nicht mit mir teilst.« Schwer bepackt stieg er zurück in mein Auto. »Und außerdem befinden sich in dieser Tüte die besten Blaubeermuffins der Welt. Bevor du dich also beschwerst, solltest du sie vielleicht erst probieren.«

»Ein Umweg für Muffins. Ich fass es nicht.«

Nachdem er Tüte und Kaffeebecher auf dem Armaturenbrett abgestellt hatte, verstaute er die Wasserflaschen im Fußraum vor sich. Die Tüte, aus der in der Tat ein unglaublich leckerer Duft strömte, blieb, wo sie war. Einzig den Kaffeebecher nahm er wieder zwischen seine Hände.

»Okay.« Schon wieder war da dieses Grinsen. »Wir können, James.«

»Wie gnädig«, grummelte ich. Dieser Zwischenstopp schrie nach Rache. Und ich wusste auch schon, wie. Ich tippte auf meinem Handy herum, bis die ersten Takte des Liedes ertönten, nach dem ich gesucht hatte.

»O Gott.« Lex ließ seinen Kopf nach hinten gegen die Nackenlehne kippen. »Es ist so weit, oder?«

Kommentarlos drehte ich die Königin der Balladen mit ihrem Lied über Feuer und Regen lauter. Und weil ich Adele und ihre Stimme mochte, ließ ich direkt eine ganze Playlist nur mit ihr laufen. Erst dann startete ich den Motor und fädelte uns wieder in den Verkehr ein.

Als der dritte Song anbrach, hatte ich Lex so weit. »Ich überlasse dir alle Muffins, Schokoriegel und den Lolly, aber bitte mach das aus.«

Anstatt ihm zu antworten, streckte ich meine Hand nach dem Schokoriegel aus. Ein dezentes Lächeln schlich sich auf sein Gesicht, das von Sekunde zu Sekunde größer wurde, als er beobachtete, wie ich in den von Schokolade und Marshmallowstückchen ummantelten Karamellkeks biss. Dann unterbrach ich das Lied und warf ihm mein Handy mit der geöffneten Musikgalerie zu.

»Hier. Such dir was aus.«

12

Das letzte Stück fuhr Lex. Je näher wir Chicago und damit der St. Peter's-Kirche kamen, umso stiller wurde ich. Stiller und angespannter, und ohne es zu bemerken, hatte ich begonnen, mit meinen Fingern zu spielen. Was natürlich auch Lex auffiel.

»Was machen wir hier, Grace?«, fragte er, nachdem wir drei Seitenstraßen entfernt endlich eine Parklücke gefunden hatten.

Erst, als er mir die Frage stellte, fiel mir auf, dass er keine Ahnung hatte, warum ich heute unbedingt nach Chicago gemusst hatte. Claire hatte ihm den Grund dafür nicht erzählt – und trotzdem war er hier. Normalerweise hätte ich nun angefangen, mir darüber Gedanken zu machen, doch ich war zu nervös dafür. Ich schluckte schwer, während meine Hand den Gurt löste.

»Ich besuche einen Gottesdienst.« Meine Antwort war kaum zu hören, als ich mit den Fingern durch meine Haare fuhr und sie mir zu einem Zopf zusammenband. Einfach nur deshalb, damit meine Hände etwas zu tun hatten.

»Warum?« Ein einziges Wort, und doch wog es so unglaublich schwer.

Warum?

Wie sollte ich ihm diese Frage beantworten, ohne zu lügen? Die Wahrheit war hässlich und nichts, was ich ihm gestehen wollte. Aber eine Lüge … das hatte Mrs Roberts nicht verdient. Seufzend rieb ich mir über die Stirn. Ein paar Sekunden lang.

»Eine … Patientin von mir ist im September gestorben. Das hier ist eine Gedenkmesse für sie.« Das war die Wahrheit, und gleichzeitig nicht mehr als ein Bruchteil all dessen, was geschehen war. Ich konnte nur hoffen, dass er sich damit zufriedengab.

Falls Lex es seltsam fand, dass ich für eine frühere Patientin bis nach Chicago fuhr, ließ er es sich nicht anmerken. Er nickte einmal kurz, ehe er sich ebenfalls abschnallte.

»Okay. Gehen wir.« Seine Hand legte sich an den Griff, und er war bereits kurz davor, die Tür zu öffnen.

»Du musst nicht mitkommen.«

Mein Protest war zaghaft. Ich hatte mir zwar vor wenigen Stunden zu Hause in Tipton noch ausgemalt, wie es sein würde, von meinen Ex-Kollegen und Kolleginnen mit Lex zusammen gesehen zu werden, aber ich konnte nicht von ihm verlangen, dass er mit mir eine Messe besuchte. Vor allem dann nicht, wenn es um eine verstorbene Frau ging, an deren Tod ich schuld war und die er gar nicht gekannt hatte.

»Wenn du Pläne hast, treffen wir uns einfach in zwei oder drei Stunden wieder am Auto, und dann …«

»Ich habe keine Pläne.« Lex unterbrach mich. »Der Plan war, dich zu begleiten.«

»Nach Chicago«, wandte ich ein. »Nicht in eine Kirche.«

»Grace.« Er sah mich eindringlich an. »Ich habe heute schon *Adele* ertragen. Und die *Spice Girls*. Glaub mir, schlimmer wird es nicht mehr.«

Er versuchte, witzig zu sein, mich aufzumuntern. Und ich war ihm dankbar dafür. Doch ein Lächeln wollte sich einfach nicht auf meine Lippen schleichen. Ich war zu müde, zu nervös, zu unruhig, um weiter darüber zu diskutieren. Es war seine Entscheidung, ob er mitkommen wollte oder nicht. Und ganz abgesehen davon konnte ich jedwede Unterstützung schlichtweg gebrauchen. Mit einem Mal war ich unsagbar froh, nicht allein in diesen Gottesdienst gehen zu müssen.

Wir stiegen aus dem Wagen, und Lex schloss ab. Dann liefen wir los. Meine Füße waren schwer wie Blei, während wir an den hohen Häuserfronten vorbeigingen. Obwohl ich mehrere Jahre gar nicht allzu weit weg gewohnt hatte, war mir die Stadt auf einmal fremd. Als wäre es nicht erst ein paar Wochen her, dass ich Chicago den Rücken gekehrt hatte. Sondern eine halbe Ewigkeit.

Es war nicht weit bis zu dem imposanten, alten Kirchengemäuer aus beigefarbenem Stein. Der Vorplatz, auf dem zwei alte Eichen standen, war leer, aber es war auch noch etwas Zeit. Wir waren gut durchgekommen und hatten auf dem Weg nur eine schnelle Essenspause gemacht.

»Willst du schon reingehen?« Lex blickte sich auf dem kleinen Platz vor der Kirche um. Fast so, als suche er jemanden. Oder etwas.

»Nein.« Ich schüttelte den Kopf und steuerte eine der beiden Holzbänke an, die den Stamm der Bäume umrundeten.

Das Wetter war zu schön, um sich bereits jetzt in ein dunkles Gebäude zu setzen. Lex nahm neben mir Platz und streckte die Beine aus. Er sagte kein Wort, saß einfach nur links von mir und blinzelte gegen das Sonnenlicht.

Gedankenverloren spielte ich an meiner blassgoldenen Kette. Die liegende Acht, ein Geschenk von Claire zu meinem einundzwanzigsten Geburtstag. Seit ich nicht mehr im Krankenhaus arbeitete, trug ich sie wieder häufiger.

Es war ein komisches Gefühl, zurück in Chicago zu sein. Zwar nicht in der Klinik, aber doch wegen etwas, das unmittelbar mit ihr zusammenhing.

Wie von selbst griff meine Hand nach dem Haargummi und löste den Zopf, den ich mir vor nicht einmal zwanzig Minuten gemacht hatte. Ich schüttelte meine Haare, sodass sie wie ein Schutzvorhang mein Gesicht umrahmten. Ich hatte nicht vor, mich komplett zu verstecken, aber in dieser Sekunde fühlte ich mich nicht in der Lage, mit irgendjemandem aus meiner Vergangenheit zu reden. Feige, vermutlich, aber der einzige Weg, den ich im Moment sah.

Plötzlich spürte ich kühle Haut auf meiner. Mein Blick schnellte nach unten, und ich sah Lex' Hand, die sich auf meine gelegt hatte. Behutsam verschränkte er unsere Finger miteinander. Er sagte nichts dazu, gab keine hohle Phrase von sich. Er wusste ja nicht, was überhaupt los war. Doch dass er in diesem Augenblick einfach nur meine Hand hielt, rechnete ich ihm hoch an.

Das Läuten der Glocken ließ mich erschrocken zusammenzucken. Hastig erhob ich mich, den Blick in Richtung Kirche gerichtet. Lex ließ meine Hand nicht los. Stattdessen stand er ebenfalls auf und setzte sich mit mir gemeinsam in Bewegung. Ein paar vereinzelte Menschen saßen bereits in den Bänken, als wir in das Kirchenschiff traten. Meine Wahl fiel auf eine der hinteren Reihen. Mit gesenktem Blick lief ich bis zum Ende der Reihe durch. Lex folgte mir und fungierte damit wie ein Schutzschild zwischen mir und dem Rest der Welt. Er gab mir Halt – ohne es zu wissen. Denn selbst wenn er Claire zuliebe hatte mitkommen wollen, so beinhaltete dieses Versprechen nicht den Besuch einer Kirche. Hier drin war er meinetwegen.

Ohne uns abzusprechen, schwiegen wir beide. Immer wieder war das Klackern von Schuhen zu hören, Schritte, die im Kirchenschiff widerhallten. Allmählich füllten sich die Bänke. Immer mehr Gottesdienstbesucher trafen ein und suchten sich einen Platz. Ich war zum Zerbersten angespannt, weshalb ich meine Finger unter meine Oberschenkel schob und meine Hände auf die Sitzfläche der Bank drückte. Muskeln anspannen und wieder lockern und so den Stress in meinem Körper irgendwie lösen.

Es funktionierte nicht. Die Anspannung in mir wuchs sogar noch mehr, als ich aus den Augenwinkeln Jason entdeckte, dicht gefolgt von Ben und Faith sowie zwei anderen Krankenschwestern. Sie waren alle dunkel und damit dem Anlass entsprechend gekleidet.

Es war seltsam, sie wiederzusehen. Ben und Jason sahen aus wie immer, mit der Ausnahme, dass die typischen Scrubs fehlten. Faith war ich nur wenige Male begegnet, doch auch sie war genauso, wie ich sie in Erinnerung hatte. Klein, schlank und elfenartig.

Mein Blick blieb nicht lange auf ihr haften. Wie von selbst fiel er zurück auf Ben. Ben, in den ich geglaubt hatte, verliebt zu sein, und der tatsächlich Interesse an mir gezeigt hatte ... Es kam mir vor wie in einem anderen Leben, dass ich mit diesem Mann geschlafen hatte. Nicht, weil ich es bereute. Nein, einfach deshalb, weil seither so viel passiert war.

Als er Faith eine Hand auf den unteren Rücken legte, breitete sich keine Eifersucht in mir aus, sondern vielmehr so etwas wie Neid. Diese zärtliche, kleine, wahrscheinlich sogar unbedachte Geste ... Das hatte er bei mir nie getan.

Ich beobachtete jeden Schritt der Gruppe genau, sah dabei zu, wie sie eine Reihe auf der anderen Seite des Kirchengangs aussuchten. Sie hatten ebenfalls eine Bank im hinteren Drittel gewählt. Jason saß ganz außen, daneben Ben. Faith war in der Mitte, und auf ihrer linken Seite schlossen sich Ellen und Olive an. Eine kleine Einheit, zu der ich nicht mehr dazugehörte. Zu der ich eigentlich auch nie gehört hatte, wenn ich ehrlich zu mir selbst war. Wir hatten uns gut verstanden, aber weder mit den beiden Assistenzärzten noch mit den Krankenschwestern war ich befreundet gewesen. Eine gute Freundschaft verlangte meiner Meinung nach mehr, als zusammen in Bars oder Clubs zu gehen.

Ich hatte keine Ahnung, wie lange ich heimlich in ihre Richtung gestarrt hatte. Plötzlich spürte ich Lex' kühle Finger auf meinem Unterarm.

»Alles okay?«, sagte er so leise, dass es kaum zu hören war. Ich wandte den Blick von meinen ehemaligen Kollegen ab. Mein Herzschlag beruhigte sich beim Klang von Lex' Stimme langsam wieder. Ich sah ihn an, und da war eine Wärme in seinem Blick, die ich so noch nie an ihm gesehen hatte. Zumindest nicht dann, wenn er mir in die Augen geblickt hatte.

»Ja.« Ich nickte leicht.

Für den Moment war es tatsächlich in Ordnung, hier zu sein. Und das lag einzig und alleine an Lex. Er strahlte etwas derart Beruhigendes aus, dass ich mich am liebsten an ihn gelehnt hätte und davon eingehüllt worden wäre. In diesen unsichtbaren Kokon, der mich vor allem beschützte. Der jeden Gedanken in meinem Kopf auffing, als auch Mrs Roberts' Familie in der Kirche auftauchte. Ihre Kinder. Deren Partner. Die Enkelkinder. Eine junge Frau hielt ein Baby auf dem Arm. Ich schluckte schwer. War sie sogar Urgroßmutter gewesen?

Als der Pfarrer den Gottesdienst eröffnete, bemühte ich mich, meine Aufmerksamkeit auf ihn zu richten. Seinen Worten zu lauschen, um den Moment nicht zu verpassen, in dem er über Mrs Roberts sprechen würde. Ich wusste, dass es heute nicht ausschließlich um sie gehen würde. Doch er würde sie erwähnen, und genau für diesen Augenblick war ich hier.

Es dauerte fast eine halbe Stunde, vier Lieder, mehrere Lobgesänge und eine Lesung, bis es so weit war.

»Heute gedenken wir deiner verstorbenen Tochter, großer Vater. Mrs Jane Roberts.«

Als ihr Name fiel, setzte ich mich aufrechter hin. Lex spürte meine Bewegungen, und ich wiederum fühlte keine Sekunde später seine Hand auf meinem Rücken. Eine wortlose Stütze während der Rede des Pfarrers, die ich dankbar annahm.

»Jeder Mensch hat seine Zeit auf Gottes Erden. Für manche von uns endet sie früher, für andere später. Wir wissen nicht, wann uns der Heilige Vater zu sich rufen wird. Doch was gewiss ist, ist die Sicherheit, dass wir nichts verlieren können, was wir von Herzen lieben. Was tief in unseren Herzen verankert ist, wird immer bei uns sein. In diesem und auch im ewigen Leben.«

Seine Worte klangen schön, und doch waren sie ganz bestimmt kein Trost für Mrs Roberts' Familie. Natürlich starben wir alle irgendwann. Dann, wenn unsere Zeit abgelaufen war. Und nicht, weil eine Krankenschwester einen dummen Fehler machte. Unweigerlich ballte ich die Hände an meinen Seiten zu Fäusten. Es war vollkommen egal, was der Pfarrer über Mrs Roberts' Tod zu sagen hatte. Ich trug die Schuld daran. Daran würden auch seine Wortmalereien nichts ändern.

Die restliche Messe glich einem Nebelmeer. Ich konnte mich nicht auf die Predigt konzentrieren, sang bei den Liedern nicht mit. Alles in mir schrie danach, die Kirche einfach zu verlassen, doch das war etwas, das ich niemals tun würde. Ich war ihrer Beerdigung ferngeblieben. Wenigstens an dieser Gedenkmesse für sie würde ich von Anfang bis Ende teilnehmen.

Ich hielt durch. Aber in dem Moment, als der Gottesdienst für beendet erklärt wurde, brauchte ich frische Luft. Ich stand auf und wollte mich an Lex vorbeidrängen. Raus. Ich musste hier raus. Bevor Ben, Jason, Faith, Ellen und Olive mich entdeckten.

Lex reagierte sofort. Schweigend nahm er meine Hand in seine. Angenehm warm schlossen sich seine Finger um meine Eisklumpen, als wir uns einen Weg nach draußen bahnten. Wir waren unter den Ersten, die auf den kleinen Vorplatz traten. Die Sonne schien immer noch und ließ mich für einen Moment blinzeln, während ich tief durchatmete und die Luft in meine Lunge sog. Über uns ertönte ein Glockenschlag, gefolgt von weiteren.

Die Messe hatte genau eine Stunde gedauert. Sechzig Minuten, die mir so viel länger vorgekommen waren. Obwohl wir mittlerweile nicht mehr in diesem alten Gemäuer saßen, umklammerten meine Finger nach wie vor die von Lex. Als wären sie mein Rettungsanker in diesem wilden, tosenden Meer in meinem Kopf. Hatte ich auf der Hinfahrt noch geglaubt, dass es eine gute Idee wäre, diesem Gottesdienst beizuwohnen, war ich mir nun nicht mehr so sicher. Eher war das Gegenteil der Fall. Mein Erscheinen hatte mir nur noch einmal vor Augen geführt, was Mrs Roberts' Familie verloren hatte: eine liebende, fürsorgliche Mutter und Großmutter.

»Willst du direkt los?« Lex' Stimme durchbrach den Nebel in meinen Gedanken. »Oder vertreten wir uns noch kurz die Beine?«

»Okay.« Mechanisch nickte ich. Beine vertreten klang vernünftig. Wir hatten heute so viel gesessen, ich wollte mich nicht sofort wieder in den Wagen setzen und vier Stunden lang zurückfahren. Ein Spaziergang würde uns garantiert beiden guttun.

»Da lang?«, fragte Lex. Im selben Moment erklang mein Name hinter uns.

»Grace?«

Ich kannte die Stimme. Nicht gut, hatte sie nicht oft gehört, aber sie war mir vertrauter, als sie sein sollte. Mit klopfendem Herzen drehte ich mich zu ihr um und fand mich augenblicklich Faith gegenüber. Faith, die mit Ben an ihrer Seite vor mir stand und mich freundlich anlächelte.

»Du bist es. Hallo.«

»Hey.«

Ich bemühte mich um Haltung, versuchte, mir nicht anmerken zu lassen, wie sehr sich in diesem Moment alles in mir zusammenzog. Hatte ich aus der Ferne schon gedacht, dass sie glücklich aussahen, so wusste ich es nun zweifelsohne. Der Schatten, der Faith die wenigen Male, in denen ich ihr begegnet war, begleitet hatte, war verschwunden. Und Ben ... Ben war nach wie vor einfach Ben. Groß, trainiert, und wie immer mit diesem verschmitzten Lachen im Gesicht. Seine Haare waren länger als im Sommer, doch das änderte nichts an seiner Attraktivität. Er war immer noch ein unglaublich schöner Mann. Trotzdem hatte sich seine Wirkung auf mich verändert. Ich wusste nicht, woran es lag, doch zum ersten Mal setzte mein Herz keinen Takt mehr aus, als er so nah vor mir stand. Es schlug in seinem steten, normalen Rhythmus weiter, völlig unbeeindruckt davon, wer mich da gerade angesprochen hatte.

Dennoch hielt ich mich stärker an Lex' Hand fest und versuchte, mich darauf zu konzentrieren, dass ich nicht allein vor meiner Ex-Affäre und seiner nicht mehr so neuen Freundin stand.

»Wie geht es dir?« Faith warf Ben einen kurzen Blick zu, bevor sie wieder zu mir sah. Das sanfte Lächeln lag noch immer auf ihren Lippen, als sie mich erwartungsvoll musterte. Da war kein Mitleid in ihren Augen, keine Neugierde. Einfach die ehrliche Frage nach meinem Befinden. Und vielleicht ein bisschen Spannung darauf, wie ich ihr antworten würde. Ehrlich gesagt hatte ich keine Ahnung. Wir waren nicht so eng miteinander befreundet gewesen, dass ich ihnen die Wahrheit anvertraut hätte. Schon gar nicht vor Lex, der überhaupt nicht wusste, was geschehen war. Also gab ich ihr die Antwort, die ich jedem Menschen gab, wenn ich danach gefragt wurde. Meine Lieblingslüge.

»Gut.«

Das war alles. Drei Buchstaben, die die meisten Leute davon abhielt, weiter nachzufragen. Oft entstand daraufhin lediglich kurzer Small Talk, womit ich zurechtkam, solange es nicht allzu lange dauerte. Meine Small-Talk-Künste waren furchtbar, und vor allem bei Ben und Faith hätte es mich nicht gewundert, wenn sie mir diese simple Antwort nicht abgekauft hätten. Doch zu meinem Glück überspielten sie sie beide.

»Bist du immer noch in … Wie heißt das Städtchen noch mal, wo du herkommst?«

Ben suchte meinen Blick, und auch in seinen Augen lag lediglich Interesse. Keine Vorwürfe, kein Hinweis darauf, dass er seine Meinung inzwischen geändert hatte und mich für einen schlechten Menschen hielt, der einer Patientin ein falsches Medikament verabreicht hatte.

»Tipton.« Es war Lex, der für mich antwortete. »Hi, ich bin Lex.« Im nächsten Moment streckte er Ben seine Hand entgegen, während er mit den Fingern seiner anderen Hand den Druck auf meine sanft verstärkte. Ein stummes Zeichen, das mir zu verstehen gab, dass er für mich da war. Und dann setzte mein Herz plötzlich doch für einen Schlag aus. Seinetwegen. »Grace' Freund.«

»Ben, hi. Ich habe mit Grace in der Klinik gearbeitet.« Mein ehemaliger Kollege schüttelte die angebotene Hand meines *angeblichen* Freundes, ehe er Lex die Frau an seiner Seite vorstellte. »Und das ist meine Freundin. Faith.«

»Hey.« Auch ihr gab Lex die Hand, während er meine einfach nicht mehr losließ.

»Seid ihr extra für den Gottesdienst hergekommen?« Ben deutete mit einem Finger über seine Schulter zur Kirche, aus der immer noch Leute strömten.

»Ja. Sind wir.« Ich hatte meine Sprache wiedergefunden, wenn auch nur sehr rudimentär. »Ich habe in der Gruppe davon gelesen und … ja.«

Ein Schulterzucken folgte meinen Worten. Mehr Erklärung gab es schlichtweg nicht. Ohne Bens Nachricht hätte ich überhaupt nicht gewusst, dass diese Messe heute gelesen werden würde.

»Das ist ein ordentliches Stück zu fahren, oder?« Grinsend, wie er das so oft tat, legte Ben Faith einen Arm um die Schulter. »Das hätte Mrs Roberts gefallen.«

»Meinst du?«

Ich war mir da nicht so sicher. Hätte ich mich an ihrer Stelle gefreut, die Krankenschwester in einem Gedenkgottesdienst für mich zu sehen, die die Verantwortung für mein Ableben trug? Mit sehr hoher Wahrscheinlichkeit nicht. Doch Ben ließ sich von seinem Glauben nicht abbringen.

»Natürlich«, sagte er energisch. »Du weißt doch, wie die alte Dame drauf war. Sie hat dich gemocht.« In seinen Worten schwang so viel mehr mit, als er laut aussprach.

Fehler passieren. Fehler sind menschlich. Mach dich nicht so fertig. Alles davon war richtig, und dennoch war genau das der Grund dafür, dass ein Mensch tot war. Und ich wusste einfach nicht, wie ich so etwas verzeihen sollte. Ganz zu schweigen davon, dass ich mir selbst nicht vergab. Aber all das war nichts, was ich Ben und Faith gestehen wollte. Oder vor Lex aussprechen würde.

»Hm«, murmelte ich daher und wandte den Blick von ihnen ab. Es war schwer, jemanden anzusehen, der genau wusste, was ich getan hatte.

»Wir sollten los, oder?«, fragte ich an Lex gewandt und versuchte, ihm in Gedanken eindringliche Signale zu schicken, sodass er mir zustimmen würde.

Ich musste hier weg. Der Gottesdienst war aufwühlend genug gewesen. Aber nun auch noch Faith und Ben zusammen zu sehen … Ich war über ihn hinweg, wollte definitiv nichts mehr von ihm. Er sollte mit Faith glücklich werden und meinetwegen fünfundzwanzig Kinder mit ihr zeugen. Doch der Stich, wieder einmal nur zweite Wahl gewesen zu sein, saß immer noch. *Gut genug für Sex, aber nicht für mehr.*

Lex verstand sofort. »Sollten wir«, bestätigte er und nickte ein einziges Mal, bevor er wieder zu Faith und Ben sah. »War nett, euch kennenzulernen.«

Die Verabschiedung fiel knapp und schnell aus. Keine Umarmung, kein Händeschütteln. Einfach nur erhobene Hände, die ein Winken andeuteten. Gegenseitiges Nicken, Rückwärtsschritte, dann drehten Lex und ich uns vollständig um und verließen den Platz vor der Kirche. Hand in Hand. Vor den Augen von Ben und Faith, die wir in dem Glauben zurückließen, dass Lex und ich ein Paar waren. Genau so, wie ich mir das vorgestellt hatte. Doch das Hochgefühl, das ich mir erhofft hatte, stellte sich nicht ein. Es spielte keine Rolle, dass sie uns hinterhersahen. Denn eine Sache konnte ich nach dieser Begegnung mit absoluter Sicherheit sagen: Mein Herz hatte endlich kapiert, was mein Kopf schon seit Monaten wusste. Benton James und ich waren endgültig Geschichte.

13

Anstatt direkt zum Auto zu gehen, liefen wir um den Block. Und um noch einen. Und noch einen. Lex sagte kein Wort, und auch ich schwieg, obwohl mir klar war, dass er eine Erklärung für dieses unangenehme Aufeinandertreffen mit Ben und Faith verdient hatte. Dass ich ihm vielleicht doch erzählen musste, warum wir heute nach Chicago gefahren waren. Aber Lex fragte nicht. Vierzig Minuten lang lief er ziellos mit mir durch die Straßen. Vorbei an Starbucks, einem Sushiladen und unzähligen kleinen Cafés und Restaurants, die sich in den Erdgeschossen der Wolkenkratzer eingemietet hatten. Irgendwann erreichten wir eine stählerne Brücke, die über den Chicago River führte. Stillschweigend überquerten wir sie und landeten zurück auf der Madison Street. Damit waren es nur noch ein paar Meter, bis wir wieder an meinem Wagen ankamen. Lex schloss auf und setzte sich hinter das Steuer.

»Ich fahre, okay?«

»Wenn ich dich ablösen darf, sobald du eine Pause brauchst …« Ich steckte den Gurt in den Schlitz und schob mir die Haare aus dem Gesicht. Der Wind hatte sie ganz schön durcheinandergewirbelt.

»Versprochen.« Lex lächelte und startete den Motor.

Es dauerte nicht lange, bis wir Chicago und meine Vergangenheit hinter uns gelassen hatten. Während wir uns die Zeit auf der Hinfahrt mit viel guter und mindestens genauso viel schlechter Musik vertrieben hatten, ließ ich das Radio nun aus und hing stattdessen meinen Gedanken nach. Den Kopf hatte ich an die kühle Fensterscheibe gelehnt und sah dabei zu, wie zuerst Häuser, dann Bäume und Büsche an uns vorbeizogen.

Ich wusste es zu schätzen, dass Lex nicht versuchte, die eingekehrte Stille mit einer belanglosen Unterhaltung zu füllen. Er schien ebenso in seinen eigenen Gedanken versunken zu sein wie ich. Immer und immer wieder spielten sich in meinem Kopf dieselben Szenen ab. Die Ankunft von Mrs Roberts' Familie in der Kirche. Ben und Faith, wie sie mich ansprachen. Der kurze Moment, als ich mit Lex vor der Kirche auf der Bank gesessen hatte und dankbar dafür gewesen war, dass er mitgekommen war. Es war erst heute Morgen gewesen, dass ich mit ihm darüber diskutiert hatte, auch wenn es mir so viel länger vorkam.

Und ich war froh. Ich war so froh, dass ich mich dazu entschieden hatte, ihn mitfahren zu lassen. Seine Anwesenheit gab mir auf eine Art und Weise Kraft, die ich nicht erklären konnte.

Wir hatten fast ein Viertel des Weges hinter uns gebracht, als Lex die Stille zwischen uns mit einer Frage beendete.

»Wahrscheinlich geht es mich nichts an«, begann er, »und du musst auch nicht antworten, wenn du das nicht möchtest …« Er ließ seiner Einleitung eine kurze Pause folgen. »Dieser Ben … und du …«

»Was ist mit ihm?« Mein Kopf schnellte in seine Richtung.

»Er hat dich nervös gemacht.«

Mein erster Impuls war, das zu leugnen. Ihm zu beteuern, dass Ben mich kein bisschen nervös machte. Doch vermutlich hätte mich genau dieser Protest Lügen gestraft.

»Du stolperst immer über das erste Wort eines Satzes, wenn du aufgeregt bist. Nur ganz kurz, es fällt kaum auf, aber wenn man es einmal weiß …« Wieder machte er eine Pause, ehe er weitersprach. »Deshalb … du und Ben.« Keine Frage, eine Feststellung. Und gleichzeitig eine, die ich nicht abstreiten konnte. Bisher hatte ich immer geglaubt, dieses kleine Stolpern überspielen zu können. Doch Lex … Er war der Erste, dem es auffiel.

»Hm«, murmelte ich und schloss für einen kurzen Moment die Augen. »Ben und ich … Wir hatten eine kurze Affäre. Nicht lang, nur ein paar Wochen über den Sommer. Er hat immer betont, dass es nichts Ernstes zwischen uns wäre, und das … es war okay für mich. Ich dachte wirklich, dass ich damit klarkommen würde. Sein Ruf war ähnlich wie Aidans. Ich wusste von Anfang an, dass das zwischen uns niemals von Dauer sein würde.« Ein leises Seufzen entwich mir. »Aber mein dummes, bescheuertes Herz hat dieses Memo nicht bekommen.« Ich stoppte meinen Redeschwall und schüttelte kaum merklich den Kopf. »Er hat meine Gefühle nicht erwidert und sich in seine Nachbarin verliebt.«

»Faith?«

Ich nickte. »Genau. Und ich kann ihm das noch nicht einmal übel nehmen. Du hast sie ja gesehen. Sie ist bildhübsch und supernett.«

Ich hatte versucht, sie zu hassen. Hatte ihr die Schuld daran gegeben, dass Ben kein tieferes Interesse an mir gehabt hatte. Doch dieses Vorhaben war spätestens dann hinfällig gewesen, als ich nach Mrs Roberts' Tod in Tränen aufgelöst vor Bens Wohnung auf sie getroffen war. Ich würde ihre Worte niemals vergessen. Genauso wenig wie das Gefühl von Erleichterung, das ich damals gespürt hatte.

»*Du kannst die Vergangenheit nicht ändern. Egal, wie sehr du dir das wünschst. Aber du kannst jeden neuen Tag als Chance sehen, es ein Stückchen besser zu machen.* Das hat sie zu mir gesagt, als ich vor Schmerz und Kummer durchdrehen wollte. Und irgendwie hat es mir geholfen, weiterzumachen. Jeder Tag ist eine neue Chance.«

»Schmerz und Kummer wegen Ben?«

Seine Worte ließen mich zu ihm sehen. Für den Bruchteil einer Sekunde erwiderte er meinen Blick, und ich erkannte im tiefen Blau seiner Augen, dass er die falschen Schlüsse gezogen hatte. Wie sollte er das auch nicht tun, wenn er nicht einmal die Hälfte von dem wusste, was geschehen war?

»Nein, nicht wegen Ben«, sagte ich deshalb schnell und atmete einmal fest ein. Dieser Moment genügte, um eine Entscheidung zu treffen. Ich beschloss, ihm alles zu erzählen. Nicht deshalb, weil ich glaubte, es ihm schuldig zu sein. Nein, ich tat es, weil ich es wollte. Weil ich nicht länger schweigen, sondern es mir von der Seele reden musste. Und weil ich nach dem heutigen Tag wollte, dass Lex derjenige war, dem ich meine Geschichte anvertraute.

»Die Frau, wegen der wir in der Messe waren …« Mein Herz klopfte so sehr in meiner Brust, dass ich fast glaubte, man könnte es von außen sehen. »Ich bin schuld an ihrem Tod.«

»Wie meinst du das?« Da war Vorsicht in seiner Stimme. Verwunderung. Vielleicht Betroffenheit. Aber nichts, was darauf schließen ließ, dass ihn meine Worte schockierten. Und das gab mir den Mut, fortzufahren.

»Mrs Roberts war eine Patientin auf meiner Station. Sie hatte ein gebrochenes Bein und sollte eigentlich operiert werden, aber es kam ständig etwas dazwischen. Eine Erkältung, Terminüberschneidungen. Also war sie eine ganze Weile bei uns. Alle Medikamente, die ein Patient bekommt, werden auf Kurven eingetragen, und immer, wenn eine Kurve voll ist, wird eine neue begonnen. Das passiert im Normalfall alle zwei Tage. Bei Mrs Roberts habe ich irgendwann eine neue anfangen müssen, und dabei …« Ich schluckte. Gott, es war die Hölle auszusprechen, was ich getan hatte. »Mir ist ein Fehler passiert. Ich habe ein falsches Medikament notiert und verabreicht. Ab diesem Moment wurde ihr tagelang die falsche Infusion gegeben, und niemand … Niemand hat es entdeckt.« Genauso wenig, wie mir auffiel, dass sich meine Hände wieder zu Fäusten geballt hatten. Lex jedoch bemerkte es, nahm eine Hand vom Steuer und legte sie behutsam auf eine meiner Fäuste. Solange, bis sie sich unter seiner Wärme wieder entspannte und er seine Finger mit meinen verschränken konnte.

Lex hielt mich im Hier und Jetzt. Nur ihm war es zu verdanken, dass die dunkle Welle aus Erinnerungen nicht über mir zusammenbrach und mich mit sich in die Tiefe zog. Die steten, zarten

Kreise auf meinem Handrücken überlagerten die Bilder einer Abstellkammer, in der ich weinend auf dem Boden gesessen hatte. Ben neben mir, der sich nicht getraut hatte, mich zu trösten, weil er für einen Moment angenommen hatte, ich hätte die Medikamente absichtlich vertauscht.

»Und dann war es zu spät.« Ich wandte den Blick von unseren verschränkten Händen ab, starrte stattdessen durch die Windschutzscheibe nach vorne. »Sie ist gestorben, weil ich einfach nicht richtig aufgepasst habe.«

»Was hat dich abgelenkt?«

Die Antwort war offensichtlich. Ich sprach sie trotzdem aus, auch wenn ich nicht stolz darauf war, einem Mann hinterhergelaufen zu sein, der mir deutlich gesagt hatte, dass er mich nicht wollte.

»Ben.« Ich seufzte leise. »Nachdem er mit mir Schluss gemacht hat, war ich … ich war einfach durch den Wind, weil ich doch tiefer drinsteckte, als ich mir eingestehen wollte. Anders kann ich mir diesen Fehler nicht erklären. Ich war wütend und enttäuscht und nicht ich selbst und habe ständig darüber nachgedacht, was ich hätte anders machen müssen oder sagen können, um ihn zu halten.« Fassungslos über so viel Naivität schüttelte ich den Kopf. »Inzwischen ist mir klar, dass das keine Entscheidung von ihm gegen mich war. Es war einfach eine *für* Faith.« Meine Worte hallten im Wagen nach, hingen zwischen uns in der Luft wie dünne Fäden, die es aufzurollen galt.

Für eine ganze Weile kehrte das Schweigen zurück, das uns schon den ganzen Tag über immer wieder begleitet hatte. Doch es war nicht erdrückend oder unangenehm. Es war einfach da und gab sowohl Lex als auch mir die Zeit zu sortieren, was ich ihm soeben gestanden hatte. Er war nun einer der wenigen Menschen, die wussten, was vorgefallen war. Ich hatte ihm sogar mehr Details und Informationen gegeben als meinen Eltern oder Claire, obwohl ich insgeheim damit gerechnet hatte, dass er über mich urteilen würde. Menschen bewerteten ständig, ich selbst war keine Ausnahme davon. Aber Lex reagierte nicht so, wie ich es erwartet hätte.

»Hast du deinen Fehler gemeldet?«, fragte er. Einfach nur fünf Worte, die dennoch die Macht hatten, mich zurück in ein Büro in der Klinik zu werfen, in dem ich kurz nach Mrs Roberts' Tod gewesen war.

»Ja.« Ich nickte. »Ich habe der Klinikleitung sofort von meiner Verwechslung berichtet, nachdem ich davon erfahren habe.« Und dann war alles wie in einem schlechten Film weitergegangen. »Sie haben sich angehört, was ich zu sagen hatte. Ihre Mienen waren vollkommen reglos, während ich einfach nur gezittert habe.« Die Erinnerung an diesen Moment ließ es mir eiskalt über den Rücken laufen. Die beiden Männer mittleren Alters, die unbeweglich auf der anderen Seite des großen Tisches gesessen hatten. Und ich, die am liebsten in Tränen ausgebrochen wäre und alles ungeschehen gemacht hätte. Ich hatte mich so unglaublich hilflos, so klein gefühlt. »Sie haben mir einen Deal angeboten.«

»Einen Deal?«

»Hm.« Ich wusste bis heute nicht, wie lange ich in diesem Büro gesessen hatte, doch es mussten ein paar Stunden gewesen sein. »Sie haben sich die Akten angesehen und mir gesagt, dass ich nicht allein für ihren Tod verantwortlich wäre. Ich habe zwar als Erste das falsche Medikament eingetragen, aber jeder andere Pfleger nach mir hat es einfach blind abgeschrieben. Kein Arzt hat uns kontrolliert. Hätte die Klinik also eine Untersuchung in Auftrag gegeben …« Ich hielt für einen Moment inne, um mich zu sammeln.

Jedes Wort der Klinikleiter war ein Befreiungsschlag und eine Ohrfeige zugleich gewesen. Laut ihnen war ich zwar nicht als Einzige schuld am Tod einer Patientin, aber wenn ich nicht schwieg, würde nicht nur ich meinen Job verlieren, sondern auch ein Dutzend unwissender Mitarbeiter.

»Wir wären alle gefeuert worden, und der Ruf der Klinik wäre so stark in Verruf geraten, dass … Keine Ahnung, was das alles für Konsequenzen gehabt hätte. Ich habe irgendwann nicht mehr richtig zugehört, weil das Blut in meinen Ohren so laut gerauscht hat. Sie hätten wahrscheinlich jeden einzelnen Todesfall auf der Station neu untersucht, und vielleicht hätten sie weitere Fehler entdeckt. Nicht unbedingt von mir, aber … Es passiert so schnell, Lex. Ein falscher Buchstabe oder eine falsche Zahl und … Die Klinik könnte einpacken, wenn so etwas rauskäme. Also haben sie mir angeboten, freiwillig zu kündigen und eine Stillschweigevereinbarung zu unterschreiben.«

Die ich just in diesem Augenblick brach, indem ich Lex davon erzählte. Als ich begriff, dass ich damit mein Schicksal in seine Hände legte, wurde mir schlagartig übel. Ich konnte mich nicht mehr selbst anzeigen, ohne die Vereinbarung zu brechen, aber das galt nicht für Lex. Ein Engegefühl entstand in meiner Brust, das sich nur deshalb nicht über meinen ganzen Körper ausbreitete, weil ich unaufhörlich dagegen anatmete.

Ein, aus, ein, aus. Ein. Aus.

Es dauerte ein paar Sekunden, bis ich in der Lage war, weiterzusprechen. »Ich weiß, wie ekelhaft das ist. Wie heuchlerisch und wie falsch. Wäre ich damals in einer besseren Verfassung gewesen … Aber an diesem Tag im September … Ich war am Ende, Lex. So voller Angst. Mir war klar, dass ich auf keinen Fall mehr dort arbeiten würde, aber die anderen … Ich wollte nicht auch noch daran schuld sein, dass meine Kollegen ihre Jobs verlieren. In diesem Moment habe ich mir so sehr gewünscht, genauso ahnungslos zu sein wie alle anderen.« Meine Finger waren eisig, als ich sie an meine glühende Stirn legte. Es tat immer noch weh zu atmen. »Ich habe den einfachen Weg gewählt. Den feigen.

Und ohne Frage auch den falschen. Ich weiß das, Lex, wirklich. Das tue ich. Aber ich war so verzweifelt und ohnmächtig und … Scheiße, indem ich dir das alles erzähle, breche ich diese verfluchte Schweigevereinbarung! Du könntest damit zur Polizei gehen und mich anzeigen. Oder die Klinik ruinieren und …«

»Hey, hey, hey.« Lex setzte den Blinker und fuhr an den Straßenrand, wo er den Wagen anhielt. Dann griff er nach meinen Händen und nahm sie fest zwischen seine. »Sieh mich an, Grace.«

Ich wollte seiner Bitte nachkommen, doch ich konnte nicht. Da war so viel Scham in mir, so viel Reue. Ein Blick in sein Gesicht würde genügen, um mich in Tränen ausbrechen zu lassen.

»Ich werde dich nicht anzeigen.« Seine Stimme war so unendlich sanft, als er zwei Finger an mein Kinn legte und mich behutsam zwang, ihn anzusehen. »Das würde ich weder dir noch deiner Familie jemals antun.« Seine Hand verlagerte sich, strich nun leicht über meine Wange. »Du leidest schon genug. Eine Anzeige würde niemandem helfen. Am allerwenigsten der toten Frau.«

»Mrs Roberts«, murmelte ich. »Ihr Name ist Mrs Roberts.« Ich würde ihn bis an mein eigenes Lebensende nicht mehr vergessen.

»Mrs Roberts.« Lex nickte. »Welchen Nutzen hätte sie davon, wenn ich dich anzeigen würde?« Es war eine rhetorische Frage, er erwartete keine Antwort von mir. »Du hast einen Fehler gemacht, ja. Einen verdammt schweren. Das kann und werde ich nicht schönreden, weil das dir und ihr gegenüber einfach nicht fair wäre.«

Seine Finger hatten aufgehört, über meine Haut zu streichen. Ruhig lagen sie auf meinen Wangen, und er sah mir fest in die Augen. »Aber du hast eine zweite Chance bekommen, Grace. Und du kannst jetzt hier sitzen und dich bedauern … Oder du machst das Beste draus.«

Das Beste draus machen. »Ich weiß nicht, was das ist«, wisperte ich und kämpfte gegen die Tränen, die in mir aufzusteigen drohten.

»Wie soll ich das Beste aus etwas machen, das ein brennender Scherbenhaufen ist?«

»Wichtig ist, dass du dir nichts vormachst, sondern zu deinem Fehler stehst. Sei ehrlich zu dir selbst.« Liebevoll strich er mir eine Haarsträhne hinter das Ohr, ehe er seine Hände sinken ließ und nach meinen fasste. Sie waren immer noch eiskalt. »Und du solltest dich fragen, was du tun kannst, um ihn wiedergutzumachen. Und das an jedem einzelnen Tag.«

Lex' Vorschläge waren gut. Sie waren so gut, dass mir der Kopf rauchte, denn auf die meisten davon hatte ich keine Antwort. Wie sollte ich wiedergutmachen, was ich angerichtet hatte? Es gab nichts, was ich tun konnte, um Mrs Roberts wieder lebendig zu machen. Und auch die Ablenkung damals … Es war nicht Bens Schuld gewesen. Ich hatte Privatleben und Arbeit nicht trennen können, hatte mich viel zu sehr meinen Emotionen hingegeben und nicht richtig aufgepasst. Die Verantwortung für mein Handeln lag einzig und allein bei mir. Ich konnte sie niemand anderem zuschieben, egal wie sehr ich das am liebsten getan hätte.

»Ich kann nicht von der Hand weisen, dass dein Fehler der erste einer langen, unglücklichen Kette aus Unachtsamkeit war, Grace.« Lex' Blick hielt mich immer noch gefangen, das Blau in seinen Augen war unergründlich. »Du hast das falsche Medikament notiert, und das tut mir einfach nur furchtbar leid für dich.« Die Züge in seinem Gesicht verhärteten sich, ehe er weitersprach. »Aber du kannst dich … Du kannst dich jetzt nicht für den Rest deines Lebens deswegen geißeln. Du musst weitermachen und einen Weg finden, wie du damit klarkommst. Ich weiß nicht, was du schon alles versucht hast, um … um deine Schuld zu begleichen. Aber Grace? Du bist kein schlechter Mensch, nur weil du einen Fehler gemacht hast.«

Und damit sprach er genau das aus, womit ich so sehr haderte. Wie konnte ich mich selbst als guten Menschen betrachten, wenn ich der Grund war, dass ein Leben zu Ende gegangen war?

Ich bemerkte erst, dass ich weinte, als die ersten Tropfen auf unseren ineinander verwobenen Fingern landeten. Sofort entzog ich Lex meine Hand und fuhr mir mit den Handrücken über die nassen Wangen.

»Es tut mir leid«, entschuldigte ich mich, ohne überhaupt zu wissen, wofür genau. Weil ich schuld am Tod einer Frau war, oder weil ich es tatsächlich wagte, deshalb zu heulen? Ich fand nicht, dass ich ein Recht dazu hatte.

»Grace …« Wir standen mittlerweile so lange am Straßenrand, dass das Deckenlicht über uns ausging. Die Dämmerung hatte schon vor einer ganzen Weile eingesetzt, die Sonne war längst hinter dem Horizont verschwunden und hatte den Tag mit sich genommen. Zurück blieb dieselbe Dunkelheit, die ich jedes Mal empfand, wenn ich an Chicago, die Klinik, Ben und Mrs Roberts dachte.

Ohne ein weiteres Wort zu sagen, stieg Lex aus dem Auto, umrundete es und öffnete auf meiner Seite die Beifahrertür. Aus tränenverschleierten Augen sah ich ihn an.

»Kannst du bitte kurz aussteigen?«, bat er und hielt mir seine Hand entgegen. Ich wollte ihn fragen, warum, doch ich wusste, dass mir meine Stimme in diesem Moment nicht gehorcht hätte. Also schwieg ich, griff stattdessen nach seiner Hand und ließ mir aus dem Wagen helfen. Als ich vor ihm stand, dauerte es keine Sekunde. Lex machte einen Schritt auf mich zu und zog mich in eine Umarmung. Seine Arme schlangen sich so eng um mich, dass ich keine Chance gehabt hätte, ihm zu entfliehen, selbst wenn ich gewollt hätte. Wie von selbst schlossen sich meine Augen. Minutenlang lehnte ich die Stirn an seine Brust und ließ mich von ihm halten. Von diesem Mann, der mich für meine Tat nicht verurteilt hatte. Mein Körper wurde von lautlosen Schluchzern geschüttelt, die Lex allesamt auffing. Er war da und sagte keinen Ton, als ich meine Arme irgendwann auf seinen Rücken schob und mich so sehr an ihm festhielt, wie ich nur konnte. Mein Herz war gebrochen, doch in Lex' Armen hatte ich plötzlich wieder das Gefühl, dass es irgendwie möglich sein könnte, die Scherben zusammenzusetzen. Vielleicht würde ich nie mehr ganz, nie wieder die Grace sein, die ich vor dem 13. September gewesen war. Aber ich hatte nicht alles verloren. Ich war immer noch da, und falls ich Lex' Worten wirklich Glauben schenken durfte, war es meine Pflicht, die Chance zu nutzen, die mir geboten worden war. Ich musste jeden Tag das beste Leben führen, das mir möglich war. Im Gedenken an die großartige Frau, die Mrs Roberts gewesen war.

14

Bis wir weiterfuhren, war es dunkel. Und als wir Tipton erreichten, war es schon kurz vor neun Uhr. Wir passierten das Ortsschild, auf dem in großen Buchstaben die Einwohnerzahl prangte. 3312. Und bald würde es einen winzig kleinen Menschen mehr hier geben.

Mein Magen knurrte lautstark. Hastig drückte ich mir eine Hand auf den Bauch, als könnte ich die Lautstärke damit dämpfen. Lex warf mir einen amüsierten Seitenblick zu.

»Hunger?«

Meine Antwort war ein unverständliches Brummeln.

»Lust auf Pizza?«

»Bist du mir böse, wenn ich heute nicht mehr unter Menschen will?« Ich war zwar hungrig, aber auch hundemüde und erschöpft. Jetzt noch auszugehen klang nicht sonderlich verlockend, selbst wenn es bedeutete, noch mehr Zeit mit Lex zu verbringen.

»Nein, natürlich nicht. Aber wenn du wirklich nur keine Lust auf Menschen hast, dann können wir auch einfach bei mir essen und …« Er zuckte mit den Schultern. »Vielleicht einen Film ansehen? Meine Couch ist bequem, und ich habe Netflix. Oder willst du nach Hause?«

»Netflix und chillen?« Ich konnte mir ein kleines Schmunzeln nicht verkneifen. Und es wurde noch breiter, als Lex nicht wusste, was er dazu sagen sollte.

»Uhm …«

»Schon gut«, erlöste ich ihn und wühlte in meiner Tasche nach dem Handy. »Pizza klingt gut. Ich rufe an und bestelle. Was soll drauf?« Meine Finger flogen über den kleinen Touchscreen, während ich nach der Nummer googelte.

»Doppelt Käse. Alles andere ist mir egal.«

»Okay.« Es dauerte nicht lange, bis ich die Nummer gefunden hatte. Bevor ich sie anklickte, sah ich noch einmal zu ihm. »Sicher, dass du wirklich alles isst? Was, wenn ich Meeresfrüchte auf meiner Pizza will? Oder Ananasstückchen?«

Seine Antwort war ein unbeeindrucktes Achselzucken. »Ich bin nicht wählerisch. Pizza ist Pizza, ich esse alles. Ruf schon an.«

Also gut. Wortlos ließ ich die Verbindung aufbauen, dann gab ich unsere Bestellung durch und nannte die Adresse, an die geliefert werden sollte.

Im nächsten Moment bog Lex in die Straße ein, die zu seiner Wohnung führte. Damit fanden dreizehn Stunden Tagestrip ihr Ende, und ich stieg erleichtert aus dem Wagen. Meine Knie schmerzten, genau wie mein Hintern. Mechanisch trat ich von einem Bein auf das andere und bog den Rücken durch. Lex tat es mir gleich und reckte die Hände in die Luft, um sich zu strecken. Sein Nacken knackste, bevor er die Arme wieder sinken ließ.

Das zweistöckige Haus, in dem er wohnte, war spärlich beleuchtet. In der untersten Wohnung brannten Lampen, in der mittleren blitzte nur durch die Vorhänge etwas Licht zu uns. Ganz oben war alles dunkel. Ich nahm an, dass Lex dort wohnte. Gespannt folgte ich ihm zur Eingangstür und dann die Treppen nach oben.

»Wohnst du schon lange hier?«, fragte ich, als wir vor seiner Wohnungstür ankamen.

»Zweieinhalb Jahre. Es ist nicht besonders groß, aber ich bin sowieso kaum da.«

»Warum nicht?« Ich wartete, bis er aufgeschlossen und das Licht eingeschaltet hatte. Das Erste, was mir auffiel, waren die vielen Dachschrägen mit Dachfenstern. Und die Pflanzen, die überall verteilt herumstanden. In einer Ecke entdeckte ich sogar eine Monstera, die fast bis an die Decke reichte.

»Entweder bin ich auf der Wache oder in der Schule.«

»In der Schule?« Ich drehte mich zu Lex um und sah ihm dabei zu, wie er seine Schuhe und seine Jacke auszog.

»Jep.« Als seine Jacke hing, deutete er mir mit einem Fingerzeig an, ihm meine zu geben. »Jeden Samstag helfe ich in einer Blindenschule in Davenport aus.«

»Du hilfst …« Ich hielt mitten in meiner Bewegung inne. »Das wusste ich nicht.«

Weil ich rein gar nichts über Alexander Wilson wusste, außer dass er seit bald zwei Jahrzehnten eng mit meiner Schwester befreundet war. Kurz nach ihrem Unfall war er aufgetaucht und seither nicht mehr von ihrer Seite gewichen.

»Das weiß kaum jemand. Eigentlich nur Claire und mein Bruder.« Schulterzuckend trat er an mir vorbei und verschwand durch eine Tür. »Willst du was trinken?«

»Gern.« Ich lehnte mich an den Rahmen und sah mich in seiner Küche um. Sie war nicht groß, aber funktional. Und selbst hier befand sich eine Pflanze auf einem Regal. »Du stehst auf Grünzeug.«

»Kann ich nicht leugnen, was?« Lex grinste, ehe er mir ein Glas Wasser reichte. »Sorry, etwas anderes habe ich nicht da.«

»Alles gut.« Ich nahm ihm das Glas ab und trank einen großen Schluck. »Ich mag deine Wohnung. Sie ist gemütlich.«

Ich stieß mich vom Türrahmen ab und trat hinüber in den einen großen Raum. Es gab nur noch eine weitere Tür im Flur, die wohl in sein Schlafzimmer führte.

»Danke.« Lex schloss zu mir auf und steuerte sein Sofa an. »Willst du schon mal einen Film aussuchen, während wir auf die Pizza warten?«

»Klar.« Ich setzte mich neben ihn, stellte mein Glas ab und griff nach der Fernbedienung auf dem Tisch. »Und solange erzählst du mir, warum du zwei Jobs hast. Bist du als Feuerwehrmann nicht genug ausgelastet? Oder verdienst du so wenig?«

»Weder noch.« Lex lehnte sich auf seiner Couch zurück und überkreuzte die Füße. Sein Blick war auf den Fernseher gerichtet, auf dem sich gerade das Menü von Netflix aufbaute. »Ich wollte einfach … etwas Gutes tun.«

»Das tust du doch schon als Feuerwehrmann.« Ich sah ihn nicht an, als ich antwortete, klickte mich stattdessen durch die Filmlisten.

»Aber dafür werde ich bezahlt. Mein Job in der Schule ist ehrenamtlich.«

»Du machst das umsonst?«

»Ja.«

»Warum?« Statt mich weiter um unser Abendprogramm zu kümmern, ließ ich die Fernbedienung sinken und sah zu ihm. »Versteh mich nicht falsch, das ist toll, aber … warum?«

Ich kannte niemanden in unserem Alter, der sich ehrenamtlich engagierte. Schon gar nicht, wenn er eigentlich sowieso rund um die Uhr im Einsatz für die Bürger der Gegend war. Hatte man als Feuerwehrmann nicht auch ständig wechselnde Schichten und Bereitschaftsdienst?

»Es hat sich angeboten.« Lex kratzte sich an der Schläfe. »Ich kann Braille, und sie haben damals dringend jemanden gesucht, also …«

Wow. Ich war beeindruckt. Während ich einer wandelnden Katastrophe glich, war Lex einfach nur unglaublich. Das perfekte Mitglied der Gesellschaft.

»Was hältst du von *Captain America*?«, fragte er.

»Hm?«

»Der Film. Oder kennst du den schon?«

»Nein, tue ich nicht. *Captain America* klingt gut.« Ich klickte die Suchleiste an und begann, den Titel einzugeben. Ein Superheld würde mich ablenken und hoffentlich davon abhalten, über den vergangenen Tag nachzudenken. Oder darüber, wie augenscheinlich perfekt dieser Mann neben mir schien. Mir war klar, dass er das nicht war. Niemand *war* perfekt. Doch wenn es jemanden gab, der verdammt nahe da rankam, dann … Ja, dann war es wohl Lex. Er rettete nicht nur Tiere von Bäumen und Menschen aus brennenden Häusern, nein, er unterrichtete auch noch sehbehinderte Kinder und Jugendliche.

Umsonst.

Es war fast schon zu leicht gewesen, ihm alles zu erzählen, was in Chicago passiert war. Aber hier zu sitzen und ihm zu gestehen, dass mich all das Gute, das in ihm steckte, einschüchterte, war schwer. Es war sogar so schwer, dass ich es nicht über meine Lippen bekam. Das Läuten an der Tür rettete mich vor einem fragenden Blick seinerseits, weil ich zu lange in Gedanken gewesen war.

»Ich geh schon.« Schnell sprang ich auf und schnappte meine Tasche mit dem Portemonnaie. Ich wollte ihn nicht schon wieder bezahlen lassen. Zu meinem puren Erstaunen äußerte Lex keinen Einwand. Er ließ mich einfach machen. Ich nahm die Pizza entgegen und bezahlte den jungen Kerl, der mir völlig gelangweilt und Kaugummi kauend gegenüberstand.

Mit unserem Essen in der Hand trat ich zurück in Lex' Wohnzimmer. Der Film war bereit, gestartet zu werden, und Lex hatte Messer und Servietten für uns besorgt. Ich platzierte die XXL-Schachtel auf dem Tisch und öffnete den Karton. Sofort strömte mir der Duft frisch gebackener Pizza entgegen und ließ mir das Wasser im Mund zusammenlaufen. Ich konnte es kaum erwarten, in den mit Käse gefüllten Rand zu beißen.

»Tada«, präsentierte ich Lex unser Abendessen – eine heillos überfüllte Pizza, belegt mit allem, was das Herz begehrte. Nur auf den Knoblauch hatte ich verzichtet.

»Ich bin begeistert. Einmal alles, oder?« Lex griff nach dem ersten Stück und verlor direkt die Hälfte des Belags.

»Und doppelt Käse.«

»Fantastisch.«

Es war ein kleines Kunststück, die Pizza zu essen. Immer wieder fielen Teile des Belags zurück in die Schachtel oder auf unsere Servietten, und wir sammelten sie mit den Fingern wieder ein. Lex' Tisch glich mittlerweile einem Schlachtfeld, doch es schien ihn kein bisschen zu stören.

Als wir fertig waren, sahen wir aus wie damals mit drei oder vier Jahren, als Essen mit den Händen noch okay gewesen war. Ich wischte meine Finger an der Serviette ab, erkannte jedoch recht schnell, dass das so keinen Sinn hatte.

»Darf ich dein Bad benutzen?«, fragte ich und erhob mich von meinen Knien, auf denen ich neben dem Tisch auf dem Boden gesessen hatte. Als Erklärung hielt ich ihm die Innenflächen meiner Hände entgegen. Sie sahen nicht mehr schmutzig aus, aber sie waren klebrig. Ein Umstand, den ich dringend ändern wollte.

»Natürlich.« Lex stand ebenfalls auf und lief voraus, direkt auf sein Schlafzimmer zu. Mit dem Ellbogen drückte er die Klinke nach unten, und die Tür sprang auf.

Es war ein seltsames Gefühl, durch den Raum zu laufen, in dem er schlief. Irgendwie intim. Sein Bett war nicht gemacht, auf dem Boden lagen ein paar Bücher. Schnell durchquerte ich das Zimmer, bis ich die Tür auf der anderen Seite erreichte. Dahinter versteckte sich ein kleines Bad.

»Warte.« Wieder tastete Lex mit dem Ellbogen nach dem Lichtschalter. Dann traten wir gemeinsam vor das Waschbecken und hielten unsere Finger unter den Wasserstrahl. Vier Hände und ein dünner Strahl. Ich bekam nicht einmal ansatzweise genug Wasser ab, weshalb ich meine Hände nahm und über seine schob, sodass sie sich unmittelbar unter dem Wasserhahn befanden.

»Hey!«

Lex' Protest war nur gespielt, aber trotzdem machte er es mir nach und schob nun seine Hände zwischen meine und den Wasserhahn. Das ließ ich nicht auf mir sitzen, zog meine Finger zurück und versuchte, sie ein weiteres Mal zwischen Lex und den Hahn zu bekommen.

Ehe ich mich's versah, stießen wir uns gegenseitig mit den Schultern an, und unser Händewaschen verwandelte sich in ein Gerangel. Immer wieder musste ich kichernd einen kleinen Schritt zur Seite oder nach hinten machen, um das Gleichgewicht nicht zu verlieren. Und dann passierte es. Eine blöde Bewegung, und das Wasser änderte durch unsere Handflächen die Richtung und spritzte uns beiden mitten ins Gesicht und auf die Klamotten.

»Ah!«

Lachend sprang ich zur Seite, doch weil in Lex' Badezimmer einfach kein Platz war und er genau im selben Moment nach hinten trat, wich ich nicht nur dem Wasser aus, sondern stolperte gegen ihn. Er reagierte sofort und schlang seine Arme um mich. Erschrocken sah ich zu ihm auf und blickte direkt in eisiges Blau, das nicht kalt, sondern brennend heiß aussah. Sein Blick bohrte sich in meine Augen, und selbst wenn ich gewollt hätte, hätte ich mich nicht von ihm abwenden können. Irgendwo im Hintergrund hörte ich das Wasser fließen, doch es war mir egal. Mit einem Mal waren da nur noch Lex' Hände, die sich meine Wirbelsäule entlang ihren Weg nach oben bahnten.

Er ließ mich nicht aus den Augen, bis seine Fingerspitzen meinen Nacken erreichten und er sie ganz langsam in meinen Haaren vergrub. Für einen kurzen Moment wurde ich um eine Woche zurückkatapultiert. Ein anderer Samstagabend, ein anderer Lex, eine andere Grace.

Sein warmer Atem streifte mein Gesicht und löste damit ein neues Kribbeln auf meiner Haut aus. Es war egal, dass unsere Hände immer noch nass waren. Das Wasser tropfte auf meine Schultern, verglühte, während ich in Flammen stand und darauf hoffte, dass es diesmal kein Mitleid war, das ihn so weit trieb.

»Versprich mir«, sagte ich dicht an seinem Gesicht, »versprich mir, dass es diesmal echt ist.«

»Es war auch letzte Woche schon echt.«

Mit diesen Worten schloss er die kleine Lücke zwischen uns und presste seine Lippen endlich auf meine. Meine Augen schlossen sich, während alles um uns herum in leuchtend roten, gelben und anderen warmen Farben explodierte. Seine Zunge strich über meine Lippen, bat um Einlass, tanzte mit meiner. Meine Arme schlangen sich um seine Hüfte, vergruben sich in seinem Shirt. Als wäre es so möglich, mich noch enger an ihn zu drücken. Ich spürte alles zwischen uns, das Feuerwerk, die Spannung, die sich entlud, tanzende Energie. Und Lex, der mich nach hinten schob, bis ich gegen die Wand stieß. Unsere Lippen lösten sich nicht eine Sekunde lang voneinander.

Meine Hände wanderten weiter unter sein Shirt, fuhren langsam über seinen Rücken, seine erhitzte Haut, die genauso sehr zu brennen schien wie ich. Zischend sog er die Luft an meinen Lippen ein, als meine kühlen Fingerspitzen in kleinen Wellen weiter nach oben fuhren.

»Gott, Grace«, murmelte er, bevor er mich erneut küsste. Sanft biss er mir in die pochende Unterlippe, bevor er sie mit seiner Zunge liebkoste. Es tat nicht weh, aber meine Atmung beschleunigte sich augenblicklich, während es sich gleichzeitig so anfühlte, als hätte ich vergessen, wie man atmete. Ich war gefangen zwischen ihm und der Wand in meinem Rücken. Obwohl ich auf meinen Zehenspitzen stand, war ich so viel kleiner als er.

Als hätte Lex meine Gedanken erraten, hob er mich im nächsten Moment hoch. Ich schlang die Beine um ihn und krallte die Hände in seine Schultern, was es ihm möglich machte, mir noch näher zu kommen. Immer wieder raunte er meinen Namen, seine Lippen strichen über die empfindliche Stelle an meinem Hals, unterhalb des Ohrs. Sein Bart kratzte und kitzelte zugleich, als ich den Kopf zur Seite drehte, um mehr von seinen Küssen auf meiner Haut zu spüren. Die Wand an meinem Rücken stützte mich, Kuss für Kuss bahnte er sich seinen Weg über meinen Hals, zu meinem Kiefer, dem Mundwinkel.

Und dann stoppte er, löste sich keuchend von mir. Ich drehte meinen Kopf zurück, suchte seinen Blick, entdeckte das Lodern in seinen Augen.

»Warum hörst du auf?« Ich klang vorwurfsvoller als beabsichtigt, doch seine Lippen … Sie fehlten mir sofort. Auf meiner Haut. Auf meinem Mund. Auf mir.

»Glaubst du mir?«

Ich blinzelte. Runzelte die Stirn. »Glaube ich dir was?«

»Dass das hier keine Show ist.«

Er lockerte seinen Griff um meinen Hintern, sodass ich an seinen Beinen nach unten glitt und wieder auf dem Boden stand.

Ich grub die Finger in sein Shirt und stellte mich auf die Zehenspitzen, um ihm entgegenzukommen.

»Ja.« Meine Antwort glich einem Windhauch. Eine zarte Brise, die genügte, um das Feuer zwischen uns ein weiteres Mal anzustacheln. »Tue ich.«

Das hier war kein Mitleidskuss. Das hier war nicht einmal eine nette Idee. Es war so viel mehr als das. Ein tosender Sturm, den ich nicht erwartet hatte. Ich hielt seinem Blick stand, dem Lodern darin, und hoffte, dass er in meinen eigenen Augen dasselbe sah.

Und gerade, als ich dazu ansetzte, ihn wieder zu küssen, weil ich es mindestens genauso sehr wollte wie er, ertönten die ersten Takte von Andy Blacks *We don't have to dance.*

Verdammt.

Ergeben ließ ich mich zurück auf meine Fußballen sinken und lehnte meine Stirn gegen Lex' Brust.

»Dein Handy?«

»Hm.« Ich nickte an seinem Shirt. »Das ist wahrscheinlich Claire. Ich hatte versprochen anzurufen, sobald ich zurück bin.«

»Dann solltest du rangehen.« Er nahm seine Hände von meinem Körper und machte einen Schritt rückwärts. »Lass sie nicht warten.«

»Okay.«

Mit einem Mal verlegen strich ich mir die Haare aus dem Gesicht. Dann drehte ich mich um und verließ das Bad. Im nächsten Augenblick hörte ich, wie Lex den Wasserhahn zumachte. Ohne zurückzusehen, eilte ich durch sein Schlafzimmer hinüber zum Sofa.

Claire war penetrant. Der Refrain war bereits in vollem Gange, als ich ihren Anruf annahm.

»Hey«, sagte ich schnell und trat ans Fenster, wo ich mir eine Hand an den Hals legte. Ich war immer noch vollkommen atemlos, meine Brust hob und senkte sich wie nach einem meiner morgendlichen Läufe.

»Oh, gut«, kam es mir trocken entgegen. »Du lebst.«

»Ich weiß.« Mein Blick ging nach draußen, verlor sich im Dunkel der Nacht. »Es tut mir leid, wir waren so ausgehungert und …«

»*Wir*?« Ich sah Claire nicht, doch das Grinsen in ihrer Stimme war nicht zu überhören. »Ist Lex mitgefahren?«

»Das weißt du ganz genau.« War ich heute früh noch sauer gewesen, dass sich meine Schwester eingemischt hatte, war jetzt nichts mehr davon übrig. Wie könnte ich auch, nach allem, was an diesem Tag geschehen war?

»Sei nicht böse auf mich.«

Ich war mir ziemlich sicher, dass Claire gerade einen Schmollmund zog, der noch nie irgendeine Wirkung auf mich gehabt hatte. Ich konnte genauso stur sein wie sie. Wenn wir wütend aufeinander waren, waren wir wütend. Punkt. Sie hatte nur Glück, dass ich das schon lange nicht mehr war.

»Bin ich nicht«, gab ich zu. »Es war … es war gut, dass ich nicht allein da hinmusste. Aber trotzdem war es nicht in Ordnung, dass du ihn einfach so zu mir geschickt hast.«

»Ich hab ihn nicht geschickt.«

»Claire!«

»Ich hab es ihm nur eindringlich nahegelegt.« Was schlussendlich dasselbe war, und das wusste sie genauso gut wie ich.

»Wie auch immer.« Als ich ein Geräusch hinter mir vernahm, drehte ich mich ruckartig um. Lex hatte das Zimmer betreten und damit begonnen, unsere Pizzareste zusammenzusammeln. »Können wir morgen reden? Ich bin müde und …«

»Und du bist immer noch bei ihm.« Wieder war dieses verfluchte Grinsen in ihrer Stimme. »Ich verstehe. Grüß ihn von mir und ruf mich morgen unbedingt an.«

Bevor ich auch nur die kleinste Form von Protest äußern konnte, hatte meine Schwester das Gespräch beendet, und ich starrte auf ein stummes Telefon in meiner Hand.

»Alles klar?«

Ich hob den Blick und nickte automatisch. »Ja, sie …« Ich trat vom Fenster weg und auf das Sofa zu. »Sie wollte einfach nur hören, dass wir zurück sind. Ich fahre morgen oder am Montag bei ihr vorbei.«

»Okay.« Langsam kam er auf mich zu, ein … T-Shirt in den Händen? »Hier.« Er streckte es mir entgegen. »Falls du aus deinem nassen Pulli rauswillst …«

Erst jetzt fiel mir auf, dass er nicht mehr das dunkle Shirt von vorhin trug, sondern mittlerweile ein graues anhatte. Und auch die Hälfte meines Oberteils war voller Wasserflecken.

»Danke.« Hastig nahm ich ihm das T-Shirt ab und deutete in Richtung seines Schlafzimmers. »Ist es okay, wenn ich kurz …?«

»Logo.« Lex nickte und sah mich wieder mit diesen geheimnisvollen Augen an. Drei Sekunden hielt ich ihm stand. Dann nickte auch ich und eilte zurück in sein Schlafzimmer. Nachdem ich die Tür geschlossen hatte, lehnte ich mich mit dem Rücken dagegen und holte kräftig Luft.

Scheiße. Dieser Tag hatte alles zwischen uns verändert. Und ich hatte keinen Schimmer, was das zu bedeuten hatte. Als ich den Kopf wieder anhob, fiel mein Blick auf die Badezimmertür, und ehe ich es verhindern konnte, war alles, was vor ein paar Minuten dort drin passiert war, wieder da. Meine Finger legten sich auf meine Lippen, die noch immer leicht geschwollen waren. Behutsam fuhr ich mit dem Daumen über meine Unterlippe und schloss die Augen.

Ein Lächeln schlich sich auf mein Gesicht, als ich die Hand wieder sinken ließ. Ein ungläubiges Kopfschütteln folgte. Ich hatte Lex geküsst. Oder er mich. Wir uns.

Und es war echt gewesen.

Ein paar Augenblicke lang schwelgte ich in diesem Moment, der heimlich, still und leise zu einer meiner liebsten Erinnerungen geworden war. Dann riss ich mich zusammen, streifte mir meinen Pullover über den Kopf und schlüpfte in das T-Shirt, das Lex mir gegeben hatte. Es war viel zu groß und sah alles andere als sexy an mir aus, aber das spielte keine Rolle. Denn es roch nach ihm.

Als ich zurück ins Wohnzimmer kam, saß Lex auf der Couch, die Fernbedienung in seiner Hand. Wortlos sah er mich an. Eine Sekunde. Zwei. Fünf.

»So schlimm?« Mit einem Seufzen ließ ich mich neben ihm auf dem Sofa nieder und zupfte am Saum des Shirts.

»Nein«, entgegnete er und räusperte sich. »Ganz und gar nicht.«

»Gut.« Abwartend lehnte ich mich in eins der beiden Kissen, die auf seiner Couch wohnten. »Also … *Captain America*?«

15

Es war dunkel draußen, als ich die Augen aufschlug und diesen kurzen Moment zwischen Traum und Realität benötigte, um mich zu orientieren. Das helle Mondlicht warf Schatten an die Wand mir gegenüber, davor konnte ich die schemenhaften Umrisse von Pflanzen ausmachen.

Pflanzen!

Lex und sein Dschungel. Ich war immer noch bei ihm, musste während des Films eingeschlafen sein. Als ich mich leicht bewegte, fühlte ich plötzlich seine Hand. Sie ruhte regungslos auf meiner Hüfte. Zwischen ihr und mir befand sich lediglich eine dünne Decke, die nur Lex dorthin gelegt haben konnte.

Ich drehte meinen Kopf in seine Richtung. Er war mir so viel näher, als ich angenommen hatte. Sein Gesicht war nicht weit von meinem entfernt, die Augen geschlossen. Trotz der Dunkelheit sah ich die Haare, die ihm in die Stirn fielen, und erkannte die kleine Narbe an seinem Kinn. An dieser Stelle fehlte ein bisschen seines Barts, was ihn, wenn ich ehrlich zu mir selbst war, nur noch interessanter machte. Lex war nicht auf diese klassische Art und Weise schön wie Aidan oder Ben. Seine Nase war leicht gekrümmt, weil er sie sich als Teenie in der Schule einmal gebrochen hatte. Und ich wusste, dass er diesen einen leicht schief stehenden Eckzahn hatte. Doch das alles hatte nie eine Rolle gespielt, wenn ich Lex ansah. Für mich war er der schönste Mann der Welt.

Ich wollte mich gerade wieder umdrehen, als ich eine Regung neben mir spürte. Und Lex' Stimme hörte.

»Hey«, murmelte er so verschlafen, dass ich lächeln musste.

»Hey«, entgegnete ich genauso leise. Und dann sahen wir uns einfach nur an. Mein Blick blieb fest auf Lex gerichtet, genau wie seiner auf mich. Wir bewegten uns beide nicht, lagen einander gegenüber, kaum mehr als zehn oder vielleicht zwanzig Zentimeter zwischen uns. Ich glaubte, meinen eigenen Herzschlag nicht nur spüren, sondern regelrecht hören zu können, als ich ganz langsam eine Hand hob und sie an Lex' Wange legte. Sein Bart war rau und doch irgendwie weich an meiner Handinnenfläche. Behutsam strich ich mit meinem Daumen über die Haut an seiner Wange, dort, wo sein Bart endete.

Ich wusste nicht, ob es klug war, was ich hier tat. Aber unter dem schützenden Deckmantel der Nacht war ich mutig. Mutig genug, näher zu ihm zu rutschen, bis unsere Nasenspitzen sich beinahe berührten.

Aus dem Nichts war seine Hand wieder da und legte sich auf meine Hüfte, wo das T-Shirt ein Stück hochgerutscht war. Seine Finger bewegten sich kaum auf meiner Haut, und doch genügte es, dass kleine Funken an der Stelle zu tanzen begannen, wo er hauchzarte Auf- und Abwärtsbewegungen vollführte. Eben diese sanfte Berührung war es, die mir noch mehr Mut gab. Den Mut, nicht weiter nachzudenken und einfach das zu tun, was ich tun wollte.

Ohne meine Hand von seinem Gesicht zu nehmen, überbrückte ich die letzte Distanz zwischen uns. Meine Lippen fanden seine, und im Gegensatz zu gestern war dieser Kuss nicht wild oder stürmisch. Er war sanft und leicht und fast ein bisschen unsicher. Als wäre ich wieder Teenie-Grace und er Teenie-Lex, die beide keine Ahnung hatten, wie Küssen funktionierte.

Meine Hand wanderte von seiner Wange über seinen Hals zu seinem Nacken und vergrub sich tief in seinen Haaren, während seine an meiner Seite nach oben fuhr und das Shirt dabei mitnahm. Im nächsten Augenblick brach dieser Bann, der sich über uns gelegt hatte. Unsere Bewegungen wurden feuriger. Ich zog ihn näher an mich, er schob sich über mich und verstärkte den Druck seiner Lippen auf meinen.

Ich löste meine Hand aus seinen Haaren, reckte mich ihm entgegen, wollte ihm näher sein als jemals zuvor, seine nackte Haut spüren. Ungeduldig zerrte ich am Bund seines Shirts, was ihn an meinen Lippen leise lachen ließ. Er richtete sich etwas auf, und mit einem gekonnten Griff fasste er nach hinten und zog sich das unnötige Kleidungsstück über den Kopf. Eine Sekunde später landete es irgendwo neben uns auf dem Boden. Es kümmerte mich nicht. Für mich zählte nur noch dieser Mann über mir, den ich mehr wollte, als ich jemals für möglich gehalten hätte.

Er beugte sich wieder zu mir, und ich ließ meine Finger sanft über seinen Rücken gleiten, spürte das Spiel seiner Muskeln. Überall, wo ich ihn berührte, konnte ich seine Gänsehaut fühlen. Winzige Erhebungen auf seiner Haut, die ich wie die Brailleschrift las. Mit beiden Armen stützte er sich an meinen Seiten ab und sah mir tief in die Augen. Lex wollte mich. Daran hatte ich nicht mehr den Hauch eines Zweifels. Ich wusste nicht, woher ich die Gewissheit nahm. Doch in diesen frühen Morgenstunden war ich mir sicher, dass ich nicht mehr nur Claires kleine Schwester für ihn war. Nicht die junge Frau, der er das Herz gebrochen hatte, als er sie damals versetzt hatte. Ich war jemand, den er begehrte. Den er ansah, als könnte er nicht fassen, dass sie tatsächlich hier war. Unter ihm und absolut bereit, noch viel mehr Öl in das Feuer zu kippen, das längst zwischen uns brannte.

Meine Lippen suchten erneut seine, seine Hände zupften an dem Shirt, das er mir geliehen hatte. Nachdem er eine Stelle an meinem Hals freigelegt hatte, wanderten seine Lippen weiter. Zogen eine Spur heißer Küsse über meine Haut bis zu meinem Ohrläppchen. Ohne es zu wissen, hatte er die empfindlichste Stelle meines ganzen Körpers gefunden. Als er mit den Zähnen sanft hineinbiss, durchzuckte mich ein Verlangen, wie ich es noch nie zuvor erlebt hatte. Ein heiseres Keuchen entwich mir. Meine Hände ballten sich zu Fäusten und drückten sich in das Sofa, während ich das

Gefühl hatte, die Kontrolle über meinen Körper zu verlieren. Doch es war die gute Art von Kontrollverlust. Die, die nach mehr schrie. Ich wollte verbrennen. Und ich wollte, dass er derjenige war, der mich so weit brachte. Meine Beine schlangen sich um seine Hüfte, drängten ihn näher an mich.

Aber es war nicht genug. Es würde nie genug sein, solange es noch so viel Stoff zwischen uns gab. Ich hob meine Arme, und Lex löste seine Lippen von meiner Haut. Mit einer Bewegung, die nicht einmal ansatzweise so fließend und elegant war wie seine, zog ich mir mein neues Lieblingsshirt über den Kopf. Der Stoff verhedderte sich an meinem Arm, doch mit ein wenig Schütteln gelang es mir, das Ding auf den Boden zu befördern.

Ich schaffte es nicht einmal, den Kopf zurückzudrehen, als ich Lex' Mund auch schon auf mir spürte. Er küsste jede Stelle, die er mit seinen Lippen streifte, leckte über meine erhitzte Haut und verstärkte damit das Gefühl in mir, genau zur richtigen Zeit am richtigen Ort zu sein. Ich schloss die Augen und hielt die Luft an, als er mir den Träger meines BHs von der Schulter streifte. Erst den einen, dann den anderen. Und weil es absoluter Blödsinn war, dieses Ding nicht gleich komplett auszuziehen, streckte ich den Rücken durch, sodass er eine Hand zwischen mich und die Couch schieben konnte. Die kleinen Häkchen lösten sich, und auch mein BH fiel achtlos auf den Boden. Für einen Moment hielt Lex inne, betrachtete meine Brüste, als wären sie die ersten, die er jemals in seinem Leben sah. Vielleicht hätte es mir unangenehm sein müssen, so sehr von ihm gemustert zu werden. Aber das war es nicht. Ich fühlte weder Scham noch Scheu unter seinem eindringlichen Blick. Sondern Stolz. Eine seltsame Art von Ehre, dass ich diejenige war, die ihn sprachlos machte.

Nach einer schieren Ewigkeit senkte er den Kopf und umschloss meine Brustwarze mit seinen Lippen, seiner Zunge, und ich vergaß zu atmen. Alles, was er tat, fühlte sich nicht fremd an, obwohl es das erste Mal war, dass er mich auf diese Weise berührte. Das Eigenleben meiner Finger ließ sie über Lex' Bauch streichen, seine Rippen entlang, zurück nach unten zum Bund seiner Hose. Und er verstand sofort, was ich von ihm wollte. Sein Mund löste sich von meiner Brust. Er richtete sich auf und öffnete den Knopf seiner Jeans, an dem ich eben noch mit fahrigen Fingern hantiert hatte. Mein Blick war vollkommen gebannt auf seine Hände gerichtet, als er auch den Reißverschluss nach unten zog und dann aus seiner Hose stieg. Lex trug schwarze Boxer Briefs, die so gut wie nichts der Imagination überließen. Ich schluckte schwer, als ich mir an meiner eigenen Jeans zu schaffen machte.

»Darf ich?« Er krabbelte zurück über mich und legte seine Hände sacht auf meine. Ich konnte nur nicken, zog meine Finger zurück und sah ihm dabei zu, wie er die zwei Knöpfe öffnete. Mit jedem einzelnen wanderten seine Hände tiefer. Kurz vor der Stelle, wo mittlerweile alles pochte, hielt er inne. Seine Hände schoben mir den Jeansstoff von den Beinen, sodass nur noch das bisschen dunkle Spitze, das ich trug, zurückblieb.

Die Luft entwich mir, als er sich wieder über mich beugte und mit seinem Knie meine Beine auseinanderschob. Gleichzeitig küsste er sich eine fiebrige Spur von meinem Bauchnabel über meine Brüste zu meinem Schlüsselbein, ehe er sein Gesicht anhob und mich ansah. Da war die ganze Welt in seinen Augen. Und ein Funkeln. Ein Funkeln, das mir so sehr den Atem raubte, dass ich Sauerstoff von ihm brauchte, um weiterhin atmen zu können.

Ich legte meine Hände an sein Gesicht und zog ihn zu mir. Küsste ihn, als hinge mein Leben davon ab. Dieses Feuer in mir, es brannte. Es brannte so sehr für diesen Mann. Für das hier. Für uns.

Als ich seine Finger an meiner Unterwäsche spürte, biss ich ihm in die Lippe, ehe ich mit meiner Zunge sofort über die Stelle leckte und damit das Grinsen erstickte, das sich auf seinem Gesicht bilden wollte. Meine Zunge suchte die seine, während

Lex mit dem Bund meines Höschens spielte und mir jegliche Selbstbeherrschung abverlangte, die ich noch besaß.

Ich war kurz davor, nach seiner Hand zu greifen und sie tiefer zu schieben, als er endlich selbst auf diese Idee kam. Seine Finger tauchten unter das Bündchen, bahnten sich ihren Weg und entlockten mir ein nicht enden wollendes Keuchen. All meine Sinne waren auf diese eine Stelle fokussiert, die Lex gefunden hatte und mit rhythmischen Bewegungen ärgerte. Ärgerte, weil es nicht genug war, um mich von dem Druck zu erlösen, der sich immer mehr in mir aufbaute. Ich drängte mich seinen Fingern entgegen, doch auch das half nur bedingt. Mehr. Ich brauchte mehr.

Mit den Händen tastete ich seinen Körper entlang, fand seine Boxer Briefs und fuhr mit den Fingerspitzen seine Länge nach. Ich spürte, wie Lex an meinem Mund die Luft einzog, seine Zähne, die über meine Unterlippe kratzten. Wie er meiner Berührung entgegenkam, während seine eigenen Finger mich mindestens genauso sehr in den Wahnsinn trieben.

»Kondom«, raunte ich und konnte nur hoffen, dass er welche zu Hause hatte. Ich war an einem Punkt, an dem ich es nur noch schwer verkraftet hätte, jetzt aufhören zu müssen. Lex löste seine Lippen von meinen, zog seine Hand aus meinem Höschen und richtete sich auf. Ich sah, wie seine Brust sich hob und senkte. Atemlos und makellos zugleich. »Bitte sag mir, dass du welche hast.«

Der Moment, bis er mit »Ja« antwortete, dauerte ewig. Und brachte mich so weit, dass ich mich ebenfalls aufsetzte.

»Holst du sie?« Keine Bitte. Kein Befehl. Ein Wunsch.

Bevor er aufstand, küsste er mich noch einmal. Schnell und hart. Dann sah ich ihm hinterher, wie er in sein Schlafzimmer verschwand. Geräusche erklangen, als durchsuche er etwas. Ein Poltern, gefolgt von einem leisen Fluchen. Hatte er sich einen Fuß angestoßen? Um nicht zu kichern, presste ich mir eine Hand vor den Mund. Und da war sie, bis er zurückkam. Vollkommen nackt, ein paar eingeschweißte Päckchen Kondome in der Hand. Das gefiel mir. Er schien viel vorzuhaben.

Ich ließ meine Hand wieder sinken und streckte sie nach ihm aus. Mit zwei großen Schritten war er zurück auf der Couch bei mir. Sein Atem ging immer noch schwer, mein Herz raste. Ich hakte meine beiden Daumen links und rechts in mein Höschen, und während ich es mir von den Beinen schob, riss Lex ein Folienpäckchen auf und rollte sich das Kondom über.

Das letzte Stück meiner Unterwäsche fiel im selben Moment auf den Boden, in dem ich mich zurück in die Kissen lehnte und Lex sich über mich schob. Mit seinen Unterarmen stützte er sich rechts und links von mir ab, um mich mit seinem Gewicht nicht zu erdrücken. Seine Hände vergruben sich erneut fest in meinen Haaren. Sein Blick suchte meinen, und als er ihn fand, drang er langsam, Zentimeter für Zentimeter, in mich ein. Augenblicklich krallten sich meine Fingernägel in seine Schultern, doch es schien ihn nicht zu stören. Seine Stirn war von einer dünnen Schweißschicht überzogen. Langsam zog er sich ein Stück zurück, ehe er sich ein weiteres Mal vollständig in mich schob. Am liebsten hätte ich die Augen geschlossen, doch Lex' Blick … Ich konnte einfach nicht wegsehen, wollte in diesem Blau ertrinken, das selbst in der Dunkelheit der Nacht wie das Meer zu leuchten schien.

Ungeduldig drängte ich ihm meine Hüften entgegen. Es war süß, dass er sich zurückhielt und mir so die Chance gab, mich an ihn zu gewöhnen. Doch das war nicht das, was wir brauchten. Schwungvoll legte ich meine Beine um ihn und gab ihm somit das Zeichen, dass es okay war, wenn er sich mehr in mir bewegte. Ich presste meine Zähne auf meine Unterlippe, als er endlich damit begann, sein Tempo zu steigern. Seine Bewegungen wurden fließend. Kraftvoll. Folgten einem steten Rhythmus, wurden schneller und schneller. Ich keuchte. Oder Lex. Oder wir beide zusammen. Unser

Atem vermischte sich mit einem Stöhnen, mit jedem Stoß wurden wir lauter und haltloser. Als Lex eine Hand unter mein Bein schob, änderte sich der Winkel. Und damit explodierte das Feuer in mir und zerstob zu Millionen kleinen Funken, die vor meinem inneren Auge tanzten. Lex folgte mir nur Sekunden später.

Schwer atmend lehnte er seine Stirn in meinen Nacken und sackte auf mir zusammen. Ich hieß sein Gewicht mehr als nur willkommen, presste meine eigene Stirn gegen seine Schulter, drückte einen Kuss auf seine verschwitzte Haut und hielt mich an ihm fest. Minutenlang lagen wir so da und versuchten, zu Atem zu kommen. Und ich für meinen Teil war zudem nicht fähig, auch nur einen klaren Gedanken zu formen.

Irgendwann stand Lex auf und entsorgte das Kondom. Bis er zurückkam, hatte ich die Decke über mir ausgebreitet. Ich hob sie an, sodass er sich neben mich legen konnte. Stillschweigend zog er mich an sich, und ich bettete meinen Kopf halb auf seinen Arm, halb auf seine Brust. Mit dem Finger malte ich kleine Kreise, Linien und Geschichten auf seine Haut, lauschte seinem Herzschlag und versuchte, diese strahlenden Glücksgefühle in mir in Schach zu halten.

Ich musste noch einmal eingeschlafen sein. Als ich das nächste Mal die Augen aufschlug, war es draußen hell, und der Duft frischen Kaffees strömte mir in die Nase. Blinzelnd tastete ich nach rechts und bemerkte, dass der Platz auf der Couch neben mir leer war. Die Decke vor die Brust haltend richtete ich mich auf und sah mich bei Tageslicht in Lex' Wohnzimmer um. Ich war immer noch umgeben von seinen vielen Pflanzen, aber meine Klamotten lagen nicht mehr auf dem Boden, sondern hingen fein säuberlich am Ende der Couch über der Seitenlehne. Ich wollte gerade danach greifen, als Lex zu mir trat.

»Hi.« Mit zwei Tassen Kaffee in der Hand setzte er sich zu mir. Doch während ich unter der Decke immer noch komplett nackt war, trug er mittlerweile wieder seine Boxer Briefs. »Gut geschlafen?«

Er beugte sich zu mir und gab mir einen kurzen Kuss. Als würden wir das seit Jahren tun und nicht erst seit … seit heute! Völlig verdutzt starrte ich ihn an.

»Hat's dir die Sprache verschlagen?« Lachend hielt er mir eine der Tassen näher entgegen. »Oder bist du einer dieser Menschen, die vor dem ersten Kaffee am Morgen nicht in der Lage sind zu sprechen?«

Kopfschüttelnd nahm ich ihm das dampfende Getränk ab. »Nein.« Behutsam nippte ich an der braunen Flüssigkeit. Ich mochte Kaffee, aber das Zeug war nicht überlebenswichtig für mich. »Ich bin … Ich …« *Ich bin einfach noch nicht fähig, klar zu denken nach dieser Nacht.*

»Du bist?«, hakte Lex nach und sah mich liebevoll an. So, wie mich schon seit Jahren kein Mann mehr betrachtet hatte. Der letzte war mein Ex-Freund David gewesen, von dem ich mich vor mehr als vier Jahren getrennt hatte. Wir hatten einfach nicht als Paar funktioniert.

»Verwirrt?« Ich verzog das Gesicht hinter meiner Tasse zu einer Grimasse, hob die Beine an und legte mein Kinn auf meinem Knie ab, wie ich das oft tat.

»Warum?«

»Warum?« Ich umklammerte die Tasse fester.

»Ja. Warum?«

Er zuckte mit den Schultern, was meinen Blick unweigerlich über seinen Oberkörper wandern ließ. Über seinen sehr nackten Oberkörper. Ich hatte ihn nun mehrfach so gesehen, hatte heute Nacht unzählige Küsse darauf verteilt. Aber ich konnte nicht behaupten, mich mittlerweile auch nur in Ansätzen daran gewöhnt zu haben. Energisch zwang ich mich, den Blick wieder zu heben und in sein Gesicht zu sehen. Er sollte nicht denken, dass ich nur wegen seines Aussehens hier war.

»Weil wir Sex hatten und ich hier ohne Klamotten sitze und es mir nicht so peinlich ist, wie es mir vermutlich sein sollte«, platzte es aus mir heraus, und ich stand kurz davor, mich direkt wieder hinter meiner Tasse zu verstecken.

Meine Antwort ließ ihn belustigt lachen. »Wieso sollte es dir peinlich sein, Grace?«

»Keine Ahnung. Mein Gehirn denkt so.« Oder es dachte einfach gar nicht und ließ mich dummes Zeug plappern. Schnell trank ich einen großen Schluck meines Kaffees und verschluckte mich beinahe. Ich hatte nicht damit gerechnet, dass er so heiß war.

»Sag deinem Gehirn, es soll damit aufhören. Und mir lieber verraten, was du frühstücken willst. Du hast die Wahl zwischen Erdnussbuttertoast und den letzten beiden Eiern.«

»Du machst mir Frühstück?«

Ich konnte nicht verhindern, dass ich ihn schon wieder völlig verdutzt anstarrte. Dass er mir Kaffee gemacht hatte, war schon überraschend genug gewesen. Aber nun auch noch Frühstück? So funktionierten One-Night-Stands meines Wissens nach nicht. Sollte ich mich nicht vielmehr anziehen und gehen, bevor das hier wirklich unangenehm wurde?

Meine Frage ließ ihn erneut lachen. »Was ist daran so ungewöhnlich? Bist du sicher, dass alles okay ist?«

»Hm.«

Ich nickte in meinen Kaffee, beobachtete die Reste des Milchschaums und überlegte fieberhaft, warum es mir so schwerfiel, seine Gastfreundschaft anzunehmen. Es dauerte nicht lange, bis ich eine Antwort fand. Sie war nach den vergangenen vierundzwanzig Stunden sonnenklar: Weil ich nicht einfach nur ein One-Night-Stand für ihn sein wollte.

»Eier.« Ich hob den Blick, während ich versuchte, ob dieser Erkenntnis nicht in Panik zu geraten. »Toast und Rührei?«

»Kommt sofort.« Lex stand auf und drehte sich im Gehen noch einmal zu mir um. »Handtücher sind im Bad, falls du duschen willst.«

»Okay, danke.« Ich sah ihm hinterher, wie er in seiner kleinen Küche verschwand.

Lex machte mir Frühstück.

Lex Wilson machte mir allen Ernstes Frühstück, nachdem wir Sex miteinander gehabt hatten. Egal wie oft ich mir diese Tatsache durch den Kopf gehen ließ, ich konnte es einfach nicht fassen. Pfanne und Schüsseln klapperten bereits eine ganze Weile, als ich endlich meine Füße unter der Decke hervorschob und auf den Boden stellte. Es war gar nicht so leicht, mit Decke, Klamotten und meinem Kaffee in der Hand zu laufen, doch irgendwie gelang es mir. Ohne größere Zwischenstopps kam ich in Lex' Bad an. Auf dem Klodeckel hatte er mehrere Handtücher für mich bereitgelegt. Doch das Niedlichste waren nicht die flauschigen Tücher, sondern die noch eingepackte, neue Zahnbürste, die obendrauf lag.

16

Die Pfanne war längst leer, die Toastscheiben bis auf den letzten Krümel verputzt, aber wir saßen immer noch an Lex' kleinem Esstisch, der Platz für genau zwei Leute bot. Auf das Dachfenster über uns tropfte es in beruhigendem Rhythmus. In der Nacht waren Wolken aufgezogen, es regnete seit Stunden. Damit war meine liebste Jahreszeit endgültig in Tipton eingekehrt. Der Herbst hatte etwas Gemütliches, etwas Entschleunigendes an sich, und ich mochte es, mit einer Tasse Tee oder heißem Kaffee dazusitzen und dem Regen zuzusehen. Genau wie jetzt. Ich balancierte eine neue dampfende Tasse auf meinem angezogenen Knie, während Lex mir gegenübersaß.

Warum ich immer noch hier war, wusste ich: weil ich ihn mochte. Weil er mir Frühstück und Kaffee gemacht hatte und einen Handtuchturm bereitgelegt hatte, auf dem eine Zahnbürste gethront hatte. Aber warum Lex keine Anstalten machte, mich rauszuwerfen, war mir ein Rätsel. Chicago war groß genug, um sich nach einem One-Night-Stand nicht noch mal über den Weg zu laufen. Doch das hier … das war neu. Und ich konnte nicht leugnen, dass es mir gefiel, hier mit ihm zu sitzen und über Gott und die Welt zu sprechen.

»Warum die vielen Pflanzen?« Egal wo ich hinsah, überall standen Blumenkübel mit grünen Gewächsen drin herum. Manche Blätter kamen mir bekannt vor, doch ich hatte keinen Schimmer, wie sie botanisch richtig hießen.

»Ich mag die Optik.«

»Du magst die Optik?«

»Ja.« Er lachte, als er meinem skeptischen Blick begegnete. »Ich bin gerne in der Natur unterwegs, und das hier ist sozusagen mein privater, kleiner Wald.« Ein lockeres Achselzucken folgte. »Außerdem nehmen sie es mir nicht übel, wenn ich vergesse, sie zu gießen. Siehst du die Kleine da hinten?« Er deutete auf eine etwa dreißig Zentimeter hohe Pflanze. »Sie ist unzerstörbar.«

»Verrätst du mir, woher du das weißt?«

»Unfreiwillig getestet.« Lex grinste. »Erst wäre sie mir fast vertrocknet, dann habe ich sie beinahe ertränkt.«

»Und sie lebt noch, weil?«

»Sie ein stures kleines Ding ist und ich sie seit vier Jahren habe. Wahrscheinlich wäre der Trennungsschmerz zu groß für sie. Und damit sie nicht allein ist, wenn ich arbeiten bin …«

»… hast du einen Dschungel hier drin gezüchtet. Verstehe.« Hübsch war der kleine Urwald, das musste ich ihm lassen. Lächelnd nippte ich an meinem Kaffee.

»Genau das. Und vielleicht war ich einmal so dumm, meiner Mom von Grootie zu erzählen.«

»Du gibst deinen Pflanzen Namen?« Fast hätte ich den Kaffee wieder ausgespuckt.

»Nur Grootie. Sie ist besonders.«

»Und du ein bisschen irre, kann das sein?« Oder putzig. Ja, eigentlich fand ich das eher putzig. »Soll Grootie eine Anspielung auf Groot sein?«

»Jup.« Lex nickte anerkennend. »Du hast die *Guardians* also gesehen?«

»Natürlich.«

»Alle beide?«

Ich nickte wieder.

»Gut. Dann kann ich die zwei von unserer Liste streichen.« Er zwinkerte mir zu.

»Welche Liste?«

»Na, *Captain America* war nur der Anfang. Es gibt noch zwanzig weitere Filme, die wir gucken müssen.«

»Wir haben eine Filmliste?«

»O ja. Und beim nächsten Mal gibt es auch Popcorn.«

Beim nächsten Mal. Die drei magischen Worte, die wie von selbst den Funken der Hoffnung entzündeten. Hoffnung auf mehr. Hoffnung darauf, dass das hier, was auch immer es war, weiterging. Hoffnung, die gefährlich war. Hoffnung, an der ich mich trotzdem festhalten wollte.

»Aber bitte süßes Popcorn.«

Das Lächeln fiel aus Lex' Gesicht, und er starrte mich ungläubig an. »Was?«

»Ich mag dieses gebutterte Zeug nicht. Mochte ich noch nie.« Dafür war ich Fan von so ziemlich allem, was Zucker enthielt.

»Aber … *süß*?« Ich sah ihm deutlich an, wie widerlich er das fand.

»Ja. In Chicago gab es ein Kino, die hatten das. Und ich habe es geliebt.« Die Erinnerung an das alte Charakter-Lichtspielhaus ließ mich für einen kurzen Moment wehmütig werden. »Hast du es überhaupt schon einmal probiert?«

Er schüttelte den Kopf. »Nein.«

»Dann hast du kein Recht, darüber zu urteilen.«

»Also süßes Popcorn beim nächsten Filmabend?« Lex sah immer noch nicht überzeugt aus, was mich nur noch mehr grinsen ließ. Das und die Tatsache, dass er erneut von einem nächsten Mal gesprochen hatte.

»Worauf du dich verlassen kannst. Wenn der Zucker so richtig schön karamellisiert ist … Glaub mir, es gibt nichts Besseres auf dieser Welt.«

»Okay. Dann testen wir das. Ich bin offen für Neues. Auch wenn es selbst gemacht bestimmt nicht so schmeckt wie in deinem Kino.«

Meinem Kino. Genau wie Chicago meine Stadt gewesen war. Mein Chicago River, der jedes Jahr am St. Patrick's Day grün gefärbt wurde. Mein Lincoln Park Zoo mit den vielen Lichtern. Die kostenlose Eislaufbahn vor der Bohne. Ich hatte es geliebt, am Lake Michigan zu sitzen und auf das Wasser zu blicken, das in der Ferne mit dem Horizont verschwamm. Den Lakeshore Trail zu laufen oder im Sommer im Millennium Park den Proben der Philharmonikern zu lauschen. Manchmal war ich bei Spielen der Blackhawks und der Bulls gewesen. Und einmal bei den Bears, aber Football war mir zum Zuschauen definitiv zu anstrengend. Ständig wurde das Spiel unterbrochen, die Regeln waren mir ein Rätsel, und früher oder später floss immer Blut.

»Du vermisst Chicago, oder?« Lex' Frage riss mich aus meinen Gedanken. Ich nahm die Tasse von meinem Knie und trank den restlichen Kaffee auf einmal aus. Dann nickte ich.

»Ja. Manchmal. Nicht alles an Chicago ist toll, aber die Stadt war einfach über neun Jahre lang mein Zuhause. Und sie bot mir als Krankenschwester natürlich alle Chancen.«

»Wolltest du schon immer Krankenschwester werden?«

Es waren diese wenigen Worte, die mir eindringlich zeigten, wie wenig wir voneinander wussten. Wir kannten einander schon ewig, aber nie wirklich. Dabei wusste ich wahrscheinlich sogar noch mehr von ihm als er von mir, weil Teenie-Grace alles über ihn wie ein Schwamm aufgesaugt hatte. Damit war erst Schluss gewesen, nachdem ich den Bundesstaat gewechselt hatte.

»Seit Claires Unfall.« Ich stellte die leere Tasse auf den Tisch und zog auch das zweite Bein auf den Stuhl. »Ich war damals erst zehn, und Mom wollte mich nicht allein zu Hause lassen, wenn sie mit Claire wieder einen Arzttermin hatte. Also musste ich mit und habe mich jedes Mal fürchterlich gelangweilt.« Heute war mir klar, warum meine Mom mich überallhin mitgeschleppt hatte. Sie hatte einfach Angst gehabt, dass mir ebenfalls etwas Derartiges zustoßen könnte wie Claire. »Bei einem dieser Termine in einem unfassbar hässlichen Wartezimmer habe ich beschlossen, Kinderkrankenschwester zu werden.«

»Kinderkrankenschwester?«

»Hm.« Ich lächelte. »Ich wollte es besser machen als die Schwestern, die sich um Claire gekümmert haben. Manche von ihnen waren echt fies.« Zumindest waren sie das in meinen kindlichen Erinnerungen. Vermutlich standen sie einfach nur unter Stress und Zeitdruck. »Die ersten zwei Jahre nach meiner Ausbildung war ich auch tatsächlich auf der Kinderstation im Rush in Chicago beschäftigt.«

»Und dann?«

»Habe ich gekündigt.«

»Warum?«

»Weil ich gemerkt habe, dass auf der Kinderstation Fälle wie Claire eher die Ausnahme sind. Die meisten, die dort behandelt werden, haben Krebs oder eine andere unheilbare Krankheit. Ich habe es nicht ertragen, immer wieder Kinder sterben zu sehen. Das ist so unglaublich falsch, und es macht dich so hilflos, obwohl es doch eigentlich deine Aufgabe ist, sie wieder gesund zu machen.«

»Also hast du gewechselt«, schlussfolgerte Lex und ließ mich keine Sekunde aus den Augen. Sein Blick lag so intensiv auf mir, dass ich mir sicher war, mir das Kribbeln auf meiner Haut nicht nur einzubilden.

»Ja.«

»Warst du glücklich? Zumindest bis …« Er stockte, weil er eindeutig keine Ahnung hatte, wie er Mrs Roberts' Tod umschreiben sollte.

»Ich dachte, ich wäre es.« Rückblickend wusste ich, dass ich es definitiv nicht gewesen war. Ich war zufrieden gewesen, hatte Spaß gehabt, viel gelacht und viel unternommen. Doch das alles war nicht mit *Glück* gleichzusetzen. Nicht einmal in der Gesamtheit. »Was ist mit dir? Wolltest du schon immer Feuerwehrmann werden?«

»Will das nicht jeder Junge irgendwann einmal?« Lex sah mich gedankenverloren an.

»Aber die wenigsten erfüllen sich diesen Traum. Wie kam es dazu? Du hast mir doch letzte Woche erzählt, dass du erst Astronomie studiert hast.«

»Nur im Nebenfach«, entgegnete er und schüttelte den Kopf. »Und ganz ehrlich, ich habe keine Ahnung, was mich damals geritten hat. Die Lehre von den Sternen ist verdammt kompliziert.«

»Was war dein Hauptfach?«

»Geschichte. Was ich eigentlich wirklich mag, aber irgendwie … Ich weiß auch nicht. Vielleicht war es einfach nicht sonderlich klug, direkt einen Kurs über die Französische Revolution bei einem Franzosen zu belegen. Ich habe nur die Hälfte verstanden und echt schnell das Interesse verloren. Es war mir schlichtweg egal, was vor über zweihundert Jahren in Europa passiert ist. Und dann habe ich eine Anzeige gelesen, dass in Davenport ziemlich dringend Nachwuchs für die Feuerwache gesucht wird. Also habe ich mich für die Ausbildung angemeldet – am selben Tag wie Aidan.«

»Ihr habt zusammen angefangen?«

»Ja. Und wir hatten so viel Spaß. Besonders das Seminar über Schläuche werde ich nie vergessen.« Lex lachte laut auf. Es war so ansteckend, dass ich unweigerlich mitlachen musste. »Er hat unsere Kursleiterin mit seinen Sprüchen wahnsinnig gemacht, obwohl sie echt gut gekontert hat. Wir waren nicht die ersten Idioten, die sie in ihrem Seminar sitzen hatte.«

Ich brauchte nicht viel Fantasie, um mir einen Aidan Anfang zwanzig vorzustellen, der Blödsinn von sich gab. Besonders wenn es um das Thema Schläuche ging.

»Okay, das interessiert mich – Achtung, Wortspiel – brennend.« Ich grinste. »Hat er so was gesagt wie *Ich habe den längsten Schlauch*?«

»Ganz genau das.« Lex nickte immer noch lachend. »Soll ich dir seinen erfolgreichsten Anmachspruch verraten?«

»Schieß los.« Ich setzte mich aufrechter hin und hielt Lex' Blick gespannt stand.

»*Leben Sie sicher, schlafen Sie mit einem Feuerwehrmann.*«

»Ernsthaft?« Ich konnte nicht anders, ich verdrehte die Augen und schüttelte halb belustigt, halb verständnislos den Kopf. »Gibt es wirklich Frauen, die auf so etwas Plumpes hereinfallen?«

»Natürlich. Du glaubst nicht, wie viele schlechte Feuerwehrsprüche es gibt. Warum kommen alle Feuerwehrmänner in die Hölle?«

Tun sie? »Keine Ahnung.«

»Weil sie dort Einsatz haben.«

»O Gott, der ist wirklich flach.« Und trotzdem lachte ich. Weil es dennoch unfassbar schön war, hier mit Lex zu sitzen und den Morgen zu vertrödeln.

»Gut, dass du die Beine schon auf dem Stuhl hast.« Er zwinkerte mir einmal zu. »Ich kann ewig so weitermachen. Soll ich?«

Und eben das tat er. Er erzählte mir dumme Reime, flache Witze und dämliche Sprüche, die so schlimm waren, dass ich irgendwann Tränen lachte und um Gnade bat.

»Okay, hör auf!« Für einen kurzen Moment schloss ich die Augen, ehe ich ihn wieder ansah. »Das ertrag ich nicht länger.«

»Einen hab ich noch, pass auf: *Brennt das Bett, dann ist es Mist, wenn man noch in den Laken ist.*«

»Lex!« Es war echt schwer, empört auszusehen, wenn man kichern musste.

»Okay, okay, sorry.« Er hob entschuldigend die Hände. »Aidan ist schuld, er war ein guter Lehrmeister.«

»Oder ein furchtbar schlechter.« Das kam wohl auf die Betrachtungsweise an.

»Ja, wahrscheinlich eher das.«

Einen Augenblick lang verfielen wir in ein einvernehmliches Schweigen. Ich lehnte mich nach hinten und verlagerte meine

Beine. Lex' Stühle waren nicht sonderlich bequem, doch an diesem Sonntag Ende Oktober wäre ich nirgendwo lieber gewesen als hier.

Irgendwann holte Lex die Reste unserer Pizza aus dem Kühlschrank, und nachdem wir gegessen hatten, zogen wir auf seine Couch um, um Punkt eins auf seiner Filmliste abzuarbeiten. Besonders weit kamen wir nicht. Als ich Lex' Fingerspitzen an meinem Arm spürte, verlor ich jegliches Interesse an *Iron Man*. Ganz leicht streifte Lex über meine Haut und löste damit eine Gänsehaut aus, die ich nur schwer ignorieren konnte.

Seine Hand fuhr weiter über meinen Arm, strich von meinem Handgelenk über meinen Ellbogen und meine Schulter nach oben zu meinem Nacken in meine Haare. Das war der Moment, in dem meine Selbstbeherrschung ein Ende fand. Ich drehte mich zu ihm um und beugte mich ihm entgegen. Keine Sekunde später lagen seine Lippen auf meinen, und er zog mich auf seinen Schoß.

»Hey«, murmelte er an meinem Mund.

»Hey«, gab ich zurück und rückte noch ein Stückchen näher an ihn. Bis ich ihn durch den Stoff seiner Hose spüren konnte. Fest presste ich meine Lippen auf seine.

Ab diesem Moment ließen wir unsere Körper sprechen und benötigten keine Worte mehr.

Am Abend ritt ich mit Giana aus. Große Lust hatte ich nicht, aber ich hatte William versprochen, auf die Farm zu kommen und eine der beiden Damen zu bewegen. Normalerweise machte ich das gerne, doch heute … Heute wäre ich lieber bei Lex geblieben. In der Umarmung, in der ich den ganzen Nachmittag mit ihm auf der Couch liegend verbracht hatte. Erst kurz nach fünf hatte ich mich von ihm verabschiedet, auf eine Art und Weise, die mir bis vor ein paar Tagen noch peinlich gewesen wäre. Wir hatten mindestens zwei Minuten in seiner Wohnungstür gestanden, uns geküsst und nur deshalb damit aufgehört, weil uns dieses Mal sein

Handy unterbrochen hatte. Mein Akku war leer, was Claire mir ganz bestimmt übel nehmen würde, sobald ich sie das nächste Mal sprach.

Den Helm tief in die Stirn gezogen, ritt ich meine Runden mit Giana. Die alte Dame war heute ziemlich träge und schien genauso wenig Spaß an diesem Wetter zu haben wie ich selbst. Es war kalt, und der Wind pfiff mir unangenehm um die Nase. Immerhin hatte es aufgehört zu regnen.

»Komm schon, Süße.« Ich beugte mich nach vorn, sodass ich ihren Hals tätscheln konnte. »Noch zwei Runden. Dann lasse ich dich in Ruhe, okay?«

Als hätte sie mich verstanden, gab sie ein zufriedenes Schnauben von sich.

»Dann sind wir uns ja einig.« Ich bewegte den Ringfinger und damit die Zügel, um Giana darauf vorzubereiten, dass wir gleich die Gangart ändern würden. Anschließend verlagerte ich mein Gewicht und drückte die Beine etwas gegen ihren Bauch. Sie reagierte sofort, und wir verfielen in einen lockeren Trab.

Obwohl meine Hände in Handschuhen steckten, glichen sie heute dennoch Eisklumpen. Ich konnte es kaum erwarten, zurück ins Warme zu kommen. Und es erschreckte mich selbst, dass dieser Wunsch nicht mein eigenes Schlafzimmer beinhaltete, sondern das von Lex. Gestern Morgen war ich noch davon ausgegangen, maximal ein Charity-Projekt für ihn zu sein. Aber nun, einen Tag später … Er hatte eine Zahnbürste für mich bereitgelegt. Die Erinnerung ließ mich ungläubig grinsen. Ich hatte sie benutzt und hinterher sekundenlang angestarrt, nicht wissend, was ich damit anstellen sollte. In den Müll werfen? Neben dem Waschbecken liegen lassen? Mit heimnehmen? Noch nie hatte ein Kerl mir nach dem Sex meine eigene Zahnbürste angeboten. Weshalb ich sie einfach nicht hatte wegwerfen können und stattdessen in meine Tasche gepackt hatte.

»Kitschig, Grace. Das ist einfach nur kitschig.«

Giana stellte die Ohren auf, während ich mit mir selbst sprach und versuchte, mir darüber klar zu werden, was diese Nacht mit Lex zu bedeuten hatte. Bedeutete sie überhaupt etwas? Er hatte den ganzen Tag über nichts getan, was den Eindruck erweckt hätte, dass es sich nur um eine einmalige Sache handelte. Im Gegenteil. Ich hatte in den vergangenen Stunden so viel mit Lex gesprochen wie mit kaum einem anderen Mann, mit dem ich geschlafen hatte. Hatte ihm alles erzählt, was in Chicago passiert war. Und trotzdem hatte er nicht die Flucht ergriffen. Stattdessen hatte er mir Mut gemacht und … Es war, wie Lex gesagt hatte. Selbstmitleid brachte mich nicht weiter. Natürlich konnte ich mich weiterhin bedauern. Oder aber im wahrsten Sinne des Wortes die Schultern straffen und die zweite Chance nutzen, die ich bekommen hatte. Ganz vielleicht sogar mit ihm an meiner Seite. Denn da war dieser winzige Funke in mir, der sich genau das wünschte. Weil ich mich von ihm auf eine Art verstanden fühlte, wie ich es bei Mom, Dad oder Claire nicht tat.

17

Ich war nie ein Fan von Montagen gewesen. Doch als ich an diesem die Praxis betrat, tat ich es zum ersten Mal mit einem Gefühl von Leichtigkeit in mir, das ich seit Monaten verloren geglaubt hatte.

»Guten Morgen.« Martha war schon da und goss sich gerade eine Tasse Kaffee ein. Der Duft war herrlich und steigerte meine gute Laune noch mehr, obwohl draußen immer noch schwere Tropfen vom Himmel fielen. Es hatte sich über Nacht so richtig eingeregnet.

»Hallo, Grace.« Martha blickte lächelnd zu mir und rührte parallel in ihrer Tasse, die keinen Kaffee, sondern schwarzes Zuckerwasser enthielt. »Wie war dein Wochenende?«

Ihre Frage klang unschuldig, doch bei ihr war ich mir da nie sicher. Andererseits war Claire die einzige Person, die wusste, dass Lex und ich das Wochenende zusammen verbracht hatten. Und meine Schwester war verschwiegen.

»Gut«, entgegnete ich daher schlicht. »Und deins?«

»Ach, nichts Aufregendes.« Sie winkte ab und fing an, die für den heutigen Tag benötigten Patientenunterlagen vorzubereiten. »Meine Enkel waren da. Wir haben viel Kuchen gegessen und Scharade gespielt.« Ihr Blick ließ keinen Zweifel daran, wie sehr sie ihren Besuch genossen hatte.

»Und du hast natürlich gewonnen, nicht wahr?« Ich grinste und goss mir eine große Tasse Kaffee ein. Das war das Schöne in Tipton: Der Arbeitstag begann gemächlich. Nicht wie in Chicago, wo man sofort unter Strom stand, sobald man sich eingeloggt hatte. Ich hatte genug Zeit für den ersten Kaffee des Tages, manchmal sogar für zwei, bis die Patienten eintrudelten.

»Selbstverständlich.« Martha lachte. »Die Bande würde es niemals wagen, ihre Granny nicht gewinnen zu lassen. Ich bin eine fürchterlich schlechte Verliererin.«

»Klingt nach viel Spaß.« Vorsichtig pustete ich auf mein heißes Getränk und setzte mich neben Martha. Dabei fiel mein Blick auf die Uhr, die mittlerweile zehn nach acht anzeigte. »Bob ist heute spät dran, oder?«

»Ja.« Ihr Lächeln verschwand, und ihre Stirn legte sich in tiefe Falten. »Das ist ungewöhnlich.«

»Denkst du, es ist alles in Ordnung?«

In der nächsten Sekunde wurde meine Frage beantwortet. Allerdings nicht von Martha. Die Praxistür wurde aufgestoßen, und Bob erschien im Türrahmen. Und er war nicht allein.

»Geht nach hinten durch, Alexander.« Er hielt die Tür weit auf, sodass zwei weitere Personen hindurchtreten konnten. Mit seiner Hand deutete er den beiden zusätzlich den Weg. Überrascht sah ich auf. Und erkannte Lex. Lex, der die Arme stützend um eine junge Frau gelegt hatte, die am Kopf heftig blutete. Augenblicklich spürte ich das Adrenalin durch meine Adern sausen.

»Was ist passiert?«

Martha sprang trotz ihrer bald sechzig Jahre schneller auf die Beine als ich und hastete vor Lex und der Frau zum Behandlungszimmer.

»Autounfall«, sagte Bob im Vorbeigehen und zog sich seine Jacke aus. Achtlos warf er sie über eine Stuhllehne. »Ich sehe mir die Wunde gleich an.«

»Nähmaterial kommt sofort«, hörte ich Martha sagen.

»Soll ich einen Krankenwagen rufen?« Ich hatte den Hörer bereits in der Hand.

»Einen Krankentransport.« Bob nickte. »Sag ihnen, dass ich die Platzwunde nähen werde, aber dass ich sie zur Sicherheit trotzdem gerne an die Klinik überweisen würde für weitere Untersuchungen. Wir wissen nicht, wie heftig sie sich den Kopf angeschlagen hat. Ich möchte abklären lassen, ob sie eine Gehirnerschütterung hat.«

»Okay.« Ich wählte die Nummer der Einsatzzentrale und gab durch, was wir wussten. Die Frau am anderen Ende der Leitung versicherte mir, dass sie einen Transport zu uns schicken würde. Das Gespräch dauerte nur ein paar Minuten, doch bis ich ebenfalls in das Behandlungszimmer trat, waren Bob und Martha schon dabei, die Wunde der Patientin zu reinigen. Ein einziger Blick genügte, um zu erkennen, was für ein eingespieltes Team sie waren.

»Kann ich etwas tun?«, fragte ich dennoch.

»Hier drin nicht. Warte auf den Krankenwagen und zeig den Sanitätern, wo sie hinmüssen, sobald sie da sind.« Er sah mich nicht einmal an, seine ganze Konzentration galt der jungen Frau auf der Liege.

Lex stand zwei Meter neben Bob und Martha, an seinen Fingern klebten Blutreste. Lautlos trat ich zu ihm und legte meine Hand auf seinen Arm.

»Komm«, sagte ich leise.

Er ließ sich von mir aus dem Zimmer zu dem kleinen Toilettenraum führen, wo ich den Wasserhahn öffnete und Lex sich die Hände waschen konnte.

»Hast du gesehen, was passiert ist?«, fragte ich und beobachtete ihn dabei, wie er die Seife in Schaum verwandelte.

»Nein.« Er schüttelte den Kopf. »Ich war auf dem Weg nach Davenport. Ihr Wagen lag schon im Graben, als ich angehalten habe. Ich glaube, dass der viele Regen die Fahrbahn einfach rutschig gemacht hat.«

»Also hatte sie großes Glück, dass ein Feuerwehrmann als Erstes an der Unfallstelle war.« Ich trat näher zu ihm.

Eine Art zustimmendes Murmeln war seine Antwort. »Hm.«

Sein Blick war immer noch auf seine Hände gerichtet. Behutsam schlang ich meine Arme um seine Hüfte und lehnte meine Stirn an seinen Oberarm. Lex war Unfälle gewöhnt, hatte vermutlich schon viel schlimmere Verletzungen gesehen als die Platzwunde der jungen Frau. Aber ich konnte mir trotzdem Schöneres vorstellen, als auf dem Weg zur Arbeit Erste Hilfe leisten zu müssen.

»Hast du auf der Wache angerufen, dass du später kommst?«

»Noch nicht.« Unsere Blicke begegneten sich im Spiegel. »Das mache ich gleich im Auto.«

Unter meinen Armen spürte ich jede seiner Bewegungen. Wie er den Wasserhahn ausmachte und wie er sich die Hände abtrocknete. Wie er die Papiertücher in den Müll warf und wie er anschließend einen Arm zwischen uns hervorzog, um mich legte und mich damit richtig an sich zog. Seine Hände schoben sich auf meinen Rücken, sein Kopf beugte sich zu mir. Für einen winzigen Augenblick erinnerte ich mich daran, wo wir waren. Bob fände es mit Sicherheit nicht toll, wenn seine Mitarbeiterin in seiner Praxis wild herumknutschte. Aber der Doc und Martha waren beschäftigt, und das hier war Lex. Entschieden stellte ich mich auf meine Zehenspitzen, sodass ich sein Gesicht leichter erreichen konnte.

»Du schmeckst nach Kaffee«, hörte ich ihn murmeln. Und damit verschloss er unsere Lippen miteinander und küsste mich sekundenlang so, dass mir die Knie weich wurden. Eine schiere Ewigkeit dauerte es, bis wir uns wieder voneinander lösten und ich zurück auf meine Fußballen sank, ein sanftes Lächeln im Gesicht.

»Ich muss los«, sagte er, und es klang, als täte es ihm leid. Als würde er viel lieber hierbleiben, in dieser winzigen Toilette, bei mir. Der Gedanke, dass wir schon wieder in einer Art Badezimmer standen und uns küssten, ließ mich leise lachen.

»Schon gut«, erwiderte ich und machte einen Schritt von ihm weg. »Ich war eigentlich nicht davon ausgegangen, dich heute zu sehen.« Wir hatten nicht vereinbart, wann wir uns wiedersehen würden. Und das war okay für mich gewesen. Ich wollte mich nicht Hals über Kopf in etwas stürzen, was ich nicht einschätzen konnte. Lex war nicht wie Ben, aber das bedeutete trotzdem nicht, dass ich keine Angst davor hatte, wieder in einer Sackgasse zu landen.

Langsam angehen lassen. Das war es, was wir tun sollten. Für Eile oder gar Hektik gab es keinen Grund. »Wir texten einfach, ja?«

»Okay.« Er nickte und fuhr sich mit dieser für ihn typischen Handbewegung durch die Haare. Kein Wunder, dass sie ihm ständig in alle Richtungen standen.

»Vielleicht solltest du dein Shirt noch auswaschen, bevor du gehst.« Ich deutete auf die Stelle an seiner rechten Schulter, wo ein paar kleine Blutflecken zu sehen waren.

»Hab Wechselklamotten im Auto. Ich übernachte heute auf der Wache. Morgen um sechs beginnt meine Frühschicht, und danach helfe ich ausnahmsweise in der Schule aus.«

»Verstehe.« Ich lächelte, obwohl seine Worte einen kleinen Stich in mir auslösten. Fast hätte ich über mich selbst den Kopf geschüttelt. Bis vor ein paar Tagen hatte ich noch geglaubt, dass er sich nur aus Mitleid mit mir abgab. Und nun vermisste ich seine Nähe bereits, obwohl er noch immer vor mir stand.

»Okay.« Ich zwang mich, ihm in die Augen zu sehen, und hoffte, dass er nicht darin lesen konnte, wie es wirklich in mir aussah. »Wir schreiben«, wiederholte ich noch einmal und trat rückwärts aus dem Raum.

»Hältst du mich auf dem Laufenden, wie es der Patientin geht?« Er folgte mir aus der kleinen Toilette.

»Mache ich«, versprach ich und begleitete Lex zur Eingangstür der Praxis. Es regnete nach wie vor, nur waren es jetzt dünnere Bindfäden, die vom Himmel fielen. »Pass auf dich auf.«

Als ich wieder zu ihm sah, schmunzelte er. »Machst du dir etwa Sorgen um mich?«

»Nein. Ich würde auch zu Martha sagen, dass sie bei dem Wetter vorsichtig sein soll, oder zu …«

»Grace?« Er legte mir beide Hände an die Wangen und zwang mich somit zum Innehalten. »Halt die Klappe.« Seine blauen Augen bohrten sich in meine, bevor er mir einen letzten, innigen

Kuss gab. Meine Finger strichen wie von selbst über den Stoff seiner Klamotten. Ehe ich den Bund seines Shirts erreichte, löste er sich von mir.

»Bis bald.«

Im nächsten Moment waren seine Hände von meinem Gesicht verschwunden, und er sprang die paar Stufen nach unten. Ich sah ihm hinterher, und dieses dümmliche Grinsen wollte einfach nicht mehr von meinem Gesicht verschwinden.

Erst als das Telefon klingelte, eilte ich zurück in die Praxis.

Eigentlich hatte ich mich nach dem anstrengenden Tag in der Praxis auf eine heiße Badewanne und ein gutes Buch gefreut, doch Abby machte mir einen Strich durch die Rechnung. Ich war gerade dabei, meinen Schirm aufzuspannen, um mich in dieses ekelhafte Herbstwetter zu stürzen, als mein Handy mir den Eingang einer neuen Nachricht signalisierte.

Hast du Zeit?

Nur drei Worte, und damit wusste ich ohne jeden Zweifel, dass etwas passiert war. Etwas ganz Bestimmtes.

Brauchen wir Eis, Wein und Schokolade?

Abbys Antwort ließ keine zwei Sekunden auf sich warten.

Ja.

Ich versicherte ihr, in wenigen Minuten da zu sein, und machte mich auf den Weg zum nächsten Supermarkt. Keine Viertelstunde später klingelte ich mit einer großen Papiertüte in der Hand bei ihr. Schwungvoll wurde mir die Tür geöffnet. Ohne ein Wort zu sagen, nahm sie mir die Einkäufe ab und verschwand im Inneren ihrer Wohnung.

»Hat Aidan Schluss gemacht?«

Ich ließ mich neben Abby auf die Couch fallen und griff nach einem der beiden Eisbecher, die ich besorgt hatte. Strawberry Cheesecake für sie, Cookie Dough für mich.

»Nein.« Abby riss die Tafel Schokolade auf und biss hinein. Mehr Erklärung bekam ich nicht.

»Nicht?«, hakte ich nach.

»Nein.« Sie kaute weiter und schluckte. »*Ich* hab Schluss gemacht.«

»Du? Aber wieso denn jetzt schon? Es sind doch noch keine vier Wochen.«

»Sicher ist sicher.« Ihren Worten folgte ein gleichgültiges Schulterzucken, das nicht unechter hätte sein können.

»Ach, Abby …« Ein leises Seufzen entwich mir, als ich mir einen Löffel Eis in den Mund schob.

»Ich kann mir einfach nicht das Herz brechen lassen, Grace. Kann ich nicht.« Energisch schüttelte sie den Kopf und öffnete den Deckel ihres Eisbechers. »Wenn ich die Sache noch weiterlaufen lasse … In spätestens einer Woche macht er Schluss, und das … Das würde ich einfach nicht ertragen. Ich hab mein blödes Herz ja jetzt schon nicht mehr richtig im Griff. Wie soll es dann erst in ein paar Tagen sein?«

»Vielleicht hatte er ja gar nicht vor, mit dir Schluss zu machen.« Letzte Woche hatte nichts an Aidan oder seiner Art darauf hingewiesen, dass er plante, Abby demnächst – oder überhaupt – abzuschießen.

»Du kennst ihn nicht, Grace«, widersprach sie mir heftig und rammte ihren Löffel in die Eiscreme. »Glaub mir, es wäre genau so passiert, wenn ich der Sache nicht einen Riegel vorgeschoben hätte.«

»Wie hat er reagiert?«

»Keine Ahnung.«

»Du weißt es nicht?« Ich runzelte die Stirn und brach mir ein Stückchen der Schokolade ab. »Hast du per Handy Schluss gemacht?«

»Hältst du mich wirklich für so feige?« Sie gab einen mürrischen Ton von sich. »Ich war bei ihm und hab ihm gesagt, dass es das war. Dann bin ich gegangen.«

»Ohne auf seine Reaktion zu warten?«

»Ja. Ich wollte seine Erleichterung nicht sehen. Außerdem ist es ja keine große Sache. Wir wussten beide von Anfang an, dass es nach maximal einem Monat enden würde.« Sie schob sich einen weiteren Löffel voller Eis in den Mund.

»Habt ihr drüber geredet, dass ihr ein festes Ablaufdatum habt?«

»Wozu denn? Ich habe dir doch erklärt, wie Aidan vorgeht. Vier Wochen. Keinen Tag länger.«

»Menschen können sich ändern, Abby.«

»Aidan nicht«, beharrte sie. »Er macht das seit Jahren so. Und er fährt gut damit.«

»Na und? Lex hat auch angeblich keine Dates, und trotzdem haben wir das Wochenende zusammen verbracht.«

»Ihr habt was getan?« Ihre Augen wurden tellergroß. »Wie ist das denn passiert?«

»Keine Ahnung, aber jetzt lenk nicht ab.« Ich wusste genau, was sie vorhatte.

»Tue ich nicht, ich greife nur auf, was du mir hingeworfen hast. Jetzt mach schon. Erzähl! Ich will alles wissen.«

»Ich finde, wir sollten erst abmachen, dass du Aidan anrufst und ihm sagst, dass du es nicht so gemeint hast. Es ist doch Quatsch, präventiv Schluss zu machen.«

Ich stellte mein Eis beiseite und sah Abby herausfordernd an. Sie wusste, dass ich recht hatte. Es gab nicht einen einzigen vernünftigen Grund, Aidan in den Wind zu schießen. Nicht, wenn es sie verletzte, was es offensichtlich tat.

»Das werde ich ganz sicher nicht.« Abby verschränkte die Arme trotzig vor der Brust. »Ich will ihn nicht mehr.«

Es war erstaunlich, wie leicht ihr diese Worte über die Lippen kamen, obwohl uns beiden klar war, dass sie gelogen waren. Ansonsten würden wir wohl kaum hier sitzen und Unmengen an Kalorien in uns hineinstopfen.

»Abby …«

»Hör auf damit, Grace. Kannst du nicht einfach eine gute Freundin sein, mir sagen, dass Männer scheiße sind und ich mehr verdient habe als eine belanglose Affäre?« Theatralisch warf sie die Hände in die Luft.

»Das weißt du doch alles selber.« Ich stieß sie sanft in die Seite und konnte mir ein Lachen nicht verkneifen. »Und hey, ich hab dir immerhin Eis und Schokolade gebracht.«

»Richtig.« Abby nickte. »Und Wein, der immer noch nicht in meinem Magen ist. Das ist ein Fehler.« Sie kletterte von der Couch, holte zwei Gläser aus der Küche und schraubte die Flasche auf. Zehn Sekunden später hielt ich ein gut gefülltes Weinglas in der Hand.

»Jetzt lass dir nicht alles aus der Nase ziehen.« Sie setzte ihr Glas an ihre Lippen. »Erzähl mir alles! Bist du seine Feuerwehrstange runtergerutscht?«

18

Lex hielt sein Versprechen. In den nächsten Tagen schrieb er mir immer wieder kleine Nachrichten, schickte Fotos von der Feuerwache oder von Grootie, um mir zu beweisen, wie gut er sich um sie kümmerte. Ich hingegen erzählte ihm, dass Bob die junge Frau bestens versorgt hatte, dass Abby wieder Single war (»Das erklärt Aidans schlechte Laune!«) und dass er mich gerne am Freitag nach der Arbeit abholen könnte, wenn er wollte. Martha grinste wissend, als Lex pünktlich auf die Minute in die Praxis gestapft kam.

»Soso«, schmunzelte sie und verstaute die letzten Unterlagen im Schrank. »Geht ihr aus?«

»Nein. Lex fährt mich nur nach Hause«, antwortete ich, doch es war zwecklos. Martha glaubte mir kein Wort. Dass Lex im nächsten Moment zwinkernd ein »Vielleicht habe ich auch etwas anderes mit ihr vor« von sich gab, machte mich nicht unbedingt überzeugender.

Aus Marthas *Soso* wurde ein »Jaja«, während sie gleichzeitig scheuchende Bewegungen machte. »Raus mit euch.«

»Sind schon weg. Mach's gut, Martha.« Er küsste sie im Vorbeigehen überschwänglich auf die Wange, ehe er nach meiner Hand griff und mich mit sich zog.

Ich hörte meine Kollegin noch irgendetwas von »Junge Liebe« und »Wie schön« seufzen, dann war ich auch schon mit Lex vor der Tür. Von seinem Jeep war allerdings weit und breit nichts zu sehen. Stattdessen stand ein Motorrad vor Bobs Praxis in der Einfahrt.

»Sag mir nicht, dass du damit hier bist.« Ich drehte mich zu Lex um und blickte direkt in ein Paar strahlende Augen.

»O doch.« Er grinste über das ganze Gesicht. »Bereit für deine erste Fahrt auf meiner Triumph Thruxton 900?«

»Triumph was?« Skeptisch musterte ich das Motorrad vor uns. An jeder Lenkerseite hing ein Helm, nach denen Lex gerade griff. Grinsend reichte er mir einen.

»Handschuhe sind im Helm. Also, hast du Lust?« Der Blick, mit dem er mich bedachte, glich dem eines kleinen Jungen, der sehnsüchtig darauf wartete, von seiner Mom die Erlaubnis zu bekommen, endlich Abenteuer erleben zu dürfen.

Und verdammt, natürlich hatte ich Lust.

Demonstrativ setzte ich mir den Helm auf den Kopf und fummelte unbeholfen an den Gurtschnallen herum. Lex nahm mir die beiden Enden aus den Händen und schloss sie mit einem leisen Klicken.

»Steht dir«, meinte er anschließend. Das Zucken seiner Mundwinkel war nicht zu übersehen.

»Motorradhelme stehen niemandem.« Ich boxte ihn in die Seite und schlüpfte umständlich in die beiden Handschuhe. Sie waren viel zu locker, denn Lex' Hände waren um einiges größer als meine.

»Dir schon.« Er vergewisserte sich, dass der Gurt um meinen Hals fest genug war, dann stülpte er sich auch seinen eigenen Helm über.

»Ich habe noch nie auf einem Motorrad gesessen. Meinst du … meinst du, du könntest nicht so schnell fahren?« Ich vertraute ihm zwar, aber ein bisschen mulmig war mir dennoch.

»Noch nie?« Er war ehrlich überrascht.

»Nein.« Ich knöpfte meine Jeansjacke bis obenhin zu. »Wirklich noch nie.«

»Okay.« Er stieg auf die Maschine und klopfte auf den Platz hinter sich. »Dann ändern wir das jetzt. Steig auf. Das rechte Bein zuerst, danach schwingst du das linke drüber. Wie bei deinem Pferd.«

»Vergleichst du Giana gerade mit deinem Motorrad?«

»Beide haben Pferdestärken, oder?«

Grinsend sah er mir dabei zu, wie ich seinen Anweisungen nachkam und hinter ihm auf das Motorrad kletterte. Als ich saß, schlang ich automatisch meine Arme um seinen Bauch, und Lex legte eine Hand auf meine.

»Gut festhalten. Und in den Kurven mit mir nach rechts oder links beugen. Das ist eigentlich auch schon alles, was du wissen musst.«

»Klingt machbar.« Ich nickte und verstärkte den Griff um seinen Bauch.

»Und, Grace?«

»Ja?« Ich hob den Blick, um ihn noch einmal ansehen zu können.

»Spaß haben nicht vergessen. Du musst keine Angst haben, Motorradfahren ist wirklich toll.«

»Ich habe keine Angst«, versicherte ich ihm und erwiderte sein Lächeln. »Nur Respekt.« Und den verbuchte ich unter gesundem Selbsterhaltungstrieb.

»Na gut.« Er suchte noch einmal meinen Blick und sah mir tief in die Augen. »Bist du startklar?«

Ich nickte. Ja, ich war bereit. Meine Arme umschlangen Lex, den Kopf hatte ich leicht nach rechts gedreht. In der nächsten Sekunde ertönte das Geräusch des startenden Motors unter mir. Und dann fuhren wir. Zunächst langsam, dann wurde Lex schneller. Doch er hielt sich an die Geschwindigkeitsbegrenzung, fuhr so, wie es das Gesetz vorgab. Zumindest so lange, bis wir die Stadtgrenze erreicht hatten und mir klar wurde, dass er einen ziemlich großen Umweg fahren würde, um mich nach Hause zu bringen. Meine Wangen schmerzten beinahe vom vielen Grinsen, aber um nichts auf der Welt hätte ich damit aufhören können. Mein Herz schlug schneller, als Lex noch mehr Gas gab. Ich drückte mich enger an seinen Rücken, war mir sicher, dass sein Tacho mittlerweile weitaus mehr als die erlaubten sechzig Meilen pro Stunde anzeigte. Doch es war mir egal. Wir flogen über die Straße, durch die Landschaft, fuhren um Kurven, in die ich mich ebenso lehnte wie er, genau wie Lex es zu mir gesagt hatte. Und mit einem Mal verstand ich, was er so sehr daran liebte. Dieses Gefühl grenzenloser Freiheit, einfach überall hinfahren zu können, den Fahrtwind zu spüren, aus dem schattigen Wald wieder in die Sonne zu kommen. Wir waren unbesiegbar, im Rausch, voller Adrenalin und Serotonin. Ich hätte ewig so weiterfahren können, doch nach einer halben Stunde kam das Ortsschild wieder in Sicht. Lex bremste und drehte sich zu mir um. »Alles okay?«

»Ja.« Ich nickte und beugte mich noch ein Stück näher zu ihm. Es war mir egal, dass meine Hände trotz der Handschuhe eiskalt waren. Auf gar keinen Fall würde ich jetzt von dieser Maschine steigen. »Ich will nur noch nicht nach Hause.«

»Kommst du mit zu mir?«, fragte Lex sofort. Seine Augen strahlten. »Wir könnten zusammen kochen und …«

»Ja!«, unterbrach ich ihn sofort. Die Antwort würde immer *Ja* lauten, egal, was er vorschlug. Ich wollte einfach unbedingt noch länger bei ihm bleiben. Und die Intensität dieses Wunsches erschrak mich selbst.

»Okay.« Lex drehte sich wieder nach vorne und fuhr weiter. Keine fünf Minuten später bog er in die Straße ein, in der seine Wohnung lag. Kurz darauf stiegen wir beide von seinem Motorrad.

»Und?«, fragte er, nachdem ich mir den Helm vom Kopf gezogen und die Haare ausgeschüttelt hatte. »Hattest du Spaß?«

»O ja.« Grinsend trat ich von einem Bein auf das andere. Meine Muskeln waren etwas starr. »Es war toll. Nur schweinekalt.«

»Du kannst oben heiß duschen, wenn du willst.« Er schloss die Maschine ab und streckte seine Hand nach meinem Helm aus. Ich reichte ihn weiter, aber ich ließ nicht los. Verwundert fiel sein Blick zurück auf mein Gesicht, die unausgesprochene Frage in seinen Augen.

»Kommst du mit?«, fragte ich ihn etwas heiser. »In die Dusche?« Das Herz hämmerte in meiner Brust. Ich war schon lange nicht mehr so direkt gewesen.

Ein paar Atemzüge lang sagte er nichts, sah mich einfach nur an. Dann setzte er sich ruckartig in Bewegung und lief mit großen Schritten auf die Tür zu.

»Worauf wartest du?«, rief er mir über seine Schulter hinweg zu und steckte den Schlüssel ins Schloss. Lachend folgte ich ihm nach oben.

Er wartete im Flur auf mich. Mit einer Hand stieß er die Tür hinter mir zu, mit der anderen zog er mich an sich. Dann vergrub er seine Hände in meinen Haaren. Ich legte den Kopf in den Nacken und sah zu ihm auf. Seine Wangen waren gerötet, sein Haaransatz verschwitzt. In seinem Blick lag derselbe Hunger, den auch ich jedes Mal spürte, wenn ich ihn ansah.

Als Lex sich zu mir beugte, stellte ich mich auf meine Zehenspitzen und kam ihm entgegen. Sein Effekt auf mich war unglaublich. Kaum berührten sich unsere Lippen, vergaß ich alles um mich herum. Da waren nur noch er und ich. Wir beide und das Kribbeln in mir, das von Mal zu Mal stärker wurde, wenn ich ihn küsste.

Ich hatte nicht den blassesten Schimmer, wie lange wir so dastanden. Ich wusste nur, wie sehr ich es genoss, bei ihm zu sein. Wie schön es war, ihn zu küssen, ohne dabei Gefahr zu laufen, meinen Eltern zu begegnen. Weil ich mit siebenundzwanzig Jahren wieder daheim wohnte. Ein Zustand, den ich endlich ändern musste. Der Gedanke an Mom und Dad brachte mich dazu, mich wieder von Lex zu lösen. Was auch immer das mit uns war, wo es hinführen würde … Es wäre um einiges einfacher, wenn ich eine eigene Wohnung hätte. Und nicht nur ein Kinderzimmer, in dem immer noch kleine Sterne an der Decke klebten. Ich würde dringend anfangen müssen, mich nach meinen eigenen vier Wänden umzusehen. In Tipton. Denn ohne es zu bemerken, hatte mein Herz längst eine Entscheidung getroffen. Ich wollte hierbleiben. Bei meiner Familie, bei Abby. Bei Martha und Bob. Und bei Lex. Vor allem bei Lex.

»Wollten wir nicht duschen?« Er machte ein paar Schritte rückwärts und zog mich mit sich. Wir stolperten in sein Schlafzimmer, wo er mich losließ und in Richtung Badezimmertür nickte. »Geh schon mal vor. Ich bin gleich bei dir.« Ehe ich seiner Aufforderung nachkommen konnte, gab er mir einen raschen Kuss. Unter meinem fragenden Blick setzte er sich auf das Bett und bückte sich zu seinen Füßen.

»Was tust du da?«

»Schuhe ausziehen.« Lex machte sich an den metallenen Schnallen seiner bulligen Motorradstiefel zu schaffen. Sie sahen ähnlich aus, wie ich mir Feuerwehrstiefel vorstellte.

»Ich habe dich noch nie in deiner Uniform gesehen«, platzte es aus mir heraus. Offenbar hatte ich in seiner Gegenwart keinen Filter mehr zwischen meinem Hirn und meinem Mund.

»Was?« Belustigt hob er den Kopf und musterte mich.

»Können wir das ändern?«

»*Jetzt?*« Seine Augenbraue hob sich, seine Mundwinkel zuckten. »Stehst du auf Rollenspiele? Bin dabei, das ist heiß. Ich zieh die Uniform an, du gibst die sexy Krankenschwester und …«

»Nein. Keine Rollenspiele.« Lachend ging ich neben ihm in die Hocke und zerrte an dem Schuh, dessen Schnallen er bereits geöffnet hatte. »Aber du könntest mir bald mal die Wache zeigen …«

»Einverstanden.« Lex schmiss den zweiten Stiefel auf den Boden, nahm meine Hand und half mir auf. Keine zwei Sekunden später waren wir im Bad, und seine Jacke fiel auf den Boden. Mit der Hand griff er nach hinten und zog sich den Pullover sowie das T-Shirt in einer einzigen, fließenden Bewegung über den Kopf. Beides landete auf der Jacke, als er einen Schritt auf mich zu machte.

»Ausziehen«, hörte ich ihn murmeln. Im selben Moment öffnete er den untersten Knopf meiner Jeansjacke. Dann den darüber. Und noch einen. Seine Finger wanderten immer weiter nach oben. Obwohl sich mehrere Lagen Stoff zwischen meinen Brüsten und seinen Händen befanden, spürte ich jede seiner Berührungen an meinem ganzen Körper.

Gott, ich wollte ihn. Ich wollte ihn, wie ich bisher noch keinen Mann gewollt hatte. Und ich bezweifelte, dass sich das jemals ändern würde. Lex und ich, wir waren wie kleine Flammen, die man plötzlich reinem Sauerstoff ausgesetzt hatte. Gemeinsam wurden wir zu einem alles verzehrenden Brand, den nichts mehr aufzuhalten schien.

Ungeduldig streifte er mir die Jacke von den Schultern. Dann hob ich meine Arme, damit er mir auch gleich das Shirt ausziehen konnte. Nur in meinem schwarzen Spitzen-BH stand ich vor ihm und verbrannte beinahe unter seinem Blick.

»Weißt du eigentlich, wie sexy du bist?«

Seine Stimme klang auf einmal rau und kratzig und ließ unausweichlich ein Ziehen in meiner Magengegend entstehen. Ihm folgte eine Wärme, die ich noch nie zuvor gespürt hatte. Mehrmals glitt sein Blick an meinem Körper auf und ab, bis er mir schließlich in die Augen sah und ich in diesem funkelnden Blau ertrinken wollte.

»Danke«, flüsterte ich und schlug meinen Blick nieder, weil ich einfach furchtbar schlecht darin war, mit Komplimenten umzugehen. Behutsam legte ich meine Fingerspitzen auf seinen nackten Bauch, strich sanft über die trainierten Muskeln. Immer weiter, immer tiefer. Für einen Moment hielt Lex die Luft an, ehe sie ihm zischend wieder entwich. Ohne hinzusehen, tastete er nach der Glastür der Dusche und schob sie auf. Sofort erklang das Geräusch von fließendem Wasser.

Als wäre das der Startschuss gewesen, verloren wir nun beide keine Zeit mehr. Ich streifte mir meine Jeans von den Beinen, Lex schob seine nach unten. Innerhalb weniger Sekunden standen wir beide unter der Dusche. Doch das Wasser half kein bisschen, um das Feuer in mir zu löschen. Ich legte meine Hände an seine Wangen und zog sein Gesicht zu mir. Gierig presste ich meine Lippen auf seine, spürte seine Zunge, die mit meiner zu tanzen begann. Ich lachte in unseren Kuss, strich mit den Zähnen über seine Unterlippe. Seine Hände glitten über meinen Rücken, malten Figuren auf meine nasse Haut. Gleichzeitig drückte er mich noch näher an sich. Das Wasser perlte über mein Gesicht und vermischte sich mit unserem Kuss. Vorsichtig lehnte ich mich gegen die kühlen Fliesen in meinem Rücken, als Lex' Hände nach vorne wanderten. Federleicht strichen sie über meine Seiten zu meinem Bauch und quälend langsam nach oben. Als er die Unterseiten meiner Brüste erreichte, schnappte ich nach Luft. Sanft wurden sie von seinen Händen umschlossen. Ein leises Lachen entwich ihm, während er seinen Daumen über meine Brustwarzen kreisen ließ.

»Atmen, Grace.« Er wusste genau, was er hier tat. Belustigung schwang in jedem seiner Worte mit. »Oder soll ich aufhören?«

»Trau dich!«, gab ich zurück, nahm meine Hände von seinem Gesicht und legte sie auf seine Hüfte. Energisch zog ich ihn an mich. Mein Becken drängte sich ihm wie von selbst entgegen, bis ich seine Erektion an meinem Bauch spürte. Und dann wurde mir klar, dass das so hier drin nicht funktionieren würde.

»Fuck.« Wie von selbst kippte mein Kopf nach vorn an seine Schulter. Seine Bewegungen an meinen Brüsten erstarrten.

»Was ist los?«, hörte ich ihn leise an meinem Ohr sagen.

»Wir haben kein Kondom.«

Seine Antwort war wieder ein Lachen. »Aber wir haben Hände.« Mit der einen fing er an, meine Brust erneut zu massieren. Die andere ließ er an meinem Körper nach unten gleiten. Im selben Moment drückte er seine Lippen auf die empfindliche Stelle unterhalb meines Ohrs. Ich hatte keine Ahnung, wie er es machte, doch alles an mir kribbelte. Die Spur, die seine Lippen hinterließen, als er auch mit ihnen über meine Haut wanderte, brachte mich schier um den Verstand.

»Ver… verstehe«, war alles, was ich noch von mir geben konnte. Dann erreichte seine Hand ihr Ziel und löste ein immer stärker werdendes Pochen aus. Lex sah mir fest in die Augen, hielt mich mit seinem Blick gefangen, während er einen Finger behutsam in mich schob. Mit einer Mischung aus Neugierde und Verlangen beobachtete er jede meiner Reaktionen. Ich biss mir auf die Lippe, atmete schneller, klammerte mich mit meiner Hand an ihm fest. Lex nahm einen zweiten Finger hinzu, ehe er vor mir in die Knie ging.

Wie unter einem Wasserfall prasselten die Tropfen auf meine Schlüsselbeine. Meinen Hals. Meine Brüste. Doch alles, was ich wahrnahm, war Lex zwischen meinen Beinen. Ich vergrub meine Hände in seinen Haaren, hielt ihn an Ort und Stelle, zog ihn noch näher. Dorthin, wo ich ihn brauchte.

Seine Zunge. Seine Finger. Sein warmer Atem gemischt mit dem Gefühl des Wassers auf meiner Haut drohte mich wahnsinnig zu machen. Wie von selbst schlossen sich meine Augen. Ein Keuchen entglitt mir. Die plötzliche Dunkelheit ließ mich alles noch viel intensiver spüren.

Nicht aufhören. Bloß nicht aufhören. Lex war so unglaublich gut darin.

Mein Griff in seine Haare lockerte sich, als seine Finger den Druck auf meine Oberschenkel erhöhten. Sie waren das Einzige, was mich noch aufrecht hielt. Blitze zuckten vor meinen Augen. Das Beben in mir schwoll an, wurde zu einem unkontrollierbaren Zucken.

Und dann verwandelte sich mein Keuchen in ein Stöhnen. Lauter, heftiger, hemmungsloser. Meine Hände lösten sich komplett aus seinen Haaren, fielen kraftlos auf seine Schultern. Instinktiv drängte ich mich seiner Hand entgegen, von dem Wunsch getrieben, dass er mir endlich gab, wonach mein Körper sich sehnte. Immer wieder brachte er mich an den Rand des Wahnsinns, bis ich auf Lex' Zunge kam. Und das war mir bei einem Mann noch nie passiert.

Mein Zucken verebbte nur langsam. Mit einem Grinsen erhob Lex sich wieder und schloss mich in seine Arme. Ich war immer noch damit beschäftigt, irgendwie zurück in die Realität zu finden. Seine Lippen hauchten mir einen zärtlichen Kuss an die Schläfe, während er mich einfach nur festhielt. Minutenlang fiel das Wasser auf uns, ohne dass wir uns bewegten. Lex' Erektion presste sich gegen mich, und ich konnte deutlich spüren, wie hart er war. Meine Hand umschloss ihn sanft, was Lex dazu brachte, seinen Kopf auf meine Schulter zu legen und dicht an meinem Ohr tief einzuatmen.

»Grace …« Mein Name auf seinen Lippen war wie eine Offenbarung. Entschlossen erhöhte ich den Druck meiner Finger und fuhr ein paarmal auf und ab. Mit der geöffneten Handfläche stützte Lex sich hinter mir an der Wand ab, als ich an ihm nach unten glitt.

Wenig später setzten wir uns mit selbst gekochter Pasta an den Esstisch. Ich trug wieder ein T-Shirt von ihm, das mir viel zu groß war. Lex beschränkte sich auf Boxershorts und ein Trägershirt. Es war der perfekte Abend, von dem ich mir unzählige weitere wünschte. Mit einer drehenden Bewegung rollte ich die Spaghetti auf die Gabel. Lex' Pasta schmeckte fantastisch. Die Nudeln waren auf den Punkt gekocht, die Soße hatte genau die richtige Schärfe und das Gemüse immer noch Biss.

Zufrieden ließ ich schließlich das Besteck sinken. »Gibt es eigentlich irgendetwas, das du nicht kannst?«

»Da gibt es sogar eine ganze Menge.« Grinsend lehnte sich Lex auf seinem Stuhl zurück.

»Okay, spuck es aus!« Ich stützte mein Kinn auf meiner Hand ab und sah ihn gespannt an.

»Ich bin handwerklich völlig unbegabt.«

»Das zählt nicht als Schwäche«, lehnte ich entschieden ab. »Es gibt viele Menschen, die kein Geschick dafür haben.« Ich selbst war einer davon.

»Also gut. Dann …« Er schien gespielt angestrengt zu überlegen. »Ich arbeite zu viel.«

»Du rettest Leben.« Ich runzelte die Stirn. Das konnte er nun wirklich nicht als Laster zählen.

»Ich esse Burger immer über Kopf.«

»Warum?«

»Keine Ahnung. Einfach so.«

»Okay. Das ist dann natürlich äußerst schändlich. Der arme Burger.« Ich lachte. Es war so leicht, hier zu sitzen und unsinnige Gespräche mit ihm zu führen.

»Und ich hasse Socken.«

»Du … hasst Socken?« Zur Sicherheit stellte ich mein Glas schon einmal zurück auf den Tisch. Was auch immer er mir gleich erzählen würde, ich rechnete damit, dass es lustig sein könnte.

»Ja.« Um seine Aussage zu bekräftigen, streckte er seine Füße seitlich unter dem Tisch hervor. Er war barfuß. »Ich ziehe sie wirklich nur dann an, wenn es unbedingt sein muss.« Damit verschwanden seine Füße wieder unter dem Tisch. »Ich hoffe also, dass du keine Abneigung gegen Füße oder Zehen hast, sonst …« Er seufzte. »Sonst haben wir ein Problem. Ich hasse Socken wirklich.«

»Das ist aber keine Phobie oder so? Es ist okay, wenn ich Socken trage?« Meine Zehen waren selbst bei dreißig Grad Außentemperatur kalt. Aus diesem Grund hatte ich mir nicht nur ein T-Shirt von Lex geliehen, sondern auch ein Paar Socken, die ich so weit nach unten gekrempelt hatte, bis sie nicht mehr rutschten.

»Keine Phobie, nein.« Er schüttelte den Kopf. »Ich kann sie nur einfach nicht leiden.«

»Woher kommt das?«

»Wenn ich das wüsste.« Er zuckte mit der rechten Schulter. »Es war schon immer so. Meine Mom musste mit mir als Kind echt oft kämpfen. Meistens hab ich gewonnen.«

»Das überrascht mich nicht. Du kannst sehr überzeugend sein, wenn du etwas willst.«

»Ach ja?« Sein Grinsen verriet mir unmissverständlich, dass er ganz genau wusste, wovon ich sprach. »Kann ich das?«

»Hm«, bestätigte ich und erhob mich von meinem Stuhl. »Aber weißt du was?« Ich ließ ihn nicht aus den Augen, als ich den Tisch umrundete. »Das kann ich auch.«

»Tatsächlich?«

Ich nickte und drängte mich zwischen ihn und die Tischkante. Es war wenig Platz, doch Lex reagierte sofort und schob den kleinen Tisch von uns weg, sodass ich mich problemlos auf seinen Schoß setzen konnte.

»Was hast du vor?«

»Knutschen.«

Und genau das taten wir.

19

Bist du mir böse, wenn ich für heute Abend absage? Ich habe höllische Kopfschmerzen.

Lex' Nachricht kam um kurz nach sechs, eine Stunde, bevor wir uns treffen und ins Kino gehen wollten. Natürlich war ich nicht böse auf ihn, und das schrieb ich ihm auch mit der Frage, ob ich etwas für ihn tun konnte, zurück. Seine Antwort war ein knappes *Nein, danke.* Und das war ungewöhnlich. Lex war nie kurz angebunden, egal, wie es ihm ging.

Nachdenklich legte ich mein Handy beiseite und ließ den Film weiterlaufen, den ich eben pausiert hatte. Bridget Jones war zwar nicht mein Fall, aber der Film immerhin eine moderne Version von Stolz und Vorurteil. Nur leider schaffte es auch Colin Firth nicht, mich von meinen Gedanken abzulenken. Sie kreisten unaufhörlich um den Mann, der sich nur ein paar Straßen weiter befand. Und dem es allem Anschein nach nicht gut ging.

Als Bridget sich wieder einmal besonders allein und verlassen fühlte, stand mein Entschluss fest. Ich klappte den Laptop zu und rutschte vom Bett. Der Wunsch in mir, nach Lex zu sehen, war mit einem Mal so mächtig, dass ich ihn nicht länger ignorieren konnte. Es dauerte keine fünf Minuten, mich umzuziehen und auf den Weg zu machen. Lex mochte nicht in der Lage sein, auszugehen. Aber ich wusste, was bei Kopfschmerzen half. Mrs Bennett sah mich aus misstrauischen Augen an, als ich meine Einkäufe bei ihr aufs Band legte.

»Geht es dir gut, Kindchen?« Ihr Blick wanderte zweifelnd an mir auf und ab. Ich setzte ein strahlendes Lächeln auf und legte das Netz mit den Zitronen aufs Band.

»Natürlich. Alles bestens.«

Diese Stadt konnte eine echte Plage sein. Daran hatte sich auch in den letzten zehn Jahren nichts geändert. Man musste wissen, wie man sie zu nehmen hatte, und Mrs Bennett war jemand, dem man am besten einfach gar nichts erzählte.

»Das sieht aber nicht so aus.« Die alte Schreckschraube kassierte mich in einer Ruhe ab, die mich innerlich beinahe wütend werden ließ.

Beeil dich, ich muss zu Lex.

Aber auch mit diesem Schneckentempo würde sie mich nicht dazu bringen, ihr zu sagen, wofür ich das Zeug brauchte. Demonstrativ hielt ich ihr meine Kreditkarte entgegen und sammelte meine Einkäufe zusammen. Eine halbe Minute später verließ ich den Laden und lief das letzte Stück zu Lex' Wohnung. Im Wohnzimmer brannte Licht. Er war also aus Davenport zurück.

Ich klingelte und wartete. Unruhig trat ich von einem Bein auf das andere. Es dauerte einen Augenblick, bis der Summer ertönte. Ich drückte die Tür auf und ging die Treppen nach oben. Im zweiten Stock erwartete mich die geöffnete Wohnungstür. Lex lehnte im Türrahmen und sah schrecklich aus. Dunkle Schatten unter den Augen, seine Stirn wurde von tiefen Falten geziert.

»Scheiße, was ist passiert?« Besorgt hastete ich auf ihn zu. »Bist du okay?« Mein Blick raste über sein Gesicht, suchte nach Anzeichen, die mir verrieten, was geschehen war. Aber ich entdeckte nichts. Er sah einfach nur vollkommen erschöpft, müde und blass aus.

»Grace …«

Ich hörte seine Stimme kaum, als ich vor ihm zum Stehen kam und in seine Augen sah. Sie waren unruhig, fast rastlos und von so mattem, glanzlosem Blau, wie ich sie noch nie an ihm gesehen hatte.

»Hey …« Ich schob ihn in die Wohnung, schloss die Tür hinter uns und stellte meine mitgebrachten Sachen auf der Kommode ab. Dann zog ich ihn in eine Umarmung. Stocksteif stand er da, die Hände hingen kraftlos an seinen Seiten, jeder Muskel war angespannt, während ich ihn einfach nur hielt.

Mein Ohr lag auf seiner Brust, sein Herz schlug heftig. Unweigerlich drückte ich mich näher an ihn, und der Duft seines Aftershaves stieg mir in die Nase. Bisher hatte es mich immer beruhigt, doch heute … Seine Rastlosigkeit steckte mich an. Mit jedem weiteren Herzschlag hielt ich ihn noch ein bisschen fester.

Schweigend standen wir in seinem Flur, bis ich die Stille nicht mehr ertrug.

»Ich hab dir Cola und Zitrone mitgebracht«, murmelte ich und strich mit einer Hand sanft über die Stelle, an der eben noch mein Ohr seinem Herzschlag gelauscht hatte. »Und falls das nicht hilft … Schmerztabletten. Komm.« Ich griff nach seiner Hand, während ich gleichzeitig aus meinen Schuhen stieg und die Cola von der Kommode nahm. »Leg dich hin. Ich bring dir ein Glas und schneide die Zitrone auf.«

Wortlos folgte er mir zu seiner Couch. Als er saß, eilte ich zurück in den Flur und schnappte mir das Zitronennetz. In seiner Küche presste ich den Saft in ein Glas und kehrte damit zu Lex zurück. »Hier.« Ich schenkte ihm die Cola ein, setzte mich neben ihn und sah dabei zu, wie er kleine Schlucke meiner Mischung trank.

»Hast du so was öfter?«, fragte ich und verschränkte meine Finger mit seinen. Mit meinem Daumen malte ich kleine Kreise auf seinen Handrücken. Er schüttelte leicht den Kopf und rieb sich über die Stirn. Die tiefe Furche, die sich zwischen seine Augenbrauen grub, gefiel mir nicht.

»Okay.« Nachdenklich musterte ich ihn. »Hast du zu wenig getrunken?«

Wieder ein Kopfschütteln.

»Zu wenig geschlafen?«

»Nein.« Er seufzte tief und schloss die Augen.

»Fühlst du dich sonst irgendwie unwohl?« Vielleicht brütete er etwas aus? »Sag mir, was ich tun kann.« Ich war nicht gut darin, Menschen leiden zu sehen, die mir wichtig waren.

»Nein, ich … Ist schon gut, Grace.« Er öffnete die Augen wieder und stand auf. »Du musst nicht hierbleiben. Ich komme klar und …«

»Hey.« Ich griff nach seiner Hand. »Red keinen Unsinn. Ich bin gern bei dir. Neulich wolltest du doch noch eine sexy Krankenschwester. Voilà. Hier ist sie. Bereit, dich zu pflegen.«

Eigentlich war mein Plan, ihm damit wenigstens ein kleines Lächeln zu entlocken, doch Lex zeigte keine Reaktion. Stattdessen entzog er mir seine Hand und machte noch einen Schritt von mir weg. Einen Moment lang sah er mich nachdenklich an. Öffnete den Mund, als wollte er etwas sagen, und schloss ihn wieder. Dann schüttelte er den Kopf und verließ ohne ein Wort den Raum. Einen kurzen Augenblick später hörte ich die Tür seines Badezimmers zufallen.

Ratlos sank ich zurück aufs Sofa. Ich hatte keinen Schimmer, was mit ihm los war. Waren meine Fragen zu aufdringlich gewesen? Aber ich hatte doch nur versucht herauszufinden, wie ich ihm helfen konnte.

Ich grübelte immer noch, ob ich ihm folgen sollte, als ein Piepen neben mir erklang. Sein Handy. Es lag auf dem Tisch und zeigte eine neue Nachricht an.

Thomas geht es gut, mach dir keine Sorgen mehr.
Gruß, Richard.

Wer war Thomas? Und warum sollte Lex sich Sorgen um ihn machen? Mein Blick wanderte wie von selbst zwischen dem Handybildschirm und der Tür zu seinem Schlafzimmer hin und her. Scheiße, was war denn nur passiert? War bei einem Einsatz etwas schiefgelaufen? Vielleicht war ein Kollege verletzt worden. Das würde erklären, warum Lex so seltsam drauf war. Sollte ich ihm Bescheid geben, dass es diesem Thomas offenbar wieder besser ging?

Das Licht des Displays war längst erloschen, als ich eine Tür knarzen hörte. Lex kam zurück.

»Du hast eine neue Nachricht bekommen«, sagte ich. »Von einem Richard.«

»Warst du an meinem Handy?«

»Nein. Ich habe dein Handy nicht angefasst.« Ich schüttelte den Kopf. »Sie wurde auf dem Bildschirm angezeigt.«

»Du hast sie gelesen.«

Ich wollte nicht lügen, also nickte ich. Mit drei großen Schritten war er bei seinem Telefon und öffnete den Chatverlauf. Sein Blick flog über dieselbe Nachricht, die ich vor ein paar Minuten gelesen hatte. Sekundenlang, bis er eine Antwort tippte. Dann legte er das Handy zurück auf den Tisch. Mit dem Display nach unten. Ich ignorierte den Stich, den diese Aktion in mir auslöste.

»Wer ist Thomas?«, fragte ich leise. Er hatte diesen Namen noch nie zuvor erwähnt.

»Niemand.«

»Lex …«

»Ich will nicht darüber reden, okay?«

Seine Stimme war so schroff, dass ich nicht mehr wusste, wer dieser Mann überhaupt war, der da vor mir stand. Mit *meinem* Lex hatte er nichts gemeinsam. Aus großen Augen sah ich ihm dabei zu, wie er wie ein Tiger im Käfig vor der Couch auf und ab lief. Mit zwei Fingern übte er Druck auf seine Schläfen aus. So als könnte er damit die Dämonen vertreiben, die ihn plagten.

»Ist es der Stress?« Ich traute es mich kaum zu sagen. »Vielleicht sind zwei Jobs doch zu viel …«

»Nein.« Seine Antwort kam schnell und schneidend und ließ keine Widerrede zu. »Ich gebe die Schule nicht auf. Kommt nicht infrage. Der Job ist wichtig.«

»Okay.« Beschwichtigend hob ich die Hände. »Ich wollte damit auch nicht sagen, dass es nicht großartig ist, was du für die Kids tust …« *Aber ich sehe doch, dass es dir nicht gut geht.* Es lag mir auf der Zunge, genau das zu sagen. Und ich behielt es nur deshalb für mich, weil Lex mir keine Chance gab, es auszusprechen.

»Ich will wirklich nicht darüber reden, Grace. Bist du … Bist du sehr sauer, wenn ich heute Abend lieber alleine wäre?«

»Nein.« Ich richtete mich auf der Couch etwas auf. »Natürlich nicht.« Nur furchtbar irritiert und besorgt.

Lex sagte kein Wort, als ich mich erhob. Zum ersten Mal wusste ich nicht, wie ich mit ihm umgehen sollte. Wir standen uns gegenüber wie zwei Fremde. Erst wollte ich die Hände nach ihm ausstrecken, ihn umarmen. Doch alles an Lex' Körperhaltung zeigte mir, dass ich das nicht tun sollte. Bewegungslos stand er vor mir, die Arme vor der Brust verschränkt, den Blick auf einen imaginären Punkt irgendwo hinter mir gerichtet.

Lex wollte, dass ich ging. So schnell wie möglich. Das war nicht zu übersehen. Ich vergrub die Hände tief in den Taschen meines Hoodies, um mich selbst davon abzuhalten, ihn doch anzufassen. Alles in mir sträubte sich, ihn einfach so allein zu lassen. Ohne wenigstens zu versuchen, es irgendwie besser zu machen. Aber zwingen konnte ich ihn nicht. Ich musste gehen. Auch wenn es mir wehtat, und ihm vielleicht auch. »Okay, ich … ich gehe dann.«

»Bis morgen, Grace.« Er sah mich immer noch nicht an.

»Gut, also … bis morgen.« Ich gab mir einen Ruck, rauschte, so schnell ich konnte, an Lex vorbei und verließ seine Wohnung.

Die kalte Nachtluft schlug mir unangenehm ins Gesicht, während ich nach Hause lief und keine Ahnung hatte, ob es richtig gewesen war, ihn allein zu lassen. Mich ihm weiter aufzudrängen, wäre ein Fehler gewesen. Doch nicht bei ihm zu bleiben, fühlte sich genauso falsch an. Und das tat es auch immer noch, als ich in meinem Bett lag und zu den Sternen an der Decke blickte. Weil ich mich so verdammt hilflos fühlte. Der Mann, der mein Herz gestohlen hatte, schloss mich aus seinem aus, wenn es ihm schlecht ging. Dieser Gedanke ließ mich die halbe Nacht nicht los, während ich mich schlaflos hin und her wälzte.

Erst als der Morgen bereits dämmerte, fand ich in einen viel zu kurzen, traumlosen Schlaf, aus dem Lex mich keine drei Stunden später weckte.

Das gestern Abend tut mir leid, Grace. Ich wollte dir nicht wehtun. Thomas ist ein Schüler, dem es nicht so gut ging. Das hat mich mitgenommen. Kann ich dich später anrufen?

Klar. Meld dich.

20

Das *Sheridan's* war brechend voll, als Abby und ich uns am Samstagabend zur Theke durchkämpften.

»Was ist denn hier los?« Ich musste fast schreien, damit sie mich verstand. »Schon wieder ein Event der Feuerwehr?«

Wobei ich sicher war, dass Lex mir zumindest davon erzählt hätte. Nach dieser Nacht, in der er mich weggeschickt hatte, hatten wir die beiden folgenden Abende wieder zusammen verbracht. Er hatte mit keinem Wort angesprochen, was passiert war, und ich wollte ihn nicht drängen. Aber ich hoffte darauf, dass er sich mir irgendwann anvertrauen würde. Bald.

»Na, hoffentlich nicht.« Abby rollte mit den Augen und marschierte so zielstrebig auf die Bar zu, dass ich kurzzeitig befürchtete, sie gleich in der Masse der Menschen zu verlieren. »Ich habe keine Lust, Aidan zu begegnen.«

Kopfschüttelnd folgte ich ihr und begrüßte Tim und Sheridan mit einem kurzen Winken. Wie immer orderte Abby zwei Gin Tonics für uns. Dann machten wir uns auf die Suche nach einem freien Tisch. An diesem Abend schier ein Ding der Unmöglichkeit, doch mit Abby an meiner Seite war auch das kein Problem. Sie hatte diese offene Art an sich, konnte an einem Abend innerhalb weniger Minuten neue Freundschaften schließen. Im Nu hatte sie uns dank dieses Talents zwei Plätze organisiert. Wir saßen zwar nicht allein an dem großen Tisch, aber ein Ende davon gehörte uns. Abby schälte sich aus ihrer Jacke und lehnte sich an die dunkelbraune Holzwand hinter ihr.

»Endlich«, seufzte sie und nippte an ihrem Gin Tonic. »Du glaubst nicht, wie sehr ich mich auf meinen guten alten Freund hier gefreut habe.«

»Anstrengende Woche?«

»Wenn du mit ›anstrengend‹ einen nervigen Aidan meinst, dann ja.«

»Was hat er getan?« Gespannt wartete ich auf ihre Antwort. Ich hatte sie seit unserer Fressorgie nicht mehr gesehen und auch nicht mit ihr telefoniert. Es wurde Zeit, dass sie mich auf den neusten Stand brachte.

»Telefonterror.« Abby zog ihr Handy hervor, öffnete einen Chatverlauf und streckte es mir entgegen. »Sieh dir das an.« Aidan hatte ihr mindestens zehn Nachrichten in den letzten Tagen geschickt. »Was will er denn bitte noch von mir?« Sie schaltete den Bildschirm ihres Handys wieder aus und blies sich eine Haarsträhne aus der Stirn. »Ach, weißt du was? Ignorier das. Wir sind nicht hier, um über Aidan zu reden. Mich interessiert vielmehr, was da zwischen dir und einem gewissen anderen Feuerwehrmann läuft. Helena hat erzählt, dass er dich neulich abgeholt hat? Mit seinem Motorrad?« Anzüglich wackelte sie mit den Augenbrauen. »Erzähl mir alles.«

»Diese Stadt ist wirklich unglaublich.« Ich wusste nicht, ob ich amüsiert oder genervt davon war, dass in Tipton alles sofort die Runde machte. »Woher weiß Helena davon?«

»Ich nehme an, von Martha. Aber das spielt keine Rolle. Jetzt sag schon, was habt ihr gemacht? Hattet ihr Sex? Lass mich an deinem Liebesleben teilhaben, wenn ich schon kein eigenes mehr habe.«

»Du hast erst seit fünf Tagen keins mehr, weil du es selbst so wolltest.« Ich musterte sie kritisch. »Der Kerl wartet doch nur auf ein Zeichen von dir, um das wieder zu ändern.« Ich nickte in Richtung ihres Handys. Seine Nachrichten waren ja wohl Beweis genug. »Ich kapiere wirklich nicht, warum du mit ihm Schluss gemacht hast.«

»Echt jetzt, Grace? Ich habe dir die Sache doch erklärt.«

»Ja, und es ist immer noch absoluter Blödsinn.« Aidan wollte sie, das war offensichtlich.

»Es ist reiner Selbstschutz«, hielt sie dagegen und verschränkte die Arme vor der Brust. »Und ich finde, ich mache das prima. Ich habe ihm auf keine einzige seiner Nachrichten geantwortet. Sei stolz auf mich.«

Alles an ihr wirkte taff, doch ich wusste, dass das nur gespielt war. Immer wieder schielte sie auf ihr Handy. Fast so, als erwarte sie jeden Augenblick eine neue Nachricht von ihm.

»Und wieso reden wir schon wieder über den falschen Feuerwehrmann? Lex. Du. Motorrad. Schieß los!«

»Okay, okay.«

Ich zog meinen Gin Tonic näher zu mir, trank einen kleinen Schluck und kam dann meiner Pflicht als beste Freundin nach. Ich berichtete Abby alles, was sie wissen wollte, als ein Schatten, gefolgt von einem »Hey« über uns fiel. Ich brach mitten im Satz ab, und wir blickten beide gleichzeitig auf.

»Lex, Aidan. Hallo.«

Überrascht stand ich auf und trat auf die beiden zu. Ich gab Lex einen schnellen Kuss, ehe ich zwischen ihm und Aidan hin und her sah. Aidans Blick war starr auf Abby gerichtet, die plötzlich furchtbar beschäftigt mit ihrem Handy wirkte.

»Was macht ihr denn hier? Wolltet ihr heute nicht in Davenport ausgehen?« Das hatte er zumindest gesagt, als ich mich am Nachmittag von ihm verabschiedet hatte.

»Die Jungs sind abgesprungen«, antwortete Lex.

»Also dachten wir, können wir auch gleich hier aufschlagen. Dann muss niemand fahren«, fügte Aidan hinzu. Obwohl er mit mir sprach, linste er immer noch zu Abby.

»Aber es ist heute echt ganz schön voll.« Lex hatte recht, es war nach wie vor kaum möglich, umzufallen. »Seid ihr schon lange da?«

»Nein. Eine halbe Stunde vielleicht.«

»Ich geh uns mal ein Bier holen, Mann.« Aidan schlug Lex auf die Schulter. »Bis gleich.« Nach einem letzten Blick zu Abby verschwand er an die Bar.

»Alles okay mit ihr?«, fragte Lex an meinem Ohr und zeigte mit dem Kopf in Abbys Richtung.

»Ja.« Ich nickte. »Sie versucht sich gerade nur einzureden, dass sie keine Gefühle mehr für ihn hat.«

»Erfolgreich?« Er verzog das Gesicht und legte einen Arm um mich.

»Was denkst du denn?«

Ich schüttelte den Kopf und lehnte mich näher an ihn. Lex roch gut, nach seinem Duschgel und Sicherheit und irgendetwas, das ich nicht benennen konnte. Was auch immer es war, es führte dazu, dass ich ihn am liebsten gefragt hätte, ob sie sich zu uns setzen wollten. Doch das konnte ich Abby nicht antun. Deshalb blieb ich stehen und sprach solange mit Lex, bis Aidan wieder zu uns stieß und ihm eine Bierflasche in die Hand drückte.

»Ich suche uns mal Plätze«, sagte er an Lex gewandt und drehte uns den Rücken zu.

»Sehen wir uns morgen?«, fragte ich und stellte mich für einen Abschiedskuss auf die Zehenspitzen. Ich hatte ihn lange genug in Beschlag genommen. Es wurde Zeit, dass ich mich wieder um Abby kümmerte und Lex sich um Aidan. Doch ich hatte nicht mit meiner Freundin gerechnet.

»Warum setzt ihr euch nicht endlich?«, erklang ihre Stimme so plötzlich, dass wir alle drei synchron zu ihr blickten.

»Ehrlich?«, hakte ich erstaunt nach und suchte in ihrem Gesicht nach einem Hinweis, der mir verriet, ob sie das wirklich ernst meinte. »Du hast nichts dagegen, wenn …«

»Wieso sollte ich etwas dagegen haben?« Abby machte eine wegwerfende Handbewegung. »Lex ist dein Freund, und Aidan und ich sind erwachsen.« Wie um ihre Worte zu unterstreichen, straffte sie die Schultern und blickte ihm mitten ins Gesicht. »Nicht wahr, Aidan?«

»Okay?« Ein Blick zu Lex verriet mir, dass er genauso verwundert war wie ich, doch dann rutschte er neben mich auf die Bank.

Für einen Augenblick blieb Aidan unschlüssig stehen. »Jetzt mach schon«, knurrte Abby beinahe genervt und umklammerte ihr Glas mit beiden Händen.

Zwei weitere Sekunden ließ Aidan sich Zeit. Dann zuckte er mit den Schultern, als wäre es keine große Sache und setzte sich neben eine stocksteife Abby. Stirnrunzelnd beugte ich mich zu ihr.

»Geht's dir gut?«, fragte ich so leise, dass weder Lex noch Aidan mich hören konnten. »Ich kann die beiden auch bitten zu gehen.«

Im Gegensatz zu mir sprach Abby mit normaler Lautstärke. »Nein, wieso denn? Es geht mir bestens«, entgegnete sie und erhob ihr Glas. »Prost!« Ohne darauf zu warten, dass ich mit ihr anstieß, setzte sie ihr Glas an ihre Lippen und trank die Hälfte von ihrem Gin Tonic in einem Zug.

Als das Glas wieder auf dem Tisch stand, blickte sie von einem zum anderen. »Was? Wir sind in einer Bar. Was soll ich denn sonst hier machen?« Nach einer kurzen Pause fügte sie hinzu: »Gut, man könnte sich auch jemanden für die Nacht aufreißen. Bist du deshalb hier, Aidan?« Sie legte den Kopf schief, sodass sie ihn besser ansehen konnte, und machte Aidan damit sprachlos. Hilflos sah er von Abby zu Lex und wieder zu ihr. Ich konnte es ihm nicht verübeln.

»Weißt du was?« Abby richtete sich auf. »Ich helfe dir dabei. Was ist mit der da? Die Blonde?«

Sie deutete mit ihrem Zeigefinger zur Bar, wo eine Gruppe junger Frauen in unserem Alter stand.

»Ist das dein Ernst?« Aidan drehte die Bierflasche in seinen Händen hin und her.

»Natürlich ist das mein Ernst. Also? Was ist mit ihr? Ich finde sie ziemlich hübsch.«

Ein tiefes Seufzen entwich ihm, ehe er ihren Vorschlag kategorisch ablehnte. »Nein, die ist zu groß.«

»Die Dunkelhaarige daneben?«

»Zu kurze Haare.«

»Ernsthaft? Das ist das Kriterium? Okay.« Suchend sah sie sich um, unsere Blicke folgten ihrem. »Die in der hellen Jeansjacke?«

»Ihre Haare sind zu lang«, schmetterte Aidan auch diesen Vorschlag ab. Und allmählich dämmerte mir, was er hier tat.

»Gerade waren sie dir noch zu kurz. Komm schon, Aidan.« Abby stieß ihn mit dem Arm in die Seite. »So schwierig ist das nicht. Sag mir einfach, welche es sein soll.«

Als Aidan nicht reagierte, warf sie einen vierten Vorschlag in den Topf. »Was ist mit der Rothaarigen dort hinten? Du stehst doch auf Locken.«

»Aber nicht auf Rothaarige, sorry.«

Ich war mir fast sicher, dass in Aidan eine Mischung aus Fassungslosigkeit und Wut brodelte, weil Abby so unglaublich blind war.

»Echt jetzt?« Ihr Blick glitt schon wieder über die Menge. Sie nahm diese Sache wirklich ernst. Vielleicht sogar zu ernst.

»Hey, Abby …« Vorsichtig legte ich ihr eine Hand auf den Arm, doch sie schüttelte sie sofort ab.

»Nein, Gracie, schon gut.« Sie nickte eifrig. »Aidan und ich sind Geschichte, also ist es kein Problem, wenn ich Wingman für ihn spiele.«

»Eigentlich ist ja Lex mein Wingman«, wandte Aidan ein.

»O nein. Heute nicht. Lex ist schwer verliebt und hat Besseres zu tun, als dir dabei zu helfen, eine Frau aufzureißen. Also, was ist jetzt? So groß ist die Blondine doch gar nicht. Sie oder die Rothaarige?«

Aidans Antwort fiel kurz und knapp aus. »Weder noch.«

»Weder noch? Haben wir auf einmal etwa Ansprüche, Mr Donovan?« Ihr Blick wurde spöttisch. »Vögelst du jetzt nicht mehr alles, was bei drei nicht auf dem Baum ist?«

»Abby!«, zischte ich entsetzt, noch bevor Aidan die Chance hatte, sich selbst zu verteidigen. »Was ist denn los mit dir? Hör auf damit!«

Es war eine Sache, Aidan zu ignorieren und so zu tun, als wäre alles in bester Ordnung. Aber es war eine vollkommen andere, zu diesem Tiefschlag auszuholen. Das hatte er nicht verdient. Unter dem Tisch griff Lex nach meiner Hand und verwob seine Finger mit meinen. Sein stummes Zeichen dafür, dass er da war, wenn ich ihn brauchte.

»Schon gut, schon gut.« Abwehrend hob Abby die Hände. »Tut mir leid, das war gemein. Aber du könntest mir trotzdem verraten, welche junge Dame ich für dich ansprechen soll.«

»Du schnallst es einfach nicht, oder?« In aller Seelenruhe stellte Aidan sein Bier auf dem Tisch ab. Dann drehte er seinen Oberkörper einmal um neunzig Grad, um Abby bei seinen nächsten Worten ganz genau ansehen zu können.

»Ich brauche keinen Wingman. Und auch keine Wingwoman.«

»Eine Wingsister?« Ihre Mundwinkel zuckten, doch sicher nicht vor Belustigung.

»Wenn du meine Schwester wärst, würde ich mich erschießen.«

»Bitte was?« Das Zucken hörte auf. Dafür entstand eine tiefe Furche auf ihrer Stirn. »Was wäre so schlimm daran, mich als Schwester zu haben?«

»Alles, Abigail Montgomery. Alles.« Der Frust in seiner Stimme war nicht zu überhören. »Wärst du meine Schwester, dürfte ich nicht mit dir zusammen sein wollen.«

»Was?« Die Furche wurde noch tiefer, sofern das überhaupt möglich war. »Was für einen Unsinn redest du da?«

»Das ist kein Unsinn, Abby. Genau das versuche ich dir seit Tagen zu sagen.«

»Dass du mit mir zusammen sein willst?«

»Dass ich ein Veto einlege. Ich will unsere Beziehung nicht beenden.«

»Wir hatten überhaupt keine Beziehung.«

»Dann eben unsere Affäre.« Es war wie auf einem Tennismatch. Die beiden schlugen sich den Ball hin und her, und ich hatte keine Ahnung, wer am Ende gewinnen würde. Oder ob sie nicht einfach beide verloren.

»Es zählt aber nicht nur, was du willst.«

»Nein«, schoss er zurück. »Offenbar zählt nur, was *Madame* will.«

»Hast du mich gerade ernsthaft *Madame* genannt?«

Mit einem Mal spürte ich Lex' Atem an meinem Hals. Bisher hatte er den Schlagabtausch der beiden genauso schweigend beobachtet wie ich, doch nun raunte er mir ins Ohr: »Soll ich ihn schnappen und mit ihm abhauen? Ich glaube, Abby explodiert gleich.«

»Wäre vermutlich besser.« Doch die beiden ließen uns keine Chance, dazwischenzugehen.

»Wie soll ich dich denn sonst nennen, wenn du dummes Zeug redest?«

»Das ist kein dummes Zeug. Ich wollte dir nur helfen, bevor du wieder einen deiner dummen Sprüche auspackst.« Sie setzte das Glas an und trank den Rest ihres Gins. »Aber wenn du da keine Lust drauf hast, okay. Mir soll's egal sein. Sind wir dann hier fertig?«

»Nein, sind wir nicht. Du schuldest mir eine Erklärung, Abby. Und zwar eine ehrliche. Warum gibst du etwas auf, das uns beiden Spaß macht?«

»Woher willst du wissen, dass es mir Spaß gemacht hat?«

»Na ja, vielleicht wegen der Lautstärke, in der du meinen Namen gerufen hast, als du …«

»*Okay*, stopp!« Sie schnitt ihm das Wort ab, griff nach ihrer Jacke und der Tasche und schob sich so energisch an Aidan vorbei, dass ihm keine andere Möglichkeit blieb, als ihr Platz zu machen.

»Ich gehe, Grace«, sagte sie an mich gewandt. »Bringst du sie später nach Hause, Lex?«

Der Mann an meiner Seite nickte, während ich ebenfalls nach meiner Tasche griff. »Warte, Abby, ich komme mit.«

»Nein.« Sie wirbelte noch einmal herum. Für Aidan hatte sie nicht einen Blick übrig. »Ich brauche frische Luft und Ruhe und … Bleib hier. Ich ruf dich morgen an, ja?«

Mit dem nächsten Atemzug verschwand sie in der Menge, und ich blickte leicht überfordert zu Lex. War es wirklich okay, sie in diesem Zustand nach Hause laufen zu lassen? Andererseits waren ihre Worte eindeutig gewesen. Sie wollte allein sein.

Aidan nahm mir schließlich die Entscheidung ab. Er erhob sich und schob Lex sein halb volles Bier entgegen.

»Ich sehe nach ihr.« Dann war auch er weg, und Lex und ich blieben einfach nur vollkommen verblüfft sitzen. So hatte sich den Abend wohl keiner von uns vorgestellt.

Allzu lange hielten wir es im *Sheridan's* nicht mehr aus. Es war zu voll, zu laut und zu stickig. Und nachdem Abby abgerauscht war, hatte ich auch keine große Lust mehr auf meinen Gin Tonic. Dieses Getränk war unser Getränk, es ohne sie zu trinken war genau wie ein Gin ohne Tonic – einfach falsch. Dankbar nahm ich Lex' Vorschlag daher an und verließ gemeinsam mit ihm die Kneipe.

Als die Tür hinter uns zufiel, war es schlagartig leise, und die kühle Nachtluft wehte mir durch die Haare.

»Muss ich dich wirklich nach Hause bringen?« Lex blieb auf dem Kiesplatz vor der Bar stehen und fasste nach meiner Hand. Als hätten sie nie etwas anderes getan, verwoben sich unsere Finger miteinander. »Oder werden dich deine Eltern vermissen, wenn du einfach wieder mit zu mir kommst?«

»Ich bin siebenundzwanzig Jahre alt, Lex. Meine Eltern bleiben schon lange nicht mehr wach und warten, bis ich auftauche.« Trotzdem ließen seine Worte den Wunsch nach meinen eigenen vier Wänden immer mehr in mir wachsen. Ich würde mich wirklich ganz arg dringend auf die Suche nach einer Wohnung machen müssen.

»Also bist du dabei?« Er grinste.

»Da dein Bett groß und gemütlich ist …« Ich zuckte mit den Schultern und lachte, als er mich gespielt entrüstet musterte.

»Du bist also ein Schlafplatzschnorrer. Verstehe.«

»Tu nicht so, als würde dich das stören.«

»Tut es nicht.« Er wurde wieder ernst, verstärkte den Griff um meine Hand und setzte sich in Bewegung. »Ich freue mich, dass du mitkommst.« Wie um seine Worte zu bestätigen, hob er unsere miteinander verschränkten Hände an sein Gesicht und hauchte mir einen Kuss auf den Handrücken. So schnell und so zart, dass ich es kaum spürte, und doch hatte ich das Gefühl, mein Herz setzte bei dieser zärtlichen Berührung für einen Schlag aus.

Schweigend liefen wir durch Tipton. Vorbei an dem alten Waschsalon, den Mrs Walker betrieb, seit ich denken konnte. Vorbei am Rathaus, in dem Lex' Bruder arbeitete. Es fiel mir immer noch schwer zu glauben, dass jemand, mit dem ich zusammen meinen Abschluss gemacht hatte, jetzt tatsächlich Bürgermeister in unserer kleinen verrückten Stadt war. Als wir den winzigen – und einzigen – Souvenirladen passierten, den Tipton besaß, blickte ich ins Schaufenster. Doch ich besah mir nicht den ganzen Schnickschnack, der dort ausgestellt war. Sondern unser Spiegelbild. Lex neben mir, unsere Finger fest miteinander verwoben. Wir sahen aus wie ein glückliches Paar, das an einem Samstagabend durch das Städtchen bummelte. Und obwohl es weder Lex noch ich bisher angesprochen hatten, fühlte es sich für mich auch genauso an.

»Warum bist du so ruhig?« Lex verstärkte den Druck auf meine Finger und verriet mir mit seiner nächsten Frage, dass er mein Schweigen falsch gedeutet hatte. »Machst du dir Sorgen um Abby?«

»Nein.«

Meine Freundin war stark. Wenn sie nicht mit Aidan reden wollte – und die Chancen dafür standen nach ihrem Abgang ausgesprochen hoch –, würde sie den armen Kerl zum Teufel jagen. Ich kannte ihn kaum, doch er war gut mit Lex befreundet. Und irgendwie mochte ich ihn. Vor allem aber mochte ich es, wie sehr er Abby mochte. Weshalb ich hoffte, dass die beiden noch einmal miteinander sprachen.

Lex ließ nicht locker. »Was ist es dann?«, hakte er nach, als wir den Marktplatz hinter uns ließen und in eine kleine Seitengasse einbogen.

»Es ist … « O Gott, ich kam mir so dämlich vor. Ihn neulich nach Sex zu fragen, war um einiges leichter gewesen, als ihn nun auf seine Gefühle anzusprechen. Dabei musste ich doch einfach nur wiederholen, was Abby im *Sheridan's* gesagt hatte.

Lex drängte mich nicht, weiterzusprechen. Er gab mir die Zeit, die ich benötigte, um meinen ganzen Mut zusammenzunehmen.

»Abby hat … Sie hat dich vorhin als meinen Freund bezeichnet.« Es kostete mich mehr Überwindung, diese Worte zu sagen, als es sollte. Und ich wusste genau, woran das lag. Ich hatte Schiss. Schiss, dass er widersprechen könnte. Dass ich nur eine Affäre für ihn war, der er warum auch immer mittlerweile einen eigenen Zahnputzbecher mit Zahnbürste ins Bad gestellt hatte. Ich wollte mehr für ihn sein als nur ein Zeitvertreib oder ein Betthäschen. Einfach … *mehr*. Irgendwann zwischen unserer Reise nach Chicago und diesem

Spaziergang nach Hause hatte ich angefangen, tiefe Gefühle für ihn zu entwickeln. Angespannt hielt ich den Atem an.

»Ich weiß.«

Sieben Buchstaben, die er so unbeeindruckt von sich gab, so selbstverständlich, dass ich mir nicht mehr ganz sicher war, wovor ich eben noch Angst gehabt hatte. Das hier war Lex, er würde mir niemals das Gefühl geben, dass ich mich dumm verhielt, nur weil ich wissen wollte, woran ich bei ihm war.

»Bist du … Bist du es denn?« Ich holte tief Luft und neuen Mut. »Also mein Freund?«

»Bist du denn meine Freundin?« Lex blieb stehen und sah mich liebevoll und gleichzeitig mit irgendetwas in den Augen an, das ich nicht näher definieren konnte. Entschlossenheit?

»Ich habe zuerst gefragt«, protestierte ich schwach. Nach Ben musste ich wissen, was wir waren. Was ich zu erwarten hatte.

»Stimmt.« Lex nickte. »Hast du. Und ja.« Jetzt konnte er sein Lächeln nicht mehr verstecken. »Du bist meine Freundin. Vorausgesetzt, du willst es sein.« Er schob beide Arme um meine Taille und zog mich im Licht der Straßenlaterne an sich. »Was sagst du, Grace? Ich könnte dir ganz klassisch einen Zettel mit *Ja*, *Nein*, *Vielleicht* schreiben. Dann darfst du ankreuzen, wie deine Antwort lautet.«

»Sind wir nicht ein bisschen zu alt dafür?« Ich legte den Kopf schief und versuchte, die Glücksgefühle und die Erleichterung und die Freude in meinem Bauch in Schach zu halten.

Du bist meine Freundin.

Es hatte überhaupt keinen Grund gegeben, nervös zu sein. Wir wollten beide dasselbe. Ich konnte kaum glauben, dass es so einfach war.

»Und hey, immerhin kennst du meine Eltern schon.« Er ließ mich wieder los, nahm meine Hand in seine und setzte sich erneut in Bewegung. »Und ich kenne deine. Das erspart uns viele unangenehme Gespräche, wenn meine Mom dich zum Essen einlädt.«

»Oder meine Mom dich.«

Er hatte recht. Sie würde ihm nicht einmal allzu viele unangenehme Geschichten von mir erzählen können, weil er vieles davon dank Claire schon wusste. Was allerdings seine Kindheit anging …

»Gibt es peinliche Fotos von dir? Deine Mom hat doch bestimmt ein ganzes Album voller lustiger Kinderfotos von Dev und dir.«

»Hat sie, und du wirst es niemals zu Gesicht bekommen.«

»Ach, sei kein Spielverderber. Können wir Angela und Patrick bald mal einen Besuch abstatten? Ich bin mir sicher, dass ich sie überzeugen kann, mir die Fotos zu zeigen.« Ich lachte, Lex schüttelte den Kopf und zog mich quer über die Straße.

»Da wirst du nicht viel Überzeugungsarbeit leisten müssen.«

»Dann nichts wie hin.« Ich lachte immer noch, als wir den Bürgersteig auf der anderen Seite erreichten und er den Arm um meine Schulter legte.

»Worauf habe ich mich da nur eingelassen?«, seufzte er leise. Und in dieser Nacht, unter dem sternenklaren Himmel von Tipton, hatte ich nicht den Hauch einer Ahnung, was auf mich zukommen würde.

21

In den nächsten Tagen sah ich Lex kaum. Er war für die Nachtschichten auf der Wache eingeteilt, verbrachte davor Zeit in der Blindenschule, und morgens schlief er. Das Einzige, was uns blieb, waren kurze Telefonate in seinen Pausen. Ich wusste, dass sein Job wichtig war und dass er gerne als Feuerwehrmann arbeitete. Und dass nach ein paar Nachtschichten andere Schichten folgen würden, wodurch ich ihn wieder häufiger zu Gesicht bekam. Aber für Logik interessierte sich mein Herz gerade wenig. Ich war hoffnungslos in Lex verliebt und hätte am liebsten jede freie Minute mit ihm verbracht. Was auch Martha nicht verborgen blieb.

»Ach, sieh dich an, kleine Grace.« Ihre Hände griffen nach meinen, und sie drehte mich einmal um meine eigene Achse. »Wie du strahlst. Das liegt an Alexander.«

Welchen Sinn hätte es gehabt zu leugnen, was offensichtlich war? Also nickte ich. »Tut es.«

»Ich freu mich für dich. Für *euch*! Der Junge hat ein tolles Mädchen an seiner Seite verdient.« Martha hielt meine Hände immer noch fest umklammert, und allmählich wurde mir ihre Freude ob meines geänderten Beziehungsstatus unangenehm. Ihre Worte klangen verdammt danach, als plane sie bereits eine Hochzeit mit Lex und mir in den Hauptrollen.

Mir blieb daher nur eine Möglichkeit: Ablenkung.

»Sag mal, Martha, kennst du zufällig jemanden, der eine Wohnung vermieten möchte? Nichts Großes, vielleicht ein oder zwei Zimmer?«

»Nein, aber ich kann mich gerne umhören.« Ihre Augen funkelten. »Einmal Tipton, immer Tipton. Ich sag es ja immer wieder.«

Ich sparte mir, sie darauf hinzuweisen, dass ich Tipton zwar mochte, aber in den vergangenen Jahren durchaus gerne in Chicago gelebt hatte. Wenigstens hatte meine Frage ihr Ziel erreicht.

Meine Kollegin hörte auf damit, Schlösser in die Luft zu malen, und machte sich stattdessen ans Werk. Und es war beeindruckend. Obwohl ich in Tipton geboren und aufgewachsen war, faszinierte es mich nach wie vor, wie die Strukturen in einer Kleinstadt funktionierten. Hier brauchte man keine Immobilienmakler, eine Martha genügte. Am Ende des Tages teilte sie mir hocherfreut mit, dass ich am Donnerstag einen Besichtigungstermin hätte.

»Ernsthaft?« Verblüfft hielt ich inne und hob den Blick. »So schnell?« War die Wohnungsmarktlage in Tipton nicht genauso bescheiden wie überall?

»Neunzehn Uhr, Walnut Street. Das grüne Haus in der Nähe der Schule.«

»Du bist unglaublich.« Aus einem Impuls heraus zog ich sie in eine Umarmung. »Danke, das ist toll.«

Als Nächstes schrieb ich Lex, ob er mitkommen würde.

Klar bin ich dabei, antwortete er sofort.

»Bist du sicher, dass wir hier richtig sind?«

Sein Blick war voller Skepsis, als er die dicken Gartenzwerge im Vorgarten des grünen Hauses musterte. »Das alles hier wirkt wie aus einem Märchen.« Er stoppte kurz, ehe er weitersprach. »Und zwar wie aus einem der gruseligen Sorte.«

»Ach was. Es sind nur bunte Gnome.« Ich zog ihn mit mir an der Gartendekoration vorbei auf die kleine Veranda, die seitlich um das Holzhaus herumlief. »Ich mag das Grün. Du stehst doch so auf Natur. Erinnert dich die Farbe nicht an Grootie?«

»Ich habe ja nichts gegen die Farbe«, entgegnete Lex und sah mir dabei zu, wie ich läutete. »Aber die Form … Und diese Zwerge.«

Als ob ich mich von ein paar hässlichen Gartenfiguren aufhalten lassen würde. »Die Alternative ist mein Kinderzimmer«, sagte ich und zuckte mit den Schultern. »Es liegt direkt neben dem

Schlafzimmer meiner Eltern, und wir wollen doch nicht, dass sie uns hören, wenn wir …«

»Schon gut, schon gut.« Er unterbrach mich so heftig, dass ich grinsen musste. »Überzeugt. Egal wie die Wohnung aussieht, wir nehmen sie.«

»Wir, ja?« Dieses eine Wort ließ ein wohlig warmes Gefühl in meiner Brust entstehen.

»Du hast gefragt, ob ich mitkomme.« Er versuchte, gleichgültig zu wirken, schaffte es jedoch keine Sekunde lang. Lachend reckte ich mich ihm entgegen und gab ihm einen Kuss.

»Und ich bin froh, dass du da bist und dich mit mir diesen fiesen Gnomen stellst.«

Ich sank gerade zurück auf meine Füße, als die Tür von einer älteren Frau geöffnet wurde. Und entgegen meinen Erwartungen, die mein Geplänkel mit Lex geschürt hatte, sah sie überhaupt nicht wie eine Hexe aus. Sie war ein gutes Stück kleiner als ich und kugelrund.

»Hallo«, begrüßte sie uns mit einem freundlichen Lächeln auf den Lippen, ehe ihr Blick auf mir verharrte. »Grace, nehme ich an?«

»Genau.« Ich nickte. »Das ist Lex, mein Freund.« Es war immer noch neu, das laut auszusprechen, ich hatte mich an den Gedanken, kein Single mehr zu sein, noch nicht gewöhnt. Aber gleichzeitig war es einfach das schönste Gefühl der Welt, diesen Mann neben mir genauso bezeichnen zu dürfen. »Und Sie sind Mrs Hudson?«

»Richtig. Aber sagt ruhig Paula zu mir.« Sie lachte so herzlich, dass ich sie mir sofort als meine neue Vermieterin wünschte. »Ich wusste gar nicht, dass ihr zu zweit seid. Martha hat nur von dir gesprochen, Grace.«

»Oh.«

Es war nicht so, dass ich mir nicht vorstellen konnte, mit Lex zusammenzuziehen. Aber ganz bestimmt nicht schon jetzt.

Nicht nach drei Wochen. Und ich hoffte, dass er das auch so sah. Unsicher blickte ich von ihr zu Lex, dem ihre Frage überhaupt nicht unangenehm zu sein schien.

»Wir sind erst seit Kurzem zusammen«, erwiderte er, und ich spürte seine Hand auf meinem Rücken. In einem beruhigenden Rhythmus fuhr sie auf und ab.

»Wie schön.« Paula nickte. »Dann kannst du ja später einziehen, die Wohnung ist groß genug für zwei.« Als ein Rumpeln ertönte, warf sie einen wissenden Blick nach oben. »Lasst euch von dem Krach nicht irritieren. Mein Mann schwirrt hier irgendwo herum. Er überprüft einige Anschlüsse, da die Wohnung seit ein paar Wochen leer steht. Aber kommt erst mal rein.« Paula öffnete die Tür weiter und ließ uns eintreten. Neugierig folgten wir ihr nach oben, wo eine hölzerne Tür mit einem kleinen Fenster die Wohnung vom Treppenhaus trennte.

»Hereinspaziert.« Paula ging voraus, stellte uns ihren Mann vor, der in der Tat ziemlich beschäftigt wirkte, und führte uns durch die einzelnen Räume. Die Küche war doppelt so groß wie die von Lex. Aus dem Fenster blickte man auf unsere alte Schule – und in den Garten zu den Gnomen. Ich konnte mir ein Grinsen nicht verkneifen und stieß Lex heimlich in die Seite, um ihm seine neuen Freunde zu zeigen.

An die Küche schloss sich ein Wohnzimmer mit zwei großen Fenstern an, auf deren Simsen sich kleine Grootie-Ableger gut machen würden. Das Bad war ebenfalls neu renoviert und das Schlafzimmer geräumig und durch das bodentiefe Fenster nach hinten raus ein mit Licht durchfluteter Raum.

»Was meinst du?«, fragte ich an Lex gewandt, nachdem die alte Dame uns für einen Moment allein gelassen hatte, um nach ihrem Mann zu sehen. Leises Klappern drang zu uns. Er hantierte wohl immer noch in der Küche unter dem Waschbecken herum.

»Eigentlich alles super, oder?«

»Und uneigentlich?«

»Kein uneigentlich. Ich habe keinen Einwand. Wenn sie dir gefällt, solltest du sie nehmen.«

»Sie ist traumhaft«, sagte ich, denn die Wohnung war exakt das, was ich mir vorgestellt hatte. Vor meinem inneren Auge sah ich bereits, wo ich mein Bett und meinen Schrank hinstellen würde. Und auch für meine Stehlampe bot dieses Zimmer die perfekte Ecke. »Hilfst du mir beim Umziehen?«

»Natürlich.« Und dann, leiser: »Wir müssen doch jeden Raum gebührend einweihen.«

»O Gott, Lex.« Ich stieß ihn lachend von mir. »Hast du das gerade wirklich gesagt?«

»Seit wann bist du so prüde?«

»Ich bin nicht prüde, aber wenn Paula dich hört, habe ich ganz bestimmt keine Chance mehr auf die Wohnung.« Hastig drehte ich mich um, doch wir waren zum Glück immer noch allein.

»Keine Angst. Ich glaube, Paula weiß ganz genau, wie es ist, jung zu sein.«

Mit einem Glucksen schüttelte ich meinen Kopf und besah mir Lex' verschmitztes Grinsen.

Jung. Und verliebt. Denn das war ich, und es wurde mir in diesem Moment fast schmerzlich bewusst, wie sehr. Mit ihm zum ersten Mal in diesem Raum zu stehen, der im Idealfall mein zukünftiges Schlafzimmer sein würde, war überwältigend und fühlte sich einfach nur richtig an.

Ich war in absoluter Hochstimmung, als ich zu Hause ankam und meinen Eltern die gute Nachricht überbrachte. Paula hatte mir die Wohnung zugesichert, und die Aussicht, bald wieder in meinen eigenen vier Wänden zu wohnen, beflügelte mich regelrecht. Und ich wusste genau, wem ich als Nächstes davon erzählen wollte.

Mit einer Tafel Schokolade und meinem Handy machte ich es mir auf meinem Bett gemütlich und wählte Claires Nummer. Es dauerte fast dreißig Sekunden, bis meine Schwester sich außer Atem meldete.

»Hey«, begrüßte ich sie. »Störe ich?«

»Nein.« Ich hörte, wie Claire einen Schluck trank. »Ich war nur oben, das Handy lag unten, und seit ich schwanger bin, ist alles anstrengender.«

»Jetzt schon?«

»Frag mich nicht, was für eine Party meine Hormone gerade feiern. Und erzähl bloß nichts Mom davon. Ich will nicht, dass sie bei mir einzieht. Das würde ich nicht ertragen. Ich bin nur schwanger, nicht krank.«

Claires Missmut ließ mich lachen. »Okay, versprochen, ich schweige.«

»Danke.«

Ich brach ein Stück der Schokolade ab, die neben mir lag, und biss genüsslich hinein.

»Also, warum rufst du an? Oder wolltest du dich nur erkundigen, wie es Krümel und mir geht?« Meine Schwester und ihr Talent, mir an meiner Stimme oder meiner Tonlage anzuhören, dass es Neuigkeiten gab, war jedes Mal wieder faszinierend. Das war wohl etwas, woran ich mich auch nach bald achtzehn Jahren ihrer Blindheit nicht gewöhnen würde.

»Es gibt da tatsächlich etwas …«, begann ich und schluckte den Rest des Schokostückchens hinunter. Gleichzeitig zog ich die Beine an und setzte mich in den Schneidersitz.

»Okay, schieß los. Bin ganz Ohr.« Claire klang gespannt.

»Es sind zwei Sachen.« Und noch grübelte ich, mit welcher ich anfangen sollte.

»Jetzt mach es doch nicht so spannend. Was ist es?«

Ich entschied mich dafür, die kleinere der beiden Neuigkeiten zuerst zu erzählen. »Ich habe eine Wohnung in Tipton gefunden. Am Wochenende kann ich einziehen.«

»Ehrlich? Oh, Cici, das ist toll! Ich freu mich für dich. Wo liegt die Wohnung?«

»Neben der Highschool in der Walnut Street. Kennst du die Hudsons? Sie sind meine neuen Vermieter.«

»Nein, sie sagen mir nichts. Aber das spielt auch keine Rolle, du bleibst hier!« Die Freude in Claires Stimme war selbst durch den Hörer fast greifbar. »Meine kleine Schwester ist zurück. Hast du das gehört, Krümel? Tante Gracie bleibt in Tipton.«

»Sprichst du gerade mit deinem Bauch?«

»Natürlich. Ich habe viele Ratgeber angehört. Meine Stimme wirkt beruhigend auf das Baby. Und das sind tolle Neuigkeiten, davon muss es doch erfahren.«

»Du spinnst, Claire.« Das Strahlen war trotzdem auf meinem Gesicht festgetackert.

»Willst du die andere Sache auch noch wissen?«, fragte ich und konnte nicht verhindern, dass sich mein Herzschlag beschleunigte. Das passierte fast immer, wenn ich an Lex dachte, doch ich wusste, dass es nun auch daran lag, weil ich Claires Segen wollte. Ich wollte ihn unbedingt.

»Ich bin beleidigt, dass du mich das ernsthaft fragst, Schwesterherz.« Sie klang alles andere als eingeschnappt, weshalb ich ihren Einwand nicht ernst nahm und endlich zum eigentlichen Grund für meinen Anruf bei ihr kam.

»Lex und ich sind zusammen.«

»Wurde auch Zeit.«

»Was?« *Das* war ihre Reaktion darauf?

»Ach, Grace.« Das tiefe Seufzen aus Claires Kehle ließ nicht lange auf sich warten. »Du stehst seit hundert Jahren auf ihn.«

»Tue ich nicht.«

»Ernsthaft? Du willst also wirklich leugnen, dass der Idiot dir das Herz gebrochen hat, als er euer Prom-Date hat platzen lassen?«

»Das ist ewig her …« Mein Protest war nur schwach und klang selbst in meinen eigenen Ohren nicht sonderlich überzeugend.

»Eben. Und genau deshalb wurde es echt Zeit, dass der Kerl schnallt, wie gut ihr zusammenpasst.«

»Weil sich Gegensätze anziehen? Der perfekte Lex und die unperfekte Grace.«

Für einen Moment blieb es still am anderen Ende der Leitung. Wenige Sekundenbruchteile, bis ich Claires Stimme wieder vernahm. Und sie triefte vor Sarkasmus.

»Wow. Was soll das denn, Grace? Lex ist ganz sicher nicht perfekt, und du musst das auch nicht sein.«

»Ich …«, setzte ich an, doch Claire ließ mir keine Chance.

»Nein, hör mir zu. Was ich dir gesagt habe, als du zurückgekommen bist, gilt immer noch. Du hast einen Fehler gemacht, ja. Aber das ist in deinem Job Berufsrisiko.«

»Medikamente zu vertauschen ist kein Berufsrisiko, sondern gefährliche Blödheit.«

»Gut. Dann bist du eben blöd, und Lex macht einen Fehler, indem er sich auf dich einlässt. Soll ich ihn vor dir warnen? Ist es das, was du hören willst?«

Nein! Alles in mir schrie ihr ein ohrenbetäubendes Nein entgegen. Natürlich wollte ich das nicht. Himmel, wie waren wir von meinem Geständnis, wieder vergeben zu sein, in dieser Diskussion gelandet?

Ich holte tief Luft. »Er weiß, was passiert ist. Ich habe es ihm erzählt.«

»Und ihr seid trotzdem ein Paar?«

»Ja.«

»Herzlichen Glückwunsch, Grace, dein Freund hat begriffen, was du noch verinnerlichen musst.« Ihre Stimme wurde wieder sanfter. »Ich verstehe, dass du immer noch daran zu knabbern hast. Aber bitte mach dich nicht kleiner, als du bist. Okay? Ein Fehler, der unumstritten schlimm war und nie wieder passieren darf, wiegt trotzdem nicht alle deine guten Seiten auf. Du bereust zutiefst, was passiert ist. Und genau das ist der Grund, weshalb du dir erlauben musst, wieder glücklich zu sein. Mit Lex an deiner Seite. Den ersten Schritt hast du getan. Jetzt geh weiter und bleib bloß nicht stehen!«

Ich schwieg und ließ mir die Worte meiner Schwester durch den Kopf gehen. Sie war älter als ich, und das machte sie offenbar auch um einiges klüger. Ich musste mir endlich zu Herzen nehmen, was nicht nur sie, sondern auch Lex gesagt hatte.

Mach das Beste draus.

Fehler auszuradieren war keine Option. Perfekt zu sein ebenfalls nicht. Das Ziel war, glücklich zu sein. Und das funktionierte nur, wenn ich nicht stehen blieb.

»Danke, Claire«, murmelte ich leise in den Hörer.

»Wofür?«

»Deine Sicht der Dinge?« Ich ließ meinen Kopf langsam nach hinten gegen die Wand fallen. »Und dass du es nicht merkwürdig findest, dass ich mich wieder in deinen besten Freund verliebt habe.«

22

Für jemanden, der dreimal in der Woche ins Fitnessstudio rennt, ist das echt erbärmlich, Mann.« Lex' Lachen hallte mir durch das Treppenhaus entgegen, als ich gerade einen Karton voller Schuhe in meine neue Wohnung trug. »Es sind nur ein paar Bücher, Aidan.«

»Sagt der Typ, der lediglich eine blöde Pflanze schleppt.« Aidans Stimme klang angestrengt und irgendwie sauer.

»Eine riesige, sperrige Pflanze!«, hielt mein Freund dagegen. »Ich sehe nicht mal, wo ich überhaupt hinlaufe.«

Ich konnte mir das Grinsen nicht verkneifen, stellte meine eigene Kiste ab und schob sie mit dem Fuß beiseite, damit der Weg für Lex und Aidan frei blieb. Die beiden diskutierten immer noch miteinander, als sie bei mir oben ankamen.

»Wohin?«, ächzte Aidan und warf mir einen gequälten Blick zu.

»Schlafzimmer.« Ich deutete mit dem Daumen nach rechts. »Und Wohnzimmer«, fügte ich an Lex und meine neue Pflanze gewandt hinzu.

Wir waren vor zwei Tagen für den Umzug einkaufen gewesen, und während ich eigentlich nur nach einem Bücherregal, einem Schuhschränkchen, Geschirr für die Küche und ein paar kleineren Dekorationsartikeln hatte suchen wollen, war Lex plötzlich mit einer großen Monstera angekommen. Ich hatte nicht protestiert und mir in Gedanken bereits überlegt, wo ich das Ungetüm hinstellen wollte. Fehlte nur noch ein Name für Grooties neue Schwester. Lex' Idee, nicht meine.

Während die beiden meinen Anweisungen nachkamen, zog ich mein Handy aus der Hosentasche und warf einen kritischen Blick auf den Bildschirm. Es war kurz nach zehn, Abby hatte bereits vor einer halben Stunde hier sein wollen. Sie kam gerne mal zu spät, doch dreißig Minuten waren selbst für sie viel. Wo steckte sie?

Die Antwort erhielt ich nur Sekunden später.

Sorry, Grace. Aidan und ich in einer Wohnung … Das ist keine gute Idee. Ich helfe dir beim Kistenauspacken und Dekorieren, wenn er wieder weg ist, okay? Sei mir nicht böse.

Stirnrunzelnd ließ ich das Handy wieder sinken. Im *Sheridan's* war sie ihm neulich noch nicht aus dem Weg gegangen. Ganz im Gegenteil.

»Alles okay?« Lex kam zurück aus dem Wohnzimmer und blieb neben mir stehen. Mit einem Finger deutete er auf das Telefon in meiner Hand.

»Ich bin mir nicht sicher«, antwortete ich ehrlich und hob den Blick. »Abby kommt nicht.«

»Okay?« Lex wirkte genauso ratlos wie ich.

Ganz eindeutig hatten wir beide keine Ahnung, was genau zwischen unseren Freunden passiert war, nachdem Abby die Bar vor einer Woche fluchtartig verlassen hatte und Aidan ihr hinterhergelaufen war.

»Das liegt an mir.«

Ich wirbelte zu Aidan herum. Er stand im Türrahmen meines Schlafzimmers und sah nachdenklich, ja, beinahe traurig aus.

»Wie meinst du das?«

»Ich nehme mal an, dass sie mich nicht sehen will.«

Er zuckte leicht mit den Schultern. Es sollte lässig sein, aber ich merkte ihm deutlich an, dass diese Erkenntnis ihn traf. Kein Wunder, ich hatte schließlich die Blicke gesehen, mit denen er Abby in der vergangenen Zeit bedacht hatte.

»Was ist passiert, Aidan?«, fragte ich und legte das Handy auf der alten Kommode im Flur ab, die schon in der Wohnung gewesen war und dringend neu gestrichen werden musste.

»Nichts. Hab sie nur nach Hause gebracht.«

»Das ist alles?« Das klang vollkommen unverfänglich.

»Ja.« Aidan blickte zwischen Lex und mir hin und her. »Ich habe versucht, mit ihr zu reden.« Erneut zuckte er hilflos mit den Schultern. »Aber sie wollte nicht, also …«

»Also hattet ihr Sex.«

»Was?« Mein Blick schnellte zu Lex. »Was redest du da? Die beiden haben doch nicht … Wie kommst du bitte darauf?« Ich unterbrach mich selbst, als mir bewusst wurde, dass Aidan ihm nicht widersprach. Mit großen Augen drehte ich mich zu ihm um. »Habt ihr doch?«

Eingängig musterte ich ihn. Seine komplette Körperhaltung war unmissverständlich: Lex hatte den Nagel auf den Kopf getroffen.

»Ich habe ihr versprochen, nichts zu sagen …« Aidan zögerte.

»Hast du ja auch nicht, Mann.« Lex schlug ihm freundschaftlich auf die Schulter. »Ich war's.«

»Das wird Abby aber nicht so sehen.« Er seufzte tief. »Sie ist … Sie ist danach wieder durchgedreht und hat mich weggeschickt. Ich habe wirklich keinen verfluchten Schimmer, was ich falsch gemacht habe.« Kopfschüttelnd rieb er sich über die Stirn. »Ich habe echt versucht, mit ihr zu reden. Habe ihr gesagt, dass ich nicht aufhören will, sie zu treffen. Obwohl sie sich im *Sheridan's* wirklich kindisch benommen hat. Als würde ich ernsthaft vor ihren Augen eine andere aufreißen. Was denkt sie bitte von mir?« Die Frage stellte er mehr sich selbst als uns. »Manchmal habe ich das Gefühl, sie überhaupt nicht zu kennen. Aber dann, wenn sie sich nicht völlig irre benimmt …«

»Vielleicht solltest du ihr das genau so sagen.«

»Dass sie sich völlig irre benimmt?« Er sah mich an, als hätte ich den Verstand verloren.

»Nicht unbedingt mit diesen Worten, aber … in die Richtung?«

»Das habe ich schon längst versucht. Mehrfach.«

»Vielleicht warst du nicht deutlich genug?«

Ich wusste ehrlich nicht, was ich ihm raten sollte, wenn ich Abby nicht in den Rücken fallen wollte. Was ich nicht wollte, auch wenn die Entscheidungen, die sie in letzter Zeit traf, mehr als dämlich waren.

»Nicht deutlich genug? Soll ich sie etwa kidnappen und erst wieder freilassen, wenn sie mir zugehört hat?«

»Warum nicht?« So schlimm es war, aber wahrscheinlich brauchte Abby genau das. Meine Freundin war jemand, der zu seinem eigenen Glück offenbar gezwungen werden musste.

»Weil das eventuell in diesem Staat illegal wäre?«, sagte Lex. »Nein, ich korrigiere mich. Das wäre sogar in jedem Staat illegal.«

»Das weiß ich.« Ich legte die Stirn in tiefe Falten und tat so, als müsste ich angestrengt nachdenken. »Aber es kommt auf das Ergebnis an. Manchmal erfordern besondere Umstände eben besondere Maßnahmen.«

Gott, ich klang selbst vollkommen irre. Natürlich meinte ich meine Worte nicht ernst. Eine Entführung war nicht die Lösung, aber irgendwie musste Abby dazu gebracht werden, ihm zuzuhören.

»Es wäre also okay für dich, wenn ich dich kidnappe, falls du dich völlig irrational verhältst?« Lex' Mundwinkel zuckten verdächtig.

»Auf gar keinen Fall«, wiegelte ich sofort ab. »Abgesehen davon …«

»Leute!«, unterbrach Aidan unser Geplänkel rastlos. »Was heißt das denn jetzt für mich? Was soll ich tun?«

»Erst mal machen wir hier weiter.« Lex schob seinen Kollegen in Richtung Treppenhaus. »Dann gibt's Bier«, zählte er weiter auf, während sie bereits die ersten Stufen nach unten nahmen. »Und dann überlegen wir uns einen Plan, solange wir die neuen Regale aufbauen.«

Ihre Stimmen wurden immer leiser, bis ich Aidans Antwort gar nicht mehr hören konnte. Kurz überlegte ich, ihnen direkt zu folgen, doch bevor ich mich den nächsten Kisten voller Klamotten in Lex' Jeep widmete, würde ich Abby antworten.

Der arme Kerl ist ganz schön fertig, Abbs. Willst du nicht doch herkommen, und ihr sprecht euch endlich richtig aus?

Es war ein Vorschlag, von dem ich selbst nicht glaubte, dass sie ihn annehmen würde. Die drei Punkte, die mir anzeigten, dass sie an einer Antwort tippte, erschienen fast sofort. Ich rechnete nicht damit, dass sie auftauchen würde, doch ich wollte es wenigstens versucht haben. Es war einfach so bescheuert, dass beide unter einer Entscheidung litten, die mit Leichtigkeit wieder rückgängig zu machen war.

Ihre Antwort war keine Überraschung.

Nein. Es ist besser so. Schreib mir, wenn er weg ist. Dann komm ich rüber und helfe dir auspacken.

»Ach, Abby.« Seufzend schickte ich ihr ein Daumen-hoch-Emoji, dann legte ich das Handy endgültig beiseite und machte mich ebenfalls auf den Weg nach unten.

»Nie wieder!«, stöhnte ich fünf Stunden später und ließ mich vollkommen erschöpft auf meine Couch fallen. »Ihr zwei seid meine Zeugen. In diesem Leben ziehe ich nicht mehr um.«

»Dabei hast du doch kaum was geschleppt.« Lex ließ sich neben mich fallen und lachte noch mehr, als ich ihn in die Seite boxte. »Sonst hättest du nämlich nicht noch Energie, um mich zu schlagen.«

»Gib mir ein Bier«, grummelte ich und streckte die Hand nach einer der beiden Flaschen aus, die er in seinen Händen hielt. Aidan setzte sich mit seinem eigenen Bier auf den einzigen Sessel in meiner Wohnung und hielt mir seine Flasche entgegen, sodass ich mit ihm anstoßen konnte. »Danke für deine Hilfe.«

»Und was ist mit mir?«, beschwerte sich Lex. »War ich dir heute etwa keine Hilfe?« Mit gespielter Empörung sah er mich an, ehe er sich Aidan zudrehte. »Vielleicht solltest du dir das mit den Frauen doch noch einmal überlegen, Mann. Wir können es ihnen nicht recht machen. Hey!« Dieses Mal wirkte seine Entrüstung nur noch zur Hälfte unecht, als ich ihn erneut boxte. »Hör auf, mich zu schlagen.«

»Hör du auf, Unsinn zu reden.«

»Okay. Ich glaube, das ist mein Stichwort.« Aidan leerte sein Bier in beeindruckender Geschwindigkeit und stellte die Flasche auf dem Tisch ab. Dann erhob er sich und tippte sich an den nicht vorhandenen Hut. »Bis dann. Ruft an, sollte es noch mal was zum Schleppen geben.« Obwohl meine Beine schwer wie Blei waren, rappelte ich mich auf und lief ihm hinterher.

»Gib nicht auf. Abby ist kompliziert und anstrengend und manchmal auch ziemlich eigensinnig. Aber wenn du es schaffst, ihr klarzumachen, dass sie dir wirklich wichtig ist, dann … dann ist sie *all in*. Glaub mir.« Das war alles, was ich ihm raten konnte, ohne Abby zu hintergehen. Den Rest musste er allein auf die Reihe kriegen.

»Danke, Grace«, sagte er und gab mir einen kleinen Kuss auf die Wange. »Wollen wir hoffen, dass du recht hast. Bis Montag, Lex.«

Als ich ins Wohnzimmer zurückkam, blieb ich neben dem Sessel stehen, auf dem Aidan gerade noch gesessen hatte.

»Was ist los?« Fragend streckte Lex die Hand nach mir aus. »Komm wieder her und lass uns Pause machen, bevor wir deine Küche einräumen.«

»Woher wusstest du, dass Aidan und Abby neulich Sex hatten?«

»Ich hab's ihm angesehen.«

»Verarsch mich nicht, Lex.« Ich umrundete den Sessel und ließ mich neben ihm auf der Couch nieder.

»Es war Zufall.«

»Das heißt was?« Ich legte erwartungsvoll den Kopf schief.

»Dass ich gesehen habe, wie er morgens aus ihrem Haus geschlichen ist, als ich joggen war. Lass die beiden mal machen. Aidan kriegt das schon hin.« Er hob seinen Arm, sodass ich mich an ihn kuscheln konnte. »Wir brauchen übrigens immer noch einen Namen für die hübsche Dame hier«, sagte er und erklärte damit das Thema Abby und Aidan für beendet.

»Das ist dein Spezialgebiet.« Mein Blick folgte seinem zu meiner neuen Monstera. »Und woher weißt du überhaupt, dass sie ein Mädchen ist?«

»Das hat sie mir noch im Laden verraten. Denkst du, ich stelle dir einen Kerl hier rein?«

»Bist du gerade ernsthaft eifersüchtig auf eine Pflanze?«

»Nein. Sie ist ja eine Lady, also …«

»Du bist verrückt, weißt du das?« Kopfschüttelnd wandte ich den Blick wieder von ihr ab und musterte stattdessen den Mann an meiner Seite, der mich so breit und so frech angrinste, dass ich nicht anders konnte. Ich grinste mit.

»Willst du die kitschige Antwort darauf haben?« Er lachte laut auf, als ich das Gesicht verzog und ihn von mir schieben wollte.

»Untersteh dich. Ich will nicht hören, dass du verrückt nach mir bist.«

»Okay. Dann sag ich es nicht.« Er lachte noch immer und rückte wieder ein Stückchen näher. »Auch wenn es stimmen würde«, raunte er dicht an meinem Ohr.

»Lex! Lass das!« Ich wollte böse gucken. Oder immerhin genervt die Augen verdrehen. Doch so weit ließ er es gar nicht erst kommen.

Er stellte sein Bier zur Seite und zog mich so eng an sich, dass ich auf seinem Schoß endete, die Knie links und rechts neben seinen Oberschenkeln auf dem Sofa abgestützt.

»Hör auf zu meckern, Gracie«, murmelte er und löste mit einer Hand das Band aus meinen Haaren. Augenblicklich fielen sie mir über die Schultern und kitzelten die Haut in meinem Gesicht. Unsere Lippen waren nur wenige Zentimeter voneinander getrennt, als sich die eben noch lockere, gelöste Stimmung zwischen uns schlagartig änderte und in etwas Tiefes, Dunkleres verwandelte. Sanft legte er seine Finger auf meine Wangen, den Blick keine Sekunde von mir abwendend. Er sah mir tief in die Augen und zog mein Gesicht näher zu sich. Es war offensichtlich, was er vorhatte.

»Was wird das?«, konnte ich mir dennoch nicht verkneifen zu sagen. Ein Lächeln lag mir auf den Lippen, das ich nur mit Mühe zurückhalten konnte.

»Pause«, entgegnete er knapp. Seine Stimme klang rau und wild und löste ein Kribbeln in meiner Magengegend aus. Gott, wie ich hoffte, dass er seine Wirkung auf mich niemals verlor.

»Pause, ja?« Bedächtig beugte ich mich ihm ein winziges bisschen entgegen, bis ich seinen Atem spüren konnte.

»Vielleicht wird es auch die Einweihung des ersten Raums.«

»Hast du es eilig damit?« Grinsend gab ich ihm einen Kuss. »Ich ziehe in diesem Leben wirklich nie wieder um«, wiederholte ich meine Worte von vorhin und legte meine Hände auf seine Schultern. »Also können wir uns ruhig Zeit lassen. Außerdem …«

»Außerdem?«

»Solltest du irgendwann mit mir zusammenwohnen wollen, würde ich es sehr begrüßen, wenn du einfach hier einziehst.« Ich war forsch, das war mir klar, aber ich wusste einfach, dass das mit Lex und mir echt war. Wenn ich bei ihm war, fühlte ich mich auf eine Art vollständig, die ich nicht beschreiben konnte. Er war das Puzzleteil, das mir immer gefehlt hatte. Seit es ihn in meinem

Leben gab, füllte er einen Platz aus, den vor ihm niemand hatte erreichen können. »Ich will wirklich nicht mehr Kisten packen und umziehen müssen.«

Liebevoll strich er mir eine Haarsträhne aus dem Gesicht. Doch in seinem Blick lag plötzlich etwas, das ich nicht so recht fassen konnte. Zurückhaltung. Und … Scheu? »Darüber … Darüber reden wir, wenn es so weit ist, okay?«

»War das gerade ein Korb?«

»Nein. Nur der dezente Hinweis, dass wir nichts überstürzen sollten.« Er zwinkerte. »Sondern uns lieber auf das hier konzentrieren.« Damit überbrückte er die Distanz zwischen uns, verschloss meinen Mund mit einem innigen Kuss und raubte mir sofort jeglichen leisen Zweifel, den seine Worte in mir ausgelöst hatten.

23

Der Plan war simpel: Farbe kaufen, Lex auf der Feuerwache besuchen, ein oder zehn Küsse klauen, heimfahren und die hässliche Kommode in meinem Flur neu lackieren.

Die Punkte eins bis drei klappten genauso, wie ich mir das gedacht hatte. Die Farbe befand sich gemeinsam mit neuen Pinseln in meinem Kofferraum, Kuss eins bis acht waren erledigt, und meine ganz persönliche Führung durch die Wache hatte ich auch bekommen. Lex hatte mir sogar einen Kaffee gekocht, und ich hatte seine restlichen Kollegen kennengelernt. Mehrfach wurde ich grinsend gefragt, ob ich mir mit Lex wirklich sicher sei.

»Und du bist Krankenschwester, ja?« Ein dunkelhäutiger Typ, der aussah wie ein Schrank, setzte sich zu uns an den großen Gemeinschaftstisch. Lex hatte ihn mir als Dean aus Montana vorgestellt. Interessiert sah Dean aus Montana mich an.

»Inzwischen Arzthelferin«, verbesserte ich und beobachtete, wie er sich ungefähr fünf Teelöffel Zucker in seinen Kaffee rührte. »Ich war Krankenschwester, als ich noch in Chicago gewohnt habe.«

»Uh. Die windige Stadt. War mir zu stürmisch da. Jetzt lebst du drüben in Tipton?«

»Genau.«

»Gerade umgezogen, richtig?«

Ich nickte. »Und du bist ganz schön gut informiert.«

»Wir sind hier eine große Familie, Grace. Gewöhn dich besser dran. Geheimnisse? Gibt es bei uns nicht.«

Sein Zwinkern ließ mich lachen. »Das sollte mir Angst machen, oder?«

Die Wahrheit war jedoch, dass es das nicht tat. Es war schön, wie selbstverständlich ich als Lex' neue Freundin akzeptiert wurde. Die Männer, und auch die drei Kolleginnen, die ich kurz gesehen hatte, verband mehr als nur derselbe Beruf. Da war eine innige Freundschaft zwischen ihnen. Tiefes Vertrauen, das in ihrem Job absolut notwendig war.

»Eigentlich ist es eher praktisch, so viele Geschwister«, Lex malte Gänsefüßchen in die Luft, »zu haben. Solltest du bei irgendwas Hilfe brauchen, sind sie nämlich alle da.«

»O ja, und wie wir das sind.« Dean nickte. »Hast du dich denn schon etwas eingelebt?«, fragte er munter weiter. Als hätten wir uns nicht erst vor ein paar Minuten kennengelernt.

»Ja. Dank Lex habe ich jetzt sogar Pflanzen.«

»Das war zu erwarten.« Er lachte bellend. »Wie heißen sie?«

»Wir diskutieren noch. Ich bin für Rocket, aber Monsieur hier besteht darauf, dass es ein Mädchen ist.«

»Ist sie ja auch.« Lex zuckte mit den Schultern.

»Willst du einen Tipp?« Dean beugte sich verschwörerisch zu mir, ich kam ihm nickend entgegen.

»Ja?«

»Du solltest unserem Pflanzenflüsterer hier seinen Willen lassen. Vertrau mir. Ich habe einmal den Fehler gemacht und mit ihm über das grüne Gestrüpp in unserem Pausenraum diskutiert. Ein Fehler, Grace. Ich sag es dir, das war ein großer Fehler.« Wieder lachte er laut auf.

Die Stunden in der Feuerwache von Davenport verflogen so schnell, dass ich es gar nicht merkte. Erst als Lex Feierabend hatte, fiel mir auf, wie viel Zeit vergangen war. Dean aus Montana hatte mich bestens unterhalten.

»Jetzt also die Blindenschule?«, fragte ich auf dem Weg nach draußen.

»Genau.«

»Kann ich mitkommen?« Es war ein spontaner Impuls, der mich diese Bitte stellen ließ.

»So spannend ist das nicht. Ich betreue nur die Kids bei den Hausaufgaben.«

»Das mag sein.« Vergnügt hakte ich mich bei ihm unter. »Aber ich würde mir die Schule trotzdem gerne mal ansehen. Du weißt, dass ich Braille kann. Vielleicht kann ich ja sogar ein bisschen helfen.«

»Ich weiß nicht.« Lex klang nicht sonderlich überzeugt. »Die Kids kennen dich nicht.«

»Genau wie dich anfangs.« Das war doch kein Grund, ihn nicht zu begleiten.

»Ich sollte ihnen trotzdem vorher Bescheid geben, wenn jemand mitkommt.« Allmählich irritierte es mich, dass er sich so gegen meinen Vorschlag sperrte. Warum konnte er mir die Feuerwache zeigen – sogar ein Feuerwehrauto von innen –, aber die Schule war tabu? »Ich kann nicht einfach so jemanden mitbringen, Grace. Die Schule muss das erlauben.«

Die Schule? Oder du? Es lag mir auf der Zunge, ihn genau das zu fragen. Doch das wäre wohl zu zickig gewesen. Angestrengt bemühte ich mich, meine Irritation über sein seltsames Verhalten zu überspielen. »Dann lass uns im Sekretariat nachfragen, ob mein Besuch okay ist.« Ich konnte mir nicht vorstellen, dass sie einen freiwilligen Helfer ablehnen würden, selbst wenn mein Besuch nicht angekündigt war.

»Es geht um Kinder. Die Regeln für Besucher sind ziemlich streng.«

»Und das ist gut so. Aber ich komme ja nicht allein. Sondern mit dir. Lass uns einfach fragen. Mehr als Nein sagen können sie nicht.«

»Herrgott, Grace!«

Die Lautstärke, mit der er auf einmal sprach, ließ mich zusammenzucken und stehen bleiben. Ich entzog ihm meinen Arm und blickte ihn erstaunt an. Was war denn auf einmal mit ihm los?

»Scheiße, ich …« Lex sah überallhin, nur nicht zu mir. »Es tut mir leid. Ich wollte dich nicht so anfahren. Wirklich nicht.«

»Okay …«, sagte ich zögernd.

»Es ist nur … es ist nicht so einfach, wie du dir das vorstellst.« Lex schüttelte den Kopf und rieb sich über die Schläfen. Wie neulich, als ihn diese Kopfschmerzen geplagt hatten. Waren sie zurück, und er wollte es mir nicht sagen?

»Geht es dir gut?«, fragte ich und machte vorsichtig einen Schritt auf ihn zu.

»Was?« Nun sah er so verwirrt aus, wie ich mich fühlte.

»Du verhältst dich merkwürdig, also … Ist alles okay?«

»Ich …« Er sah aus, als hätte er keine Ahnung, was er darauf antworten sollte. Es dauerte eine ganze Weile, in der er mich wortlos ansah. Abwartend hielt ich seinem Blick stand, während ich mich immer noch fragte, warum er sich so sehr gegen meine Bitte sträubte. Ich hatte doch nicht darum gebeten, dass er mich nach Guantanamo mitnahm. Sondern nur in eine Schule.

»Ja«, sagte er schließlich. »Alles … alles okay.« Er straffte die Schultern. »Lass uns gehen.«

»Also darf ich mit?«

Ich sah ihm an, dass er mit sich kämpfte, ehe er ein einziges Mal kräftig nickte. »Wir fragen. Mehr verspreche ich dir nicht.«

»Okay.« Mehr hatte ich nicht gewollt. Ich erwiderte sein Nicken und folgte ihm zu dem kleinen Parkplatz hinter der Wache. »Kann ich mein Auto hier stehen lassen, und wir holen es später ab? Oder soll ich extra fahren?«

»Wir lassen beide Autos hier. Es ist nicht weit zur Schule.«

Und das war es tatsächlich nicht. Es vergingen keine zehn Minuten, bis wir ein großes umzäuntes Gebäude erreichten. Nach einem kurzen, netten Gespräch mit dem Schulleiter durfte ich mit zu der kleinen Lerngruppe, die Lex einmal in der Woche betreute.

Die Schüler saßen bereits in ihrem Raum und unterhielten sich angeregt miteinander, als wir eintraten.

»Hallo, Leute«, begrüßte Lex die acht Jugendlichen und legte seine Jacke auf einem Stuhl ab. Ein mehrstimmiges »Hey, Lex« war die Antwort.

»Ich bin heute nicht allein«, sprach er weiter und warf mir einen kurzen Blick zu. »Meine Freundin Grace wollte euch kennenlernen. Ich hoffe, das ist okay?« Seine Stimme klang anders, während er mit den Kids sprach. Ein wenig atemloser, unruhiger. Als wäre er angespannt, obwohl er diese Gruppe schon seit Beginn des Schuljahres leitete. Oder war meine Anwesenheit daran schuld? Machte ich ihn nervös?

»Ist sie heiß?«, fragte einer der Jungs. Ich schätzte ihn auf fünfzehn, maximal sechzehn Jahre.

»Ja, Mann, ist sie das?«, schloss sich ein zweiter Teenie an.

»Ihr seid echt furchtbare Idioten, wisst ihr das? Sie kann euch hören.« Ein Mädchen mit blauen Haaren verpasste dem Kerl neben ihr einen erstaunlich treffsicheren Schlag auf den Hinterkopf. »Abgesehen davon ist das völlig egal. Ihr könnt sie sowieso nicht sehen.«

Keine Minute in diesem Raum, und ich wusste schon jetzt, dass diese Truppe ihre Aufsicht ganz schön auf Trab hielt. Neugierig blickte ich zu Lex, gespannt auf seine Antwort.

»Warum sagst *du* mir nicht, ob sie heiß ist, Josh?«

»Und wie soll ich das bitte anstellen? Ich bin blind, falls du das vergessen haben solltest.« Als könnte er ihn sehen, starrte Josh ziemlich exakt in unsere Richtung.

»Aber du hast Fantasie, oder nicht? Ich beschreib sie dir, pass auf.« Lex musterte mich von oben bis unten. »Grace hat zwei Arme, zwei Beine, zwei Ohren, zwei Augen, zwei …«

»Okay, okay, hab's kapiert«, unterbrach er Lex und verdrehte die Augen. »Aussehen ist nicht wichtig, die inneren Werte zählen,

Intelligenz ist sexy. Bla bla bla.« Für eine Sekunde hielt Josh inne und schien zu überlegen. »Oder sie ist so heiß, dass du Angst hast, ich könnte sie dir ausspannen.« Seinen Worten folgte ein anzügliches Wackeln mit den Augenbrauen. Es war wieder verblüffend zielgerichtet. »Hey, Grace? Kannst du Bio? Ich habe da eine Frage zu einer Aufgabe.«

»Uhm.« Fragend sah ich Lex an. »Ist es okay für dich, wenn ich … « Den Rest meiner Frage ließ ich unausgesprochen. Ich hatte ihm vorhin schon gesagt, dass ich ihn unterstützen könnte, doch er hatte nicht darauf geantwortet. War es ihm recht, wenn ich Josh half?

»Sicher. Mach ruhig.« Lex wirkte immer noch angespannt, als er sich an einem Lächeln versuchte. Es war nicht echt. Schnell wandte er den Blick wieder von mir ab und fügte an den Teenie gewandt hinzu: »Benimm dich, Josh. Grace ist eine Lady, und genau als solche behandelst du sie bitte auch, verstanden?«

»Ist ja gut, Mann. Chill.« Der Angesprochene ließ sich nicht beirren. »Ich hab wirklich eine Frage.«

Gedankenverloren sah ich Lex dabei zu, wie er sich um einen der anderen Schüler kümmerte. Ich konnte nicht festmachen, woran es lag, doch Lex war … Er war nicht er selbst. Irgendetwas hatte sich verändert, seit wir die Wache verlassen hatten, und ich konnte mir keinen Reim darauf machen, was es war oder woran es lag.

»Grace?« Joshs Stimme riss mich aus meinen Gedanken.

»Ja. Sorry.« Ich zog den freien Stuhl neben ihm unter dem Tisch hervor. »Schieß los. Was ist das Problem?« Ich setzte mich neben ihn und ließ mir die Aufgabe zeigen, die er nicht verstand. Er lauschte gerade einem Podcast über die Meiose. Kein Wunder, dass er damit nicht klarkam. Dieser Vorgang war mit grafischer Unterstützung so viel leichter zu verstehen als ohne.

Josh überreichte mir seine Kopfhörer, sodass ich mir den kurzen Input zum Thema anhören konnte. Währenddessen linste ich immer wieder zu Lex, der sich leise mit einem Mädchen unterhielt. Auf den ersten Blick hätte man glauben können, dass er in seiner Rolle als Lernbegleiter vollkommen aufging. Er sprach eindringlich mit der Schülerin, erklärte so lebhaft, dass sie auch ohne visuelle Unterstützung in der Lage war, zu verstehen.

Dieses Talent besaßen nicht viele Menschen. Lex war ein Segen für diese Kinder, und trotzdem schien er nicht glücklich zu sein.

Und das ergab keinen Sinn. Er kam jede Woche hierher. Seit Jahren. Claire hatte mir bestätigt, dass er die Stunden in der Schule oft nicht einmal dann ausfallen ließ, wenn er eigentlich krank in ein Bett gehörte. Lex brannte für diesen Job. Und dennoch sendete sein Körper andere Signale.

Ich war so versunken darin, ihn zu beobachten und mich zu fragen, was mit ihm los war, dass ich Joshs Text über die Meiose ein zweites Mal anhören musste. Dieses Mal zwang ich mich zu mehr Konzentration und verbot es mir, weitere Blicke in Lex' Richtung zu werfen.

»Okay, was ist dir unklar?«, fragte ich, nachdem ich Josh die Kopfhörer zurückgegeben hatte.

»Ich verstehe den Unterschied zur Mitose einfach nicht.« Er klang so frustriert, dass ich fast Mitleid mit ihm hatte. Meine eigene Schulzeit mochte mehr als zehn Jahre zurückliegen, aber ich erinnerte mich noch zu gut an den Biologieunterricht bei Mr Rushfield. Selbst sehend hatte ich meine Probleme damit gehabt, die Zellteilungsvorgänge zu verstehen.

Suchend blickte ich mich um. »Gibt es hier irgendwo eine Schere und Papier?«

»Keine Ahnung, warum?«

»Erkläre ich dir gleich, gib mir eine Sekunde.« Ich stand auf und lief auf das Pult zu. Auf einer Ablage entdeckte ich buntes Papier, in einem alten Glas steckte eine Schere. Ich schnappte mir beides und kehrte damit zu Josh zurück.

»Ich bin wieder da.« Mit diesen Worten setzte ich mich neben ihn.

»Was machst du da?«, fragte er, als ich in das Papier schnitt.

»Wir basteln dir Zellen und Chromosomen und den Spindelapparat. Ich glaube, du musst den Unterschied der beiden Vorgänge einfach erfühlen.« Energisch machte ich mich ans Werk. Ich brauchte nur ein paar Minuten, um die benötigten Bestandteile auszuschneiden und sie vor Josh und mich auf den Tisch zu legen. Dann spielten wir erst die Mitose, anschließend die Meiose durch.

»Bei der Mitose entstehen also zwei Zellen, bei der Meiose vier«, fasste Josh zusammen.

»Genau.«

»Und bei der Mitose sind sie identisch zur Mutterzelle, bei der Meiose nicht.«

»Du hast es verstanden«, gratulierte ich ihm und schmunzelte.

»Cool. Danke, Grace.« Seine Finger flogen über die Tastatur seines Laptops, als er seine Erkenntnisse notierte. »Den Rest schaffe ich alleine.«

»Ja? Alles klar.« Als ich aufstand, begegnete ich Lex' Blick.

Alles okay?, formte er lautlos mit den Lippen. Inzwischen saß er nicht mehr neben dem Mädchen von vorhin, sondern bei Joshs Freund. Wenn ich richtig gehört hatte, war das Thomas. Der Junge, um den sich Lex vor ein paar Wochen Sorgen gemacht hatte. Er wirkte vollkommen normal.

Ich nickte und schenkte ihm ein Lächeln, das Lex ebenfalls mit einem Nicken quittierte. Dann widmete er sich wieder dem Jungen, und ich beschloss, dem Mädchen mit den blauen Haaren einen Besuch abzustatten. Während die anderen der Gruppe immer wieder lachten und sich miteinander unterhielten, war das Einzige, was sie bisher von sich gegeben hatte, die Rüge für Josh und seinen Kumpel.

»Hey«, sagte ich zu ihr, als ich mich ihr näherte. »Darf ich mich zu dir setzen?«

Ihre Antwort war ein schweigsames Schulterzucken. Vor ihr lag ein Text, der in Blindenschrift geschrieben war.

»Was liest du denn da?« Ich zog das Papier zu mir und warf einen genaueren Blick drauf.

»Keine Ahnung.« Sie saß mit verschränkten Armen da und sah irgendwie wütend aus. Behutsam legte ich meinen Finger über den ersten Buchstaben und fuhr die sanften Erhebungen der Punkte nach.

»Ah, verstehe«, sagte ich, nachdem ich die erste Zeile gelesen hatte. »Es geht um Delfine.«

»Was?«

»Dein Text.« Ich schob ihn wieder vor sie. »Er handelt von Delfinen.«

»Woher weißt du das?«

»Ich habe angefangen, ihn zu lesen.«

»Du kannst Braille?«

»Ja.«

»Warum?«

»Warum nicht?«

»Weil du nicht blind bist!«, antwortete sie mit gerunzelter Stirn. Es lag erstaunlich viel Unverständnis in ihrer Stimme.

»Und deshalb darf ich keine Blindenschrift können?«

»Dürfen schon, aber … Wozu? Du kannst sehen. Wieso solltest du freiwillig diese Scheiße lernen?«

»Meiner Schwester zuliebe. Sie kann auch nicht sehen.« Damit schien sie nicht gerechnet zu haben. Meine Antwort ließ sie einige Sekunden lang verstummen.

»Schon immer?«, fragte sie dann, und es klang um einiges zaghafter als ihre Fragen von eben.

»Nein. Ein Unfall vor vielen Jahren.«

»Wie alt ist sie jetzt?«

»Neunundzwanzig.«

»Und wie alt war sie damals?«

»Zwölf.«

»Zwölf«, wiederholte das Mädchen und wirkte mit einem Mal unendlich traurig. »Wie ich, als ich blind wurde.«

»Wie alt bist du jetzt?«

»Vierzehn.«

»Darf ich raten?« Ich wartete, bis sie genickt hatte. »Du tust dich immer noch schwer damit, Braille zu lesen, oder?«

Auch Claire hatte sich nach ihrem Unfall monatelang und mühevoll an ihr neues Leben gewöhnen müssen. Irgendwann hatte sie angefangen, die Blindenschrift zu lernen – und sie hatte es gehasst. Es gab so viele Tränen und Streits deswegen, und nicht nur einmal hatte sie gebrüllt, dass sie lieber tot wäre, als blind zu sein. Mein Gefühl sagte mir, dass das Mädchen vor mir sich immer noch in genau dieser Phase befand.

»Du hasst es, dich so hilflos zu fühlen, nicht wahr? Du denkst, nie wieder glücklich sein zu können.«

Vielleicht lehnte ich mich damit etwas zu weit aus dem Fenster. Sie kannte mich nicht, und streng genommen ging es mich auch überhaupt nichts an. Aber auf einmal hatte ich den Drang, ihr zu helfen.

»Es ist so unfair. Dieser blöde Tumor ist schuld, dass ich nicht mehr sehen kann.« Bei ihren Worten sah ich Tränen in ihren Augen schimmern und hätte sie am liebsten in den Arm genommen.

Obwohl Claires Unfall so lange her war, waren die Gefühle sofort wieder da. Was dieses Mädchen durchmachte, war schrecklich, und es gab nichts und niemanden, der ihr diese Last abnehmen konnte.

»Schlechter Tag heute, Hannah?« Lex war in diesem Moment zu uns getreten, ging neben ihr in die Hocke und legte eine Hand auf ihre Schulter. Hannah nickte und fuhr sich mit dem Handrücken über die feuchten Augen.

»Möchtest du ein bisschen rausgehen und Musik hören?«

»Ja«, sagte sie sofort.

»Okay.« Lex löste seine Hand von ihr und half ihr auf die Beine. »Soll ich mitkommen?«

»Nein. Gib mir nur den Stock.« Sie streckte ihre Hand danach aus. Hastig sah ich mich um und entdeckte den Blindenstock neben Hannah auf dem Boden. Ich bückte mich danach und reichte ihn ihr.

»Danke.« Überraschend sicher machte sie sich auf den Weg nach draußen.

»Manchmal braucht sie das«, murmelte Lex. »Wenn ihr die ganze beschissene Situation zu viel wird, hilft ihr nur noch ihre Musik.«

»Ein Tumor?«

»Und Komplikationen bei der OP. Sie hat Glück, dass sie noch lebt.« Seine nächsten Worte waren kaum mehr zu verstehen. »Oder aus ihrer Sicht Pech. Wie man's nimmt.«

»Sag so was nicht.« Ich stieß ihn leicht in die Seite und hoffte, dass keiner der Teens gehört hatte, was er da gerade von sich gab. »Ihr Leben ist jetzt komplizierter, aber es ist immer noch gut.«

»Ein Leben in absoluter Dunkelheit, wow.« Er klang verdammt bitter, als er leise seufzte und den Kopf schüttelte. So zynisch kannte ich Lex nicht. Kurz entschlossen fasste ich nach seiner Hand und zog ihn näher zu mir.

»Hey.« Ich flüsterte fast und fuhr ihm mit den Fingern sanft über die raue Wange. »Ist alles in Ordnung?«

Er nickte mit fest zusammengepressten Lippen. Das war mir Antwort genug. Ich glaubte ihm nicht.

»Lex …«, begann ich und sah ihn bittend an. Ich wollte keine Ausreden hören. Er konnte mir die Wahrheit sagen.

»Es ist nur wegen Hannah«, entgegnete er und nahm meine Hand von seinem Gesicht. »Ich mag es nicht, wenn sie so traurig ist. Das erinnert mich daran, wie es Claire früher ging und …«

»Hey, hey, hey.« Ich stoppte die Abwärtsspirale, in die er sich mit jedem weiteren Wort stürzte, und zwang ihn erneut, mich anzusehen. »Es ist nur ein schlechter Tag für sie, okay? Kein schlechtes Leben. Sieh dir Josh an. Er kommt bestens klar.«

Lex' Blick folgte meinem. »Er kennt es nicht anders. Hannah schon.«

»In fünfzehn Jahren sieht das bei ihr bestimmt auch anders aus. Nimm Claire als positives Beispiel. Weißt du noch, wie sehr sie als Teenager gegen ihre Blindheit angekämpft hat?« Er war dabei gewesen, er musste sich erinnern. »Und jetzt sieh sie dir an. Sie ist so verdammt glücklich.«

»Aber sie könnte noch glücklicher sein.«

Wenn sie sehen könnte.

Er musste die Worte nicht aussprechen, ich wusste auch so, dass er sie dachte.

»Stimmt.« Ich nickte. »Aber weißt du was? Das gilt für jeden von uns. Ungeachtet dessen, ob man sehen oder hören oder sprechen kann. Es gibt immer Luft nach oben.« Meine Hand legte sich wie von selbst auf seine Brust und strich behutsam über die Stelle, unter der sich sein Herz befand. »Mach dir nicht zu viele Gedanken. Hannah braucht einfach noch ein bisschen mehr Zeit, um sich an ihr neues Leben zu gewöhnen.«

Wären wir nicht in einem Raum voller Schüler gewesen, hätte ich ihn nun geküsst. Hätte ihm ein Zeichen gegeben, dass er mit diesen Dämonen nicht allein kämpfen musste. Ich war da und würde sie gemeinsam mit ihm vertreiben, wenn er mich nur ließ.

Im nächsten Moment rief Josh fingerschnipsend meinen Namen. »Hey, Grace?«

»Ja, Josh?« Ich löste meine Hand von Lex' Brust und machte einen Schritt von ihm weg.

»Kannst du mir noch einmal die Telophase erklären?«

»Klar.« Ich warf Lex einen letzten aufmunternden Blick zu, dann widmete ich mich erneut Josh und seinem Mitose-Meiose-Mix.

24

Nachdem auch der letzte Schüler abgeholt worden war, machten Lex und ich uns auf den Weg zurück zur Wache und unseren Autos. Wir liefen Hand in Hand, und eigentlich hätte es ein angenehmes Schweigen sein können, das uns an diesem frühen Abend begleitete. Doch ich spürte, wie verkrampft Lex war. Sein gesamter Körper schien unter Strom zu stehen, seine Finger umklammerten meine so fest, dass es beinahe wehtat, und ich wusste einfach nicht, was der Grund dafür war. Außer Hannahs schlechtem Moment hatte es keine besonderen Vorkommnisse gegeben, und ich konnte mir nicht vorstellen, dass dieses kurze Gespräch mit ihr Lex so sehr aus der Bahn warf.

»Sprich mit mir«, sagte ich leise, als ich es nicht mehr aushielt.

Lex schwieg weiterhin.

»Ist es immer noch wegen Hannah?« Sie hatte die restliche Zeit vor der Tür verbracht und war auch nicht zurück in den Raum gekommen, nachdem Lex nach ihr gesehen hatte.

»Ich will ihr helfen, aber ich kann es nicht. Sie ist so furchtbar traurig, und ich weiß einfach nicht, was ich tun soll.«

»Es ist nicht deine Aufgabe, sie von ihrer Trauer zu befreien.«

»Doch, Grace, es ist meine Aufgabe. In diesen zwei Stunden ist es meine verdammte Pflicht, sie glücklich zu machen.«

»Das stimmt ni …«

»Lass es!«, schnitt er mir so harsch das Wort ab, dass ich überrascht stehen blieb. Er sah mich nicht an, als er weitersprach. »Du verstehst das nicht, also … lass es einfach, okay?«

»Nein.« Meine Antwort war ruhig, aber bestimmt. »Das werde ich ganz sicher nicht tun.«

Besorgt suchte ich seinen Blick. Doch Lex wich mir aus. Entschieden machte ich einen Schritt auf ihn zu und versuchte so, ihm in die Augen zu sehen. Herauszufinden, was in ihn gefahren war.

»Erklär es mir«, bat ich inständig. »Warum macht es dich so fertig, dass Hannah einfach noch etwas Zeit braucht?«

»Weil es so verflucht unfair ist. Sie kann nichts dafür, hat nichts falsch gemacht. Und trotzdem … Trotzdem kann sie nicht mehr sehen.«

»Niemand kann etwas dafür. Tumore entstehen, auch wenn du alles richtig machst. Das kannst du nicht verhindern.«

»Ich weiß.« Er stieß zischend die Luft aus, blickte erst links, dann rechts, dann wieder links an mir vorbei. »Tut mir leid, Grace, ich …« Mit beiden Händen fuhr er sich durch die Haare. »Keine Ahnung, was mit mir los ist, ich …«

»Du musst dich nicht entschuldigen, weil dich Hannahs Wut so mitnimmt.« Ich wollte nach seiner Hand greifen, aber er ließ mich nicht, entzog mir stattdessen seine Finger sogar vollständig. Im nächsten Augenblick machte er einen großen Schritt von mir weg.

»Doch!«, sagte er. »Muss ich. Es ist nicht okay, was ich dir zumute.«

»Was du *mir* zumutest? Lex! Hör auf mit dem Scheiß. Du mutest mir gar nichts zu. Du bist einfach nur aufgewühlt, weil dich das Schicksal dieses jungen Mädchens nicht kaltlässt. Das macht dich aber ganz sicher nicht zu jemandem, der sich für seine Gefühle entschuldigen müsste. Schon gar nicht bei mir.«

»Doch, Grace. Gerade bei dir. Ich sollte nicht so fühlen, aber ich bin ein beschissener Feigling, der nicht stark genug ist, sich zusammenzu …« Dieses Mal unterbrach er sich selbst. Schüttelte den Kopf. Biss sich auf die Lippe.

Er war völlig durcheinander, und ich hatte keine Ahnung, wie ich ihm helfen oder ihn beruhigen sollte. Hier ging es schon lange nicht mehr nur um Hannah. Ich hatte nur keinen Schimmer, um was dann.

»Du bist kein Feigling, und du bist auch nicht schwach. Du tust so viel für diese Kinder.«

»Ich tue viel zu wenig. Es wird nie genug sein. Nie! Ich muss … Ich sollte nicht … «

»Weißt du, was du nicht tun solltest?« Wir kamen der Feuerwache immer näher. »Fahren. Vielleicht wäre es besser, wenn du deinen Wagen stehen lässt, mit mir nach Hause fährst und wir deinen Jeep morgen zusammen abholen.« So aufgewühlt, wie er war, sollte er sich wirklich nicht mehr hinters Steuer setzen.

»Das geht nicht.« Sein Protest kam sofort. »Ich muss … Ich muss noch was erledigen. Es tut mir leid«, entschuldigte er sich schon wieder.

»Das muss es nicht«, versicherte ich ihm ein weiteres Mal und grübelte, was er meinen konnte. Er hatte bisher nicht erwähnt, dass er noch etwas vorhatte. »Ich würde dich nur einfach echt ungern allein fahren lassen.«

»Das … Es geht schon. Ich reiße mich zusammen. Versprochen.«

Er wirkte schrecklich verloren, als wir die Autos erreichten. Seine Schultern schienen tiefer zu hängen, seine Augen hatten ihren Glanz verloren, und in ihnen lag eine schwere Unruhe, die mir Angst machte. Ihn so gebrochen zu sehen, zerriss mir das Herz.

»Willst du nicht doch bei mir mitfahren?«, versuchte ich es noch einmal. »Es wäre mir wirklich lieber.«

»Nein.« Seine Antwort blieb dieselbe. »Ich muss … «

»Was musst du denn erledigen? Ich kann dich hinfahren, das ist kein Problem.«

»Nein, das ist nicht nötig. Ich weiß nicht, wie lange das Gespräch dauern wird und … Ich möchte nicht, dass du warten musst. Ich melde mich danach bei dir, okay?« Er schloss seinen Wagen auf und wollte einsteigen, doch ich hielt ihn auf.

Nicht so. Wir würden *nicht so* auseinandergehen.

»Lex.« Meine Hand umfasste seinen Arm so fest, dass ich kurzzeitig befürchtete, ich könnte ihm wehtun. Aber dieser Gedanke war absurd. Lex' Muskeln würde ich mit diesem lächerlichen Klammergriff nichts anhaben. »Warum läufst du vor mir weg?«

Hatte ich sein Verhalten in der Schule schon seltsam gefunden, machte ich mir nun richtige Sorgen um ihn. Das hier war nicht der Lex, den ich in den letzten Wochen kennengelernt hatte. In den ich mich aller Vernunft zum Trotz ein zweites Mal verliebt hatte.

»Ich laufe nicht weg, Grace«, murmelte er mit so schwacher Stimme, dass ich ihm kein Wort abkaufte.

Himmel, ich sah ihm doch an, dass da mehr war, als er mir sagte. Aber ich sah auch, dass er mir dieses *Mehr* nicht erzählen würde. Er hatte einen Entschluss gefasst, und ich würde ihn nicht davon abbringen können, egal was ich tat.

»Rufst du mich hinterher wenigstens an? Oder komm vorbei, egal wie spät es ist.« Ich würde sowieso kein Auge zutun, bis er wieder zu Hause war.

Lex erwiderte nichts darauf, starrte mich einfach nur an, als könne er nicht fassen, dass ich vor ihm stand und ihn fast schon anflehte, mich nicht auszuschließen. Wir waren noch nicht lange ein Paar, aber bedeutete nicht eigentlich genau dieses Zusammensein, dass er sich mir anvertrauen sollte?

»Versprich es mir, Lex.« Ich konnte die Verzweiflung in meiner Stimme nicht länger verbergen, brauchte die Zusicherung, dass er sich melden würde. Egal wie. Egal wann.

Er schwieg weiterhin. Erst nach einer gefühlten Ewigkeit und meinem dritten Bitten nickte er, gefolgt von einem tonlosen »Okay«. Wieder wollte er in seinen Wagen einsteigen, wieder hielt ich ihn davon ab.

»Ich weiß nicht, was hier gerade passiert oder wo du so dringend hinmusst.« Ich legte meine Hände in seinen Nacken und zog sein Gesicht zu mir nach unten. »Aber … wenn du drüber reden willst … ich bin da. Okay?« Damals. Heute. *Immer.*

Bei meinen Worten schloss er die Augen und presste sie fest zusammen. Sein Kinn zuckte, während ich ihn so gut ich konnte festhielt. »Ich bin da.« Und dann küsste ich ihn, weil das die einzige Möglichkeit war, die mir noch einfiel, um es irgendwie besser zu machen. Ich schmeckte die Verzweiflung auf seinen Lippen, spürte das Zittern, das ihn heimgesucht hatte. Lex kämpfte einen unsichtbaren Kampf, und ich betete, dass er ihn gewann.

Auf ihn zu warten, auf ihn oder auf seinen Anruf, war die Hölle. Unruhig schlich ich durch meine Wohnung, räumte die letzten Kisten aus, schaltete das Radio ein, versuchte, mich irgendwie abzulenken.

Nichts davon half. Der Klumpen in meinem Magen war zentnerschwer, die Gedanken in meinem Kopf rasten. Das Ziehen in meiner Brust wurde stärker, je länger ich darüber nachdachte, wie untypisch er sich heute Abend verhalten hatte. Es steckte mehr dahinter, und es machte mich wahnsinnig, dass ich nicht wusste, was es war. Das Verlangen in mir, ihm zu helfen, wurde schier übermächtig. Aber das konnte ich nicht, solange er nicht mit mir sprach.

Immer wieder fiel mein Blick auf die Uhr. Die Sekunden verstrichen, wurden zu Minuten, zu einer Viertel-, einer halben, einer ganzen Stunde.

Mein Handy blieb still.

Sollte es mich erleichtern, dass er nicht anrief? Hieß das, er würde herkommen, sobald sein Termin vorbei war? Oder war dieses andauernde Schweigen ein schlechtes Zeichen?

Rastlos lief ich hin und her. Trank einen Schluck Wasser in der Küche, schüttelte meine Bettdecke auf. Zum wiederholten Mal blickte ich aus dem Fenster, in der naiven Hoffnung, ich könnte seinen Jeep entdecken. Doch die Straße vor dem Haus war dunkel und leer, wurde lediglich von ein paar Straßenlaternen erhellt.

Irgendwann schaltete ich das Radio aus und machte den Fernseher an, aber ich konnte mich nicht konzentrieren. Meine Gedanken drifteten sofort ab, und ich grübelte von Neuem. In immer kürzeren Abständen kontrollierte ich mein Handy. Warum rief er nicht an?

Ich war kurz davor, seine Nummer zu wählen, als es klingelte. Blitzschnell sprang ich auf und hastete zur Tür. Ich drückte heftig auf den Knopf, während ich gleichzeitig die Wohnungstür aufriss. Hörte unten das Surren, dann wurde die Eingangstür aufgestoßen.

»Lex?«

Er kam mir auf den Treppenstufen entgegen. Und die Erleichterung, ihn endlich zu sehen, verpuffte in derselben Sekunde. Er sah furchtbar aus. Aschfahles Gesicht, leere Augen.

»Lex …« Meine Stimme wollte mir nicht gehorchen. »Was ist passiert?«

Mit schleppenden Schritten, als bestritte er gerade den schwersten Gang seines Lebens, kam er auf mich zu. Er sagte kein Wort, stoppte zwei Stufen unter mir. Und ich konnte nicht anders. Ich schlang meine Arme um ihn, vergrub mein Gesicht in seiner Halsbeuge, atmete tief ein. Er war hier, und das beruhigte mich, doch mein Herz schlug immer noch nicht wieder in seinem gewohnten Takt. Etwas stimmte nicht. Lex stand stocksteif da und erwiderte meine Umarmung nicht. Langsam ließ ich ihn wieder los. Sein Verhalten machte mir Angst.

»Können wir …«, begann er und räusperte sich. »Können wir reingehen?«

»Ja.« Ich machte einen Schritt rückwärts. »Klar.« Dann noch einen. Keine einzige Sekunde lang ließ ich ihn aus den Augen. Das Herz in meiner Brust hämmerte so sehr, dass es fast wehtat.

Lex folgte mir nach oben in meine Wohnung, mechanisch schloss ich die Tür hinter uns. Wortlos standen wir uns in meinem Flur gegenüber. Er in Schuhen und Jacke, ich barfuß. Und das war falsch. Falsch! *Er* müsste derjenige ohne Socken sein, während ich fröstelte und unter einer dicken Decke steckte. Doch Lex machte keinerlei Anstalten, seine Schuhe auszuziehen. Mein Herz klopfte wie wild, das Blut in meinen Ohren rauschte. Ich hatte keinen Schimmer, was mich erwarten würde, sobald er wieder sprach. Meine eigene Anspannung wuchs ins Unermessliche, während ich auf ein Zeichen, eine Reaktion wartete. Irgendetwas, das mir sagte, was passiert war.

»Ich muss mit dir reden, Grace.«

Er fuhr sich mit den Fingern über die Stirn. Mit einem Mal wirkte er vollkommen erschöpft. Jegliche Kraft war ihm entwichen, und ich konnte mit Fug und Recht behaupten, dass ich ihn in all den Jahren niemals so erlebt hatte. Lex war immer stark gewesen. Lustig. Schlagfertig. Niemals fertig oder verloren. Nicht wie jetzt.

»Können wir uns setzen?« Vorsichtig machte ich einen Schritt auf ihn zu. »Bitte.«

Er ignorierte meine Frage. »Das, was ich noch erledigen musste … Ich war bei Claire.«

»Claire?« Ich schüttelte verständnislos den Kopf. Was wollte er denn so spontan bei meiner Schwester?

»Ich habe sie angelogen.« Sein Blick war undurchdringlich.

»Du hast was?«

»Und dich auch.«

»Was redest du denn da?« Er hatte mich angelogen? Claire? Wann? Worüber?

»Claires Unfall damals war kein Unfall.« Er starrte mich unbeweglich an, während ich ihm gegenüberstand und das Gefühl hatte, gleich durchzudrehen. Sprachlos blickte ich mitten in sein Gesicht, das wie versteinert war. Es zeigte keinerlei Regung. »Ich habe sie gestoßen.«

»Das ist nicht wahr«, entfuhr es mir, während ich wie eine Verrückte in seinem Gesicht nach etwas suchte, das meine Aussage bestätigte. Irgendetwas, das mir bewies, dass es nicht stimmte, was er da sagte.

Ich fand nichts. Ich fand rein gar nichts, und diese Erkenntnis schnürte mir die Kehle zu. »Sag mir, dass das nicht wahr ist.« Mein Kopf schüttelte sich wie von selbst. Nein. Ich glaubte ihm kein Wort. Er war ihr bester Freund. Er hätte sie niemals gestoßen. *Nie*!

Das war ein Scherz. Er verarschte mich. Ich wusste nicht, wieso er so grausam war, aber ich war mir sicher, dass seine Worte nicht der Wahrheit entsprachen.

»Lex!«, flehte ich und konnte die aufkeimende Panik beinahe mit den Händen fassen. »Bitte!«

»Es tut mir so leid, Grace.« Seine Stimme brach, als er die Augen niederschlug und damit unseren Blickkontakt abbrach. Und das tat weh. Es tat so verdammt weh, drückte auf meine Brust, immer mehr, immer stärker und nahm mir die Luft zum Atmen.

Claires Unfall damals war kein Unfall. Ich habe sie gestoßen.

Zwei Sätze, die ich nicht glauben konnte. Die nicht wahr sein konnten. Nicht wahr sein *durften*. Nein. Er log. Warum auch immer, aber er log.

»Was soll das?« Plötzlich kam Leben in mich. Ich stürmte auf Lex zu, stieß ihn gegen die Schulter und schaffte es so, dass er mich wieder ansah. »Willst du mich vertreiben? Ist das dein Ziel? Bist du zu feige, um mit mir Schluss zu machen? Erzählst du mir deshalb diese Lügengeschichte?«

Es kostete mich all meine Selbstbeherrschung, nicht wieder und wieder gegen seine Brust zu stoßen. Ihm diesen ganzen Unfug auf diese Art und Weise auszutreiben. Was war in ihn gefahren? Meine Schultern bebten, meine Stimme zitterte mit jedem Wort mehr, das ich ihm entgegenschleuderte.

»Wenn du mich loswerden willst, dann sag es. Aber zieh Claire da nicht mit rein, hast du verstanden? Das ist einfach nur bösartig.«

Er zuckte zusammen, als hätte ich ihn geschlagen. Doch irgendetwas an meinen Worten schien ihn aus seiner Starre zu reißen. »Ich will dich nicht loswerden«, behauptete er und schüttelte vehement den Kopf. »Genau deshalb erzähle ich dir davon.«

»Das ergibt überhaupt keinen Sinn.« Ich ließ meine Hände sinken und trat einen Schritt von ihm weg. Mit einem Mal fiel es mir schwer, ihn anzusehen.

»Lass es mich erklären.«

»Was genau? Dass du sie angeblich gestoßen hast?« Ich gab ein abfälliges Schnauben von mir. »Das ist doch Quatsch. Es war ein Unfall!«

»War es nicht! Gott, Grace. Hör mir doch zu.«

»Ich will dir aber nicht zuhören, wenn du …«

Er ließ mir keine Chance, auszusprechen. »Es ist die gottverdammte Wahrheit, Grace! Ich wollte dieses bescheuerte Wettrennen gewinnen, aber Claire war schneller als ich. Sie war jedes einzelne Mal diese Millisekunden schneller. Ich konnte nicht zulassen, dass ich gegen ein Mädchen verlor, also habe ich sie gestoßen. Meinetwegen kann Claire nicht mehr sehen, verstehst du? Sie ist nicht einfach so gefallen. Ich war es!«

Jedes einzelne seiner Worte schnitt tief in mein Herz. Doch es waren nicht seine Worte, die mir klarmachten, dass er die Wahrheit sagte. Es war das verdächtige Schimmern in seinen Augen, und es raubte mir jegliche Kraft, die ich noch besessen hatte. Verzweifelt sackte ich gegen die Wand in meinem Rücken. Nein. *Nein!* Das konnte einfach nicht sein. Lex würde sie doch niemals … Claire war seine … Aber er hatte es gerade gesagt. Er hatte zugegeben, dass er genau das getan hatte. Er hatte Claire so heftig gestoßen, dass sie gestolpert und so schlimm gefallen war, dass dabei ihr Sehnerv irreversibel geschädigt worden war.

Er war schuld. *Mein Freund* war schuld an der Erblindung meiner Schwester.

»Grace …« Hilflos kam Lex näher und streckte seine Hand nach mir aus.

»Wag es ja nicht!«, fauchte ich. »Fass mich bloß nicht an.«

»Okay.« Er zog seine Hand sofort zurück. »Entschuldige. Ich wollte nicht …«

»Es ist mir egal, was du wolltest.« Ich ließ ihn seinen Satz nicht zu Ende sprechen. »Du hast Claires Leben kaputt gemacht. Wie konntest du … Siebzehn Jahre! Scheiße, Lex!« Seine Umrisse verschwammen, als mir Tränen in die Augen traten. Tränen der Wut, die ich jetzt ganz sicher nicht gebrauchen konnte. Ich versuchte, sie wegzublinzeln und ihn wieder in den Fokus zu rücken. »Du lügst uns alle seit siebzehn Jahren an!« Es machte mich fassungslos. Ich war so verdammt zerrissen, dass ich nur noch einen Wunsch hatte: Ich wollte aus diesem Albtraum aufwachen. »Warst du deshalb bei ihr? Hast du es ihr gesagt?«

»Ja.« Er nickte.

»Warum jetzt?« Warum nicht damals? Vor zehn Jahren? Vor fünf? Vor drei Wochen? »Du lässt zu, dass ich mich in dich verliebe, obwohl du … obwohl du …« Ich konnte es nicht aussprechen. Es ging nicht. Ich wandte den Blick von ihm ab und wurde von einem stummen Weinanfall durchgeschüttelt. Er hätte es mir sagen müssen. Rechtzeitig. Nicht jetzt, wo es zu spät war.

»Es tut mir leid.«

Immer wieder diese vier bescheuerten Worte.

Es tut mir leid. Es tut mir leid. Es tut mir leid.

Aber sie änderten nichts. Sie änderten rein gar nichts an dem, was er getan hatte. Und schon gleich gar nicht machten sie auch nur ansatzweise wieder gut, dass er mich belogen hatte. Jahrelang!

»Ich habe dir mein Herz ausgeschüttet.« Ich sprach mehr zu mir selbst als zu ihm. Mein Blick war starr auf den Boden gerichtet. »Hab dir erzählt, was ich getan habe, und du … du verschweigst mir, dass du genauso …« Ich brach ab. Der Schmerz in mir war allumfassend.

Plötzlich konnte ich nicht mehr atmen. Ich presste mir die Hände auf die Brust, als sich die Gedanken in meinem Kopf überschlugen. Lex hatte Claire das angetan. Ich vertraute mich ihm an. Er dagegen hatte mir rein gar nichts gesagt. Ich liebte ihn. Er belog mich.

Mein Herz zerbrach. Lautlos und still zerfiel es in Millionen Einzelteile.

»Geh.« Das Wort entwich mir so leise, dass ich Mühe hatte, es selbst zu verstehen. Das Blut in meinen Ohren rauschte, der Druck auf meine Brust wuchs.

»Grace, bitte …«

Trotz des Tränenschleiers vor meinen eigenen Augen erkannte ich, dass auch in seinen Tränen schimmerten. Und das machte mich wütend und traurig zugleich. Er hatte kein Recht, so zu fühlen, und dennoch wollte ich mich an ihn klammern, hemmungslos weinen und ihn bitten, bei mir zu bleiben. Ihm sagen, dass wir das irgendwie hinkriegen würden. Aber ich wusste, dass es keine Chance für uns gab. Es war zu spät. Er hatte meine Schwester so schwer verletzt, dass sie nie wieder sehen würde. Und er hatte nicht genug Anstand besessen, es mir zu sagen, bevor … bevor ich mich in ihn verliebte. Er hatte die einzige Möglichkeit, die es je für uns gegeben hatte, kaputt gemacht.

»Denkst du ernsthaft, ich könnte dir das verzeihen?« Die Tränen rollten über meine Wangen. Ich war nicht mehr fähig, mich zu bewegen. Meine Brust hob und senkte sich rasend schnell, um Luft in meine Lungenflügel zu pressen. Und mich damit meine nächsten Worte sagen zu lassen: »Verschwinde.«

»Grace, ich …« Er brach ab, und im nächsten Moment spürte ich etwas Nasses auf meinem Handrücken. Eine Träne. Ob seine oder meine, wusste ich nicht.

»Es ist mir egal ...« Ich schluckte und stolperte fast über mein eigenes Schluchzen. »Es ist mir egal, warum du erst jetzt damit rausrückst.« Jedes meiner Worte schnitt ein immer größer werdendes Loch in mich. Es war mir nicht egal, aber ich konnte ihm nicht länger zuhören. Ich ertrug seine Nähe keine weitere Sekunde. »Wenn du ernsthaft glaubst, dass ich weiterhin mit dir zusammen sein will, dann ...« Ich stockte. *Dann hast du recht.* Und ich hasste mich selbst für den Gedanken, weil er sich wie Verrat an Claire anfühlte. Ich wollte nicht ohne Lex sein, aber mir war klar, dass ich keine andere Wahl hatte. Mit dem Mann eine Beziehung führen, der ihr Leben zerstört hatte ... Das würde ich Claire niemals antun. Egal wie tief meine Gefühle für ihn mittlerweile waren.

»Dann was?« Er sah mich ohne jegliche Hoffnung in den Augen an. Weil er wusste, dass die Antwort darauf nichts sein würde, was er hören wollte.

»Dann bist du ein riesengroßer Idiot.« Alles an mir zitterte, als ich mich an der Wand ein Stück von ihm wegschob. »Hau ab.« Ihn wegzuschicken war mit das Schwerste, was ich jemals tun musste. Ich legte alle Kraft, die ich noch hatte, in diese zwei Worte, während ich sie noch einmal aussprach: »Hau. Ab!« Ohne Emotionen. Ohne Gefühle. Zumindest nach außen.

Drei Herzschläge lang blieb Lex wie erstarrt vor mir stehen. Wartete. Schien zu hoffen, dass ich meine Worte änderte. Sie zurücknahm.

Ich tat es nicht. Und würde es auch in Zukunft nicht tun.

Drei endlos lange Herzschläge benötigte er, um das zu begreifen. Dann drehte er sich ruckartig um und verließ meine Wohnung.

Zurück blieben nur dröhnende Stille und das Gefühl, alles verloren zu haben, was mich aufrecht gehalten hatte.

Kraftlos sank ich auf den Boden.

25

Stillstand. Alles in mir hatte aufgehört zu existieren, seit Lex durch diese Tür getreten war. Ihn wegzuschicken war das einzig Richtige gewesen. Das wusste ich, und ich hielt daran fest. Aber nur, weil ich das Richtige getan hatte, bedeutete das nicht, dass es sich auch so anfühlte. Ganz im Gegenteil.

Ich hatte keine Ahnung, wie lange ich auf dem Boden im Flur saß, die Beine angezogen, das Gesicht an die Knie gelehnt. Und weinte. Ich weinte so sehr wie nie zuvor in meinem Leben.

Meine Augen schmerzten, als ich mich irgendwann aufrappelte. Doch das war nichts im Vergleich zu dem Gefühl in meiner Brust. Ich schleppte mich in mein Bad, blickte in den Spiegel. Sah das verschmierte Make-up, die schwarzen Rinnsale. Mechanisch vollführte ich jeden Handgriff, schminkte mich ab, wusch mein Gesicht. Dann setzte ich mich minutenlang auf den Toilettendeckel und starrte reglos ins Leere. In der einen Sekunde war noch alles in Ordnung gewesen, in der anderen fand ich mich dem Ende meiner Beziehung gegenüber. Lex war gegangen. Nicht zu einer Schicht. Nicht, weil er joggen wollte. Nicht zum Einkaufen. Er war gegangen, weil ich ihn weggeschickt hatte.

Neue Tränen stahlen sich aus meinen Augenwinkeln, als ich aufstand und in die Küche lief. Mein Handy lag auf der Arbeitsfläche. Mit zitternden Fingern wählte ich die Nummer meiner Schwester. Doch es war nicht Claire, die den Anruf annahm. Es war John.

»Hey, Grace.« Er hörte sich nicht gut an.

Ich sparte mir eine Begrüßung. »Wie geht es ihr?« Meine Stimme klang belegt, und ich hatte Mühe, nicht schon wieder in Tränen auszubrechen.

Ein bitteres Schnauben entfuhr ihm. »Wie schon? Sie hat gerade erfahren, dass …« Er brach ab. »Ich muss das nicht wiederholen, oder? Du weißt, was passiert ist.«

»Ja.« Meine Antwort war nichts weiter als ein ersticktes Krächzen. »Er hat es mir erzählt.«

»Unglaublich«, zischte John. Ich hörte, wie eine Tür geschlossen wurde. »Siebzehn Jahre hat er geschwiegen. Und jetzt kommt er damit an, wenn sie schwanger und Aufregung Gift für sie ist. Was zur Hölle ist los mit dem Typen? Wieso tut er ihr das an?«

»Ich weiß es nicht.« Ich kauerte mich auf mein Sofa und zog die Decke über meine Beine. Mir war eiskalt.

»Gott.« Er stieß geräuschvoll die Luft aus. »Sorry, dass du meine Wut abkriegst. Claire ist endlich eingeschlafen. Sie ist todunglücklich. Ich habe sie noch nie so gesehen.«

»Hm.« Stumme Tränen liefen über meine Wangen. Dieses Mal waren sie nicht nur für das, was ich verloren hatte, sondern auch für Claire. Lex war fast zwei Jahrzehnte lang ihr bester Freund gewesen. Vielleicht wäre es besser gewesen, wenn keiner von uns jemals davon erfahren hätte. Unwissenheit war schließlich Glückseligkeit.

Fuck!

Wollte ich ernsthaft lieber angelogen werden, als eine Wahrheit zu erfahren, die alles auf den Kopf stellte? Nur damit ich weiterhin mit ihm zusammen sein konnte und Claire jetzt nicht so litt? War die Wahrheit nicht immer die bessere Alternative? Egal wie hässlich sie war?

Ich wollte schreien. Irgendetwas gegen die Wand schleudern. Und am allermeisten wollte ich die Zeit zurückdrehen und dieses blöde Wettrennen verhindern.

»Scheiße, Grace.«

Johns Fluchen riss mich aus meiner Gedankenspirale.

»Tut mir leid, ich rede nur von Claire, dabei bist du …« Ich sah ihn nicht, aber es war nicht schwer, mir vorzustellen, wie er fassungslos den Kopf schüttelte. »Du bist seine Freundin. Für dich bricht gerade auch eine Welt zusammen.«

»Ich bin nicht mehr seine Freundin.« Das war das Einzige, was ich mit absoluter Sicherheit sagen konnte.

»Es tut mir leid, Grace.«

»Du kannst nichts dafür.«

»Trotzdem. Das ist …« Während ich mich einfach nur wie erschlagen fühlte, hatte John immer noch die Kraft, wütend zu sein. »Wie konnte er euch überhaupt ins Gesicht sehen, immer in dem Wissen, was er getan hat? Das ist doch krank. Er hätte sich von euch fernhalten müssen.«

Dem konnte ich nicht widersprechen. Doch dafür war es nun zu spät. Lex hatte nicht den Abstand gesucht, sondern das genaue Gegenteil getan. Er war zu Claires engstem Vertrauten geworden, während ich Gefühle entwickelt hatte, die weit über eine freundschaftliche Ebene hinausgingen.

»Willst du herkommen, Grace?« Johns Sorge schwang in jedem Wort mit. »Wir haben das Gästezimmer und …«

»Danke, das ist lieb, aber ich bleibe hier.« Ich wollte allein sein. »Sagst du … Sagst du Claire morgen, dass ich angerufen habe?« Wenn es einen Menschen gab, mit dem ich reden wollte, dann war es meine Schwester.

Weinen war anstrengend. Mein Kopf war immer noch schwer und fühlte sich gleichzeitig wie mit Watte gefüllt an, als ich am nächsten Morgen aufwachte. Ich hatte keinen Hunger, keinen Durst, und die Vorstellung, mich ins Bad und in die Dusche zu schleppen, ließ regelrechte Panik in mir aufsteigen. Deshalb blieb ich einfach liegen. Draußen schien die Sonne, die Dunkelheit der Nacht war verschwunden, doch Lex' Worte blieben. Sie liefen wie in einer Endlosschleife in meinem Kopf ab. Wieder und wieder und wieder. Lauter und lauter und lauter.

Irgendwann presste ich mir die Hände gegen die Schläfen und versuchte so, die Stimme in meinem Kopf zum Schweigen zu bringen. Es gelang mir nicht. Frustriert drehte ich mich auf die Seite und blickte auf die Stelle, wo eigentlich Lex liegen sollte. Wir hatten in den vergangenen zwei Wochen kaum eine Nacht getrennt verbracht, und es erschrak mich selbst, wie sehr ich mich jetzt schon an seine Anwesenheit gewöhnt hatte. Wie schnell das passiert war. Und wie ich es vermisste, dass er nun nicht mit einer Tasse Kaffee in der Küche auf mich wartete. Dieses Wissen, dass er überhaupt nicht hier war und es auch nie wieder sein würde, trieb mir erneut die Tränen in die Augen.

Wie konnte das sein? Wie konnte ich ausgerechnet den Menschen so sehr vermissen, der meiner Schwester das Augenlicht gestohlen hatte?

Mein Blick wanderte zur Decke über mir, an der keine Sternbilder hingen. Sie war einfach nur leer, und die fehlenden Sterne erinnerten mich daran, wie Lex mir erzählt hatte, dass jeden Tag 275 Millionen neue in unserem Universum entstanden. Alles war mit ihm verbunden. Selbst etwas, das nicht mehr da war, wie die Leuchtsterne in meinem Schlafzimmer.

Gegen Mittag quälte ich mich schließlich doch aus dem Bett. Ein Blick auf mein Handy verriet mir, dass sich weder Claire noch Lex bei mir gemeldet hatten. Obwohl es falsch war, versetzte mir Letzteres einen Stich. Meine Augen brannten verräterisch, als ich das Telefon beiseitelegte und ein Glas mit Wasser füllte. Es war mir zu anstrengend, mir einen Kaffee zu machen. Ich wollte ihn von Lex gemacht kriegen, verdammt noch mal. Von dem Mann, der immer alles für meine Schwester getan hatte. *Alles.*

Warum war mir das nie aufgefallen? Sie hatten sich erst nach ihrem Unfall angefreundet. Wie konnte Lex uns jahrelang so hintergehen? Er hatte sich in unsere Leben geschlichen, um … um was? Um irgendwie wiedergutzumachen, was er ihr angetan hatte?

Meine Gedanken drehten sich im Kreis, und ich wusste, dass es nur einen Weg gab, um sie zum Schweigen zu bringen. Ich musste etwas tun. Mich bewegen oder körperlich auspowern.

Ich hätte joggen gehen können, doch die Gefahr, Lex dabei über den Weg zu laufen, war mir zu groß. Also blieben mir nur die Pferde. Ich schnappte meine Reitsachen, warf ein paar alte Äpfel für Giana und Dorina ins Auto und fuhr auf den Hof.

William grüßte mich von Weitem. Ich winkte zurück und verschwand im Stall. Dorina war schnell geputzt und gesattelt, und ich schwang mich auf ihren Rücken.

»Auf geht's, meine Süße.« Heute würden mir ein paar Runden auf dem Platz nicht reichen. Ich wollte raus ins Gelände, den Wind fühlen, mir den Kopf freipusten lassen, abschalten. Mich einfach nur auf das Lebewesen unter dem Sattel konzentrieren und nicht länger darüber nachdenken, warum ich hier war und nicht mehr bei Lex sein konnte.

Ich trieb Dorina immer mehr an, galoppierte mit ihr über die Felder. Der Himmel war wolkenlos und von einem wunderschönen Azurblau. Am liebsten hätte ich mir den Helm ausgezogen, den Wind nicht nur an der Nase, sondern auch in den Haaren gespürt. Reiten war wie fliegen. Ein Gefühl von Freiheit und Sicherheit zugleich, doch heute wollte es sich nicht einstellen.

Lex' Verrat saß so tief, dass ich ihn nicht einmal auf dem Rücken meines Pferdes für ein paar Minuten vergessen konnte.

Ich gab Dorina das Zeichen, langsamer zu werden. Vom Galopp in einen Trab, dann in Schritt zu fallen. Wir wurden immer langsamer, bis ich realisierte, wo wir gelandet waren. Vor mir erstreckte sich der kleine See, an dessen Ufer Lex' Familie die kleine Hütte hatte.

Mein Unterbewusstsein hatte mich genau an den Ort geführt, wo alles angefangen hatte. Das kleine Spontandate mit Lex, das nur durch das Signal eines Einsatzes unterbrochen worden war.

Im ersten Moment wollte ich umdrehen. Aber Dorina brauchte eine Pause, und die Stelle neben dem großen Stein war perfekt dafür. Ich stieg ab, machte die Trense los, lockerte den Sattelgurt und ließ sie grasen. Nur ein paar Minuten, dann würden wir uns auf den Rückweg machen. Wenigstens konnte ich mir dieses Mal sicher sein, dass Lex nicht im See schwamm. Es war Ende November, und damit war auch für ihn die Badesaison offiziell beendet.

Scheiße, ich wollte nicht schon wieder an ihn denken. Sinn und Zweck dieses Ausritts war das genaue Gegenteil davon gewesen. Ein paar Stunden Frieden zu haben. Nicht nachdenken, nicht verzweifeln. Weitermachen, als hätte er mir nicht das Herz zerquetscht.

Ich trat neben Dorina, legte meinen Kopf an ihre Schulter und schloss die Augen. Ihr Fell war warm und weich und strahlte etwas Beruhigendes aus. Immer wieder machte sie auf der Suche nach neuem Gras einen Schritt vor oder zurück. Automatisch passte ich mich ihren Bewegungen an. Ihr Schutz und ihre Wärme vertrieben den Kummer in meiner Brust zwar nicht, aber für ein paar Sekunden wurde es leichter.

Bis ich die Augen wieder aufschlug. Und ihn sah. Er war dank der Entfernung winzig klein, doch ich wusste sofort, dass er es war. Lex stand auf der anderen Seite des Sees und blickte in meine Richtung. Wenn ich ihn erkannte, wusste auch er ganz bestimmt, bei wem es sich um das Pferd und seine Reiterin handelte. Kaum merklich drückte ich mich noch etwas enger an Dorina, während ich ihn beobachtete. Der Schmerz kehrte mit geballter Wucht zurück, alles in mir verkrampfte sich. Aber ich konnte nicht wegsehen. Konnte nicht aufsteigen und zurückreiten.

Es waren noch nicht einmal vierundzwanzig Stunden, seit wir uns zuletzt gesehen hatten. Seit er mir alles gestanden hatte. Und trotzdem fehlte er mir so sehr, dass es körperlich wehtat. Lex bewegte sich genauso wenig wie ich. Er stand einfach nur da, blickte in meine Richtung, und … es war anstrengend. Es war entsetzlich anstrengend, auf seine vertrauten Umrisse zu blicken und sie fast schon gewaltsam mit diesem neuen Wissen in Einklang zu bringen.

Ein leises Schluchzen entwich mir, als ich nach Dorinas Gurt griff und ihn festzog. Dann legte ich ihr die Trense wieder an und zog sie mit mir.

Ich musste von hier verschwinden, bevor ich es nicht mehr aushielt. Jede Faser meines Herzens schrie nach ihm, weil es diesem dummen Ding egal war, was er getan hatte.

Mein Stute war nicht begeistert davon, unsere Pause jetzt schon zu beenden, aber ich war sturer als sie. Ein paar Meter vom Ufer entfernt schwang ich mich auf ihren Rücken und gab ihr mit den Beinen das Zeichen, loszutraben. Weg vom See, weg von Lex.

26

Ungefragt hatte Abby mir eine Tasse Tee gekocht. *Weil Tee alles besser macht.* Ich war mir da nicht so sicher, aber sie hatte sich nicht davon abbringen lassen. Immerhin konnte ich mich so an der Tasse festhalten und mein Gesicht beim Pusten auf die heiße Flüssigkeit hinter meinen Haaren verstecken. Alles, um Abby nicht anzusehen. Ein Blick in ihr Gesicht, und ich würde ihr alles erzählen. Angefangen von meiner Rückkehr. Bis jetzt. Und dafür war ich nicht bereit.

»Woher wusstest du überhaupt, dass ich hier bin?« Eigentlich hätte ich in der Praxis sein sollen, doch wegen meiner quälenden Kopfschmerzen am Morgen hatte ich mich krankgemeldet. Und weil ich einfach keine Kraft hatte, zehn Stunden lang die fröhliche Grace zu spielen, die ich in den vergangenen Wochen so mühsam wieder aufgebaut hatte. Mit wenigen Worten hatte Lex es geschafft, dass sie sich in Luft aufgelöst hatte.

»Das hier ist Tipton.« Ich sah nicht hin, aber ich spürte, wie sie mit den Schultern zuckte. »Helena war in der Praxis, hat es Melissa erzählt, die Patty und …«

»Okay, hab's kapiert.«

Unsere Heimatstadt war furchtbar. Sie hatten nichts Besseres zu tun, als darüber zu tratschen, warum ich nicht arbeiten war. Es war ein Wunder, dass anscheinend noch niemand wusste, dass ich wieder Single war. Oder was der Grund dafür war.

»Aber du bist nicht krank.« Es war keine Frage.

»Nein.« Ich blies noch stärker auf den heißen Tee.

»Muss ich dir jetzt alles aus der Nase ziehen?« Abby gab ein genervtes Seufzen von sich. »Oder ersparst du uns das und erzählst mir direkt, warum du mit Lex Schluss gemacht hast?«

»Wieso …« Nun sah ich sie doch an, realisierte aber sofort, dass das ein kolossaler Fehler gewesen war. In ihrem Blick lag viel zu viel Sorge.

»Aidan hat's mir erzählt.«

»Du sprichst wieder mit ihm?«

»Ja, aber das ist eine längere Geschichte, die jetzt nichts zur Sache tut. Was ist los, Grace? Du warst doch so schrecklich verliebt in ihn.«

»Das bin ich immer noch«, wisperte ich, und zum wiederholten Male in den vergangenen Tagen kamen mir die Tränen. Ich hatte es so satt. Diese ständige Heulerei brachte gar nichts. Sie führte lediglich dazu, dass mir nicht nur das Herz, sondern auch die Augen wehtaten und die Haut auf meinem Gesicht immer mehr spannte. Er hatte mich in ein verdammtes Wrack verwandelt.

»Grace …« Abby rückte näher und nahm mir den Tee aus der Hand. Behutsam stellte sie ihn auf dem Tisch ab, ehe sie mich in ihre Arme zog. »Was ist passiert? Lex steht vollkommen neben sich, und du bist ein Häufchen Elend.«

»Hat Aidan das auch erzählt?«, schniefte ich an ihrer Schulter.

Nachdem ich mich das ganze Wochenende über eingeigelt hatte, tat es gut, in den Arm genommen zu werden. Auch wenn es nicht die Arme waren, nach denen ich mich sehnte.

»Hat er«, bestätigte Abby und ließ mich wieder los. »Das ist aber auch schon alles, was ich weiß. Lex hat keinen Ton gesagt. Nur, dass Schluss ist.«

»Hm.« Mein Murmeln erstarb mit meinem nächsten Schluchzer.

»Also, was hat er angestellt?« Liebevoll strich sie mir über den Arm.

Es rührte mich und machte mich gleichzeitig traurig, dass sie sofort ihn als Sündenbock ausmachte. Es wurde Zeit, dass ich mich ihr anvertraute und den wahren Grund für meine Rückkehr zugab. Warum Lex mich wirklich nach Chicago begleitet hatte. Wie er immer wichtiger für mich geworden war. Bis ich mich verliebt hatte. Und dann alles zusammengestürzt war. Also legte ich los.

Abby hörte mir einfach nur zu und legte bestärkend eine Hand auf meinen Unterarm. Sie reagierte nicht entsetzt oder wütend, sie war einfach für mich da. Und dann musste ich Lex' Bombe platzen lassen.

»Erinnerst du dich an Claires Unfall damals? Beim Schulfest?«, fragte ich mit bebender Stimme.

Wir waren alle dagewesen. Das Wettrennen der Zehnjährigen hatte bereits eine halbe Stunde vor dem der »Großen« stattgefunden, zu denen Lex und Claire gehört hatten.

»Natürlich, aber was hat das mit …«

»Er hat sie gestoßen, Abby. Lex wollte so sehr gewinnen, dass er sie absichtlich hat stolpern lassen.«

»Aber …« Sprachlos schüttelte sie den Kopf. »Das hätten wir doch gesehen! Wir haben sie angefeuert und geschrien und …«

»Sie fiel in dieser blöden Kurve. Hinter den Toren.« Lex hatte genau gewusst, wann er sie stoßen musste, um keine Zeugen zu haben. Sein Plan hatte funktioniert – nur war Claire nach ihrem Sturz nicht mehr von der Bahn aufgestanden. Ich würde den panischen Blick, mit dem er nach Hilfe gerufen hatte, niemals vergessen. Und den Moment, als meine Schwester bewusstlos ins Krankenhaus transportiert wurde, ebenfalls nicht.

»Okay, warte.« Abby schüttelte immer noch den Kopf. Oder wieder. Ich wusste es nicht. »Fang von vorne an. Lex hat sie gestoßen und dir jetzt davon erzählt?«

Ich nickte. »Er war zuerst bei Claire, bevor er herkam. Sie weiß es auch.« Ich atmete tief durch, doch der Klumpen in meinem Bauch wurde nicht kleiner. Er war seit Freitag mein steter Begleiter und verhinderte eisern, dass ich mehr als ein paar Bissen aß. Ich hatte einfach keinen Appetit. Auf gar nichts.

»Scheiße, Grace.« Der Blick, mit dem Abby mich bedachte, war eine Mischung aus Entsetzen, Unglaube und Schock. »Das ist … Fuck!« Sie griff nach ihrem Tee und trank einen großen Schluck aus der dampfenden Tasse. *Weil Tee angeblich alles besser macht.* Fast hätte ich gelacht, weil es so absurd war, dass Wasser mit etwas Geschmack tatsächlich so viel Macht besitzen sollte.

»Und jetzt?«

»Keine Ahnung.« Ich legte den Kopf in den Nacken und sah an die Decke.

»Willst du … was weiß ich … willst du ihn anzeigen?«

Ich senkte den Blick wieder. »Ihn anzeigen?« Stirnrunzelnd musterte ich meine beste Freundin. War das ihr Ernst? »Was soll das denn bringen?«

Die Sache war ewig her. Ich ging nicht davon aus, dass es möglich war, einen bald Dreißigjährigen für etwas zur Rechenschaft zu ziehen, was er im Alter von zwölf Jahren angestellt hatte. Abgesehen davon wollte ich Lex überhaupt nicht anzeigen. Das war völliger Blödsinn.

»Ach, ich weiß doch auch nicht.« Selten hatte ich Abby so fassungslos gesehen. »Das ist … Das ist so … Ich finde nicht einmal Worte dafür. Ihr wart so perfekt.«

»Das spielt keine Rolle, nach allem, was er Claire angetan hat.« Meine Stimme war nur noch ein Flüstern. Jedes Mal, wenn ich mir das bewusst machte, stieg Übelkeit in mir auf. »Und weißt du, was das Schlimmste ist? Ich weiß nicht einmal, wie echt seine Gefühle gewesen sein können, wenn er mich so sehr belügt.« Es war leichter, sich auf die Wut in mir zu konzentrieren, als darauf, wie sehr er mir fehlte. »Das tut er seit Jahren!«

»Na ja.« Abby sah mich auf eine Art an, wie ich nie wieder angeguckt werden wollte. Voller Mitleid. »So ganz stimmt das nicht.«

»Natürlich stimmt das. Der Unfall ist siebzehn Jahre her.«

»Der Unfall, ja.« Sie nickte. »Aber das mit dir und ihm, das fing erst vor ein paar Wochen an. Davor hast du ihn jahrelang nicht gesehen.«

»Aber Claire schon. Er täuschte ja nicht nur mich.« Und das war eigentlich noch viel schlimmer, denn ihr machte er seit Ewigkeiten an jedem einzelnen Tag etwas vor.

»Stimmt, nur ist *das* Claires Kampf. Nicht deiner.« Behutsam legte Abby eine Hand auf meine und drückte sanft. »Ich will wirklich nicht gutheißen, was er getan hat, aber bedeutet es denn gar nichts, dass er es jetzt zugegeben hat?« Sie klang so sicher, während ich es einfach nicht mehr war. In meinem Kopf herrschten nur noch Nebel und Leere. »Sieh es doch mal so. Wärst du ihm egal, hätte er keinen Grund gehabt, es dir zu erzählen. Dann hätte er so weitermachen können wie bisher.«

Ihre Worte ergaben Sinn, aber überzeugten mich dennoch nicht. »Ich weiß einfach nicht mehr, was echt ist und was nicht.«

»Wenn du mit ihm sprichst, kannst du es herausfinden.«

»Wozu? Es würde nichts ändern.« Ich würde nicht wieder mit ihm zusammenkommen, so viel war sicher. Der Schmerz über seine Lügen und seine Tat saß zu tief.

»Es ist nur ein Vorschlag, Grace.« Abby zuckte mit den Schultern.

»Warum bist du eigentlich hier? Musst du nicht arbeiten?«

»Meine beste Freundin leidet wie ein Hund. Natürlich bin ich hier.« Ihre Antwort wurde von einer tiefen Furche zwischen den Augenbrauen begleitet, als sie mich kritisch musterte.

»Aber …«

»Kein aber, Grace. Migräne. Ich hatte einfach plötzlich einen Migräneanfall. Der Kopfschmerzengott möge es mir verzeihen. Es war ein Notfall.«

Ihre Worte ließen mich zum ersten Mal seit drei Tagen lächeln. »Ich liebe dich, Abbs«, sagte ich und zog sie in eine kurze Umarmung. Weil ich so verdammt froh war, dass sie da war.

»Ich dich auch, Cici«, nuschelte sie in meine Haare.

»Ich kann diesen Spitznamen echt nicht leiden.« Damit ließ ich sie wieder los.

»Ich weiß.« Abby zuckte mit den Schultern und grinste. »Aber er lenkt dich jedes Mal vom eigentlichen Thema ab. Ziel erreicht.«

»Weißt du, was mir noch mehr helfen würde?«

»Schieß los.«

»Eine Pause. Ich heule seit Tagen ununterbrochen.«

»Okay.« Sie richtete sich auf und krempelte vorsorglich die Ärmel ihres Pullovers nach oben. »Was soll ich tun? Eis kaufen? Pizza bestellen? Wollen wir Lex' Gesicht auf eine Dartscheibe kleben und Pfeile drauf werfen?«

Ihr letzter Vorschlag ließ mein Lächeln tatsächlich zu einem belustigten Kopfschütteln werden. »Nichts davon. Aber Aidan und du? Wie ist das passiert?«

»O Gott.« Theatralisch verdrehte sie die Augen und winkte ab. »Frag besser nicht.« Obwohl sie protestierte, war das Funkeln in ihren Augen nicht zu übersehen. Abby war glücklich, und darüber wollte ich alles wissen.

»Wie war das? Aus der Nase ziehen? Jetzt erzähl schon.«

»Okay.« Sie setzte sich in den Schneidersitz und schob sich eine ihrer wirren Haarsträhnen hinter die Ohren. »Aber du darfst nicht lachen.«

»Wieso sollte ich …«

»Halt, streich das!«, fiel sie mir direkt ins Wort und verbesserte sich selbst. »Lach, so viel du willst. Du kannst es brauchen. Also.«

Gespannt sah ich sie an, dankbar, dass sie mir die Möglichkeit gab, wenigstens für ein paar Minuten nicht an Lex denken zu müssen.

»Irgendjemand hat ihm gesteckt, ich würde denken, dass er alle Frauen nach vier Wochen abschießt. So weit, so richtig, das war bisher ja auch immer sein Muster. Also hat er an Tag neunundzwanzig vor meiner Haustür auf mich gewartet.« Sie rollte erneut mit den Augen, als fände sie das furchtbar kitschig. Wahrscheinlich tat sie das sogar, doch ihr breites Grinsen verriet trotzdem unmissverständlich, dass zumindest ein Teil von ihr das einfach nur niedlich fand. »Und er war nicht allein.«

»Das heißt?«

»Dass ich jetzt nicht nur einen Freund habe, sondern auch einen Hund.« Seufzend angelte sie nach ihrer Tasche und suchte nach ihrem Handy. Mit einem Fingerwisch entsperrte sie den Bildschirm, vollzog ein paar Klicks und präsentierte mir kurz darauf das Bild eines kleinen, süßen Mischlings. »Das ist Achilles.«

»Achilles?!«

»Ja.«

»Aber … Wieso nennt er einen Hund Achilles?«

»Weil ich … o Gott, sag ihm bloß nie, dass ich dir das erzählt hab, ja? Er bringt mich um.«

»Jetzt sag schon.«

»Er hat behauptet, ich sei seine Achillesferse.« Sie verzog das Gesicht und blinzelte mich gequält an. Und ich konnte einfach nicht anders. In diesem Moment war es vollkommen egal, dass mein eigenes Leben ein Scherbenhaufen war, ich lachte laut los. »Scheiße, Abby, ist das schlecht.«

»Ich weiß.« Sie öffnete ihre Augen wieder vollständig, warf die Hände in die Luft und lachte mit. »Vielleicht krieg ich ihn dazu, das Vieh umzubenennen. Wenn schon griechische Götter, dann lieber Adonis oder so.«

»Das würde Aidan gefallen.«

»Ganz bestimmt.«

»Eins muss man ihm lassen, kreativ ist er. Ein Hund? Ernsthaft? Hätten es nicht auch Blumen getan?« Oder eine Pflanze. Pflanzen waren toll. Unweigerlich wanderte mein Blick zu Rocket.

»Er hat gesagt, dass er alleine nicht genug Zeit für ihn hätte. Also bräuchte er mich. Für … Na ja. Für länger eben.« Die dezente Röte, die bei diesen Worten auf ihren Wangen erschien, sagte mir alles, was ich wissen musste.

»Mutig«, nickte ich anerkennend. »Was hätte er getan, wenn du Nein gesagt hättest?«

»Die Frage habe ich ihm auch gestellt.« Sie lachte. »Seine Antwort war, dass Achilles dann eben der erste Feuerwehrhund von Davenport werden müsste, er das dem Kleinen aber lieber nicht antun wollte.«

»Emotionale Erpressung?«

»So in etwa. Außerdem wüsste ich als Erzieherin doch auch ganz bestimmt, wie man einen Hund trainiert und …«

»… Und das ist eine verdammt komplizierte Umschreibung für *Ich will mit dir zusammen sein*«, beendete ich ihren Satz.

»Ja. Ist es. Aber … na ja. Jetzt habe ich eben einen Hund.«

»Namens Achilles.« Wir sahen uns an und grinsten beide. »Wenn der Kleine bei eurer Hochzeit nicht die Ringe bringen darf, bin ich echt schwer enttäuscht.«

»Grace!« Abby warf mir gespielt empört eins meiner Sofakissen an den Kopf. Lachend fing ich es auf und presste es mir gegen den Bauch.

»Ich freu mich für euch, Abby. Mit ihm vorsorglich Schluss zu machen, war echt der größte Blödsinn aller Zeiten.«

»Ich weiß.« Sie sah mich aufmunternd an. »Jetzt müssen wir nur dein Liebesleben wieder …«

»Denk gar nicht erst dran«, lehnte ich sofort ab. »Das mit Lex und mir ist vorbei. Ich kann dem Mann, der meine Schwester verletzt hat, keine zweite Chance geben.« Und dabei würde ich bleiben, egal wie weh es tat.

Wären die Rollen vertauscht, würde Claire dasselbe für mich tun.

27

Zwei weitere Tage blieb ich zu Hause. Vergrub mich in meinem Bett, aß nichts außer labbrigem Toast mit Erdnussbutter und Marmelade und starrte an die Decke ohne Sterne. Und wahrscheinlich hätte ich genauso weitergemacht, wenn es am Mittwochabend nicht Sturm geklingelt hätte. Eine Sekunde lang überlegte ich, mir die Decke über den Kopf zu ziehen und das unangenehme Geräusch einfach zu ignorieren. Doch wer auch immer vor der Tür stand, war hartnäckig.

»Ist ja schon gut«, blaffte ich die Klingel an, während ich in Lex' Socken über den Flur eilte. Sie waren groß und warm und das einzige Kleidungsstück, das mir von ihm geblieben war. Lustlos drückte ich den Knopf und öffnete die Tür, um ins Treppenhaus sehen zu können.

»Ruf an, wenn ich dich abholen soll«, hörte ich John sagen, ehe er ein lauteres »Hallo, Grace« nach oben rief.

»Hey«, entgegnete ich und sah meiner Schwester dabei zu, wie sie die Stufen nach oben kam. »Noch fünf«, sagte ich zu ihr, weil Claire noch nie hier gewesen war.

»Danke«, entgegnete sie, die Hand fest am Geländer. Oben angekommen bot ich ihr meinen Arm an, sodass sie sich einhaken konnte. Mit meiner freien Hand stieß ich die Tür hinter uns zu.

»Du stinkst«, war das Erste, was sie zu mir sagte, als ich sie ins Wohnzimmer führte.

»Vielen Dank auch«, gab ich zurück und zog einen Stuhl für sie unter dem Tisch hervor. »Setz dich. Willst du was trinken? Ich habe Wasser und …« Ein Blick in den Kühlschrank verriet mir, dass das alles war, was ich ihr anbieten konnte. »Wasser«, schloss ich.

»Nein, danke. Setz dich zu mir.« Claire klopfte leicht vor sich auf den Tisch.

»Darf ich dir so nahe kommen?« Ich klang bissiger als beabsichtigt, dabei hatte sie überhaupt nichts falsch gemacht. »Ich stinke doch.«

»Grace …«, seufzte sie. »Mach schon. Wir müssen reden.«

»Worüber? Lex? Es ist alles gesagt.« Widerwillig nahm ich ihr gegenüber Platz.

»Ist es nicht. Ich habe seit dem Wochenende viel nachgedacht.«

Nun, da war sie nicht die Einzige. Doch während ich immer noch aufgewühlt war wie das Meer nach tagelangem Sturm, war Claire fast schon die Ruhe selbst. Und das überraschte mich ziemlich.

Bedächtig schob sie ihre Hände über den Tisch, umfasste meine und atmete tief ein. »Ich will, dass er weiterhin ein Teil meines Lebens ist.«

»Was?« Sie wollte *was*? Entsetzt entzog ich ihr meine Hände direkt wieder. »Das ist nicht dein Ernst.«

»Doch, Gracie.«

»Du … du verzeihst ihm?«

»Ja.«

»Aber … Hast du sie noch alle, Claire?« Ich war so fassungslos, dass ich aufstand und zwei Schritte von ihr wegtrat.

»Bitte, Grace. Setz dich wieder hin.«

»Nein!« Das konnte einfach nicht wahr sein. »Wie kannst du ihm verzeihen wollen? Er hat dein Leben zerstört.«

»Nein, das hat er nicht. Er hat es unwiederbringlich verändert, aber … es ist nicht zerstört. Wenn du das so sagst, wertest du alles ab, was ich habe. John und dieses kleine Wunder hier. Komm, gib mir deine Hand.« Sie streckte ihre Finger nach mir aus. Eine Sekunde zögerte ich, doch dann legte ich meine in ihre und ließ zu, dass sie unsere beiden Hände auf ihrem Bauch platzierte. Eine kleine Wölbung war mittlerweile eindeutig zu spüren.

»Ein Wunder, das du niemals sehen wirst.« Und das war Lex' Schuld. Neue Wut wallte in mir auf. Ich wusste einfach nicht, wohin damit, wenn ich sie nicht gegen Lex richten sollte.

»Das stimmt.« Claire sprach ruhig und gelassen. »Ich werde mein Baby nie mit eigenen Augen sehen können. Aber mit dem Herzen, Grace. Und damit sehe ich alles, was wichtig ist.«

»Scheiße, Claire.« Ihre Worte trieben mir die Tränen in die Augen, die ich bis vor ein paar Minuten noch versiegt geglaubt hatte. Offenbar hatte ich mich doch nicht leer geweint.

Erschöpft ließ ich mich auf den Stuhl neben ihr fallen und stützte meinen Kopf mit den Händen ab. Meine Tränen tropften kaum hörbar auf den Tisch, während mir meine Schwester in sanften Kreisen über den Rücken strich.

»Er hat mir am Freitag auch das Herz gebrochen«, sagte sie leise. »Wir lieben Lex beide, aber auf vollkommen unterschiedliche Art und Weise.«

Sie rückte näher, sodass sie mich richtig in den Arm nehmen konnte. Und ich beneidete sie. Ich beneidete sie so sehr für ihre Größe, auch wenn ich nicht verstand, wie sie ihm diesen Stoß vergeben konnte. Er hatte alles verändert. *Alles.*

»Lex ist mein bester Freund.« Claire spürte, dass ich nicht in der Lage war, etwas zu ihren Worten zu sagen. Also sprach sie weiter, ohne mich loszulassen. Meine große Schwester war genau das: große Schwester. Sie hielt mich zusammen, während ich zu zerbrechen drohte. »Es spielt keine Rolle mehr, wie es dazu kam. Ja, vielleicht war es anfangs aus den falschen Motiven. Aber du glaubst doch nicht ernsthaft, dass er seit siebzehn Jahren nur aus Pflichtgefühl oder dem Wunsch nach Wiedergutmachung mit mir befreundet ist? Ich kenne ihn, Grace. Er hat einen Fehler gemacht, den er zutiefst bereut. Genau wie du deinen Fehler bereust. Halte ihm das nicht vor.«

»Er hat gelogen«, war alles, was ich hervorpressen konnte, bevor neue Tränen meine Stimme erstickten.

»Ich weiß. Aber er hatte Angst. Weil er noch ein Kind war.«

Ich schüttelte den Kopf. »Aber er war nicht siebzehn Jahre lang ein Kind.«

»Du weißt, was ich meine. Denkst du echt, dass es ihn all die Zeit über nicht jeden Tag verfolgt hat? Er hat vom ersten Moment an versucht, es wiedergutzumachen. Auf die einzige Art, die einem zwölfjährigen Jungen einfiel. Er hat noch auf der Rennbahn beschlossen, alles dafür zu tun, um mir mein neues Leben leichter zu machen. Und daran hält er sich bis heute. Lex ist der loyalste Mensch, den ich kenne. Und das ist echt eine Kunst. Ich war furchtbar als Teenie.«

Endlich schaffte ich es, den Kopf zu heben. Mit den Handrücken wischte ich mir die Tränen von den Wangen. »Weil du von einem Tag auf den anderen erblindet bist. Du hattest jedes Recht dazu.«

»Hatte ich. Aber, Grace, Lex hat es ausgehalten. Jede einzelne meiner Launen. Meine Wut. Meine Verzweiflung. Er ist bei mir geblieben und hat mich ertragen. Du weißt selbst, wie schwer das manchmal war. Er hätte jederzeit gehen können, und niemand hätte ihm einen Vorwurf gemacht. Aber das ist er nicht. Er ist geblieben, und das werde ich nicht vergessen.«

»Aber wiegt es das auf? Alles, was er danach getan hat? Wiegt es wirklich auf, dass du blind bist?«

»Die Frage ist nicht, ob das eine das andere aufwiegt. Die Frage ist nicht einmal, ob ich ihm verzeihe. Obwohl ich das tue.«

»Sondern? Was ist die Frage dann?«

»Ob ich ihm glaube, dass er es bereut. Dass es ihm leidtut und dass er mich wirklich mag. Unabhängig davon, wie wir zu Freunden wurden. Und meine Antwort lautet immer *Ja.*«

»Was, wenn meine Antwort *Nein* ist?« Meine Stimme war kaum mehr zu hören.

Ich wusste einfach nicht, was ich davon halten sollte, dass Claire es offensichtlich schaffte, etwas derart Großes, Schweres zu vergeben. Und nicht nur das. Claire verzieh nicht nur, sie wollte sogar weiterhin mit ihm befreundet sein. Weil sie Vertrauen hatte. Vertrauen in Lex und Vertrauen darauf, dass sie es nicht irgendwann bereuen würde, ihm vergeben zu haben.

»Dann ist das auch okay. Du musst nicht mit ihm zusammenbleiben. Diese Entscheidung gehört ganz allein dir. Und wenn du sagst, dass du das nicht kannst, ist es in Ordnung. Aber versprich mir eins, Grace. Trenn dich nicht meinetwegen von ihm. Ihr passt so gut zusammen.« Claire strich mir erneut über den Rücken. »Nicht, dass du ihn bräuchtest, aber … Wenn es dir wichtig ist und du es hören musst, dann … Meinen Segen hast du.«

Ihre Worte lösten einen neuen Weinanfall meinerseits aus. Kommentarlos zog sie mich ein weiteres Mal in ihre Arme und hielt mich fest, während mein Körper von allen möglichen Emotionen geschüttelt wurde. Nun lag es ganz allein an mir. Ich war den Umständen nicht mehr hilflos ausgeliefert. Claire hatte mir etwas zurückgegeben, von dem ich gedacht hatte, es nicht mehr zu haben.

Eine Wahl.

Sie hatte mich von jeglichem Pflichtbewusstsein ihr gegenüber freigesprochen und das Glück wieder in erreichbare Nähe gerückt. Ich musste nur zugreifen.

»Weißt du, ob noch jemand davon weiß?« Ich fuhr mir mit dem Ärmel meines Pullovers über die Augen. Das Ding musste sowieso in die Wäsche, also konnte ich es nun auch als Taschentuch zweckentfremden.

»Nein.« Claires Arme lockerten sich. »Nur Lex, du, John und ich. Und meinetwegen kann das auch so bleiben.« Da lag so viel Bestimmtheit in ihrer Stimme, dass ich keinen Zweifel an der Ernsthaftigkeit ihrer Aussage hatte. Trotzdem musste ich ihr widersprechen.

»Und Abby. Ich hab's ihr erzählt.«

»Okay. Das geht klar.« Sie lächelte sanft. »Aber das war's, ja? Wer sonst noch davon erfahren darf, entscheidet Lex. Das musst du ihm zugestehen.«

Ich nickte und rieb mir die restlichen Tränen von den Wangen. »Okay.«

Das konnte ich mit Leichtigkeit versprechen. Ich hatte nicht vor, mit diesem Wissen hausieren zu gehen. Ich mochte ihm nicht so leicht verzeihen können wie Claire. Aber ich wollte ihn auch nicht an den Pranger stellen und dem Gerede der Stadt ausliefern. Was passiert war, ging niemanden außer uns etwas an.

»Und Grace?«

»Ja?«

»Sei mir nicht böse, aber du musst wirklich dringend duschen.« Claire rümpfte gespielt angewidert ihre Nase, als sie ein Stück von mir wegrückte.

»Ja, ja. Du und dein verrückter Blinden-Geruchssinn.« Der angeblich nur ein Mythos war, aber vielleicht bewahrte mich diese flapsige Bemerkung davor, zugeben zu müssen, dass ich wirklich seit Tagen nicht geduscht hatte.

»Ich bin kein Schäferhund, Grace.«

»Ich weiß. Ruf John an.« Ich verdrehte die Augen, doch meine Schwester hörte das Lächeln auf meinen Lippen trotzdem. Ein letztes Mal griff sie nach meiner Hand und drückte sie aufmunternd.

»Hol ihn dir zurück, Gracie. Ihr verdient beide ein Happy End.«

Die Dusche war eine Wohltat, und doch ließ ich mir nicht so viel Zeit, wie ich es zu einem anderen Zeitpunkt getan hätte. Meine Haare waren noch feucht, als ich sie unter eine Mütze stopfte und in meine Jacke schlüpfte. Ich würde nicht vergessen, was Lex getan hatte. Aber ich konnte zumindest herausfinden, ob er wirklich der

Mann war, für den meine Schwester auch jetzt noch die Hand ins Feuer legen würde.

Es waren nur ein paar Straßen bis zu seiner Wohnung, aber ich hatte keine Geduld mehr. Anstatt die paar Hundert Meter zu laufen, nahm ich das Auto. Die Einfahrt war leer, als ich ankam. In seiner Wohnung brannte kein Licht. Ich stieg dennoch aus und marschierte auf seine Tür zu. Was mir in den letzten Tagen an Energie gefehlt hatte, war auf einmal zurück. Die Aussicht, ihn endlich wieder zu sehen, löste eine neue Art von Ungeduld in mir aus. Vorfreude, gemischt mit Sehnsucht und einer gehörigen Portion Tatendrang.

Sekundenlang geschah nichts. Die Tür blieb zu, die Wohnung dunkel. Also versuchte ich es erneut. Klingelte wieder.

Ohne Erfolg.

Er war wohl wirklich nicht zu Hause. Fieberhaft versuchte ich, mich an seinen Schichtplan zu erinnern. Letzte Woche hatte er normale Tagesschichten gehabt. Bedeutete das, dass nun wieder Nachtschichten an der Reihe waren? Oder Spätschichten? Ich wusste nicht mehr, was er gesagt hatte, und verfluchte mich dafür, nicht besser zugehört zu haben. Kurz entschlossen zog ich mein Handy aus der Jackentasche. Für einen Moment überlegte ich, ihm eine Nachricht zu schreiben. Doch das war zu simpel. Ich würde ihn anrufen. Meine Finger flogen über das Display, suchten seine Nummer, ließen die Verbindung aufbauen. Und dann meldete sich die Mailbox.

Verdammt. Ich wollte ihm keine Nachricht hinterlassen, ich wollte selbst mit ihm sprechen. Wider jegliche Vernunft versuchte ich es erneut. Das Ergebnis war dasselbe. Mailbox.

Frustriert ließ ich mein Handy sinken. Enttäuschung machte sich in mir breit. So hatte ich mir das nicht vorgestellt. Mein Plan war gewesen, ihn aufzusuchen und mit ihm zu reden. Und mit jeder Faser meines Körpers darauf zu hoffen, dass seine

Gefühle für mich genauso echt waren wie meine für ihn. Seit Tagen fuhren meine Emotionen Achterbahn. Ich wollte diese Herzschmerzen endlich zum Teufel jagen und von Lex in den Arm genommen werden. Auf die echteste Art und Weise, die es gab. Ohne Geheimnisse zwischen uns.

Die kleinen Zahlen in der Ecke meines Handys zeigten mir kurz nach acht Uhr abends an. Seufzend warf ich noch einmal einen Blick nach oben, doch alles blieb dunkel.

Er war definitiv nicht da.

Weil meine Haare immer noch nicht trocken waren und mir allmählich kalt wurde, ging ich zurück zu meinem Wagen. Ich setzte mich hinter das Lenkrad, startete den Motor aber nicht. Vielleicht würde er zurückrufen, sobald er sah, dass ich versucht hatte, ihn zu erreichen. Diesen Anruf würde ich auf keinen Fall verpassen, weil ich auf das Fahren konzentriert war.

Zehn Minuten lang starrte ich wie eine Besessene auf mein Handy. Jedes Mal, wenn das Display sich in den Dunkelmodus schalten wollte, verhinderte ich es.

Als mein Telefon auch nach fünfzehn Minuten keinen Ton von sich gegeben hatte, musste ich einsehen, dass es keinen Sinn hatte, weiter in einem kalten Wagen zu sitzen. Ich hatte keine Ahnung, wann er sich melden würde. Ob überhaupt. Ich hatte schließlich Schluss gemacht. Es wäre sein gutes Recht, meine Anrufe einfach zu ignorieren.

Gerade als ich den Schlüssel ins Zündschloss steckte, tauchten Scheinwerfer am Ende der Straße auf. Augenblicklich schlug mein Herz schneller. Das Licht kam immer näher. Kurz vor Lex' Einfahrt wurde das Auto langsamer, bis es tatsächlich einen Blinker setzte und in den Hof einbog.

So schnell ich konnte, stieg ich aus meinem Wagen, sprang auf den Gehweg und eilte auf Lex' Wohnhaus zu. Und dann fiel mir auf, dass es nicht sein Jeep war, der gehalten hatte. Und dass auch nicht Lex aus dem Auto stieg.

»Devon?« Ich hastete auf seinen Bruder zu, der sich an der Haustür zu schaffen machte.

Als er meine Stimme hörte, drehte er sich zu mir um. »Grace? Was machst du hier?«

Ich ignorierte seine Frage. Der Kies unter meinen Füßen knirschte unangenehm laut durch die Nacht. »Wo ist Lex?« Mein Blick bohrte sich in seinen, ehe er auf den Schlüsselbund in seiner Hand fiel. »Warum hast du …« Ich deutete zwischen den Schlüsseln und der Tür hin und her. Was machte er da? Wieso hatte er die Schlüssel seines Bruders? Und wo zum Teufel steckte Lex? Meine Gedanken überschlugen sich, während ich zu begreifen versuchte, was hier vor sich ging.

»Ich weiß nicht, ob ich dir das sagen darf.«

»Du weißt nicht, ob du … Was?« Mein Blick schnellte zurück zu seinem Gesicht, fuhr über seine Stirn, seine Wangen, seine Augen. Er sah vollkommen erschöpft aus, und das machte mir schlagartig riesige Angst.

»Sag mir, was passiert ist, Devon.« Ich trat noch einen Schritt auf ihn zu, ließ ihn keine Sekunde aus den Augen. Das Herz drohte mir aus der Brust zu springen. Warum war er hier?

»Grace …« Er zögerte. Und das zerriss mich. Es zerriss mich mit solcher Wucht, dass ich vollkommen verzweifelt noch weiter auf ihn zuging.

»Bitte, Devon«, flehte ich. Die Ungewissheit machte mich wahnsinnig. »Ich weiß nicht, was er dir erzählt hat …«

»Dass es aus ist zwischen euch«, unterbrach er mich.

Ich nickte. »Ja.« Schüttelte den Kopf. »Nein.« Griff nach Devons Handgelenk. »Zwischen uns ist gar nichts aus.« Das Gegenteil war der Fall. Alles zwischen uns brannte. »Und das muss ich ihm sagen. Also, bitte verrat es mir … Wo ist er?«

Devon sah mich einfach nur an, schien in meinem Gesicht nach etwas zu suchen, das ihm meine Worte bestätigte. Wahrscheinlich waren es nur ein paar Sekunden, doch mir kam es vor wie die Ewigkeit, bis er mir endlich antwortete. Und dann rissen mir seine Worte den Boden unter den Füßen weg.

»Er ist im Krankenhaus, Grace.«

28

Was?« Meine Finger umklammerten seinen Unterarm, als mein Herz erst stehen blieb und sich dann panisch zusammenzog. Ich konnte nicht verhindern, dass vor meinem inneren Auge sofort das Bild eines blutüberströmten Lex erschien. Dabei wusste ich besser als jeder andere, dass oft nicht das viele Blut das Problem war. Sondern die Dinge, die man nicht sah.

»Es gab einen Unfall.« Devon legte seine Hand auf meine und löste meine Finger behutsam von seinem Arm. »Sein Team wurde heute Nachmittag zu einem Einsatz in einer brennenden Fabrikhalle gerufen.«

Seine Worte konnten nur eins bedeuten. »Wie schwer ist er verletzt?« Ich ließ ihn nicht aus den Augen, während ich auf eine Antwort wartete, vor der ich riesengroße Angst hatte. In Chicago hatten wir immer wieder verletzte Feuerwehrmänner aufgenommen. Keiner von ihnen war wegen ein paar Kratzern ins Krankenhaus eingeliefert worden.

»Er liegt auf der Intensivstation.«

»Sediert?«

Devon nickte. Und damit hatte er mir alles gesagt, was ich wissen musste.

»Okay. Danke, Dev.« Ich machte rückwärts einen Schritt von ihm weg. »Welche Klinik? Davenport?«

»Du fährst hin, oder?«

Seine Frage war so lächerlich, dass ich fast hysterisch gelacht hätte, wenn die Angst in mir Platz für andere Gefühle zugelassen hätte. Doch sie war so allumfassend, so schwer, dass mir nichts anderes übrig blieb, als einmal fest zu nicken.

»Warte hier.« Devons Hand lag plötzlich auf meiner Schulter. Eindringlich sah er mir in die Augen. »Ich muss sein Portemonnaie holen, dann fahre ich dich.«

»Okay.« Meine Antwort war tonlos, doch Devon verstand.

Er ließ mich los, schloss die Tür auf und eilte nach oben. Ich blieb, wo ich war, und versuchte, mich an das zu klammern, was ich wusste. Brennende Halle, Unfall, Krankenhaus. Das konnte alles bedeuten. Eine Rauchvergiftung. Gebrochene Knochen. Verbrennungen. In leichten Formen. An diesem Strohhalm hätte ich mich festgehalten, wenn Devon nicht noch ein Wort gesagt hätte.

Sediert.

Lex war medikamentös ruhiggestellt worden, und das wurde nur gemacht, wenn die Verletzungen schlimm waren. Für harmlose brauchte man die Intensivstation und eine Sedierung nicht.

Meine Kehle war wie zugeschnürt, als Devon zurückkam. »Wir können«, sagte er und trat an mir vorbei. Erst der Knall der zufallenden Haustür riss mich aus meiner Starre. Ich rannte Devon hinterher, stieg in sein Auto und versuchte, mein rasendes Herz mit gezieltem Ein- und Ausatmen zu beruhigen.

Es funktionierte nicht.

»Kannst du das halten?« Devon warf mir ein braunes Portemonnaie in den Schoß. Das Leder war abgenutzt und so sehr Lex, dass ich sofort gegen die drohenden Tränen anblinzeln musste. Zwei Minuten benötigte ich, bis ich wieder in der Lage war, zu sprechen.

»Wofür brauchst du das?« Ich klammerte mich an dem dunkelbraunen Geldbeutel fest, als könnte er mich davor bewahren, den Verstand zu verlieren. Wie hatte ich auch nur für eine Sekunde annehmen können, ohne Lex leben zu wollen? Ich liebte diesen Mann mit allem, was ich war und je sein würde. Und er musste einfach dasselbe für mich empfinden. Er musste!

»Da ist sein Ausweis drin. Ich soll ihn mitbringen, wenn ich das nächste Mal komme.«

»Oh.« Die Gedanken in meinem Kopf überschlugen sich sofort aufs Neue. »Wolltest du erst morgen wieder hin? Ich kann auch selber fahren, wenn du …«

»Nein. Ist schon gut.« Devon strich sich mit der Hand durch die Haare und erinnerte mich damit unweigerlich an seinen Bruder. Genau dasselbe tat Lex, wenn er nervös war.

»Was haben sie zu dir gesagt?«

Ich war keine Intensivkrankenschwester, aber die Grundlagen intensivmedizinischer Behandlungen kannte ich. Vielleicht konnte ich anhand von Devons Antworten erschließen, worauf ich mich einstellen musste, sobald wir in Davenport ankamen.

»Aidan hat erzählt, dass …« Er unterbrach sich selbst. »Kennst du Aidan? Lex' Kollege und …«

»Ja, ich weiß, wer Aidan ist. Was hat er gesagt?«

»Er war mit Lex in der Halle, weil noch Mitarbeiter dort vermutet wurden. Eigentlich müssen sie immer zu zweit sein, aber Lex … Gott, er ist so ein Idiot!« Devon schüttelte mehrmals den Kopf.

»Was hat er getan?«

»Er ist allein in einen Gang verschwunden. Der Rauch war so dicht, dass Aidan ihn nicht mehr gesehen hat. Nach ein paar Sekunden kam er zurück und hatte eine Frau bei sich.«

»Und weiter?« Das erklärte gar nichts, verdammt noch mal. »Warum liegt *er* jetzt auf der Intensivstation?«

»Er hat seine Maske nicht mehr getragen.«

»Bitte was?«

»Er hat sie der Frau aufs Gesicht gedrückt.«

»Das hat er nicht … Sag mir, dass das nicht wahr ist!« Er war ohne die Maske in einem brennenden Gebäude gewesen? »Ist das irgend so eine Art Superheldenkomplex?« Es war die Angst, die aus mir sprach und mich fast über meine eigenen Worte stolpern ließ. »Das ist doch irre! Wie kann er so leichtsinnig sein?«

»Aidan sagte, dass er der Frau dadurch das Leben gerettet hat.«

»Das ist mir scheißegal. Er hat dafür sein eigenes leichtfertig aufs Spiel gesetzt. Das kann er nicht … Das kann er nicht machen, Devon! Was ist das für ein selbstzerstörerischer Trip?«

Den bescheuerten Helden zu spielen, war eine Sache, aber dafür alles zu riskieren … War er vollkommen wahnsinnig geworden? Die Wut in mir kochte. Weil wütend zu sein leichter war, als die Alternative die Oberhand gewinnen zu lassen. Wenn ich die Angst weiter zuließ, so sehr, wie sie das verlangte, würde ich durchdrehen.

»Er hätte sterben können!«

»Ich weiß.«

»Was haben die Ärzte gesagt? Wie lautet seine Diagnose?«

Ich sah, wie Devon das Lenkrad umklammerte. Seine Knöchel traten weiß hervor. »Inhalationstrauma.«

Ein einziges Wort, das den Sturm in mir zum Stillstand brachte. Ich war mittendrin, und doch nahm ich nichts anderes mehr wahr als die Stille in Devons Wagen.

Inhalationstrauma.

Er musste mir nicht erklären, was das bedeutete. Ich wusste es ganz genau. Lex war intubiert und wurde mit einhundertprozentigem Sauerstoff beatmet. Und ich betete dafür, dass die Therapie anschlug und seine Lunge gerettet werden konnte.

»Fahr schneller«, drängte ich Devon.

Zu meiner puren Verwunderung kam der Bürgermeister der Stadt meiner Aufforderung sofort nach. Wir rasten über die leere Landstraße, übertraten jegliche Geschwindigkeitsbegrenzungen. Die Bäume am Straßenrand flogen nur so an uns vorbei.

Mit jedem Stück, das wir Davenport näher kamen, zog sich mein Magen mehr zusammen. Lex lag im künstlichen Koma, in der festen Annahme, dass ich ihn hasste. Dabei war das absolute Gegenteil der Fall.

Die Stille erdrückte mich, gab meinen Gedanken viel zu viel Raum. *Reiß dich zusammen, Grace!* Ich durfte jetzt nicht panisch werden. Seine Verletzungen waren ernst, aber sie waren nicht aussichtslos. Er wurde bestmöglich behandelt, war jung und stark. Das alles waren gute Voraussetzungen, und trotzdem … Trotzdem schnürte mir die Vorstellung von Lex in einem Krankenhausbett, intubiert, an Maschinen angeschlossen, die Kehle zu.

»Ich habe ihn weggeschickt.«

Devon schien zu merken, dass ich keine Reaktion auf meine Worte erwartete. Dass ich es schlichtweg laut aussprechen musste. Er sagte keinen Ton.

Aus einem Impuls heraus öffnete ich das Fenster. Frische, kalte Luft strömte in den Wagen. Nur für ein paar Sekunden. Dann fuhr ich die Scheibe wieder nach oben und lehnte meinen Kopf gegen das kühle Glas.

»Ich habe ihn weggeschickt. Und jetzt … Jetzt ist er … *Fuck*!«

Devon ließ mich reden. Er hörte einfach nur zu, während ich mit meinen Sätzen kämpfte und das Ende dieser Fahrt herbeisehnte.

»Ich habe ihm nie gesagt, dass ich ihn liebe«, brach es aus mir heraus. Und es war falsch, dass ich das zum ersten Mal laut vor seinem Bruder und nicht vor Lex selbst aussprach. »Dabei tue ich das. Schon immer. Und es ist so erbärmlich, dass ich es einfach nicht eher …« Mein eigenes Schluchzen führte dazu, dass ich aufhörte zu sprechen.

»Was ist zwischen euch vorgefallen, Grace?« Devons Stimme war unheimlich sanft, als er den Blinker setzte.

Die Hälfte der Strecke lag hinter uns. Seine Frage ließ erahnen, dass Lex ihm nichts erzählt hatte. Und diese Erkenntnis verursachte, dass neue Tränen in meinen Augen brannten. Barsch wischte ich mir über das Gesicht. Ich war zu einer jämmerlichen Heulsuse geworden.

»Das ist nicht wichtig.« Vielleicht war es auch nie wichtig gewesen. Claire hatte unrecht gehabt. Es war keine aktive Entscheidung, ob ich Lex verzeihen wollte oder nicht. Mein Herz hatte es längst getan. »Es spielt keine Rolle mehr.«

Devon nickte achtsam. »Weil man festhalten muss, was man liebt. Egal wie schwer das ist.«

Bei seiner Antwort drehte ich meinen Kopf in seine Richtung. Sein Blick war stur geradeaus gerichtet, doch ich hatte keinen Zweifel daran, dass mehr hinter seinen Worten steckte. Sie waren nicht einfach so dahingesagt.

»Wen hast du nicht festgehalten?« Ich hatte meine Frage kaum gestellt, als ich auch schon intuitiv wusste, um wen es sich handelte.

Er gab mir die Antwort trotzdem. »Hope.«

Ich nickte. Seine Jugendliebe.

Vielleicht machten Extremsituationen das mit den Menschen. Ob man wollte oder nicht, man dachte automatisch über das nach, was wirklich wichtig war. Und das waren genau zwei Dinge: Herzensmenschen und Gesundheit. Ohne sie war alles andere nichts.

»Was ist passiert?« Ich war dankbar für die Ablenkung, die er mir bot. Ein paar Sekunden Pause für mein völlig verzweifeltes Herz.

»Wenn ich das wüsste …« Das Lächeln, das er mir zuwarf, war gequält und verschwand sofort wieder. »Sie hat mich ohne Erklärung verlassen. War einfach nicht mehr da.«

»Hast du sie gesucht?«

»Ja. Aber du kannst niemanden finden, der nicht gefunden werden will. Egal wie sehr du es versuchst.« Da schwang so viel Bedauern in seiner Stimme mit, dass ich unweigerlich nach seiner Hand auf dem Schaltknüppel griff.

»Danke«, flüsterte ich.

»Wofür?«

»Dass du mir gesagt hast, wo Lex ist.«

Auch wenn das streng genommen gar nichts bedeutete. Ich hatte ihm so viel vorgeworfen, so viel unterstellt. Die Verzweiflung hatte aus mir gesprochen, weil ich ihn nur so hatte von mir stoßen können. Doch er wusste das alles nicht. Er hatte keine Ahnung, war immer noch in dem Glauben, dass ich ihn hasste und nie wiedersehen wollte. Und ich konnte es ihm nicht sagen, ihn nicht davon überzeugen, dass das alles nicht der Wahrheit entsprach, weil er … Weil er im künstlichen Koma lag.

Je näher wir dem Krankenhaus kamen, umso stärker wurde meine innere Anspannung. Nach fast einer Woche würde ich Lex wiedersehen, auch wenn es an einem Ort war, den ich mir definitiv nicht dafür vorgestellt hatte. Das grelle Deckenlicht der Klinikflure blendete mich unangenehm, vom Geruch nach Krankheit und Desinfektionsmittel wurde mir schlecht, obwohl all das jahrelang mein tägliches Brot gewesen war. Doch an diesem Abend, während ich Devon in Richtung der Aufzüge folgte, wurde mir klar, dass es etwas vollkommen anderes war, in einem Krankenhaus zu arbeiten, als den Menschen zu besuchen, der einem die Welt bedeutete.

Der Weg bis zur Intensivstation dauerte ewig, und gleichzeitig kamen wir viel zu schnell vor den großen Glastüren an. Dahinter lag Lex. Nach einer kurzen Diskussion, bei der Devon die Bürgermeisterkarte zog, gestattete man uns, für ein paar Minuten zu ihm zu gehen.

Obwohl ich wusste, was mich erwartete, war ich nicht darauf vorbereitet, als wir das Zimmer betraten. Auf dem Bett lag ein Mann, der nicht mehr viel Ähnlichkeit mit meinem Lex hatte. Seine Stirn war von leichten Verbrennungen gerötet, sein Bart länger als sonst. Ein dicker Schlauch ragte aus seinem Mund, der an ein Beatmungsgerät angeschlossen war. Perfusoren mit Medikamenten waren über den Zugang auf Lex' Handrücken mit ihm verbunden.

Ich hatte schon viele intubierte und verkabelte Menschen gesehen, hatte angenommen, über die Jahre abgestumpft zu sein. Was hatte ich mich getäuscht.

Lex so zu sehen, vollkommen reglos und mit geschlossenen Augen … Nur mit Mühe schaffte ich es, aufrecht stehen zu bleiben, die Hand auf meinen Mund gepresst.

»Ich gebe den Ausweis kurz ab.« Devon strich mir einmal aufmunternd über den Oberarm. Im Gegensatz zu mir hatte er diesen ersten Anblick auf seinen verkabelten Bruder schon vor Stunden hinter sich gebracht.

Lautlos verschwand er, und ich war mit Lex allein. Sekundenlang starrte ich ihn einfach nur an, sagte keinen Ton. Trotz all der Kabel und Schläuche wirkte er regelrecht friedlich. Fast so, als würde er jeden Moment die Augen aufschlagen und mich fragen, was das alles hier sollte. Ich wusste, dass das nicht geschehen würde. Ich *wusste* es. Aber ein kleiner, irrationaler Teil in mir wünschte sich dennoch, dass genau das passieren würde.

Langsam trat ich am Fußende seines Bettes vorbei auf ihn zu. Seine Brust hob und senkte sich in dem steten Rhythmus, den die Maschine vorgab. Der Geruch des Desinfektionsmittels hing mir in der Nase, und ich wusste intuitiv, dass ich ihn von nun an immer mit diesem Moment verbinden würde.

Vorsichtig zog ich den kleinen Hocker von der Wand hervor und setzte mich damit neben sein Bett. Lex bewegte sich nicht. Nicht mal ein Zucken der Augenlider oder der Mundwinkel. Weil er es nicht konnte. Die Sedierungsmedikamente sorgten für absolute Muskelentspannung. Behutsam legte ich meine Hand auf seinen Arm. Auf den, an dem keine Infusion hing. Seine Haut war überraschend kühl, als ich mit meinen Fingern sachte hin und her strich, ehe ich sie über seinen Handrücken schob. Dann ließ ich meine Finger in die Lücken zwischen seine gleiten. Ich wollte sie miteinander verweben, wie wir das so oft getan hatten, wenn wir unsere Filmliste abgearbeitet hatten. Doch es ging nicht, weil seine Hand vollkommen leblos auf der Matratze lag. Er erwiderte meinen leichten Druck nicht. Da war … nichts. Einfach gar nichts.

Tränen liefen mir über die Wangen, als ich meinen Kopf senkte und ihn auf seinem Arm ablegte. Nicht lange, nur für eine kurze Weile. Bis ich es nicht mehr aushielt, ihn zu spüren und doch nicht zu wissen, ob auch er fühlen konnte, dass ich da war.

Wäre er wach gewesen, hätte ich ihm wahrscheinlich Vorwürfe gemacht. Hätte ihn gefragt, wieso er so kopflos gehandelt hatte. Und ich hätte seinen beschissenen Helferkomplex verflucht. Aber vor allem hätte ich ihm die Wahrheit gesagt. Über uns. Dass ich ihn liebte. Ihn immer geliebt hatte. Dass es nichts gab, was uns auseinanderbringen würde.

Erst als neue Tränen auf das kleine Stück Laken zwischen seiner und meiner Hand fielen, realisierte ich, dass ich all meine Gedanken laut ausgesprochen hatte. »Es tut mir leid, dass ich so spät bin. Dass ich es dir erst jetzt sage. Ich liebe dich, Lex.« Ich drehte meinen Kopf zur Seite und rieb mit meiner Schulter über die Wange, um die Tränen zu trocknen. »Claire sagt, dass ich dir vertrauen kann. Weil sie dir verzeiht. Frag mich nicht, wie sie das anstellt, aber … Sie tut es. Sie verzeiht dir, Lex. Du kannst also aufhören, alles, was du tust, von ihr abhängig zu machen.« Je länger ich sprach, umso mehr begriff ich, was für ein Leben er jahrelang geführt hatte. Nicht seins, sondern eins im Schatten meiner Schwester. Und plötzlich … plötzlich war die Wut weg. Ich wollte einfach nur, dass er lebte. Und dass er vor allem einen Grund dafür hatte, der aus mehr bestand, als sich für meine Schwester aufzuopfern.

Ihm das alles zu gestehen, während er nichts dazu sagen konnte, mochte feige, vielleicht sogar sinnlos erscheinen. Aber es gab immer wieder Berichte darüber, dass komatöse Patienten hören konnten, was in ihren Zimmern gesprochen wurde. Solange also nur der Hauch einer Chance bestand, dass er mich verstand … Ich konnte ihn einfach nicht länger in dem Glauben lassen, dass ich ihn hasste.

Kurz nach neun öffnete sich die Schiebetür, die den kleinen Raum vom Flur trennte. Devon kam herein, gefolgt von einer Krankenschwester. Sie lächelte mich mitfühlend an, ehe sie auf Lex' andere Seite trat, die Werte kontrollierte und in seine Kurve eintrug. Dieselben Kurvenvordrucke, die ich damals bei Mrs Roberts benutzt hatte. In einem anderen Leben.

»Ein paar Minuten noch«, sagte sie und steckte den Stift zurück in die Brusttasche. Ich sah ihr deutlich an, dass ihr die Worte leidtaten. Doch ich verstand die Anordnung. Hier ging es nicht um mich, Devon oder unsere Wünsche. Das Einzige, was zählte, war Lex. Er brauchte Ruhe. Und vor allem brauchten seine Lungenflügel Zeit, um sich von den heißen Dämpfen zu erholen und kein Ödem auszubilden.

Ich nickte als Zeichen dafür, dass ich sie verstanden hatte. Sie schenkte mir ein letztes Lächeln, dann huschte sie davon. Zurück blieben Devon und ich und das rhythmische Geräusch der Beatmungsmaschine, die Lex am Leben hielt.

29

Die Nachricht von Lex' Unfall machte schnell die Runde. Als ich am nächsten Morgen bei Martha anrief, um mich für die nächsten Tage krankzumelden, wusste sie bereits Bescheid und wünschte mir nur eins: »Viel Kraft, Liebes. Sei für deinen Mann da.«

Unter normalen Umständen hätte ich mich aufgeregt, dass die Stadtbewohner ihre Nasen ständig in Dinge steckten, die sie nichts angingen. Heute war es mir egal.

»Danke, Martha«, sagte ich deshalb nur und legte auf.

An diesem Morgen und auch am folgenden fuhr ich alleine nach Davenport. Ich verbrachte jede Sekunde, die ich durfte, bei Lex, verließ das Zimmer nur, wenn er untersucht oder behandelt wurde. Dann aß ich eine Kleinigkeit in der Cafeteria, vertrat mir die Beine in dem kleinen Park vor dem Krankenhaus oder rief Claire an.

Nachmittags kamen seine Eltern vorbei, abends Devon. Er blieb, bis uns das Klinikpersonal bat zu gehen. Diesen Moment fürchtete ich am meisten, auch wenn ich wusste, dass er kam.

Vor dem Klinikeingang blieb ich stehen und starrte in den Nachthimmel. Sah all die Sterne, die in der Dunkelheit zu tanzen schienen und deren Namen Lex mit Sicherheit kannte. Aber er war nicht hier, um sie mir zu nennen. Er lag hinter mir in einem Bett, das nicht sein eigenes war. In einem Raum ohne Pflanzen, ohne frische Luft, ohne irgendetwas, das diesem Ort eine Seele gegeben hätte.

»Grace?« Devon war ein paar Meter von mir entfernt stehen geblieben. »Alles okay?«

Nein. Die Antwort lautete *Nein.* Doch keiner von uns hatte die Macht, etwas daran ändern. Das konnte nur die Zeit. Zeit – und Lex, der den Willen haben musste, wieder gesund zu werden.

Als ich nicht antwortete, kam Devon die paar Schritte zu mir zurück. Ich senkte den Blick und sah ihm in die Augen. Gott, er erinnerte mich so sehr an seinen Bruder. Die beiden waren wie Tag und Nacht, hatten kaum etwas gemeinsam. Und dennoch sah ich Lex in Devon, und das drehte den Schraubstock um mein Herz noch ein wenig enger.

»Hey. Mach dir nicht so viele Sorgen. Lex ist zäh.« Er streckte die Hand nach mir aus. »Er schafft das.«

Es war der klassische Satz aus dem Handbuch für Trostsprüche. Devon meinte es nur gut, doch in diesem Moment konnte ich seinen Zuspruch nicht annehmen. Heftig schüttelte ich den Kopf, ohne überhaupt zu wissen, was ich damit entkräften wollte.

Dass Lex zäh war? Das war mir klar. Er begab sich ständig in Gefahr, um Menschen zu retten.

Dass er das schaffte? Was auch immer *das* war? Ich hoffte es.

Was ich jedoch ganz sicher wusste, war, dass ich nicht aufhören würde, mir Sorgen zu machen. Da stand so viel Unausgesprochenes zwischen Lex und mir. Auf der einen Seite der tiefe Wunsch, dass ich mit ihm zusammen sein wollte. Und auf der anderen diese große Ahnungslosigkeit, ob er auch nur ansatzweise dasselbe für mich empfand wie ich für ihn.

Ohne es zu bemerken, fing ich an zu weinen.

»Hey, nicht.« Devon machte den letzten Schritt auf mich zu. Der Wind war kalt auf meinen Wangen, als ich seine Hand ergriff. Mühelos zog er mich an sich. »Das wird wieder, glaub mir. Du hast den Arzt doch gehört. Lex hat die besten Prognosen.«

Den Umständen entsprechend.

Diesen Teil ließ Devon weg, während er versuchte, mir Mut zu machen. Seine Zuversicht ließ mich nur noch mehr weinen.

»Du liebst ihn wirklich, oder?«

Mit einem Mal forderten die letzten zwei Tage ihren Tribut. Ich war so erschöpft, dass ich nur noch nicken und mich an seiner Jacke festklammern konnte.

Minutenlang standen wir verloren vor der Klinik. Menschen liefen an uns vorbei, warfen uns neugierige oder mitleidige Blicke zu. Es kümmerte mich nicht. Es gab nicht viele Orte, an denen es okay war, hemmungslos zu weinen. Aber ein Krankenhaus gehörte definitiv dazu.

Irgendwann wurde mein Schluchzen weniger, was nicht zuletzt an Devon und seiner beruhigenden Ausstrahlung lag.

»Komm«, sagte er sanft. Seine Hand ruhte noch immer auf meinem Rücken. Eine stumme Stütze, die mich daran hinderte, zusammenzuklappen. »Lass uns gehen. Du brauchst dringend ein wenig Schlaf.«

Schlaf. Ein paar Stunden Erholung, ohne vor Kummer schier durchzudrehen. Eine schöne Vorstellung. Aber nicht sehr realistisch. Ich war erschöpft und müde und hatte Kopfschmerzen, aber ich wusste, dass ich froh sein konnte, wenn ich überhaupt einschlief.

In der vergangenen Nacht hatte es nicht funktioniert.

Ich lief, so schnell ich konnte, hörte nur den Beat der Musik in meinen Ohren und versuchte, die Tränen zurückzuhalten, die zu meinem steten Begleiter geworden waren.

Es funktionierte nicht.

Ich joggte am Stadtrand von Tipton, auf dem Weg Richtung Wald. Es war eisig und immer noch nicht richtig hell, aber das machte nichts. Ich kannte die Strecke in- und auswendig, meine Beine trugen mich wie von selbst über Stock, Stein und Wurzeln. Meine Sicht verschwamm mehr und mehr, die Musik war so laut, dass ich weder die Geräusche meiner Schuhsohlen vernahm noch den Wind in den Bäumen hörte. Meine Atmung und mein Puls rasten, als liefen sie einen Marathon. Die Kälte des Novembermorgens brannte in meinen Bronchien. Jedes Mal, wenn ich ausatmete, erschienen kleine Nebelwölkchen vor meinem Gesicht.

Ich lief und lief. Doch ich kam nicht an. Ich wusste ja nicht einmal, worauf ich zu- oder wovor ich weglief.

Die Muskeln in meinen Waden brannten und lenkten mich von der Dauererschöpfung in meinem Kopf ab. Das war das Schlimmste an der Angst um Lex, die mich seit Mittwoch nicht mehr losließ. Sie raubte mir jegliche Energie, dabei wollte ich doch einfach nur für eine Weile nicht denken. Oder fühlen.

Sobald ich zurück war, würde ich wieder ins Krankenhaus fahren. Zu Lex, der noch immer verkabelt und von Maschinen abhängig war. In einem Raum, der viel zu klein war für die Sorgen, die in mir um Beachtung kämpften. Sie waren der Grund, wieso ich um kurz nach sechs Uhr aufgestanden war und meine Laufschuhe angezogen hatte.

Geändert hatte mein Run nichts. Ich war angespannt und nervös und spürte den Herbstwind überdeutlich in meinem Nacken.

Der Himmel war wolkenverhangen und trist, als ich nass geschwitzt zu Hause ankam. Noch im Flur schälte ich mich aus meiner Jacke und streifte mir die Schuhe ab. Dann die Socken. Lex' Socken. Weil ich pathetisch war und sie die einzige Möglichkeit waren, wie ich mich ihm irgendwie nahe fühlen konnte, wenn ich nicht bei ihm war.

Auch das warme Wasser der Dusche half nicht, die Spannung in meinen Schultern zu lockern. Mittlerweile war ich mir sicher, dass ich erst wieder in einen Zustand der Entspannung finden würde, wenn er wieder wach war. Wieder *da.*

Am späten Freitagvormittag, knapp vierzig Stunden nach dem Brand, begannen die Ärzte, die Sedierung stufenweise zu verringern, bis ihm schließlich gar keine Medikamente mehr zugeführt wurden.

Und damit fing das große Warten darauf, dass Lex zurückkehrte und die Augen aufschlug, an. Doch dieses Aufwachen würde kein klassisches sein. Er würde nicht einfach wie in den Filmen die Augen aufmachen, verwirrt blinzeln und mich fragen, wo er war. Und das alles innerhalb weniger Sekunden. Nein, es würde so viel länger dauern und so viel langsamer voranschreiten. Weil das die bittere Wahrheit war, die sich in Büchern und Filmen nur nicht gut verkaufen ließ. Niemand wollte kapitelweise über den Aufwachprozess eines tagelang sedierten Menschen lesen, weil er nicht dieser romantisierten Traumvorstellung entsprach. Ich verstand das – und ertappte mich trotzdem selbst dabei, wie ich genau darauf hoffte, nachdem der Arzt die Perfusoren abgeschaltet hatte. Ein aufmunterndes Drücken meiner Schulter, dann machte er sich auf den Weg zu seinem nächsten Patienten. Ich blieb am Rand des Bettes sitzen, hielt Lex' Hand – und wartete.

Immer wieder änderte ich meine Position, streckte die Beine aus, legte den Kopf in den Nacken, sah mich in dem Zimmer um, das seit zwei Tagen nicht nur Lex' vorübergehendes Zuhause war, sondern auch meins. Ich betrachtete den Bildschirm, der seine Vitalparameter anzeigte. Jede Änderung ließ mich zusammenzucken, obwohl es überhaupt keinen Grund dafür gab. Seine Werte waren gut. Bisher gab es keine Komplikationen und keinerlei Anzeichen dafür, dass sich ein Lungenödem entwickelt hatte.

Also wartete ich weiter und wünschte mir zum wiederholten Male, dass dieses Aufwachen wie ein Wimpernschlag wäre. Zack und da. Klar und orientiert. Und nicht diese zähe und langwierige Eintönigkeit.

Angestrengt beobachtete ich Lex' Körper. Erst den einen, dann den anderen Arm. Immer darauf hoffend, dass ich ihn nicht verpassen würde. Den Moment des ersten Zuckens, der ersten unkoordinierten Bewegung nach tagelangem erzwungenem Schlaf.

Hin und wieder kam Schwester Penelope vorbei. Sie war Mitte vierzig, etwas fülliger und immer gut gelaunt. Es war mir ein Rätsel, wie sie das auf der Intensivstation sein konnte. Ausgerechnet hier, wo Leben und Tod so nahe beieinanderlagen. Aber vielleicht war dieser Fakt der Grund dafür. Das Leben war zerbrechlich, wertvoll und unvorhersehbar. Ein Geschenk und kein gegebenes Recht. Wer wusste das besser als eine Krankenschwester, die genau das jeden Tag erlebte?

Gegen Mittag kamen Lex' Eltern vorbei. Wir sprachen nicht viel miteinander. Ich erzählte ihnen, dass der Aufwachprozess eingeleitet worden war, dann ließ ich sie mit ihrem Sohn allein. Nicht, weil ich eine Pause gebraucht hätte, sondern weil ich wusste, wie wichtig diese Zeit mit Lex für sie war.

Als ich wiederkam, trug er Socken, und es kostete mich alles, was ich hatte, um sie ihm nicht sofort wieder auszuziehen. Hatte seine Mom vergessen, wie sehr er die Dinger hasste?

Mühsam rang ich mir ein Lächeln ab, als Angela und Patrick Wilson sich erst von Lex, dann von mir verabschiedeten. Sein Dad mit einem Brummen, seine Mom mit einem Nicken. Sie sagten nie viel zu mir, und ich konnte ihnen das nicht einmal zum Vorwurf machen. Für sie war ich diejenige, die sich von ihrem Sohn getrennt hatte. Wahrscheinlich konnte ich mich sogar glücklich schätzen, dass sie meine Anwesenheit hier überhaupt zuließen.

»Du bleibst noch?«, fragte Angela, als sie sich den Schal umlegte. In ihrem Blick lag immer noch Misstrauen, obwohl das nun schon der zweite Tag war, an dem ich nicht von Lex' Seite wich, wenn ich es nicht musste.

»Ja.« Ich würde genauso lange da sein wie gestern, nämlich bis zu dem Moment, in dem mich das Personal hinauswarf.

Wieder bekam ich ein knappes Nicken von ihr. »Gib uns Bescheid, wenn er heute noch aufwacht.«

»Mach ich.« Ich lächelte, ehe ich mich wieder auf den Platz neben seinem Bett setzte. Immer links. Weil sich der Infusionsständer und der Bildschirm rechts befanden und ich den Ärzten und Pflegern nicht im Weg sein wollte.

Kurz nach vier durchbrach die Sonne die Wolkendecke und warf lange Schatten in das Zimmer und auf Lex. Ich hatte meine Hand unter seine geschoben und wartete wieder auf ein zufälliges Muskelzucken. Ein Finger, der sich bewegte. Eine Hand. Vielleicht ein Bein. Doch es war keine seiner Extremitäten, die mir schließlich das Zeichen gab, dass er auf dem Weg zurück war.

Es war sein Auge. Und auch nur das linke. Es zuckte so kurz, dass ich mir für einen Moment nicht sicher war, ob ich es mir vielleicht nur eingebildet hatte. Doch dann öffnete er es einen winzigen Spaltbreit. Als müsste er erst herausfinden, wo er war, bevor er entschied, dass er aufwachen wollte. Ein bisschen wie dieser Augenblick zwischen schlafen und wach sein. Die Sekundenbruchteile, in denen nicht klar war, in welche Richtung das Bewusstsein eintauchen würde.

Meine Kehle schnürte sich zu, als er das Auge wieder schloss. Das war normal, es gehörte dazu, und trotzdem zerriss es mir das Herz ein weiteres Mal. Die Sehnsucht, in seine tiefblauen Augen zu blicken, seine Stimme zu hören, war so überwältigend, dass mir Tränen über die Wangen kullerten.

Eine tiefe Mattigkeit überfiel mich, das Adrenalin in mir ließ nach, und mir wurde klar, dass sein Körper einfach noch mehr Zeit brauchte, um die Medikamente in seinen Blutbahnen abzubauen. Und ich weiterhin warten musste.

Zweimal öffnete er das Auge noch, bis ich an diesem Abend gebeten wurde zu gehen. Doch dieses Mal kam ich der Aufforderung des Klinikpersonals mit einem leichteren Gefühl in der Brust nach. Weil ich es in dem Wissen tat, dass es morgen endlich vorbei sein würde.

Das Warten. Die Ungewissheit. Und vielleicht auch das Alleinsein.

30

Die grüne Plastikpflanze in meiner Hand glänzte noch immer von dem Desinfektionsmittel, mit dem ich sie abgewischt hatte. Lex' Zimmer war so unpersönlich, so wenig er, dass ich sie einfach hatte kaufen müssen, weil ich dem Raum dringend etwas Fröhlichkeit geben wollte. Wenn er aufwachte, sollte er wenigstens einen Farbklecks in seinem Zimmer vorfinden.

Ich lief den mir mittlerweile bekannten Weg durch das Treppenhaus nach oben, wo sich die Intensivstation befand. Vor Aufregung zog sich mein Magen bei jedem weiteren Schritt zusammen. Was würde mich erwarten, sobald ich in den kleinen Raum trat, in dem Lex lag? Die Nacht hatte genügt, um mir Tausende Szenarien auszumalen.

Kurz vor seinem Zimmer blieb ich stehen. *Keine Erwartungen, Grace. Hab einfach keine Erwartungen.* Ich holte tief Luft und zählte bis zehn. Dann betrat ich den kleinen Raum. Und erstarrte noch im Türrahmen.

Lex war wach.

Sein Bett war aufrechter eingestellt, das große Beatmungsgerät war verschwunden und einem kleineren gewichen. Aber das Wichtigste waren die nackten Zehen, die unter seiner Decke hervorlinsten. Er trug keine Socken mehr.

Lex schien gedöst zu haben, sein Kopf lag zur Seite geneigt auf dem Kissen. Doch das Klackern meiner Schuhe auf dem Plastikboden hatte meine Ankunft verraten. Seine Augen waren geöffnet und auf mich gerichtet. Und sie waren fokussiert.

»Hey«, sagte ich leise. »Darf ich reinkommen?«

Er nickte. Mehr nicht. Einfach nur ein Nicken, das die Nervosität in mir ins Unermessliche steigerte. Und gleichzeitig wollte ich platzen vor Erleichterung und Dankbarkeit. Er war zurück und schickte mich nicht direkt weg.

»Was hast du da?« Seine Stimme war kratzig und vertraut. So vertraut. Ich schlug die Augen nieder, damit er nicht sah, was allein der Klang seiner Stimme in mir auslöste. Ich hatte sie viel zu lange nicht gehört.

»Das.« Ich umklammerte den kleinen Blumentopf fester, als nötig gewesen wäre. »Das ist nur … eine Pflanze. Sie ist nicht echt, keine Sorge. Ich verstoße gegen keine Krankenhausregeln oder so was und …« Ruckartig hielt ich inne. »Du weißt, wo du bist, oder? Hat jemand mit dir gesprochen?« Suchend blickte ich in Richtung Flur, durch den ich eben gekommen war. In dem Moment lief ein Pfleger vorbei, der in den letzten Tagen auch schon für Lex zuständig gewesen war.

»Sorry.« Ich drehte mich wieder zu ihm um und stellte meine kleine Pflanze auf seinem Nachttisch ab. »Ich rede zu viel.«

»Nein.« Und dann war es da. Sein Lächeln. Zwar müde, und dank der Sauerstoffbrille unterhalb seiner Nasenlöcher wirkte es seltsam schief. Aber es war da und weckte unglaubliche Glücksgefühle in mir. »Es ist schön, dich zu sehen.«

»Ist es das?«

Das Herz schlug mir bis zum Hals. Ich stand wie angewurzelt da und starrte ihn an. Mein Blick raste über sein Gesicht. Seine Stirn war noch immer von den leichten Verbrennungen gezeichnet, doch er wirkte nicht mehr so blass wie in den letzten Tagen.

»Ist es.« Er versuchte zu nicken, aber auch das war aufgrund der Nasenbrille beschwerlich. »Setz dich.«

Ich hörte ihm deutlich an, dass Sprechen anstrengend für ihn war. »Sicher? Ich kann auch später noch mal …« Mit dem Daumen deutete ich hinter mich. Nicht, dass ich gehen wollte, aber ich sah, wie erschöpft er war.

Lex schüttelte den Kopf. »Nein. Bleib.«

»Okay.« Wie in den vergangenen Tagen zog ich den Stuhl von der Wand und näher an sein Bett. Der einzige Unterschied zu gestern war, dass ich heute nicht nach seiner Hand griff. Ich traute mich nicht.

»Wie geht es dir?«, fragte ich stattdessen und presste die kleine Handtasche auf meinem Schoß an mich.

»Ich bin müde.« Seine Antwort überraschte mich nicht.

»Hm. Das ist normal.« Dieser Zustand würde noch ein paar Tage anhalten, aber ich wollte ihn mit dieser Information nicht erschrecken. »Weißt du, was passiert ist?«

Er nickte. »Ich erinnere mich nicht, aber die Schwester und der Arzt haben meine Fragen beantwortet.« Das war eine gängige Taktik. Nur so viel erzählen, wie der Patient wissen wollte, denn das war alles, was er ertrug. »Du musst mir nicht sagen, wie dumm ich war.«

»Werde ich auch nicht.« Zumindest nicht jetzt. Diese Art von Vorwürfen würde er von seinen Eltern und Devon mit Sicherheit noch zur Genüge zu hören bekommen.

»Wir sollten trotzdem reden, Grace.«

»Sollten wir.« Ich wollte dieses Gespräch hinter mich bringen, wollte wissen, woran ich war, doch ich war nicht egoistisch genug, um Antworten von ihm zu verlangen, während er im Krankenhaus lag. »Aber das muss nicht jetzt sein. Du brauchst Ruhe und …«

»Warum bist du hier?«

Okay. Ganz eindeutig schien Lex das anders zu sehen als ich. Bevor ich ihm eine Antwort gab, suchte ich seinen Blick und hielt ihn fest. »Versprich mir, dass du mir sagst, wenn es dir zu viel wird.« Ich starrte in das Blau seiner Augen, blinzelte nicht einmal. »Du brauchst wirklich Ruhe und Erholung. Keine Diskussion.«

»Versprochen.« Seine Mundwinkel zuckten und waren ein unmissverständliches Zeichen dafür, dass er meine Fürsorge als übertrieben einstufte. Aber es war, wie ich zu ihm gesagt hatte. Darüber würde ich nicht diskutieren.

»Gut.«

Ich nickte, und dann wusste keiner von uns, was wir sagen sollten. Aus Sedierung war Schlaf geworden, und auf den Schlaf würde nun *das* Gespräch folgen, auf das ich so sehr hingefiebert hatte. Ich hatte unsere Aussprache nur nie im Krankenhaus gesehen. Aber irgendwie … es passte. Es passte zu uns und unserer Geschichte. Weil genau hier altes Leben ein Ende fand und neues geschenkt wurde.

Ich nahm all den Mut zusammen, den ich noch besaß. »Darf ich anfangen?«

Der Knoten in meinem Magen war mit ungeahnter Intensität zurück. Angespannt wartete ich, bis Lex genickt hatte. Dann begann ich. Zögerlich zunächst, aber ich legte los, obwohl ich wusste, dass meine Worte nicht leicht für ihn werden würden.

»Du hast mir das Herz zerfetzt. Nicht nur, weil du Claire damals gestoßen und nichts gesagt hast. Sondern weil du mich in eine Situation gebracht hast, in der ich niemals sein wollte. Du hast den Menschen verletzt, den ich am allermeisten liebe.« Ich stockte, weil es wahnsinnig schwer war, die Wahrheit auszusprechen. »Aber dann … dann wurde mir bewusst, dass das nicht stimmt. Weil ich nicht mehr Claire am meisten liebe.« Mein Blick senkte sich wie von selbst. »Sondern dich.« Da waren sie. Die Worte, die ich ihm so sehr hatte sagen wollen. Doch sie waren nur ein Bruchteil all dessen, was mir auf der Seele brannte. »Und das durfte nicht sein, weil sie … sie ist meine Schwester, verstehst du? Mir blieb gar nichts anderes übrig, als dich wegzuschicken.«

Seine Miene war ausdruckslos, während er nickte. »Okay. Deshalb bist du hier. Um mir noch einmal zu sagen, dass wir nicht zusammen sein können.«

»Nein.« Ich schüttelte den Kopf. »Würde es nur darum gehen, wäre längst alles zwischen uns gesagt. Dafür muss ich nicht hier sein.« Ich sah ihm an, dass ich ihn verwirrte. Er runzelte die Stirn, konnte mir offensichtlich nicht folgen.

»Du warst ein Kind, als diese … diese Sache passiert ist. Du hast einen schrecklichen Fehler gemacht, aber du wolltest sie nicht absichtlich so schwer verletzen.«

»Du glaubst mir?« Seine Stimme war kaum zu hören.

»Ja. Nur was ich nicht verstehe, ist, wieso du nie etwas gesagt hast. Du warst erst zwölf. Ein Kind.«

»Alt genug, um zu wissen, was ich tue.« Seine Lippen waren zu einem dünnen Strich geworden.

»Und jung genug, um keine Ahnung zu haben, was dieser Stoß alles auslösen kann«, hielt ich dagegen. »Was hat dich davon abgehalten, dich deinen Eltern anzuvertrauen?« Das Gespräch mit Claire hatte mir gezeigt, wie lange Lex mit dieser Schuld allein gewesen war. Und das war so unvorstellbar, so grausam, dass ich seinen Grund dafür unbedingt hören musste.

Er ließ sich Zeit mit seiner Antwort. Der Bildschirm neben seinem Bett zeigte, wie sich sein Puls um ein paar Schläge pro Minute erhöhte und auch sein Blutdruck anstieg.

»Brauchst du … Brauchst du eine Pause?« Ich sah von dem Gerät zu ihm. Es war aufwühlend, darüber zu sprechen. Und im Gegensatz zu ihm war ich gesund. »Wir müssen das nicht heute …«

Seine Hand hinderte mich am Weitersprechen. Er hatte sie nach meinem Arm ausgestreckt und strich federleicht über mein Handgelenk. Kleine Stromstöße durchzuckten mich, und gleichzeitig gierte ich nach mehr. Ich wollte nicht nur seine Fingerspitzen spüren. Sondern mehr. Einfach mehr.

»Keine Pause«, sagte er, ehe er seine Hand wieder zurück auf die Matratze legte. Augenblicklich fehlte sie mir, auch wenn er mich kaum berührt hatte. »Ich dachte … Ich dachte immer, diese Schuldgefühle würden irgendwann von selbst verschwinden. Wenn ich einfach nicht darüber rede, nie, mit niemandem, und alles für Claire tue, was ich tun kann … Dann, dachte ich, gingen sie irgendwann weg.«

»Aber es hat nicht funktioniert.« Ich hob mein Kinn und blickte ihm in die Augen.

»Nein.« Er sah geschlagen aus. Gebrochen. Indem er Claire und mir erzählt hatte, was damals geschehen war, hatte er sich seine einzige Hoffnung selbst zerstört. Der Strohhalm, an den er sich geklammert hatte, war kaputtgegangen. »Die Schuldgefühle wurden immer größer. Einfach nur für Claire da zu sein, war irgendwann nicht mehr genug.«

»Bist du deshalb Feuerwehrmann geworden?« Plötzlich ergab es so viel mehr Sinn, dass er sein Studium geschmissen hatte. »Um Schuld zu begleichen?«

Er nickte.

»Und die Blindenschule?«

Er nickte wieder.

»Die Frau in der brennenden Halle?« *Der du deinen eigenen Sauerstoff gegeben hast, du Idiot!*

Dieses Mal dauerte es, doch dann nickte er ein weiteres Mal.

»Und was … Was ist mit mir?« Meine Stimme war ganz leise, als ich ihm diese Frage stellte, die so simpel, aber doch so wichtig war. Von Lex' Antwort würde alles abhängen. Ein dumpfes Gefühl von Nervosität und pure Angst wechselten sich in Sekundenbruchteilen in mir ab.

»Mit dir?« Eine tiefe Falte erschien zwischen seinen Augenbrauen.

»Du hast siebzehn Jahre lang gelogen … « Meine Finger gruben sich in das Kunstleder meiner Tasche, die ich seit meiner Ankunft nicht aus der Hand gelegt hatte. Ich brauchte einfach einen Anker, auch wenn es nur dieses nutzlose, kleine Ding war. »Ist das mit uns auch … Bin ich dir wichtig?«

»Du denkst, dass ich … Nein. Nein!« Ruckartig richtete Lex sich auf. So schnell, dass der Sauerstoffsensor von seinem Finger rutschte und das Überwachungsgerät Alarm schlug. In seinem Gesicht stand pures Entsetzen geschrieben. »Das ist nicht … Nein. Nie. Hörst du? Nie!« Er sprach so schnell, dass er sich verhaspelte und zu husten anfing.

»Hey, stopp!« Ich sprang von meinem Stuhl. Die Tasche fiel zu Boden, als ich mich über ihn beugte, den Sensor zurück auf seinen Finger schob und ihn zwang, mich anzusehen. Da war eine Panik in seinem Blick, die ich ihm unbedingt nehmen musste. »Ganz ruhig. Versuch, normal zu atmen.« Er hustete noch immer, das Gesicht zu einer Grimasse verzogen. Ich legte meine Hände auf seine Oberarme. »Wir atmen gemeinsam, okay? Ein.« Ich machte es vor. »Aus.«

Es dauerte, doch schließlich folgte Lex meinem Rhythmus. Sein Blick bohrte sich in meinen.

»Ein«, wiederholte ich. »Aus. Ein. Und aus.« Irgendwann beruhigte sich Lex' Atmung wieder, und ich verstummte. Solange, bis die Tür hinter uns aufging.

»Alles in Ordnung?« Schwester Penelope stellte sich vor das Bettende und musterte erst Lex, dann mich kritisch. Der Kontrollbildschirm im Schwesternzimmer schien ebenfalls Alarm geschlagen zu haben.

»Ja.« Ich nickte. »Er musste nur husten, und dabei ist ihm der Sensor vom Finger gerutscht. Ich habe ihn wieder angesteckt.«

»Gut.« Schwester Penelope warf einen prüfenden Blick auf den Bildschirm, wo sich Lex' Werte normalisiert hatten. »Lassen Sie es langsam angehen, Sir. Wenn wir nicht gut auf Sie aufpassen, reißen mir Ihre Kollegen den Kopf ab.«

Seine Antwort war ein Kopfschütteln, das ich für sie mit »Tut er« übersetzte. Nach einem letzten mahnenden Blick ließ sie uns wieder allein, und mir fiel auf, dass meine Hände immer noch auf seinen Armen lagen. Rasch ließ ich ihn los und wollte mich zurück auf den Stuhl setzen, als Lex mein Handgelenk umfasste und mich daran hinderte. Überrascht hielt ich in meiner Bewegung inne. Sein Blick nahm mich gefangen, ich konnte nicht wegsehen, wartete mit angehaltenem Atem, dass er weitersprach.

»Meine Gefühle für dich waren nie gelogen, Grace. Nie!« Jedes seiner Worte traf mich mitten ins Herz. »Ich habe viel falsch gemacht, hätte dir viel früher die Wahrheit sagen müssen. Aber das mit uns, das war echt. Das war so was von echt.«

Der Knoten in meiner Brust wuchs auf die doppelte Größe an. »War?«, flüsterte ich. Meine Stimme zitterte. Weil seine Antwort darauf von immenser Wichtigkeit war.

»Es *ist* echt.«

»Ja?«

»Von Anfang an. Was meinst du, warum ich damals in Claires Garten so schockiert war, als ich kapiert habe, wer du bist?«

Seine Finger lagen noch immer um mein Handgelenk. Ich spürte das Kribbeln auf meiner Haut, das seine Berührung auslöste. Es wurde mit jeder Sekunde, die verstrich, intensiver. Der Kloß in meinem Hals verhinderte, dass ich ihm auf seine Frage antwortete. Aber das musste ich auch gar nicht. Ich hatte angefangen, jetzt war Lex dran. Ich würde ihm genau dasselbe zugestehen wie er mir und einfach nur zuhören.

»Ich war nicht geschockt, weil ich dich nicht eher erkannt hatte. Sondern weil ich schon damals viel zu viel an dich gedacht habe. Du warst die Frau, die plötzlich im *Sheridan's* stand, so wunderschön und schlagfertig, und ich … Ich wollte dich unbedingt näher kennenlernen. Weil ich nicht wusste, dass ich das schon längst tat. Du warst immer nur Cici bei allen.« Damit hatte er recht. Niemand hatte mich Grace genannt, bis ich nach Chicago gegangen war. »Ich habe die Verbindung einfach nicht gezogen, obwohl ich wusste, dass du zurück warst.« Er schüttelte leicht den Kopf. »Aber das spielt keine Rolle. Mein Interesse hatte nichts mit deiner Schwester zu tun. Gar nichts. Als Claire mich gebeten hat, dich nach Chicago zu begleiten … Ich habe versucht, abzulehnen. Ich habe es wirklich versucht, weil ich wusste, dass das nur schiefgehen konnte. Ich wollte mich von dir fernhalten, habe mich gegen meine Gefühle für dich gewehrt. Aber … es ging einfach nicht. Du hast mich fasziniert und … Mit ihrer Bitte hat Claire mir die perfekte Ausrede geliefert, Zeit mit dir zu verbringen. Und dann …« Für einen Augenblick schloss er die Augen. »Ich war so furchtbar dämlich, Grace. Als mir klar wurde, dass ich mich einfach nicht von dir fernhalten kann … Ich habe mir eingeredet, dass du es nie erfahren müsstest. Dass ja vielleicht gar nichts aus uns wird, weil du irgendwann feststellst, was für ein verfluchter Hochstapler ich bin, der dein Vertrauen missbraucht. Aber das … es ist einfach nicht passiert. Anstatt schlechter wurde es immer besser zwischen uns, und ich …« Als er dieses Mal stoppte, war es nicht nur für einen Moment. Sekundenlang sagte Lex gar nichts.

»Du was?«, fragte ich, als ich sein Schweigen nicht mehr aushielt. Mein geschundenes Herz setzte sich mit jedem seiner Worte wieder mehr zusammen.

»Ich habe nicht nur zugelassen, dass du dich in mich verliebst.« Seine Finger lösten sich von meinem Handgelenk und strichen behutsam über meinen Unterarm. »Ich habe mich auch selbst verliebt. Und dann musste ich es dir erzählen, weil du nicht unter falschen Voraussetzungen mit mir zusammen sein solltest. Aber es gibt keinen richtigen Moment für so was und …«

»Du hast dich verliebt?« An dieser Stelle unterbrach ich seine Erklärung. Dieses Geständnis durfte er nicht einfach so übergehen, weil es verdammt noch mal genau das war, wonach ich mich seit Tagen sehnte. Woran ich zwischenzeitlich nicht mehr geglaubt und worauf ich dann wieder inständig gehofft hatte. Und jetzt sagte er das einfach so, ohne mir die Chance zu geben, darauf zu reagieren.

»Ich habe mich nicht nur verliebt, Grace.« Sein Blick war so unfassbar ernst, dass ich gar nicht anders konnte, als ihm zu glauben. »Ich liebe dich.«

»Gut.« Ganz langsam rückte ich auf dem Bettrand ein Stück näher zu ihm.

»Gut?«

»Ja.« Ich hob meine Hände und legte sie vorsichtig links und rechts an seine Wangen. Etwas tiefer als unter normalen Umständen, um die Sauerstoffbrille nicht aus Versehen zu verrücken. Meine beiden Daumen strichen sanft über seinen Bart, während ich ihm in die Augen sah. »Das beruht nämlich auf Gegenseitigkeit.«

Er sah mich so verdutzt an, dass ich grinsen musste. »Hast du mir vorhin nicht zugehört? Ich liebe dich, Lex. Denkst du ernsthaft, ich hätte rund um die Uhr an deinem Bett gewacht, wenn du mir nichts bedeuten würdest?«

»Du hast gesagt, dass du das nicht kannst. Dass ich ein Idi …«

»Ich weiß, was ich gesagt habe.« Er musste es nicht wiederholen. »Aber ich habe die beste Schwester der Welt. Sie hat mir den Kopf gewaschen und …«

»Claire hat was getan? Warum?«

»Weil du ihr bester Freund bist. Immer noch. Aber das soll sie dir später selber erzählen. Sie kommt nachher vorbei. Es gibt also keinen Grund, warum wir nicht … Na ja.« Ich zuckte mit den Schultern. »Warum wir nicht zusammen sein sollten.«

»Willst du das wirklich, Grace? Wird mein Anblick dich nicht immer daran erinnern, was ich Claire angetan habe?«

»Wird er.« Etwas anderes zu behaupten, wäre gelogen gewesen. »Zumindest noch für eine ganze Weile. Aber er wird mich auch immer daran erinnern, dass ich mich nie glücklicher gefühlt habe als mit dir. Das kann ich nicht aufgeben.« Ich schluckte. »Und das werde ich auch nicht.« Mit genug Zeit würde ich über das, was geschehen war, hinwegkommen. Wir beide würden das. Zusammen.

»Bist du dir sicher?«

»So sicher wie nie zuvor.« Ich überwand die kleine Distanz zwischen uns und legte meine Lippen behutsam auf seine. Für einen quälend langen Moment verharrten wir in dieser Position und sahen uns in die Augen. In seinem Blick lag eine stumme Frage. Die Frage, ob er es wert war, dass man ihm vergab. Ob er es wert war, dass man ihn liebte.

Ich hatte in meinem Leben viele falsche Antworten gegeben, doch hier und jetzt wusste ich, dass es nur eine richtige darauf gab. Ja, er war es wert. Und er würde es immer wert sein.

Ich war mir nicht sicher, ob er sah, was ich versuchte, ihm stumm mitzuteilen. Doch plötzlich spürte ich seine Finger an meiner Hüfte, die mich sanft an ihn ziehen wollten. Ein Lächeln bildete sich auf meinem Gesicht, als ich seiner stummen Aufforderung nachkam und unsere Lippen sich trafen.

Unser Kuss dauerte nicht lange, doch nach dieser Ewigkeit ohne seine Küsse war er genau richtig. Warm und weich und fast schon schüchtern. Als wäre es das erste Mal, dass wir uns küssten. Und vielleicht war es das auch. Der erste Kuss, nachdem nichts mehr zwischen uns stand.

Zufrieden löste ich mich von ihm und strich ihm eine wirre Strähne aus der Stirn.

»Danke für Grootie 2. 0.« Er nickte in Richtung der kleinen Pflanze.

»Gern geschehen.« Ich lachte, konnte aber trotzdem nicht verhindern, dass mir auffiel, wie müde er aussah. Unser Gespräch hatte ihn vollkommen erschöpft.

»Schlaf ein bisschen«, schlug ich vor und rückte ein Stück von ihm ab.

Zu meiner puren Verwunderung protestierte Lex nicht.

»Bist du noch da, wenn ich …«, begann er, ließ seine Frage jedoch unbeendet.

»Wenn du wieder aufwachst?«

Er nickte.

»Ja.« Ich musste nicht überlegen. »Ja. Bin ich.«

»Danke.« Matt lächelte er mich an, meine Hand fest in seiner. Bald würde er wieder schlafen, und ich würde hier sitzen bleiben und darauf warten, dass er wieder zu sich kam. Genau, wie ich es versprochen hatte. Mein Blick ruhte auf ihm, als er die Augen schloss. Und ich nahm mir vor, von nun an jedes Mal dabei zu sein, wenn er sie wieder aufschlug.

An jedem einzelnen Tag.

Epilog

»Achtung, Claire! Nicht erschrecken. Hund!« Abbys Warnung ging in dem Geräusch der zufallenden Autotür unter.

»Was ist los?« Verwirrt drehte meine Schwester den Kopf in die Richtung, aus der Abby gerufen hatte. Aber da war es schon zu spät. Achilles sprang an Claires Beinen hoch und bellte laut und schwanzwedelnd.

»Huch.« Überrascht von der Attacke des kleinen Monsters machte Claire ein paar Schritte nach hinten, ehe sie ihr Gleichgewicht wiederfand und in die Hocke ging. »Wer bist du denn?« Suchend tastete sie nach seinem Kopf, um ihn zu streicheln. Aufgeregt schnüffelte Achilles an ihr und strich um ihre Beine.

»Sorry.« Abby kam hektisch angelaufen und griff nach dem Halsband ihres Hundes. »Darf ich vorstellen? Das ist Aidans lebender Liebesbeweis für mich.« Ihr Augenrollen war auch in ihrer Stimme nicht zu überhören, aber wir alle wussten, dass sie ihr liebevolles Gemecker nicht ernst meinte. Mittlerweile war sie nicht nur Hals über Kopf in Lex' Kollegen verliebt, sondern auch in ihr gemeinsames Haustier. »Komm schon, Achilles. Lass Claire in Ruhe.« Energisch zog sie ihn von ihr weg und schimpfte mit ihm, weil er immer noch nicht gut genug auf sie hörte. Ihre Kindererziehungstricks waren wohl doch nicht eins zu eins auf Tiere anzuwenden.

Lachend trat ich auf meine Schwester zu und zog sie in eine Umarmung. »Was macht ihr denn hier?«

»Frag mich nicht.« Claire zuckte mit den Schultern. »John hat spontan beschlossen, euch beim Umzug zu helfen, und da dachte ich …«

»Dass deine kleine Schwester eine Pause dringend gebrauchen könnte? Sehr gut mitgedacht. Lust auf Koffein?«

»O ja.« Claire hakte sich bei mir unter, und ich sah, wie John bereits mit anpackte und Lex mit den schweren Kisten half. Mir war nie klar gewesen, wie viel Kram mein Freund besaß. »Hey, Leute?«, rief ich in die Runde. »Wir machen schnell Kaffee. Wer will?«

Vier Hände schossen in die Höhe.

»Du auch, Abbs?«, fragte ich. »Seit wann trinkst du Kaffee?«

»Seit mich dieser Kleine hier unzählige Nerven kostet«, war die schlichte Antwort, gefolgt von einem sarkastisch erhobenen Daumen. Der andere steckte immer noch in Achilles' Halsband, mit dem sie versuchte, ihn von Aidan, John und Lex fernzuhalten.

Meine – nein, stopp! Unsere! Ab sofort *unsere* – Wohnung glich einem Schlachtfeld. Überall standen Umzugskisten und Möbelstücke herum, die Lex mitgebracht hatte. Und Pflanzen. Unmengen an Pflanzen. Und in all dem Chaos, mitten auf dem Wohnzimmertisch, thronte Grootie, für die wir dringend noch den perfekten Platz suchen mussten.

Vorsichtig lotste ich Claire an den Kisten vorbei durch den Flur bis in meine Küche.

»Tassen sind im Schrank links oben von dir«, wies ich sie an, während ich mir selbst an der Kaffeemaschine zu schaffen machte. Keine Pad-Variante, sondern eine echte. Mit Filter, riesigem Wassertank und genau deshalb Lex' Heiligtum, das als Allererstes hatte einziehen müssen. Dieser Kerl konnte ohne seinen morgendlichen Kaffee wahrlich nicht existieren.

Als die Maschine lief und Teewasser für Claire auf dem Herd stand, drehte ich mich wieder zu meiner Schwester um. Sie lehnte an der Arbeitsplatte, neben ihr die sechs bereitgestellten Tassen.

»Wie geht es Lex?«

»Traust du dich nicht, ihn selbst zu fragen?«

»Dann bin ich nur wieder eine überbesorgte Glucke. Das soll ich mir, Zitat Lex, für Krümelchen aufheben.« Claire legte ihre Hand auf den mittlerweile deutlich gewachsenen Bauch. In knapp zwei Monaten war es so weit. »Also, wie ist die Lage?«

»Gut.« Lächelnd öffnete ich die Schublade mit den Teesorten. »Kamille, Pfefferminze, Ingwer, Bratapfel oder Früchtetee?«

»Bratapfel. Und was bedeutet ›gut‹?«

»Er geht brav zu den Kontrollterminen. Seine Lunge hat sich erholt, aber er wird trotzdem nicht mehr als Feuerwehrmann arbeiten.«

»Hast der Arzt ihm das verboten?«

»Nein. Das war Lex selber.« Ich hängte den Teebeutel in ihre Tasse und goss das heiße Wasser ein. »Aber ich kann nicht leugnen, dass mich das erleichtert.«

Ich wusste, wie gern er den Helden spielte, doch das würde er von nun an in einer Schule tun müssen. Die Blindenschule hatte ihm eine Stelle als Quereinsteiger angeboten, die er sofort angenommen hatte. Lex würde ein großartiger Lehrer sein. Nicht deshalb, weil er Braille beherrschte oder eine Engelsgeduld besaß, sondern einfach deshalb, weil er die Jugendlichen verstand. Er sah nicht nur den Schüler, von dem er Leistung verlangte, er sah den Menschen dahinter. Und damit die Dämonen, gegen die jeder von uns kämpfte.

»Es ist einfach gefährlich, sich in die Flammen zu stürzen«, schloss ich und zuckte mit den Schultern. »Als Lehrer ist er jetzt zwar arm, aber dafür teilen wir uns ja ab sofort die Miete. Paula war entzückt, als ich ihr gesagt habe, dass Lex bei mir einziehen wird.«

»Und Martha hört bestimmt schon die Hochzeitsglocken läuten, oder?« Claire lachte, als ich ein Schnauben ausstieß.

»Hör bloß auf. Sie ist furchtbar. Sollte ich ihn jemals heiraten, ohne dass ich sie zum Kleidaussuchen mitnehme, wird sie mich umbringen.« Ich stieg in Claires Lachen mit ein.

Genau wegen solcher Gespräche mit meiner Schwester liebte ich es noch mehr, wieder in Tipton zu sein. Und hier auch zu bleiben. Meine Heimatstadt mochte nicht perfekt sein. Es gab eine ganze Menge bornierter Menschen, die irgendwo in den Fünfzigerjahren stecken geblieben waren. Aber auch ziemlich viele großartige. Die ganze Meute in der Hofeinfahrt gehörte unbestritten zur zweiten Kategorie.

Lautes Gerumpel im Treppenhaus unterbrach meine Unterhaltung mit Claire. Abby und Aidan trugen fluchend und lachend zugleich eine große Kiste nach oben.

»Schallplatten«, stöhnte Aidan. »Wer hört denn heute noch Schallplatten?«

»Na, ganz eindeutig mein Freund«, antwortete ich ihm grinsend und schob mich an Claire vorbei, um meinen Freunden den Weg ins Wohnzimmer freizumachen. »Der Kaffee ist gleich durch. Ich gebe unten schnell Bescheid.«

»Super, danke. Kannst du eine Wasserschale für Achilles mitnehmen?«, fragte Abby und verlagerte das Gewicht der Kiste auf ihren Armen.

»Klar, mach ich.«

Ich schnappte mir eine alte Schüssel, füllte sie mit Wasser und nahm dann leichtfüßig die Stufen nach unten. Nur um in der Eingangstür wie angewurzelt stehen zu bleiben. Lex und John standen unweit von mir entfernt vor der geöffneten Ladefläche von Lex' Jeep und waren in ein Gespräch vertieft, das sehr intensiv zu sein schien. Sie bemerkten mich nicht. Nicht einmal dann, als ich die Wasserschale vor dem kleinen Hund abstellte, den Abby neben der Haustür angebunden hatte. Sofort begann er gierig zu trinken.

Ich richtete mich wieder auf und lauschte den Wortfetzen, die zu mir drangen.

»… nicht wie Claire. Oder Grace.«

Als mein Name fiel, zuckte ich unweigerlich zusammen. »Sie mögen dir verziehen haben. Ich nicht.«

Meine Augen wurden groß, als mir klar wurde, worüber die beiden da sprachen. Oder worüber vielmehr John sprach. »Du bist in unserem Haus ein- und ausgegangen, obwohl du meiner Frau das Augenlicht genommen hast. Ich habe keine Worte für so viel Dreistigkeit.«

»John, ich …«

Er ließ Lex nicht zu Wort kommen. »Ich bin noch nicht fertig.«

Lex verstummte augenblicklich.

»Ich werde dir nie vergeben, dass Claire es deinetwegen für immer schwerer haben wird im Leben als wir. Sie behauptet, dass es nicht so sei, aber du und ich, wir wissen es beide besser.« Er ließ keinen Widerspruch zu. »Wie soll sie unserem Kind einmal hinterherlaufen, wenn sie nicht sieht, wo es hinrennt? Wie soll sie wissen, was ihm wehtut, wenn sie seine Wunden nicht sehen kann?«

Mit jedem weiteren Wort, das John gegen Lex abfeuerte, wuchs die Wut in mir. Ich verstand ihn, ich verstand seine Vorwürfe so gut. Aber sie änderten nichts. Egal was er Lex an den Kopf warf, es würde Claires Augenlicht nicht zurückbringen. Und das musste doch auch John verstehen.

»Das reicht.« Meine Stimme war erstaunlich laut, als ich mich in Bewegung setzte und auf die beiden zuging. Ich wusste, dass ich mich nicht einmischen musste. Lex war durchaus in der Lage, seine eigenen Schlachten zu schlagen. Aber ich wusste eben auch, dass John genau die Sparte befeuerte, auf die Lex anspringen würde. »Er weiß das alles, okay?« Ich baute mich vor meinem Schwager auf. »Du musst ihm nicht noch mehr Schuldgefühle einreden. Das tut er selbst schon zur Genüge.«

»Grace, er will nur …«, setzte Lex an, doch ich unterbrach ihn sofort.

»Nein.« Energisch drehte ich mich zu ihm um und sah ihm fest in die himmelblauen Augen. »Er muss dir nicht verzeihen. Das ist sein gutes Recht, genau wie es meins und das von Claire ist, anders zu entscheiden. Aber ich lasse nicht zu, dass er verstärkt, was ich dir seit Wochen versuche auszureden.«

Mit diesen Worten drehte ich mich zurück zu John. Mein Schwager hatte nie verheimlicht, dass er mit Claires und meiner Wahl nicht einverstanden war. Und mir war klar, wieso er so empfand. Er wollte uns beschützen, vor allem Claire, wie er das seit Jahren tat. Aber es gab nichts, *niemanden*, vor dem wir beschützt werden mussten. Und ich wollte, dass er das auch sah.

»Du kannst mir glauben, wenn ich dir sage, dass Lex jeden Tag bereut, was passiert ist. Wenn er könnte, würde er mit Claire sofort tauschen, aber das geht nun mal …«

»Du hast mich nicht zu Ende sprechen lassen, Grace.«

»Was?«

»Ich verzeihe Lex nicht«, wiederholte John noch einmal ruhig. Ich sah ihm deutlich an, wie ernst er das meinte. »Aber das bedeutet nicht, dass ich es nicht akzeptiere, dass du das tust. Oder Claire.« Ein schweres Seufzen entwich ihm. »Sie wollen dich in ihrem Leben haben, Lex. Und ja, das gefällt mir nicht. Aber ich bin hier, oder? Ich helfe bei deinem Umzug.«

»Claire zuliebe«, resümierte Lex.

John nickte. »Und Grace zuliebe. Aus keinem anderen Grund. Ich behalte dich im Auge, Wilson.« Er legte Lex die Hand auf die Schulter und drückte kräftig zu. Mein Freund verzog keine Miene, aber ich sah es Johns Fingern an, dass sie verdammt viel Druck ausübten. »Die beiden Mädels haben entschieden, dass du Teil der Familie bist. Okay. Aber ich warne dich. Wenn du eine der beiden jemals auch nur ansatzweise verletzt …«

»… machst du Kleinholz aus mir«, beendete Lex seinen Satz und nickte. »Kapiert. Teilen wir uns den Job ab sofort?« Er streckte John seine Hand entgegen.

»Welchen Job?«

»Auf die Mädels aufzupassen und alle zu vertreiben, die ihnen etwas Böses wollen.« Lex hielt Johns forschem Blick unnachgiebig stand. Solange, bis dieser nickte und nach Lex' Hand griff.

Und es machte mich glücklich. Dieser winzig kleine Schritt in die richtige Richtung war alles, was ich mir gewünscht hatte.

»Da das nun geklärt ist …«, ich blickte zwischen den zwei Männern hin und her, »Kaffeepause?«

Beide nickten synchron.

»Und vielleicht erzählen wir Claire besser nichts hiervon.« Das war nichts, was sie erfahren musste. »Gehst du schon mal vor, John? Wir kommen gleich.« Ich machte deutlich, dass ich keine Widerrede zulassen würde. Dabei war das nicht einmal nötig. Mein Schwager schnappte sich wortlos eine Kiste und marschierte ins Haus.

Als er aus unserem Blickfeld verschwunden war, trat ich auf Lex zu.

»Alles okay?«, fragte ich leise und schob meine Hände unter seiner geöffneten Jacke auf seinen Rücken. Ich musste meinen Kopf in den Nacken legen, um ihn ansehen zu können.

»Ja.« Ein sanftes Lächeln umspielte seine Lippen. »Du bist ganz schön sexy, wenn du dich für mich einsetzt.«

Meine Reaktion darauf war ein Knuff in seine Seite.

»Hey, das war ernst gemeint«, protestierte er. Das Lächeln verschwand und wich einem ernsteren Gesichtsausdruck. »Aber Spaß beiseite. Danke. Ich werde es nie als selbstverständlich ansehen, dass du so gnädig mit mir bist.«

»Ich bin nicht gnädig«, widersprach ich und stellte mich auf meine Zehenspitzen. »Ich sehe einfach nur hinter den Fehler.« Sanft strichen meine Lippen über seine. Nur kurz, aber gerade lang genug, um eine stumme Übereinkunft miteinander zu treffen. Vielleicht war es doch so etwas wie gegenseitige Gnade, die wir einander zuteilwerden ließen. Was auch immer es war, es fühlte sich ziemlich gut an.

Behutsam entzog ich ihm meine Finger und machte einen Schritt rückwärts. »Kommst du mit hoch? Der Kaffee wird kalt.«

»Das können wir auf keinen Fall zulassen.« Schnell griff Lex nach meiner Hand, und zusammen liefen wir nach oben. In unsere gemeinsame Wohnung. Und in unser gemeinsames Leben.

ENDE

Danksagung

Jetzt sitze ich hier und schreibe zum zweiten Mal in meinem Leben eine Danksagung, und wieder kann ich es nicht fassen. Dass du das hier jetzt liest, bedeutet, dass es tatsächlich Menschen da draußen gibt, die auch mein zweites Buch gekauft haben. Wahnsinn! Deshalb geht heute mein erster Dank an dich, liebe/r Leser/in. Ich hoffe sehr, dass dir die Geschichte von Grace und Lex gefallen hat.

Mein größter Dank gilt Kathinka, meiner großartigen Lektorin, die so rasend schnell das Beste aus meinen Geschichten rausholt. Ich bin unglaublich froh, dass ich bei dir gelandet bin und du meinen Figuren so viel Liebe entgegenbringst. Von Herzen danke für deinen Einsatz.

Dasselbe gilt für den tollen feelings-Verlag. Danke, danke, danke, dass ihr meine Reihe mit mir beendet.

Nadine, was soll ich sagen? Kein Buch ohne dich. Danke für deine Begeisterung (vor allem für sexy Lexy, Abby und Aidan, hihi) und deine Geduld mit mir. Ich weiß, dass ich manchmal wirklich nicht einfach bin, wenn ich mich in eine Sackgasse geschrieben habe. Deine Steinmauer wächst!

Ein dickes Danke geht an Sarah für ihr medizinisches Fachwissen und ihre Unterstützung. Ich liebe es, Sprachis mit dir über unsere Bücher auszutauschen, und freue mich schon riesig auf unser nächstes Schreibdate.

Mareike, mein Pferdemädchen. Ich hoffe, du bist zufrieden mit der Darstellung von Grace' Lieblingen. Vielen Dank für deine wertvollen Tipps, das Testlesen dieser Szenen und dass du mich zu den Pferden mitgenommen hast.

Kathi, auch du hast deinen Teil zu *Saving Grace* beigetragen. Dass die beiden sich die ganzen Marvelfilme reinziehen, ist deine Schuld. Vielen Dank dafür, auch wenn es nicht alles davon ins Buch geschafft hat.

Auch Anne gebührt mein Dank. Nur deinetwegen mussten Lex und seine Jungs für den guten Zweck strippen, hehe. Ich liebe es immer noch, besten Dank dafür.

Und dir danke ich ebenfalls sehr, Angi. Du bist einfach die schnellste Testleserin der Welt.

Danke an meine Writing Babes Nadine, Nina und Caro, die immer ein offenes Ohr für all die großen und kleinen Schreibprobleme haben. Ich liebe es, wenn wir wieder einmal eskalieren und kein Ende mehr finden.

Danke an jeden, der mich in irgendeiner Form auf meinem Weg als neue Autorin unterstützt. Sei es durch Besuche meiner Lesungen, durch die Gestaltung von Grafiken (Mareike und Verena, thank you!), durch das Lesen meiner Geschichten oder einfach durch eure Freundschaft (Shout out an meine Freundinnen, die Nachtschwärmer, die Girlgang und die Lieblingskolleginnen).

Und zu guter Letzt danke ich meiner Familie. Meinem Papa GG, dem dieses Buch gewidmet ist. Meinen drei Geschwistern Nick, Lotte und Mario samt Anhang. Und meiner Mama, die ich auch im Himmel einfach nur stolz machen möchte. Ich liebe euch. Danke, dass ihr mir sagt, wann es Zeit für eine Pause ist, und dass ihr so sehr hinter mir steht. Das ist nicht selbstverständlich. Ich bin so gespannt, was ihr zu *Saving Grace* sagen werdet.

Und wer jetzt immer noch nicht genug von mir hat: Band 3 steht in den Startlöchern. Wir lesen uns hoffentlich ganz bald wieder bei *Finding Hope.*

Eure Rebekka